Lazarillo de Tormes

Letras Hispánicas

Lazarillo de Tormes

Edición de Francisco Rico

Con un apéndice bibliográfico
por Bienvenido C. Morros

VIGESIMOPRIMERA EDICIÓN

CÁTEDRA

LETRAS HISPÁNICAS

1.ª edición, 1987
21.ª edición, 2010

Cubierta: British Library, Royal MS. 10 E.IV
(*Decretales* de Smithfield), fol. 217 vo.

© Ediciones Cátedra (Grupo Anaya, S. A.), 1987, 2010
Juan Ignacio Luca de Tena, 15. 28027 Madrid
Depósito legal: B. 26.843-2010
I.S.B.N.: 978-84-376-0660-6
Printed in Spain
Impreso en Novoprint, S. A.
(Barcelona)

Índice

Los objetivos primordiales de esta edición son recuperar el texto más fiel a la voluntad del autor y esclarecer el sentido literal del *Lazarillo*, remover los obstáculos que la lengua, las alusiones literarias y las referencias a la realidad de la época oponen al entendimiento literal de la novela, proporcionando al lector de hoy unos elementos de juicio equiparables a los del lector de hacia 1554. «C'est notre point d'honneur et notre plaisir d'humanistes de pouvoir revenir à la lettre telle qu'elle est sortie des mains d'un auteur, de pouvoir fraterniser en quelque mesure avec l'auteur écrivant et le lecteur pour qui il écrivait». De ahí que el presente volumen vaya dedicado, con respeto y cariño imborrables,

A la memoria
de Marcel Bataillon.

Introducción

1. Primeras ediciones, fecha

Del año 1554 datan las tres primeras ediciones conservadas de *La vida de Lazarillo de Tormes, y de sus fortunas y adversidades* (según rezan las cubiertas, por más que difícilmente pudo ser ese el título previsto por el autor): una de Burgos, «en casa de Juan de Junta»; otra de Amberes, «en casa de Martín Nucio»; y todavía una más, de Alcalá de Henares, estampada por Salcedo[1]. La complutense contiene una importante advertencia: «nuevamente impresa, corregida y de nuevo ['por primera vez'] añadida en esta segunda impresión»; y, en efecto, presenta seis breves adiciones (en total, unas dos mil palabras), sin duda ajenas al primer autor, que dilatan las aventuras de Lázaro, insisten en algún aspecto satírico o doctrinal e incluso dejan abierto un portillo a futuras continuaciones. La edición de Alcalá, por otro lado, se concluyó «a veinte y seis de febrero» (fol. xLvI vo.), y el cotejo revela que no depende de ninguna de las otras dos de 1554. La apari-

---

[1] Hay facsímil de las tres, al cuidado de A. Pérez Gómez, Cieza, 1959, con prólogo de E. Moreno Báez. Las vagas indicaciones de Brunet (1820) y otros autores sobre ejemplares de supuestas ediciones de 1553, 1550 y aun 1538 ó 1539, no sólo han podido comprobarse nunca, sino que tienen todo el aspecto de errores o supercherías; cfr. A. Rumeau [1964], R. Guise [1965], J. Caso [1972] 202-203. Sobre los *Lazarillos* del siglo xvi, vid. A. Rumeau [1964 *b* y *c*], J. Caso [1967]14-23 y [1982] ix-xx, C. Guillén [1966 *b*]; y comp. abajo, n. 26. Inventarios de las ediciones antiguas, en E. Macaya [1935], J. L. Laurenti [1981] y J. Simón Díaz, *Bibliografía de la literatura hispánica*, XII, Madrid, 1982, págs. 689-691.

ción de tres ediciones en ese año —una de ellas, «añadida»— y, meses después, la publicación de una *Segunda parte* (Amberes, 1555) nos certifican que el éxito inicial del *Lazarillo* fue tan amplio cuanto rápido. Parece, pues, razonable pensar que la «impresión» que Salcedo consideraba «primera» hubo de estar tan próxima a la «segunda» como lo están entre sí las tres de 1554 y la *Segunda parte* de 1555[2]. Según eso, la *editio princeps* de nuestra novela probablemente vio la luz en 1553 o, si acaso, en 1552.

El estudio detenido de los textos confirma que los *Lazarillos* de Alcalá y de Amberes proceden de una misma fuente: no un manuscrito (ni menos varios manuscritos), sino una edición, hoy perdida (Y), que se remonta a su vez a otra (X) que tampoco ha llegado hasta nosotros, pero de la que desciende en línea recta la impresión de Burgos[3]. Por ahora no hay posibilidad de averiguar si antes de 1554 circularon otras ediciones asimismo perdidas (por ejemplo, una que sirviera a X de modelo). Pero, si existieron, no debieron pasar de una o dos, porque no han dejado huellas de ninguna índole en la tradición co-

---

[2] En todas las ediciones de otras obras del siglo XVI examinadas por A. Rumeau [1969] 484-485, «l'exactitude du mot 'segunda' est verifiée et l'unique edition antérieure est connue»; cierto que la presentada como «segunda edición» de la *Diana* de Montemayor (Valladolid, 1561) es en realidad la quinta (A. Blecua [1974] 69 n. 107), pero justamente la *princeps* data de 1559.

[3] Los problemas ecdóticos del *Lazarillo* se han replanteado fructíferamente gracias a la rica edición crítica de J. Caso [1967]. Con todo, pese a las sugerencias del prof. Caso (cfr. también [1972] y [1982] XXXIII-XL) y de A. Rumeau [1969 y 1979], hay cuatro puntos que parecen seguros: 1) «ninguno de los tres textos de 1554 puede ser fuente de los otros dos»; 2) las ediciones de «Alcalá y Amberes son ramas de una misma familia»; 3) Alcalá, Burgos y Amberes «proceden de ediciones perdidas y no de manuscritos»; 4) «las ediciones posteriores a 1554 descienden de la edición de Amberes y no de textos perdidos». Los argumentos al propósito se hallarán en F. Rico [1970 *b*] y A. Blecua [1974] 48-70 (cuyas conclusiones he recogido entre comillas); añádase, en particular, que la disposición gráfica —sobre todo, la distribución de epígrafes y titulillos— muestra que Junta, Nucio y Salcedo copiaron un par de impresos substancialmente iguales y permite descartar definitivamente las diversas hipótesis sobre la posibilidad de que las ediciones de 1554 se deriven de uno o más manuscritos (cfr. F. Rico [1987 *b*]); vid. abajo, págs. 129* y ss.

nocida. Tal ausencia de rastros habla a favor de una concentración de las cinco o seis impresiones más tempranas del *Lazarillo* en el breve período que corre entre 1552 y 1554, y de acuerdo con el siguiente *stemma:*

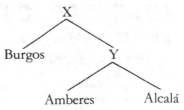

Dudas mayores suscitan la fecha de la acción y la fecha de la redacción de nuestra novela. En este sentido, la cronología interna del relato proporcionó durante decenios un primer esquema orientador[4]. A la muerte de su padre «en la de los Gelves» —se razonaba—, Lázaro es «niño de ocho años»; entra al servicio del ciego de «buen mozuelo», cuando su hermanastro —hijo de Antona Pérez y el moreno Zaide— «se acabó de criar» y «supo andar», es decir, cuando Lázaro tendría doce o trece años. El tiempo que transcurre por los caminos de Castilla en compañía del mendigo queda indeterminado, pero difícilmente pudo pasar de un año. Vive con el clérigo «cuasi seis meses», y menos de dos con el escudero; se asienta con el fraile de la Merced unos ocho días, está «cerca de cuatro meses» con el buldero y «cuatro años» con el capellán, de quien se despide, pues, alrededor de los diecinueve. Sirve «muy poco» al alguacil; se relaciona luego con el Arcipreste de Sant Salvador, casa «con una criada suya» y detiene la narración «el mesmo año que nuestro victorioso Emperador en esta insigne ciudad de Toledo entró y

---

[4] Cfr. E. Cotarelo [1915] 684-685, M. Bataillon [1958]17-18, J. Cañedo [1966] 127-129, N. Rossi [1966] 171-173; con otro criterio, A. del Monte [1957] 166 n. 43, F. Márquez [1968] 117 n. 80, y F. Lázaro [1969] 168.

LA VIDA DE

LAZARILLO DE
Tormes , y de sus for-
tunas y aduer-
sidades.

EN ANVERS,

En casa de Martin Nucio.

1554.

Con Preuilegio Imperial.

tuvo en ella Cortes y se hicieron grandes regocijos», ya tras varios años de matrimonio («siempre en el año le da...»). Para entonces, Lázaro había de contar, como mínimo, veintiuno o veintidós.

«La de los Gelves» suele identificarse con la sonada expedición de don García de Toledo, en 1510, de triste final; las Cortes de Toledo, en tal caso, coincidirían con las que allí celebró Carlos V en abril de 1525; y ese período estaría asegurado por la mención, en el capítulo II, de «los cuidados del rey de Francia»: los de Francisco I, derrotado en Pavía el 24 de febrero de 1525 y prisionero en Madrid hasta febrero de 1526. Pero sucede que el Emperador también tuvo Cortes en Toledo en 1538-1539 y «la de los Gelves» —como advirtió Marcel Bataillon— podría ser la afortunada empresa de don Hugo de Moncada en 1520. De acuerdo con la primera hipótesis (expedición de 1510, Cortes de 1525), al acabar la novela Lázaro andaría por los veinticuatro años; de acuerdo con la segunda (expedición de 1520, Cortes de 1538), por los veintisiete[5].

En principio, la cronología de la vida de Lázaro da pie a ambas teorías, sin imponer ni desautorizar ninguna, porque en su última parte resulta extremadamente escurridiza y no hay medio de decidir si el protagonista se hallaba «en la cumbre de toda buena fortuna» a los veinticuatro o a los veintisiete años. Pero, si examinamos más de cerca los presuntos jalones en el itinerario del protagonista, descubrimos que ni son tan firmes como ha solido creerse, ni en definitiva se dejan conciliar con ninguno de los dos planteamientos reseñados[6].

---

[5] Por la primera hipótesis se inclinan E. Cotarelo [1915] 683-687, C. P. Wagner [1917] x, M. Bataillon [1931] 8, M. J. Asensio [1959] 78-83, M. de Riquer [1959] 81-82. Por la segunda se decide M. Bataillon [1958] 17-19; vid. también abajo, n. 11.

[6] No merece atención aquí el debilísimo argumento en relación con «el Rey de Francia»; cfr. cap. II, n. 77.

Para empezar, cuando Antona Pérez mienta «los Gelves», es inconcebible que ni ella, ni el ciego, ni el lector de la época pudieran pensar en otro episodio que el desastre de 1510. Decir que Tomé González «había muerto en la de los Gelves» sobreentendía que fue en el malhadado percance que todos recordaban por la carnicería en medio de la cual perecieron un hijo del Duque de Alba y un tercio de las tropas cristianas. La operación de 1520 no parece haber causado ninguna impresión perdurable entre los españoles[7]. El descalabro de 1510 pervivió tan nítidamente en las memorias, que ni siquiera le faltó eco en el folclore (vid. I, n. 43). Pervivió, además, con una aureola de mito que nadie desdeñaría incorporar a su propia genealogía. Un personaje fingido por Cristóbal de Villalón se vanagloriaba proclamando: «un mi bisabuelo murió en Salsas [1503], y un abuelo mío en los Yelves [1510], y mi padre en Perpiñán [¿1524?], y un mi hermano bastardo hizo grandes bravezas en la Italia y en Milán, antes que muriese por defender un bestión»[8]. Sólo aceptando muchas inverosímiles casualidades cabría dar por buena en 1541 semejante ejecutoria: el personaje de Villalón debe de estar adornando su linaje con hazañas ajenas. ¿Concederemos más crédito a Antona Pérez? Lázaro había afirmado que su padre murió «en cierta armada contra moros», sin precisar en cuál. Es Antona quien, cantando los ambiguos méritos de su marido y de su hijo, saca a relucir «la de los Gelves»[9]. Si el anónimo autor no quiso que Lázaro nombrara «los Gelves», tampoco esperaría que luego prestáramos fe a su madre: antes bien, con el silencio del uno desmentía a la otra; o, cuando menos, nos invitaba al escepticismo. Nos conviene hacerle

[7] Vid. M. J. Asensio [1959] 80.
[8] Cristóbal de Villalón, *Provechoso tratado de cambios* (1541), Valladolid, 1546, fol. [LI] vo.
[9] Cfr. A. Blecua [1974] 10-11 y J. Caso [1982] xc.

caso: en boca de Antona Pérez, la alusión a «los Gelves» ha de referir a la expedición de 1510, pero probablemente es también un embuste[10].

Los eruditos modernos, por otra parte, han esgrimido diversas razones para elucidar si las Cortes que se entrevén al final del *Lazarillo* son las de 1525 o las de 1538-1539: se ha debatido si la calificación de «victorioso» se aplicaba mejor a Carlos V en las primeras o en las segundas, si en una y otra hubo o no hubo «grandes regocijos»...[11] Ninguna de las propuestas barajadas comporta ni una mediana capacidad de convicción. Por el contrario, no hay motivo para no asentir a la única interpretación antigua que nos ha llegado. Pues ocurre que la *Segunda parte* de 1555 continúa la crónica de las «fortunas» de Lázaro presentándolo tan satisfecho en compañía de los alemanes de paso por Toledo con el séquito imperial, tan apegado a «los amigos y vida cortesana», que incluso estuvo a punto de marcharse con ellos cuando «se mudó la gran corte»; y en seguida, tras consignar el «nacimiento de una muy hermosa niña», cuenta que el pregonero «se fue a embarcar para la guerra de Argel» de 1541[12]. El dato nos obliga a descartar las Cortes de 1525 como telón de fondo del *Lazarillo* original, nos aconseja entender que el relato se cierra con una evocación de las de 1538-1539 y, sobre todo, nos asegura que los coetá-

---

[10] Antona, sin embargo, sólo podía engañar al ciego hasta cierto punto. El mendigo se hallaba ante un chico de unos doce años, de cuyo padre le contaban que había perecido en «los Gelves»; pero como el ciego —al contrario que el lector— no sabía la edad de Lázaro al morir Tomé, Antona tanto podía estarle hablando en 1510 como en 1522. Si su madre dice la verdad, Lázaro nació en 1502; si no la dice, entre 1498 y 1510.

[11] Vid., así, F. Márquez [1957] 260 n. 2, M. J. Asensio [1959] 78-90 y R. Cortina [1977].

[12] *La Segunda parte del Lazarillo de Tormes...*, Amberes, 1555, fols. 2-3 vo.; nótese ahí el recuerdo del «poco venturoso Yugo de Moncada» (fol. 25), muerto en 1428. Cfr. M. Bataillon [1958] 62 y 220 n. 84; F. Márquez [1958-59] 287.

neos ponían la «prosperidad» del protagonista en los alrededores de 1540.

Por ahí, la perspectiva que nos consta como más cercana al autor refuta muchas especulaciones de nuestro siglo. Pues o Tomé González «fenesció su vida» en 1510 o no es cierto que muriera en «la de los Gelves»; mas, por otra parte, o las Cortes de Toledo en cuestión son las memorables de 1538-1539[13] o bien hay que inferir que no tienen correspondencia en la realidad histórica. Intentemos conjugar entre sí tales posibilidades. Cualquiera que sea la solución que prefiramos, nada quedará de ninguna de las dos hipótesis cronológicas que los estudiosos modernos han establecido para conjugar las andanzas de Lázaro y ciertas efemérides del Quinientos[14].

Unas líneas arriba, he realzado que, cuando el libro era todavía un *best-seller* reciente, se entendió que el final de la acción y la ficticia redacción de la autobiografía de Lázaro están situados en torno a 1540. Todo indica que debemos compartir ese juicio coetáneo, pero, obviamente, de él no se sigue que la redacción verdadera haya de atribuirse a las mismas fechas. Solemne, llamativamente y con no poca ironía, Lázaro data tan sólo el momento en que deja la pluma. Pero al auténtico autor, a sabiendas o inadvertidamente, se le escapan dos o tres minucias que de hecho nos conducen a unos cuantos años después. No hay que dar trascendencia estética a esos posibles deslices. El *Lazarillo* es —diríamos hoy— una 'novela de ambiente contemporáneo', y la integridad del clima en que nos introduce no se rompe en medida digna de consideración porque algún detalle se descubra inspirado en realidades un poco posteriores a 1540.

---

[13] Véase J. Sánchez Montes, «Sobre las Cortes de Toledo en 1538-1539», en *Carlos V. Homenaje de la Universidad de Granada,* 1958, págs. 595-641.

[14] No creo prudente entrar en conjeturas basadas en la posibilidad de que Lázaro hubiera nacido hacia 1510 (cfr. la anterior n. 10).

Lazarillo y el escudero, por ejemplo, pasan tiempos de singular «abstinencia», «tristeza y silencio», por culpa del municipio toledano: «Y fue, como el año en esta tierra fuese estéril de pan ['trigo'], acordaron el Ayuntamiento que todos los pobres estranjeros ['forasteros'] se fuesen de la ciudad, con pregón que el que de allí adelante topasen fuese punido ['castigado'] con azotes. Y así, ejecutando la ley, desde a cuatro días que el pregón se dio, vi llevar una procesión de pobres azotando por las Cuatro Calles. Lo cual me puso tan gran espanto, que nunca osé desmandarme a demandar» (pág. 93).

A creer a Marcel Bataillon, el pasaje nos guía hacia una coyuntura inconfundible, porque «el movimiento de defensa de las ciudades españolas contra mendigos y vagabundos cobra nuevo vigor a partir de 1540»[15]. Dice bien el maestro Bataillon: «*nuevo* vigor». Desde siglos atrás, en la Península y fuera de ella, venía prescribiéndose, sin que nunca se cumpliera, que «non anden pobres por el Reino, sinon que cada uno pida en [el lugar de] su naturaleza» (como se ordena en las Cortes de Valladolid de 1518)[16]. Pero el Emperador no empezó a preocuparse seriamente por el asunto hasta que en 1531, espoleado por las conveniencias del capitalismo incipiente y por flamantes doctrinas *de subventione pauperum,* se procuró una copia de las ordenanzas promulgadas al respecto en varias ciudades flamencas; y sólo en 1540 se tomaron decisiones tajantes sobre la materia, aunque la oportuna pragmática no se publicó sino en 1544[17]. Zamora, Salamanca

---

[15] M. Bataillon [1958] 18-19.

[16] Cfr. M. Morreale [1954] 28; M. Jiménez Salas, *Historia de la asistencia social en España en la Edad Moderna,* Madrid, 1958, págs. 89-92, etc.; M. J. Asensio [1959] 80-81; M. Fernández Álvarez, *La sociedad española en el Siglo de Oro,* Madrid, 1983, págs. 174-183; y L. Martz, *Poverty and Welfare in Habsburg Spain: the Example of Toledo,* Cambridge, 1983.

[17] F. Márquez [1968] 120-127 conjetura que en el *Lazarillo* hay un eco de la polémica que a raíz de esa disposición enfrentó a fray Domingo de Soto (con-

y Valladolid la pusieron en práctica pronta aunque fugazmente. Toledo, sin embargo, se resistió a hacerlo hasta que «la esterilidad de los tiempos», «los muchos mozos y mozas que se mueren» y «los muchos niños que se echan» forzaron al Ayuntamiento, a 21 de abril de 1546, a decretar que a «los pobres mendicantes que están en esta cibdad e vienen de fuera de ella enfermos», si resulta que «ellos se fazen tales» y que la enfermedad es falsa, «los envíen e lleven a la cárcel, porque allí los mandará castigar el señor corregidor» con los sesenta azotes y el destierro que preceptuaba la legislación. Si, según parece, Lázaro asiste al primero y único caso de aplicación de tales medidas (rápidamente desechadas) en la Imperial Toledo, la novela —concluye Augustin Redondo— «no pudo escribirse sino después del 21 de abril de 1546»[18].

trario a la prohibición de mendigar fuera del lugar de origen) con el benedictino Juan de Robles (o de Medina), gran inspirador de la reforma, y opina que la novela concuerda con la posición de Soto. M. Cavillac, en el importante estudio sobre «La problemática de los pobres en el siglo XVI» que figura en su introducción a C. Pérez de Herrera, *Amparo de pobres*, Madrid, 1975 (y donde no toma en cuenta el trabajo de Márquez), aproxima el *Lazarillo* a los análisis de un memorial de 1557 presentado por Luis de Ortiz y que desemboca «en una conclusión muy cercana a la de fray Juan de Medina» (págs. cxiii-cxv). Vid. aún M. Bataillon, «J. L. Vives, reformador de la beneficencia», en su libro póstumo *Erasmo y el erasmismo*, Barcelona, 1977, págs. 179-202; E. Cros [1977], J. Herrero [1979] y ahora J. A. Maravall [1986].

[18] Al enjundioso estudio del prof. A. Redondo [1979 *b*] únicamente vale la pena añadirle ahora una apostilla. El «gran espanto» con que Lázaro ve «punidos» a los pobres «estranjeros» —como él mismo— lo decide a abandonar la mendicidad y, por ahí, da pie a la situación que culminará en la huida del escudero y en los nuevos rumbos del protagonista: «quiso mi mala fortuna... que en aquella trabajada y vergonzosa vivienda no durase...». Se entiende que, para motivar un trecho tan importante en la estructura del relato, el autor pasara por encima de una cronología estricta o no se preocupara por fechar exactamente lo que en la memoria se le presentaba como momento impreciso de un pasado en cualquier caso no lejano, y retuviera, en cambio, otros elementos llamativos de la realidad de 1546: las causas extraordinarias («como el año en esta tierra fuese estéril de pan...») y el carácter enteramente excepcional de las regulaciones que entonces se adoptaron en Toledo. Esa excepcionalidad es quizá el elemento mejor subrayado en la novela. Lázaro, en efecto, no da por supuesto que los mendigos fueron castigados «ejecutando la ley», sino que se detiene a resaltarlo, como indicando que lo normal era que no hubiera tal ley o que no fuera ejecuta-

¿Hablaremos de 'anacronismo'? Sólo si lo juzgamos con criterios anacrónicos... El autor sin duda se sentía en libertad de realizar transposiciones como ésa, deliberada o no. No es imaginable que se le pasara por la cabeza datar la carta de Lázaro por referencia a unas «Cortes» y unos «grandes regocijos» inexistentes. Pero trasladar al treinta y pico un dato menudo de 1546 era licencia perfectamente aceptable por la poética de la *verisimilitudo* que daba fuerzas a la temprana novela realista[19].

Todavía es menos objetable que sendas afirmaciones de Lázaro y el escudero no se dejen entender si no se avecinan a 1550 mejor que a 1540. Así ocurre cuando el protagonista, para glosar cómo birlaba media de cada blanca que recibía para el ciego, escribe que, al llegar la limosna a su amo, «ya iba de mi cambio aniquilada en la mitad del justo precio». Como explica Ramón Carande, «con la palabra *cambios*, que tiene, también entonces, otras acepciones, designaban los feriantes y la literatura jurídica al oficio de los mercaderes, que algunos tratadistas de la época denominan 'banqueros de las ferias'»[20]. En especial, se llamaba «cambio» a la operación financiera a través de la cual el «cambiador», en una determinada feria, adelantaba cierta cantidad a un negociante, para recuperarla luego, con un tanto de ganancia, en la primera feria que se celebrara, a la presentación de las correspondientes «letras de cambio».

El «cambio» encubría regularmente un préstamo con interés: *scilicet* —con las ideas del siglo XVI—, un pecado

---

da. De ahí, por otra parte, el «gran espanto», la sorpresa y la confusión, que tan bien explican la conducta inmediata del protagonista y que a su vez tan bien concuerdan con los datos toledanos de 1546. Caben pocas dudas de que el autor no inventa el episodio de raíz, sino que se apoya en una experiencia histórica de rasgos singulares.

[19] Vid. simplemente las citas y bibliografía que se dan en F. Rico [1970] 37; y A. López Pinciano, *Philosophía antigua poética*, ed. A. Carballo Picazo, II (Madrid, 1953), págs. 79-80, 97-98.

[20] R. Carande, *Carlos V y sus banqueros*, Madrid, 1967², vol. I, pág. 333.

de usura y un «abuso en la filosofía natural»[21]. Por ahí, moralistas y jurisconsultos hubieron de diseccionarlo con lupa y escalpelo. En España, concretamente, las disputas al respecto fueron una consecuencia más de la revolución económica provocada por la afluencia del tesoro americano: surgieron y tuvieron su apogeo en el período de máxima expansión de los tratos mercantiles, «entre 1525 y 1550», y sobre todo al producirse la nueva ordenación de las ferias, «a partir de 1536»[22]. Desde entonces, urgidos a dar respuesta a una coyuntura acuciante, teólogos y casuistas —en su mayoría, de Salamanca— multiplicaron los tratados, comentarios y dictámenes sobre la licitud y condiciones de los «cambios». Entre 1541 y 1557, en particular, la preocupación por la materia fue tan grande, que en esos años se compuso más del cincuenta por ciento de los estudios que se le dedicaron de 1536 a 1600. En esos años también, los legisladores se vieron en el brete de elegir entre los escrúpulos de la conciencia y las necesidades de la economía, y, ateniéndose a los primeros, lo hicieron con una medida controvertidísima y de gigantesca repercusión sobre el tráfico comercial: entre noviembre de 1551 y octubre de 1552, tres pragmáticas vinieron a prohibir que se cambiase «por letras» dentro del Reino, si no era a la par, o sea, excluyendo cualquier lucro para el «cambiador».

Ahora bien, Lázaro no se limita a equiparar jocosamente con un «cambio» la ratería de que hace víctima al ciego: en tono que se finge grave, recurriendo a la jerga de la escolástica («aniquilaba») y a un célebre tecnicismo del derecho romano, «la mitad del justo precio» (cfr. I, n. 68), lo apostilla como si se tratara de una transacción de campanillas sometida a la valoración de un sesudo catedrático de la Escuela de Salamanca... Una broma seme-

---

[21] Cristóbal de Villalón, *Provechoso tratado de cambios*, fol. IIII vo.
[22] Las fechaciones son de R. Carande, *ibíd.*, págs. 326 y 330.

jante no podía tener sentido ni gracia, ni para el autor ni para los lectores, antes de que las realidades y las especulaciones del decenio de 1540 pusieran sobre el tapete el problema de los «cambios». Pero, además, Lázaro es tan burlón como terminante: si al quedarse con media blanca 'aniquila' la moneda en «la mitad del justo precio», es porque incluso en un «cambio» el «justo precio» de una blanca es cabalmente una blanca, es decir, porque no puede detraerse ningún provecho para el «cambiador», porque ha de cambiarse a la par. En otras palabras: como exigían las pragmáticas de 1551 y 1552, que a su vez tanto avivaron el debate sobre los «cambios». Por ende, el deslumbrante rasgo de ingenio a cuenta de las blancas y las medias blancas nos remite sin vacilaciones a años posteriores a 1540; y, muy plausiblemente, llega a acotarnos un marco ceñidísimo en que poner la composición del *Lazarillo:* entre noviembre de 1551 y la publicación de la obra, a más tardar, a finales de 1553[23].

Hacia los mismos años y hacia el mismo marco nos orienta la presunción del escudero sobre el precio no menos justo que alcanzaría el «solar» que aún posee en el pueblo..., siempre y cuando, en vez de ahí, estuviera en otra parte: «no soy tan pobre que no tengo en mi tierra un solar de casas, que, a estar ellas en pie y bien labradas, dieciséis leguas de donde nací, en aquella Costanilla de Valladolid, valdrían más de docientas veces mil maravedís, según se podrían hacer grandes y buenas» (pág. 102).

Puesto a fantasear, nada ataba al hidalgo a una distancia de «dieciséis leguas»: era suya toda España, con la propia Toledo donde se entretenía en tales cavilaciones. Claro es que habían de existir buenos motivos para volver los ojos precisamente a Valladolid, y no resulta difícil identificarlos con los que tantas otras veces han hecho

---

[23] Los últimos párrafos dan un resumen muy sucinto de F. Rico [1987 *a*].

que un propietario rústico se pregunte en cuánto podría vender su finca, en el caso de tenerla en una zona de aglomeración urbana o junto a una playa de moda. Porque Toledo se había ido desarrollando notablemente en la primera mitad del Quinientos, pero el auge de Valladolid fue espectacular en el segundo tercio del siglo. Ahí residió la Corte con frecuencia desde 1522; y al hacerlo ininterrumpidamente, de 1543 a 1559, la convirtió en la verdadera capital del reino. Como han demostrado las investigaciones del prof. Bennassar, tal circunstancia provocó un enorme incremento de la construcción y la lógica consecuencia de que se dispararan los alquileres y los precios de los terrenos. Es en ese momento, después de 1543, cuando cobran plenitud de significado las cuentas del escudero: ¡si el «solar» estuviera en la capital de España, en el corazón de la ciudad, en una calle del postín de la Costanilla, donde el valor del suelo subía incesantemente...! Pero hay más: el punto culminante de ese *boom* de la construcción en Valladolid se alcanza entre 1551 y 1559[24]. A nuestros efectos, pues, los testimonios históricos vuelven a confinar la composición del *Lazarillo* dentro de unos límites progresivamente más reducidos, según se afina en el análisis: no antes de 1540, en los grandes rasgos de un primer examen; después de 1543, 1546 o incluso 1551, cuando la atención se fija en ciertas particularidades del ámbito previamente deslindado.

Esa convergencia de los datos es tan significativa como los propios datos, si no más. En rigor, los argu-

---

[24] Cfr. B. Bennassar, *Valladolid au siècle d'or*, París-El Haya, 1967, páginas 141-144, 292-293. «La cantidad indicada [por el escudero: 'más de docientas veces mil maravedís'] debe de corresponder a la realidad, ya que en un documento de 1563 se lee que un tal Jerónimo de San Miguel quiso reconstruir la casa que poseía en esa calle [de la Costanilla] y se había quemado cuando el gran incendio de 1561. Para ello, pidió un préstamo de 262.500 maravedís, dando como prenda la dicha casa» (A. Redondo [1979] 431, según una comunicación de B. Bennassar).

mentos expuestos hasta aquí no constituyen una demostración *more geometrico:* son indicios, no pruebas sin vuelta de hoja; y no nos permiten alcanzar la certeza, pero sí una conclusión con altísimo grado de probabilidad. Porque no puede atribuirse al azar que todos, y siempre por partida doble, apunten en idéntica dirección: a una fecha, posterior a 1540, que cada nuevo elemento de juicio acerca más a las primeras ediciones del *Lazarillo*. Nótese, por otro lado, que los puntos de referencia de que disponemos son exclusivamente favorables a una datación tardía: descartada la picardía de Antona Pérez a cuenta de «los Gelves» de 1510, no hay, lisa y llanamente, ni una sola pista que tienda a situar la redacción de la obra en 1525 o, digamos, 1530[25].

Por el contrario, la datación tardía que señalan los testimonios de la historia se corrobora al contemplar el *Lazarillo* en las coordenadas de la tradición literaria. Desde luego, a la altura de 1525, no sabríamos qué hacer con nuestra novela. Un relato en prosa, en primera persona, singularmente abierto a la más humilde realidad cotidiana, en deuda con el arquetipo del 'mozo de muchos amos' y a la vez disfrazado de «carta mensajera», sería en ese decenio poco menos que inexplicable; hacia 1552, en cambio, sin perder un ápice de genialidad, encaja a las mil maravillas en el panorama de las letras españolas (vid. aba-

---

[25] Así, no cabe tomar en cuenta un razonamiento como el propuesto por L. J. Cisneros [1946] 73: «Si se hubiera escrito el libro cerca de 1538, ¿habría evitado su autor, hombre joven, de ingenio, accesible, por entusiasmo juvenil, a los hechos resonantes, referirse a las Indias que comenzaban a conquistarse? El hecho de que Lázaro transite por España y no se llegue a América ni de ella hable en momento alguno puede ser una prueba, quizás inadvertida hasta ahora, de que el libro se escribió antes de la conquista americana». Ni me veo con ánimos para compartir las intuiciones de mi amigo J. Caso [1966] y [1982] xl-lxxii, según quien el *Lazarillo* podría ser la reelaboración de un primitivo *Libro de Lázaro de Tormes*, del que también dependerían la *Segunda parte* de Amberes, 1555, y algún fragmento disperso (cfr. n. 28) de lo que comúnmente se ha tomado por una continuación perdida del relato de 1554.

jo, págs. 61*-76*). Sin embargo, es la tradición literaria *posterior* quien más persuasivamente nos recomienda no distanciar la fecha de composición y la fecha de publicación del *Lazarillo*.

Recordábamos antes que la aparición de tres ediciones en 1554, los añadidos del texto de Alcalá y la *Segunda parte* de 1555 nos aseguran que la obra consiguió inmediatamente un éxito extraordinario. Ahora hemos de advertir que el éxito inicial se prolongó en una popularidad creciente y duradera, por encima del veto de la Inquisición (1559) y de los avatares editoriales. Sin salir de la España de Felipe II (1556-1598), conocemos docenas de citas, reminiscencias y aun recreaciones del *Lazarillo*, en todos los géneros y en todos los estilos[26]. A decir verdad, la repercusión de la novela fue tan grande, que ya en 1587 había recibido la suprema consagración de incorporarse al refranero: para entonces, la «casa lóbrega» del hidalgo llevaba años mentándose en proverbios, madrugadoramente recogidos por los paremiólogos[27].

Frente a esa omnipresencia en la literatura de la segunda mitad del siglo, ni el menor rastro en tiempos del Emperador[28]. Pero un libro que los editores de 1554 compiten por imprimir y adicionar ¿es concebible que durmiera

---

[26] Cfr. F. Rico [1970] 95-100 (adiciones en la trad. ingl. [1984] 119-121); M. Chevalier [1976].

[27] Vid. abajo, pág. 115*, n. 69 (y M. Chevalier [1976] 174), con referencias a Sánchez de la Ballesta y Correas.

[28] La alusión a «las batallas que hubieron los atunes en tiempo de Lázaro de Tormes», en el ms. *G* de *El Crotalón* (Nueva Biblioteca de Autores Españoles, pág. 171 *a*), es una de las muchas interpolaciones que ese códice aporta a la versión primitiva, según muestra A. Vián Herrero, *Diálogo y forma narrativa en «El Crotalón»*, Universidad Complutense de Madrid, 1982, I, págs. 580-581. Cosa similar ocurre en el *Liber facetiarum* de Luis de Pinedo (Biblioteca Nacional, ms. 6960; cfr. Foulché-Delbosc [1900] 94-97; y J. Caso [1966] 132-135 y [1982] XLIV-XLVIII): el epígrafe del fol. 75/118 con la mención «del Libro llamado *Lázaro de Tormes*» fue introducido en un momento posterior a la copia del texto al que sirve de encabezamiento (pese a E. Miralles, «Anotaciones al *Liber facetiarum* de Luis de Pinedo», en *Josep Maria Solà-Solé: Homage, Homenaje, Homenatge*, ed. A. Torres-Alcalá, Barcelona, 1984, págs. 147-157).

inédito desde 1525 ó 1530?[29]. Un libro que luego pobló
de resonancias las letras castellanas, se folclorizó, dio
nombre nuevo a un oficio eterno («lazarillo»), ¿pudo haber circulado más allá de un período brevísimo sin dejar
huella de ningún tipo? La respuesta a esa doble pregunta
debe ser necesariamente negativa. Se diría razonable, así,
concluir que el silencio anterior a 1554 y la multitud de
ecos que después se escuchan son indicios capitales para
poner la composición del *Lazarillo* hacia 1552.

No sorprende, en fin, que el autor escribiera alrededor
de ese año y situara en 1539 (en «el día de hoy» en que
Lázaro contesta a «Vuestra Merced» a propósito de «el
caso») el desenlace de la acción y la supuesta redacción de
la carta autobiográfica de Lázaro (vid. VII, n. 42). El lap-
so entre la redacción ficticia y la redacción auténtica no
sacaba a la novela del 'ambiente contemporáneo' que in-
teresaba al anónimo y tenía la virtud de evitar las interpretaciones en clave anecdótica. Un Lázaro que cerraba
el relato hacia 1540 quedaba lo bastante cerca para ser
una figura familiar y lo bastante lejos para que nadie
cayera en la tentación de identificar al canónigo del capítulo VI, al Arcipreste de Sant Salvador o al propio protagonista con tal o cual toledano de 1550[30]. No olvidemos
que el lector de la época, para quien una narración como
el *Lazarillo* era una novedad sin precedentes, tendería a
tomar el libro al pie de la letra y a entenderlo como escrito efectivamente por un Lázaro de Tormes de carne y
hueso; el propio autor jugaba a ese juego en una medida

---

[29] Cfr. también F. Márquez [1957] 266.

[30] F. Márquez [1957] 260 opina que «el autor pudo haber estudiado de intento la cronología de la acción, en tanto mayor grado cuanto todo esfuerzo por
alejar los hechos en el tiempo no sería más que un acto de elemental prudencia,
tratándose de una obra tan corrosiva y con delaciones personales tan peligrosas
como la muy concreta del Arcipreste de San Salvador»; pero ni siquiera sabemos si San Salvador era iglesia arciprestal (cfr. VII, n. 16), y si, por tanto, había
quien recibiera propiamente el título de «Arcipreste de Sant Salvador».

harto mayor que cualquier novelista del siglo XIX. Ahora bien, un Lázaro de 1539 ni robaba 'realismo' ni facilitaba las confusiones con la realidad de un decenio después: el pasado —pero pasado próximo— impedía que, al frustrarse el impulso a dar la obra por verdadera, se la diese por no verosímil[31]. No es artimaña ocasional, sino inteligente tanteo en el proceso de descubrimiento de un espacio insólito para la ficción: el espacio de la novela moderna.

---

[31] Por lo menos desde los *Discorsi intorno al comporre de i romanzi...* (1554) de G. Giraldi Cintio, los teóricos, al discurrir sobre la «comedia nueva», reputaban lícito atribuir peripecias ficticias a los personajes sin relieve público, precisamente porque no era posible probar la falsedad de tales sucesos; cfr. W. Nelson, *Fact or Fiction? The Dilemma of the Renaissance Storyteller,* Cambridge, Mass., 1973, pág. 48 (y 43-44, 100-108, etc.).

2. Sobre el autor

El *Lazarillo* estaba avocado al anonimato. El público que en 1553 ó 1554 agotaba las ediciones de la obra no tenía problema mayor con el *Amadís* o la *Cárcel de amor, Teágenes y Cariclea* o el *Asno de Oro:* mientras para los más ignorantes cuanto ahí se contaba era pura 'verdad' (o, según los suspicaces, pura 'mentira'), la tradición literaria había enseñado a los discretos a aquilatar la 'mentira' y la 'verdad', la «poesía» y la «historia» de tales fábulas[1]. Pero el *Lazarillo* no cabía en ese terreno de la 'ficción': los contemporáneos no tenían el hábito mental de leer como 'ficción' un libro de semejante tenor, no tenían otros libros parejos en que haberlo adquirido. Un volumen cuyo contenido, en prosa, se limitaba a la autobiografía de un pregonero de Toledo —y sin más experiencias que las propias de un despreciable pregonero— claro está que no se dejaba acoger por las buenas en la misma categoría que los estilizados ensueños de Heliodoro o Diego de San Pedro. Ahora bien, si en principio el *Lazarillo* no era de recibo como 'ficción', sí cabía presentarlo como 'verdad', acentuarle las apariencias de «historia» y, por ejemplo, no dar en ninguna parte otro nombre que el del protagonista y supuesto autor, callando el del auténtico.

---

[1] Vid. simplemente E. C. Riley, *Teoría de la novela en Cervantes,* Madrid, 1966, págs. 261-284, y el libro de W. Nelson arriba citado, para poner en la adecuada perspectiva las nociones a que aludo en el texto.

El novelista, así, no ofrecía tanto una 'ficción' cuanto una 'falsificación': un apócrifo, mejor que un anónimo. Es evidente con qué intenciones. En efecto, los primeros lectores, con la aprobación que suele prestarse a lo sabido y esperado, asentirían casi distraídamente a las consideraciones del Prólogo sobre la fama que proporcionan las letras y sobre «la honra» como acicate de «las artes»: nada más regular, más propio de un escritor al uso. Pero poco a poco irían percatándose de que el *yo* del relato no era el de un escritor al uso, ni era sabido ni esperado el trato que en el libro se dispensaba a las ideas convencionales y a las presunciones de los lectores: allí no había fama que valiera (a no ser por vía de paradoja), ni «honra» (o sólo un pintoresco «caso de honra»), ni, al cabo, Lázaro de Tormes[2].

El anonimato, pues, condecía con la peculiaridad del *Lazarillo* en el horizonte literario del momento y, además, permitía al narrador practicar una de sus tretas más queridas, sentando unas premisas y deslizando luego un factor que alteraba enteramente la conclusión prevista[3]: a nuestro propósito, los lectores acometían el libro como pura 'verdad' y acababan encontrando una 'mentira' que instauraba un género de 'ficción' admirablemente nuevo.

No pensemos que la renuncia a consignar su nombre, si fue voluntaria, constituyera un excepcional sacrificio del autor en provecho de la integridad artística de la obra. Como ha observado don Eugenio Asensio, «antes que el Catálogo de libros de 1559... dictase estrictas reglas contra los impresos anónimos, el anonimato era corriente en libros castellanos de entretenimiento y piedad. Sin nombre de autor aparecieron la *Celestina* y muchas de sus imitaciones, abundantes libros de caballerías, el *Lazarillo* y su continuación [no menos sintomática para noso-

---

[2] Cfr. F. Rico [1976] esp. 111 y [1984] 93-94 = [1984 *b*] 229-230.
[3] Véase F. Rico [1970] 39-44.

tros, añadamos], y finalmente bastantes libros de piedad en romance»[4].

Tampoco exageremos tanto esa integridad o autonomía de la obra, que lleguemos a juzgar que la identificación del autor es cuestión de nula o escasa importancia. «La comunicación literaria se realiza como cualquier otra comunicación»[5]: un *emisor* envía un *mensaje* en un determinado *código* y referido a un cierto *contexto*, etc., etc. El cambio de cualquiera de esos elementos afecta al conjunto del acto comunicativo y, por definición, modifica su sentido. En concreto, el cambio de autor o de nuestra idea del autor afecta decisivamente a la comprensión y apreciación del texto literario. El *Quijote* de Cervantes era igual palabra por palabra y radicalmente distinto que el *Quijote* del Philippe Menard borgiano; y un poema excelente si es de Góngora quizá se vuelva insoportable si averiguamos que se debe a un epígono de don Luis. Cuando Lázaro pondera «cuán poco se les debe» a «los que heredaron nobles estados» o anuncia que «ya la caridad se subió al cielo», nuestra valoración de esas frases y, por ahí, del significado de la obra toda habrá de ser una si descubrimos que el anónimo era un gran señor o un erasmista apasionado y otra si resulta que fue un modesto gramático de pueblo o un catedrático de nominales en Alcalá.

Cualquiera de esas posibilidades, y cien más que se pusieran, es perfectamente aceptable (con tal arte de prestidigitación se exhiben afirmaciones y negaciones a lo largo del libro)[6]. Pero, incluso no estando en condiciones

[4] E. Asensio, «Fray Luis de Maluenda, apologista de la Inquisición, condenado en el Índice Inquisitorial», en *Arquivos do Centro Cultural Português*, IX (1975), págs. 87-100; cfr. J. M. de Bujanda, *Index de l'Inquisition espagnole (1551, 1554, 1559)*, Sherbrooke, 1984, pág. 95.

[5] C. Segre, *Principios de análisis del texto literario*, Barcelona, 1985, pág. 11; cfr. C. Di Girolano, A. Berardinelli y F. Brioschi, *La ragione critica*, Turín, 1986, págs. 87 y ss.

[6] Vid. F. Rico [1970] 45-55.

de decidirnos por una de ellas, no podemos leer el *Lazarillo* sin autor: si no se nos revela él de otro modo, hemos de recreárnoslo a la luz de nuestra interpretación de la novela. Porque todavía es más peligroso derivar esa interpretación de una falsa pista sobre la personalidad del autor. Por desgracia, así ha ocurrido más de una vez en la crítica del *Lazarillo*.

El más antiguo y sin duda el más plausible de los candidatos a la paternidad del *Lazarillo*, el jerónimo fray Juan de Ortega, fue propuesto en 1605 por un hermano de hábito, fray José de Sigüenza: «Dicen que siendo estudiante en Salamanca, mancebo, como tenía un ingenio tan galán y fresco[7], hizo aquel librillo que anda por ahí, llamado *Lazarillo de Tormes*, mostrando en un sujeto tan humilde la propiedad de la lengua castellana y el decoro de las personas que introduce con tan singular artificio y donaire, que merece ser leído de los que tienen buen gusto. El indicio desto fue haberle hallado el borrador en la celda, de su propia mano escrito»[8].

Fray Juan de Ortega tomó el hábito en el monasterio de San Leonardo, en Alba de Tormes, y hacia 1539 era ya figura descollante, hasta el punto de que Carlos V le eligió como obispo de Chiapas, en México, por más que fray Juan rechazó la mitra. De 1552 a 1555 fue General de los Jerónimos: «Si el *Lazarillo* fuera obra suya —pensaba Bataillon—, el anonimato de la publicación, hacia 1554, se explicaría suficientemente»[9]. Sigüenza nos

---

[7] Hasta aquí las señas coinciden con las del «Ioannes Ortega» a quien Nebrija en 1521 ó 1522 calificaba como «vir promptus et alacris» y presentaba como «cathedrarius professor» en Salamanca. Cfr. C. Gilly, «Una obra desconocida de Nebrija contra Erasmo y Reuchlin», «Apéndice 1», n. 19 y texto correspondiente, en el colectivo *El erasmismo en España*, ed. M. Revuelta y C. Morón, Santander, 1986.

[8] F. José de Sigüenza, *Historia de la Orden de San Jerónimo*, II (Nueva Biblioteca de Autores Españoles, XII), pág. 145.

[9] M. Bataillon [1958] 15; ahí, págs. 14-16, y en [1954] 8-14, Bataillon defen-

habla de la afición de fray Juan por las letras («las que
con razón se llaman buenas letras»), de su finura espiritual, de su ánimo amable y abierto, «poco encapotado»;
mas, aparte de la atribución del *Lazarillo* —sólo a medias
y escudada en un prudente «dicen»—, no se refiere a ninguna producción literaria del antiguo General, cuando,
celoso del lustre intelectual de su Orden, nunca deja de
consignar los libros de autores jerónimos. Sin embargo,
de ningún modo es obligado suponer que fuera el del *Lazarillo* —como se ha afirmado— «creador madurísimo,
muy avezado a enfrentarse con los pliegos»: bisoño era
Fernando de Rojas al escribir su perfecta *Celestina* y, al
parecer, no volvió a tomar la pluma.

El anticlericalismo del *Lazarillo,* desde luego, no afecta
a la posible autoría de fray Juan, porque el fortísimo espíritu crítico de los frailes reformados de la época se exa-
cerbaba en lo referente a la falta de caridad y a la bajeza
moral del clero. Los chistes sacroprofanos, por otra parte
—comenta Bataillon—, podían ser tan familiares al jerónimo Ortega como lo eran al franciscano Rabelais. En lo
antiguo, el «indicio» decisivo para la atribución fue «haberle hallado el borrador..., de su propia mano escrito»;
pero la significación del hecho no puede abultarse, porque muchas obras literarias circularon manuscritas durante los Siglos de Oro[10]. En cualquier caso, debe tenerse

---

dió muy brillantemente la candidatura de fray Juan. J. Gómez-Menor [1977] intenta relacionar a fray Juan con los Ortega de Toledo.
[10] Cfr. N. Salomon, en *Creación y público en la literatura española,* ed. J.-F. Bo-
trel y S. Salaün, Madrid, 1974, pág. 27, y M. Chevalier [1976] 169, sobre la posibilidad de que el *Lazarillo* circulara manuscrito después de 1554; y vid. también
M. de Riquer [1959] 84 y M. J. Asensio [1960] 245. Por otro lado, compárese,
por ejemplo, el texto citado por J. M. Blecua, ed. F. de Quevedo, *Poesía original,*
I (Barcelona, 1963), pág. LIV, sobre un célebre poema, mal atribuido a Quevedo
y «cuyo autor se vino a descubrir después, hallándose el original en la celda de
un religioso». No pocas obrillas satíricas y (en particular) obscenas corrieron desde el siglo XV atribuidas a «un fraile», «fray Zutano» o cosa similar; véase, por
ejemplo, E. Asensio, *Itinerario del entremés,* Madrid, 1965, pág. 256. No parece ir
por ahí el Padre Sigüenza, pero tal vez sí iba el origen último de su noticia.

bien en cuenta que el padre Sigüenza escribe casi medio siglo después de la muerte de fray Juan y que la actuación de éste como General («intentó en su trienio menear las cosas de su camino ordinario») hubo de dar pie a abundantes chismes y rumores, favorables unos, sin duda contrarios los más: y ni siquiera cabe descartar que Sigüenza se confundiera con *otro* fray Juan de Ortega[11]. Como sea, sí es cierto, según advierte Bataillon, que «la atribución de un libro chistoso a un fraile jerónimo no es cosa que se invente fácilmente»: la tradición coetánea de que da fe Sigüenza, en efecto, no puede desecharse de un plumazo.

En 1607, en su *Catalogus clarorum Hispaniae scriptorum*, el bibliógrafo flamenco Valerio Andrés Taxandro escribía de don Diego Hurtado de Mendoza: «persona noble y embajador del César [Carlos V] cerca de los venecianos, dicen que escribió un comentario de Aristóteles y la guerra de Túnez que dirigió él en persona [pero la segunda atribución es dudosa]. Poseía rica biblioteca de autores griegos, que dejó al morir a Felipe II. Compuso también poesías en romance y el libro de entretenimiento llamado *Lazarillo de Tormes*»[12]; y en la *Hispaniae bibliotheca* (1608), el jesuita Andrés Schott contaba de don Diego: «Se piensa ser obra suya el *Lazarillo de Tormes,* libro de sátira y entretenimiento ['satyricum illud ac ludricum *L. de T.*'], de cuando andaba estudiando derecho civil en Salamanca»[13]. La atribución, recogida por Tamayo de Vargas y Nicolás

---

[11] Nótese que Simón García, *Compendio de arquitectura* [1681], Salamanca, 1941, pág. 19, cita entre sus fuentes a un fray Juan de Ortega: ¿será nuestro personaje, el prior de San Francisco documentado por A. Rumeau [1964 *b*] 282 n. 17, o bien otro homónimo? Cfr. n. 7.

[12] Citamos, con algún retoque, la versión de J. Cejador [1914].

[13] Resulta muy sospechosa tanta insistencia en referir el *Lazarillo* a un estudiante de Salamanca: ¿cómo olvidar que *La Celestina* —anónima también en sus primeras ediciones— fue compuesta por un aprendiz de jurista riberas del Tormes? No consta, por otro lado, que don Diego estudiara Derecho en Salamanca; y, si lo hizo, hubo de ser en fecha muy anterior a la más temprana que pueda aceptarse para el *Lazarillo*.

Antonio, conoció una extraordinaria fortuna, y hasta en muchas ediciones, en particular en el siglo XIX, llegó a estamparse el nombre de Mendoza como seguro autor del *Lazarillo*[14]. No le han faltado tampoco algunos ecos en nuestros días, pese a que todo parece militar contra ella, comenzando por el silencio absoluto de los primeros editores (de la poesía, en 1610) y biógrafos (Baltasar de Zúñiga, en 1627) de don Diego. La 'argumentación' a favor de Mendoza —tal como fue presentada principalmente por González Palencia— reviste carácter casi exclusivamente negativo, se reduce a repetir más o menos vagos «nada se opone...» y sólo por un momento cobra un cierto vigor: «el estilo seco, cortado y conciso del *Lazarillo* concuerda con el de [algunas] cartas [privadas] de Mendoza y con otras obras en prosa suyas. Pero acaso no se le pueda y deba dar gran valor a este punto, teniendo en cuenta que tales escritos, en forma de postdata, y para comentar una noticia o un suceso, habían de escribirse forzosamente de prisa, en forma abreviada, rápida y nerviosa»[15]. Pero si de hecho no existen razones en pro de don Diego, sí hay una importante contra él, justamente aducida por Morel-Fatio: «Se ha relacionado el *Lazarillo* con Mendoza porque muy tempranamente se formó en torno a su nombre una especie de leyenda, porque su traza, su ánimo vivo y ajeno a toda disciplina, sus donaires y

---

[14] A. Rumeau [1966] da a Bouterwek, en 1804, «pour le premier responsable de l'attribution catégorique du *Lazarillo* à Mendoza»; en cualquier caso, dudo que el Padre Isla aluda al *Lazarillo* al hablar de «un romance tan largo como el de don Diego de Mendoza», en el *Fray Gerundio*, ed. R. P. Sebold, IV (Madrid, 1964), pág. 218.

[15] A. González Palencia [1944] 29 (y, en general, 21-30); del mismo, cfr. también el estudio preliminar a su edición en Clásicos Ebro [1947], y, en colaboración con E. Mele, *Vida y obras de don Diego Hurtado de Mendoza*, III (Madrid, 1943), págs. 206-222. Han insistido en la atribución, sin añadir ningún elemento digno de ser considerado seriamente, E. Spivakosky [1961 y b, 1970] (y vid. asimismo su libro *Son of the Alhambra: Don Diego Hurtado de Mendoza*, Austin, Texas, 1970, *s. v.*), O. Crouch [1963] y, últimamente, C. V. Aubrun [1969].

sus prontos le valieron, en lo literario, una reputación de *enfant terrible*... Don Diego ha cargado con la responsabilidad de obras con las que nada tuvo que ver: no sólo el *Lazarillo*, sino también otros escritos de menos importancia, cartas satíricas o panfletos literarios»[16].

Una piececilla de hacia 1657 aseguraba que el *Lazarillo* era obra de una cofradía de pícaros: «seis mozos, sin más ni más, / [lo] escribieron en dos días»; y en la Inglaterra de Pope, el Doctor Lockier, deán de Peterborough, se lo adscribía a un grupo de obispos españoles en viaje al Concilio de Trento...[17] Cabe preguntarse si las atribuciones posteriores han sido siempre más verosímiles, pero, como fueren, se impone repasarlas rápidamente.

Así, al descartar con buen criterio que la novela se debiera a Mendoza, Morel-Fatio, haciendo fuerza del «espíritu anticlerical, si no antirreligioso» del *Lazarillo*, proponía buscar al autor en los aledaños ideológicos de los hermanos Valdés; e incluso apuntaba hacia «un livre bizarre..., *El Crotalón*»[18]. «En torno a Escalona y Toledo, hacia 1525, y en busca de alguien que si no es Juan de Valdés ha de parecérsele mucho», nos llevan más recientemente las conjeturas de Manuel J. Asensio[19]. Convencido de que la novelita debió escribirse durante la prisión de Francisco I, Asensio insiste en la identificación del Duque de Escalona aludido en el tractado I con don Diego López Pacheco, quien, retirado en la villa toledana, en tierras —Almorox, Torrijos, Maqueda— familiares al autor del *Lazarillo*, reunía a su alrededor, desde 1523 por lo menos, una pequeña comunidad de «alumbrados», entre quienes se contó algún tiempo Juan de Valdés. El ideario patente en el *Diálogo de la lengua* a propósito del realismo

---

[16] A. Morel-Fatio [1888] 161-162.
[17] Cfr. respectivamente F. Rico [1979-1980] y A. Morel-Fatio [1888] 165.
[18] A. Morel-Fatio [1888] 164-166. Vid. también J. Cejador [1914] 24-27.
[19] M. J. Asensio [1959] y [1960].

en el arte, la llaneza del estilo, la apreciación y empleo del elemento popular, etc., y el concepto de la honra, los criterios pedagógicos o la condenación de la falta de caridad y del materialismo manifiestos en el *Diálogo de doctrina cristiana* le parecen a Asensio otros tantos puntos de contacto entre el *Lazarillo* y la figura del reformista conquense. Mas cuando Lázaro nombra a «Escalona, villa del duque della», ¿es lícito buscar ahí algo más que una broma accidental (vid. II, n. 111), semejante al divertido epígrafe del *Quijote* a aquel capítulo (II, 9) «donde se cuenta lo que en él se verá»? Los supuestos vínculos ideológicos, a su vez, no van más allá de la coincidencia en algún lugar común (vid., por ejemplo, *Prólogo*, n. 6) o se basan en una valoración de los datos hoy superada por nuevas investigaciones: baste decir que el Valdés del *Diálogo de doctrina* resulta estar en deuda, no con los «alumbrados» de Escalona, sino con el mismísimo Lutero[20]. La atribución a Juan de Valdés no llega a alcanzar un grado de probabilidad que aconseje oponerle objeciones de detalle.

Otro tanto ha de decirse de la corazonada de ahijar la novela a su hermano Alfonso. No es disparatado percibir una cierta afinidad en «estilo», «malicia, sátira e ironía crítica» entre el *Lazarillo* y los diálogos de Alfonso de Valdés[21]. Pero ni esa posible afinidad se ha ilustrado debidamente, ni aun de haberlo sido cabría considerarla como fundamento suficiente de una hipótesis que, para empezar, supondría el libro anterior a 1532.

---

[20] Vid. C. Gilly, «Juan de Valdés: Übersetzer und Bearbeiter von Luthers Schriften in seinem *Diálogo de doctrina*», *Archiv für Reformationsgeschichte*, LXXIV (1983), págs. 257-305. Sobre «la tesis del autor alumbrado» (cfr. F. Márquez [1968] 99-104) no se pronuncian Antonio Márquez, *Los alumbrados*, Madrid, 1972, pág. 66, ni M. Andrés, *Los recogidos*, Madrid, 1976; sí, y en términos negativos, V. G. de la Concha [1972] 276 y [1981] 181; y L. J. Woodward [1977] ve en varios puntos del *Lazarillo* una burla no sólo de las ceremonias tradicionales de la Iglesia, sino asimismo de la pretensión de los «alumbrados» de recibir inspiración divina hasta en las menudencias de la vida diaria.

[21] J. V. Ricapito [1976] 44-51 y *passim*.

Inaceptable parece asimismo la propuesta de Fonger de Haan, en una línea muy de la crítica decimonónica, empeñada en hallar los «modelos vivos» de toda creación literaria. Fijando su atención en que en 1538 cierto Lope de Rueda se contaba entre los pregoneros de Toledo, De Haan le identificó con el famoso autor teatral —cuyos *pasos* creía poder comparar con las viñetas jocosas del *Lazarillo*— e interpretó nuestra novela casi como si se tratara de su verdadera autobiografía[22]. Las mismas pretendidas 'razones' que posteriormente se han querido alegar en defensa de tal idea inducen a descartarla sin vacilaciones[23].

En 1867, al publicar la *Representación de la historia evangélica del capítulo nono de San Joan*, del licenciado Sebastián de Horozco, ingenio toledano nacido hacia 1510, notó José María Asensio la semejanza existente, «hasta en algunas de las expresiones», entre las tretas de un mozo de ciego llamado Lazarillo y una sonada aventura de nuestro Lázaro de Tormes[24]. Andando el tiempo, Julio Cejador, en su edición para los clásicos de *La Lectura* [1914], recogía una posibilidad sugerida por Asensio, la apoyaba con una serie de semejanzas temáticas y expresivas entre las obras del toledano y nuestra novela, y el cotejo le llevaba al ánimo «la persuasión de que Sebastián de Horozco fue el que escribió el *Lazarillo*». Pronto, la tesis de Cejador se vio combatida por Emilio Cotarelo [1915], quien inició la publicación del *Libro de proverbios* o *Refranes glosados* de

---

[22] F. de Haan [1903] 13; cfr., en especial, M. Bataillon [1958] 10 y 35-39, y Sánchez Romeralo [1980]. A. Bonilla y San Martín [1904] vuelve también su atención a otros dos pregoneros toledanos de la misma época.

[23] F. Abrams [1964] se suma a la tesis de De Haan tan arbitrariamente como cuando se le ocurre [1967] que la novela está dirigida a Juan Martínez Siliceo. K. Schwartz [1967], con criterios de escaso o nulo valor, considera a Lope de Rueda más próximo que Valdés y Mendoza a los usos lingüísticos de nuestra obra.

[24] José María Asensio, *Sebastián de Horozco. Noticias y obras inéditas de este autor dramático desconocido*, Sevilla, 1867, pág. 46, n. 1.

Horozco; y, a partir de ahí, fue abandonada por todos sin excepción. Cuarenta años después, no obstante, Francisco Márquez Villanueva [1957] volvía a plantearla, en la convicción de que «apenas si hay en el *Lazarillo* un tema literario, un tópico, un pensamiento, un recurso expresivo que no pueda encontrarse también en Horozco»[25].

Según Márquez, ciegos y destrones, escuderos, echacuervos y frailes son personajes presentados en la obra del toledano con fisonomía muy semejante a la de sus pares en el *Lazarillo*[26]; por otro lado, «todos o casi todos» los refranes de la novelita «se encuentran también en los repertorios de Horozco»: el *Libro de proverbios,* la *Recopilación de refranes y adagios comunes...*[27] Ignoramos en gran medida la cronología de las obras de Horozco, y el mismo prof. Márquez concedía que muchas de las coincidencias propuestas «pueden ser posteriores a la aparición impresa del *Lazarillo,* y de hecho algunas lo son con toda seguridad». Pero, aun así, subrayaba que el autor anónimo conocía bien Salamanca, Toledo y el camino entre ambas, en tanto «la localización de las andanzas se hace más imprecisa a medida que tienden a alejarse del núcleo toledano». Márquez creía asimismo poder observar en el *Lazarillo* una especial familiaridad con el lenguaje y los proce-

---

[25] Cfr. además [1958-1959].

[26] M. J. Asensio [1960] 246-247 objetó con razón que tales parecidos son «explicables en dos autores que, con poca diferencia de años, escriben por Toledo o sus alrededores, interesados en la lengua y en las tradiciones populares y que reflejan la lectura de *La Celestina;* mas, apenas se analizan estas coincidencias, destácanse obvias discrepancias en sensibilidad, preocupaciones artísticas, morales y religiosas, poder creador y hasta en lengua —limpia y casta en el *Lazarillo,* sucia y desvergonzada con demasiada frecuencia en Horozco—; en resumen, no nos dan la menor muestra que eleve a Horozco de su medianía como artista a las cimas del genio».

[27] Claro está que ello significa bien poco, pues, como escribe el propio Márquez, pág. 265, «Horozco manejó... todas las colecciones y repertorios paremiológicos de su tiempo»; y M. Bataillon [1958] 11, desde otro punto de vista, ya señalaba: «on ne voit pas que *Lazarillo* emploie des proverbes rares que Horozco consignerait dans son *refranero*».

dimientos jurídicos[28], tal como sería de esperar en Ho-rozco, licenciado en Derecho por Salamanca. Y recorda-ba, en fin, que en 1552, Juan de Junta, dos años más tar-de impresor del mejor texto del *Lazarillo*, publicaba, anó-nimo, el *Libro del número septenario,* cuyo autor ha resulta-do ser Sebastián de Horozco. En tales condiciones, con-cluía Márquez: «hasta el momento, hemos de considerar a Horozco, por lo menos, como el más calificado aspiran-te a la paternidad del *Lazarillo*».

No creo, con todo, que pueda hoy defenderse esa pa-ternidad[29], y pienso que a nadie se le hubiera ocurrido pro-ponerla, a no ser por la evidente relación entre el tractado I de la novela y una escena de la *Representación... de San Joan* (cfr. abajo, págs. 95*-97*). Pero, con los datos ahora dispo-nibles, me parece poco dudoso que Horozco se limita ahí a recordar el *Lazarillo* —contaminándolo con un chasca-rillo folclórico conocido y aprovechado *de forma distinta* por el anónimo autor— de acuerdo con la misma técnica desmañada que en el resto de la pieza se gasta para ex-tractar el «capítulo nono» de San Juan y en obediencia al mismo impulso que entre 1555 y 1570 llevó a otros au-tores a inspirarse en nuestro relato[30] para renovar en al-gún punto la «scène de l'aveugle et de son valet», vieja como el teatro románico. En cualquier caso, la mera

---

[28]   En contra, F. Rico [1987 *a*], n. 44.

[29]   F. Márquez [1968] «elude a propósito el planteamiento de la posible identi-dad del autor»; pero el estudio postula aspectos tan concretos en la «actitud es-piritual» del novelista, que la renuncia a señalarlos en Horozco supone una rec-tificación virtual respecto al artículo de [1957]. La atribución a Horozco se con-templa con favorable cautela por parte de F. González Ollé, ed. S. de Horozco, *Representaciones,* Madrid, 1979, págs. 16-21 (donde no se descarta que la *Repre-sentación... de S. Joan* sea de entre 1548 y 1550), y de Sánchez Romeralo [1978] 201 (quien nota que Horozco recurrió en 1555, al mismo escribano de Toledo ante el que en ese año comparecían también el ciego Juan Bernal y su pupilo Lázaro; cfr. abajo, pág. 85*). Vid., por otro lado, J. Gómez-Menor [1973], donde divierte ver a un posible tío del Licenciado en tratos con el «cura de San Salva-dor» y donde hay varios datos curiosos para ilustrar el ambiente del *Lazarillo.*

[30]   Vid. sólo F. Rico [1970: ed. 1973] 98-100.

comparación entre la prosa del *Lazarillo* y los correspondientes versos de la *Representación* bastaría para revelar dos ideales estilísticos inconfundibles: frente a la contenida recreación que del habla popular ofrece la novela[31], el texto dramático la caricaturiza acentuando los rasgos vulgares y arcaicos *(quieslo, güelo, tarrezno...)*. El fragmento de la *Representación* en que aparecen el ciego y su criado es una muestra sumamente adecuada de la paleta de Horozco: ni en las demás páginas del *Cancionero*, ni en el *Libro de proverbios*, ni en las *Relaciones toledanas*, hay nada equiparable a la lengua del *Lazarillo*, y sí continua cortedad de expresión, grosería (vid. arriba, n. 26), falta de imaginación narrativa. Tal vez de ningún otro de los escritores propuestos para la autoría puede decirse con tanta seguridad como de Sebastián de Horozco que el estilo de toda su obra desmiente la hipótesis en términos perentorios.

Sin arriesgar nombre alguno, A. F. G. Bell sugirió que el *Lazarillo* fue compuesto «por algún humanista de la España renacentista, por un intelectual»[32]. Luego, Arturo Marasso [1955] insinuó vagamente un candidato del linaje en que pensaba Bell: Pedro de Rúa, el docto contradictor de fray Antonio de Guevara. Más recientemente, A. Rumeau [1964], espigando en la espléndida producción de Hernán Núñez de Toledo, uno de los mayores filólogos de la época y el más ilustre discípulo de Nebrija, ha rastreado la repetida aparición de una cita y una frase con paralelos en el prólogo de nuestra novela: «la honra cría las artes y todos nos incitamos por codicia de la gloria», «como sea hombre y no mejor que mis vecinos...». El dicho de «Tulio» era trivial; y el mismo Comendador Griego quita toda fuerza característica a la expresión de humildad, al añadirle la coletilla «como aquél

---

31 Cfr. F. Rico [1967] LXVII-LXXII.
32 Citado por L. J. Cisneros [1946] 93 y M. Bataillon, *Erasmo y España*, México, 1966², pág. 611, n. 3.

dice», «ut dici solet». Es cierto, por otra parte, que Juan de Junta imprimió alguna obra de Hernán Núñez y que, en cuanto alcanzamos, el talante del gran Pinciano no desdice del presumible en el autor del *Lazarillo*. Pero ¿qué hay de distintivo e identificador en esas circunstancias? Imposible concluir nada —reconozcamos con el propio Rumeau— con tan parvos medios[33]. El *Lazarillo*, nacido apócrifo, sigue en su impenetrable anonimato.

---

[33] En cuanto a la conjetura de don Enrique Tierno Galván [1958], que Rumeau naturalmente relaciona con el «déclasse[ment] volontaire» de Hernán Núñez, fuerza es confesar que las memorias del pregonero no proporcionan material suficiente para decidirse, ni por la afirmación ni por la negación; el muy interesante trabajo del llorado prof. Tierno [1974] no vuelve sobre la cuestión que el autor había planteado en 1958.

3. Contextos

En el *Lazarillo de Tormes,* un pregonero de Toledo
cuenta en primera persona, estilo llano y tono jocoso,
cómo y de quiénes nació, cuál fue su infancia y a qué
amos sirvió hasta conseguir el oficio que desempeña y casarse con una criada del Arcipreste de Sant Salvador. Lázaro quiere dar así respuesta a la pregunta de un corresponsal anónimo (a quien trata de «Vuestra Merced»; cfr. página 9, n. 20) acerca de cierto episodio no bien determinado: «Vuestra Merced escribe se le escriba y relate *el caso*
muy por extenso...» Pero en la última página se descubre
que el episodio en cuestión son los rumores que corren
por Toledo sobre si la mujer del pregonero es o no es ba-
rragana del Arcipreste: «hasta el día de hoy nadie nos oyó
sobre *el caso*...». Y entonces se advierte, retrospectivamente, que las estampas de su vida que Lázaro ha ido presentando están en buena parte orientadas a explicar el comportamiento que practica o se le atribuye en relación con
tal «caso»[1].

En principio, el libro podría ser efectivamente la autobiografía de un pregonero castellano. En las peripecias
que refiere quizá quepa descubrir una o varias gotas de
hipérbole o deformación (las memorias auténticas no

---

[1] Esa es la interpretación generalmente aceptada a partir de F. Rico [1966].
Vid. abajo, págs. 65*, 73* y 121*.

suelen ser más exactas), pero nada hay que cualquier lector de la época no pudiera haber visto, oído o vivido en el ámbito de las experiencias comunes y triviales. Los lugares mencionados —con toda precisión—, las costumbres, los personajes eran familiares a todos los españoles de 1550 y pico. El lenguaje tampoco se sale perceptiblemente de las fronteras que cabría fijar a un sujeto sin estudios conocidos, pero más listo que el hambre y formado junto a un ciego sabidillo, un buldero dueño «de un gentil y bien cortado romance» y otros tres hombres de Iglesia[2].

No hay inconveniente, pues, en calificar el *Lazarillo* de 'realista', siempre y cuando reparemos en que a propósito de nuestro libro el adjetivo no vale igual que aplicado a una obra trescientos o cuatrocientos años posterior. En primera instancia, el *Lazarillo* es realista porque pretende pasar por real: porque se nos ofrece como de veras escrito por un pregonero vecino de Toledo. Sólo en segunda instancia conviene usar el adjetivo en el sentido que el siglo XIX nos legó como punto de referencia inevitable: 'verosímil', de acuerdo con una probabilidad estadística, medida por la frecuencia, y 'verificable', según los raseros que todos aceptan en la vida diaria; e incluso tanto más verosímil y verificable —llegó a pensarse en el Ochocientos— cuanto más cerca de las clases bajas, tradicionalmente excluidas de la literatura con aspiraciones de arte[3].

Frente a las certezas decimonónicas, hoy no sabemos bien cómo definir el «realismo», si no es en relación con un canon histórico (o, por el contrario, dentro de las

---

[2] De Rinconete se nos cuenta que, «aunque muchacho, [era] de muy buen entendimiento y tenía buen natural; y, como había andado con su padre en el ejercicio de las bulas, sabía algo de buen lenguaje» (*Rinconete y Cortadillo*, ed. F. Rodríguez Marín, Madrid, 1920[2], pág. 311).

[3] Vid. simplemente F. Quadlbauer, *Die antike Theorie der genera dicendi in lateinischen Mittelalter*, Graz-Viena-Colonia, 1962; F. Rico [1970] 16 n. 2, 137-141, y [1984] 92-93 (=[1984 *b*] 228-229); y abajo, n. 29.

coordenadas singulares de cada texto)[4]; y, desde luego, no juzgamos que de por sí suponga ningún valor estético. Pero ni esa vacilación ni esa seguridad deben impedirnos apreciar que la suprema originalidad del *Lazarillo* está en haber urdido una extensa narración en prosa con un sostenido diseño realista. En nuestros días, estimamos más la habilidad de la construcción autobiográfica, la gracia inagotable de la expresión, o el relativismo, la intrigante ambigüedad que la obra destila línea a línea. Todo eso es de calidad extraordinaria, genial incluso; pero la gran novedad no reside ahí, sino en haber ganado para la ficción narrativa un dominio que hasta entonces le era ajeno y que luego resultaría el más característicamente suyo.

Como apuntaba arriba, un libro del corte del *Lazarillo*, hacia 1552, no se dejaba leer como 'ficción' de buenas a primeras: en el marco del relato en prosa, la categoría de 'ficción' —en virtud de la cual se cuentan *como si* fueran verdaderos hechos que no lo son— no se había aún conjugado con la realidad humilde y familiar, no había querido someterse a las limitaciones y tedios de la experiencia cotidiana. Pero durante tres siglos —de Mateo Alemán y Cervantes a Galdós y «Clarín», pongamos— las mayores partidas de la literatura se jugaron precisamente sobre ese tapete: fue al amistarse con la vida vulgar y doblegarse a las rutinas del empirismo, cuando la ficción en prosa se convirtió en el género más revolucionario de la era posclásica y se alzó con la preeminencia que todavía suele otorgársele en el campo de las letras. Ahora bien, cuando el lector de 1554 superaba la instancia de dar el *Lazarillo* por real y se percataba de habérselas con una ficción, se encontraba de pronto con la especie más nueva de la literatura moderna: la novela realista[5]. Desde nuestro fin de

[4] Léase el lúcido ensayo de F. Lázaro Carreter en *Estudios de poética*, Madrid, 1976, págs. 121-142.
[5] Algunas consideraciones al propósito se hallarán en el capítulo final de mi

siglo, quizá tendemos a verla como una caída del arte en la trivialidad; a la altura de 1550, debemos apreciarla como un singularísimo experimento para filtrar la trivialidad en los reinos del arte...

Con todo, una golondrina no hace verano. La lección del *Lazarillo* tardó medio siglo en ser creadoramente escuchada, y bastante más en consolidarse. A su vez, ¿qué podía aprender el autor anónimo en la narrativa de tiempos del Emperador? Los manuales acostumbran a clasificarla en diversas modalidades (caballeresca, pastoril, morisca, etc.) y dan la impresión de ilustrar cada una de ellas con tan sólo la muestra más significativa de un panorama copioso. A la altura del *Lazarillo*, no hay tal. Quien maneje un inventario de los libros impresos en español en el decenio de 1545 a 1554 no podrá por menos de observar la exigüidad de la prosa de imaginación[6]. Los libros de caballerías son la única variedad fértil y bien establecida; las otras, tan caras a los manuales, o se reducen a alguna flor en el desierto o, sencillamente, todavía no existen. La *Historia etiópica* de Heliodoro, así, no se publica en castellano (a través del francés) sino en 1554. Poco antes, en *Clareo y Florisea* (1552), Núñez de Reinoso había conciliado el patrón 'bizantino' de Aquiles Tacio con algunos ecos clásicos y con abundantes resonancias de las fantasías caballerescas y de la «novela 'sentimental'» de impronta cuatrocentista (que en la década mencionada sobrevivía con buen éxito en la *Cárcel* y en la *Cuestión de amor*, pero sin producir otro título que el *Proceso de cartas de amores*)[7]. Habida cuenta de que la *Arcadia* de Sannazaro

---

libro *Problemas del «Lazarillo»*, Madrid, 1987, del que resumo o repito varios puntos.

[6] Limito los ejemplos al decenio citado, pero he revisado toda la producción del periodo 1521-1560, utilizando el catálogo compilado en el Seminario de literatura medieval y humanística de la Universidad Autónoma de Barcelona.

[7] No obstante, el *Proceso* está en deuda aun mayor con la moda epistolar de 1540-1560, a cuyo calor surgieron las popularísimas *Lettere amorose* de Girolamo

se tradujo en 1547, mientras la *Diana* se hizo esperar hasta 1559 (y el *Abencerraje*, hasta 1561), no otra cosa cabe reseñar.

¿Qué podría aprender ahí —repito— el anónimo autor? Parece que poco. El *Lazarillo* se nos revela tan radicalmente heterogéneo respecto a tales modalidades de la ficción en prosa, que ni siquiera se deja entender como parodia o reacción frente a ellas[8]. Los libros de caballerías solían presentarse con unas pretensiones de historicidad que se comprenden mejor (al igual que la locura de Don Quijote) cuando se los ve flanqueados en los catálogos por mentirosas crónicas del Cid o de Fernán González. Pero ¿qué tienen que ver esas pretensiones diáfanamente falsas con la astuta 'falsificación' en que consiste el *Lazarillo*?[9] Si acaso, sería más plausible buscarle algún parentesco con el *Marco Aurelio*, con frecuencia reestampado en aquellos años. Porque la obra de Guevara, originariamente difundida sin el nombre del autor, daba también «fábulas por historias, y ficciones propias por narraciones ajenas» (según le reprochaba Pedro de Rhúa)[10],

---

Parabosco (1545 y decenas de ediciones) y otras *raccolte* similares. Cfr. abajo, n. 35.

[8] No excluyo la posibilidad ocasional de algún eco burlesco, por ejemplo, del *Amadís* (vid. I, notas 6 y 142; III, n. 120); pero pienso que el *Lazarillo* y el *Amadís* no se veían como pertenecientes a un mismo orden de cosas, a un mismo linaje de ficción, y, por tanto, no se pensaba en oponerlos entre sí: somos nosotros, los estudiosos modernos, quienes con razón percibimos que una y otra obra llevan direcciones contrarias en el modo de concebir las relaciones entre narración y realidad. Cfr. ahora E. C. Riley, *Introducción al «Quijote»*, Barcelona, 1987, cap. II, II.

[9] Según creo, el primero en señalar ese carácter de impostura, de apócrifo deliberado, fue Jerónimo de Zurita, en 1563, al defender su obra de historiador frente a quien quería «condenarla del todo *por falsa* y como si fueran hablillas o *Lazarillo de Tormes* estos libros», afirmando «que toda la compostura era ficción y burla» (*apud* J. F. Andrés de Uztarroz y D. J. Dormer, *Progresos de la historia en el reino de Aragón*, Zaragoza, 1878[2], pág. 183).

[10] Biblioteca de Autores Españoles, XIII, pág. 237 *b*. Cfr. el excelente comentario de F. Márquez Villanueva, *Fuentes literarias cervantinas*, Madrid, 1973, págs. 194-200 (y en *Historia y crítica de la literatura española*, II [Barcelona, 1980], ed. F. López Estrada, págs. 173-178).

en un 'apócrifo' relativamente más cercano al módulo (auto)biográfico del *Lazarillo*[11].

Si seguimos repasando los anales de la tipografía entre 1545 y 1554, tropezaremos asimismo con el rastro de *Las ciento novellas* (1550) de Boccaccio. Del *Decámeron* sin duda podía aprenderse a elaborar una escena, una situación aislada, pero no a ofrecer «entera noticia» de una «persona». La atención de Boccaccio por la modesta realidad cotidiana tampoco supera, por otro lado, las cotas alcanzadas en las imitaciones y continuaciones de *La Celestina* (por no hablar de la *Tragicomedia* original, a menudo reimpresa en el período que ojeamos), o, a su modo, en misceláneas como *La zucca del Doni en español* (1551), los *Coloquios de las damas* (1548) del Aretino, los *matrimoniales* (1550) de Pedro de Luján, los *satíricos* (1553) de Antonio de Torquemada o el mismísimo *Arcipreste de Talavera*, reeditado en 1547. Libros todos, sin embargo, cuya tradición y traza no permiten arrimarlos al *Lazarillo*, por más que compartan con él una medida de curiosidad 'realista'[12].

Marcel Bataillon indicó, al paso, que la autobiografía ficticia en prosa se afincó en España «hacia 1550 en géneros muy diferentes». Pensaba el gran estudioso, entre otros ejemplos, en el relato de sus desdichas («A mí llaman...») que el protagonista hace en algunas páginas del *Abencerraje*, o en el coloquio *Eremitae*, de Juan Maldonado, cuyos personajes van contándose, por breve, episodios de sus vidas[13]. Es fácil espigar fragmentos similares

---

[11] En relación con cuanto más abajo veremos, valga tomar nota ahora del importante papel de las cartas del protagonista en el conjunto del *Marco Aurelio*.

[12] Cfr. J. Ferreras, *Les dialogues espagnoles du XVI* siècle, ou L'expression littéraire d'une nouvelle conscience*, París, 1985, y D. Ynduráin, «Los diálogos en prosa romance», en *Academia literaria renacentista*, VI, Salamanca, en prensa.

[13] M. Bataillon [1958] 36-37 y [1937] 647-648; F. Lázaro [1968] 28-32 (y 25, sobre *Clareo y Florisea*). El Gonzalo de Maldonado habla de «vitae meae cursum percurrere» *(Eremitae*, ¿Burgos?, s. f., fol. 92), como Guevara —a pro-

en el *corpus* bibliográfico de 1545-1554, que ahora nos proporciona un horizonte de referencia: basta echar un vistazo a la *Cárcel de amor*, a las *Epístolas familiares* de Guevara (en particular a la excelente en que «Cuenta Andrónico todo el discurso de su vida») o incluso a la sabrosísima versión de la *Ulixea* que Gonzalo Pérez divulgó en 1550. Pero el poema homérico basta también para recordarnos que introducir un parlamento autobiográfico en una narración en tercera persona es recurso demasiado frecuente en todos los tiempos para juzgarlo representativo de ninguno.

No obstante, Alberto Blecua [1971-72] ha exhumado un caso de tal procedimiento con rasgos de singular interés en relación con el *Lazarillo*. Se halla en la *Trapesonda* o *Cuarto libro del esforzado caballero Reinaldos de Montalbán* (Sevilla, 1542), donde, tras la portada de un típico libro de caballerías, se oculta una extravagante y libérrima adaptación del *Baldus*, la 'epopeya' macarrónica de «Merlín Cocayo» (es decir, Teófilo Folengo). Ahí, Falqueto y Cíngar, compañeros de Baldo, intervienen en sendas ocasiones para «contar su larga vida y trabajos». El núcleo de los de Falqueto está «en que fue tornado perro» y al cabo, tras servir a un pastor y a otros personajes, «vuelto en medio perro». Cíngar, hijo de una mesonera, de familia de ladrones, se extiende diez apretados folios en percances menos prodigiosos: sumariamente relata, así, que por cinco años fue criado de un ciego y luego hurtó a otro el pan de su «avara talega» (cfr. *Lazarillo*, I, pág. 28); con más detalle, las hambres que sufrió y las numerosas raterías con que procuró esquivarlas, hasta hacerse ladrón profesional, pasar por una etapa de cierta prosperidad y sufrir después un escarmiento: «de ahí —confiesa— determiné buscar mejor mi vida».

---

pósito de Andrónico— de «todo el discurso de su vida»; en realidad, en ninguno de los casos hay otra cosa que minúsculos retazos de una autobiografía.

Aquí comiéça el
quarto libro del esforçado
cauallero reynaldos de mõ
taluan q̃ trata de los gran
des hechos del inuẽcible
cauallero Baldo. Y las gra
ciosas burlas de Cingar. Sacado delas obras
dl Mago Palagrio en nr̃o comũ Castellano.

Es perfectamente posible que la chispa de que nació el *Lazarillo* saltara en una lectura del *Baldo* castellano: allí estaban la narración autobiográfica, el héroe de baja extracción, el ciego y su mozo...[14] Pero, si saltó, el hecho pertenece al terreno de la anécdota, a la intimidad del autor más que a la plaza pública de la historia literaria. La vinculación directa entre ambas obras no llega a imponérsenos por su peso. En cambio, las coincidencias, innegables, nos revelan que ambas surgen de la combinación de unos elementos idénticos o llamativamente afines; y nos garantizan tanto el interés que al mediar el siglo despertaban esos elementos como los renovadores logros que podían derivarse de tal combinación.

Notemos así que la materia de la autobiografía de Cíngar está tomada en buena medida de un repertorio de facecias sobre pillos y maleantes que corrió por toda Europa de manuscrito en impreso a cual más raro. Partes conspicuas de ese repertorio eran tanto las historietas sobre robos ingeniosos como las protagonizadas por «echacuervos»[15] (personajes que en seguida volveremos a encontrar). El *Lazarillo* emplea también, cuando menos, una pieza de esa segunda gama: el falso milagro del buldero, presente ya en dos de las compilaciones arquetípicas del género, el *Speculum cerretanorum*, de Teseo Pini, y todo el libro primero (aparte largos trechos de los si-

---

[14] Pero los puntos de contacto no son sólo esos: en el *Baldo* aparecen también «el motivo 'vituperio de los antepasados', cuya invención atribuíamos... a Lázaro de Tormes» (F. Lázaro Carreter, en *Ínsula*, núm. 312 [noviembre de 1972], pág. 12 *d*; cfr., sin embargo, abajo, pág. 86* y n. 17); las cautelas en consecuencia con la primera persona narrativa: «según supe de mis compañeros», «según después oímos», etc. (A. Blecua [1971-1972] 214-215; cfr. F. Rico [1970] 38-39; y abajo, cap. II, n. 103); la idea de que «en más ha de ser tenido el hombre bajo que face cosas por que a más venga, que el de noble sangre», etc. (*ibíd.*, 205; cfr. cap. I, n. 49).

[15] Como muestra de la facilidad con que se pasaba de unas a otras, baste observar que el timo de los cueros atribuido en el *Baldo* al Cíngar ladrón (página 188) se ahíja a un «echacuervos» en *El Crotalón* (pág. 141 *a*). Cfr. también abajo, n. 21.

guientes) de *Il Novellino* de Masuccio[16]. Por otro lado, el motivo del mozo que roba la comida a un ciego venía circulando desde la Edad Media (cfr. págs. 86*-88*); y en el aludido repertorio no faltaban los cuentecillos sobre ciegos de oficio (a veces heredado: los padres los cegaban al nacer) y, en especial, fingidos[17]. Vale decir: el *Lazarillo* y el *Baldo* utilizan —con parquedad el uno, a manos llenas el otro— tradiciones temáticas que a cada paso se emparientan y cruzan entre sí.

La pauta autobiográfica del *Baldo*, sin embargo, tiene una procedencia más ilustre que los *libri vagatorum* que Cíngar despoja: viene en línea recta del *Asinus aureus* (o *Metamorphoses*), de Apuleyo. El «sermo Milesius» de Apuleyo —se recordará— está contado en primera persona por el desdichado de Lucio, quien, de viaje hacia Tesalia, tras pasar hambre con el avaro Milón y vivir otros trances penosos, se ve convertido en asno y en forma de tal anda al servicio de varios amos y presencia extrañas situaciones. «El cuadro social que el peregrinar del asnificado personaje va descubriendo evoca la sátira a menudo, pero junto a ella es notable el gusto por el detalle pintoresco»[18]. El *Baldo* sigue punto por punto el *Asno de oro* en la autobiografía de Falqueto, y de manera notoria, aunque menos continuada, en el relato de Cíngar. Pero al insertar primero la narración de Falqueto (fols. 6-10) y luego la de Cíngar (fols. 27-35 vo.) hace palpable que Apuleyo, aun sin necesidad de ser calcado tan prolijamente como en las aventuras de Falqueto, daba el impulso para mantener los datos que la historia de Cíngar comparte con el *Lazarillo*: la primera persona, el antihéroe, el

---

[16] Cosa similar ocurre con la cruz ardiente de que se trata en la más extensa de las interpolaciones de la edición de Alcalá (V, n. 42); cfr. C. P. Wagner [1917] 146-147 y E. Macaya Lahmann [1938] 77-78.

[17] Cfr. E. von Kraemer, *Le type du faux mendiant dans les littératures romanes*, Helsinki, 1944, y *Guzmán de Alfarache*, ed. F. Rico, págs. 388-389, n. 10.

[18] Carlos García Gual, *Los orígenes de la novela*, Madrid, 1972, pág. 372.

talante 'realista' (ya sin metamorfosis, ungüentos mágicos y demás prodigios), los episodios dispuestos en sarta, el desfile de tipos, los bocetos costumbristas...

Cabe preguntarse, con todo, si la presencia de esos datos supone también en el *Lazarillo* la influencia del *Asno de oro*, transparente en el *Baldo*. Opino que la respuesta ha de ser afirmativa y que es en las huellas de Apuleyo (y secundariamente de Luciano) donde se encuentra la conexión vital de la primera novela de la tradición realista con la narrativa de mediados del siglo XVI.

Desde luego, los préstamos del *Asno* no deben buscarse sólo en precisas concordancias semánticas y literales. Ciertamente cuesta poco señalar buen número de ellas, sobre todo si se rastrean en la traducción de López de Cortegana (vid. pág. 61*)[19]; pero, por más que nos impresione su abundancia, quizá ninguna tiene fuerza dirimente, tal vez ninguna acarrea una total convicción. ¿Cómo iba a ser de otra manera? Acoger creadoramente el modelo de Apuleyo no significaba andar con el *Asno de oro* sobre la mesa mientras se redactaba el *Lazarillo*. El anónimo había de tenerlo a la vez sabido y olvidado: en él había estimado sin duda una construcción, unos materiales y un tono peculiarmente atractivos, y no le hacía falta darle al libro muchos repasos para asimilar esos rasgos,

---

[19] «Al comenzar, Apuleyo declara ser su libro una combinación de fábulas milesias; en la primera persona cuenta trabajos, cambios de fortuna y adversidades de un protagonista sin otros medios para subsistir que los de su ingenio; mozo de muchos amos, pasa de uno a otro sufriendo hambre, malos tratos, miserias; esto va acompañado de sátira social y religiosa, observación de la vida diaria, interés por figuras extrasociales e ínfimas, por el mundo de las cosas, lo feo y lo insignificante, sin que falte ni el engaño religioso, practicado por el 'echacuervo' Filebo y sus compañeros, ni coincidencias importantes en el texto y en la acción» (M. J. Asensio [1960] 248-249). Véase abajo, págs. 110* y 111*; Prólogo, n. 17; I, n. 128; II, notas 66 y 107; III, n. 13, etc. Otras indicaciones, en F. Maldonado de Guevara [1957] 22-26, M. Kruse [1959], J. Molino [1965], F. Lázaro [1968] 33-36; A. Scobie, *Aspects of the Ancient Romance and Its Heritage*, Meisenheim a. G., 1969; J. V. Ricapito [1978-1979], G. E. Hernández-Stevens [1983] y especialmente A. Vilanova [1978, 1979 y 1983].

HISTORIA
De Lucio Apu-
leyo, del asno de oro, re-
partida en onze libros,
y traduzida en Ro-
mance Caste-
llano.

EN ANVERS
En casa de Iuan Steelsio,
M. D. LI.
Con Priuilegio Imperial.

para integrárselos —incluso inconscientemente— en su 'competencia' literaria. Es en la estructura del relato y en la índole del protagonista donde está el quid de la cuestión. Apuleyo había consagrado el diseño de la 'autobiografía de un mozo de muchos amos': en los aledaños de 1550, dondequiera que lo vemos, trátase del *Baldo, El Crotalón* o el *Diálogo de las transformaciones*, muestra inequívoca dependencia del *Asno de oro*. No puedo concebir que el autor del *Lazarillo* fuera el único en usar tal diseño —para superarlo en tantos sentidos, ni que decirse tiene— al margen de la lección de Apuleyo. Pero, aun si hubiera sido así, no por ello cambiaría demasiado la posición de nuestra novela en el sistema de la literatura de su tiempo. Porque la deuda del *Lazarillo* para con el *Asno de oro* se daba ya por supuesta en 1555, cuando la *Segunda parte* somete al pregonero a una metamorfosis en atún, y no menos decididamente poco después, cuando un preceptista de la perspicacia de Antonio Llull equiparaba sin más a «Apuleius, Lucianus, Lazarillus»[20].

Todo confirma que en las vanguardias literarias se respiraba un ambiente que incitaba a recorrer el camino que del *Asno de oro* lleva al *Lazarillo*. Cuando Agnolo Firenzuola traduce la obra de Apuleyo (el romanceamiento se publicó, póstumo, en 1550), no vacila, no ya en trasladar la acción a su propio tiempo y a los escenarios entonces familiares, sino ni siquiera en desentenderse de Lucio y ponerse a sí mismo, Agnolo, por actor y autor. Todavía más: Filebo y los sacerdotes de la diosa Siria a quienes Lucio sirve en el original son substituidos en *L'asino d'oro* por «ciurmadori», embaucadores, que, «coprendosi col mantello di Santo Antonio», truhanean «entre la inocente

---

[20] A. Llull, *De oratione libri septem*, Basilea, s. d. [pero h. 1556], pág. 502, al hablar de la cercanía del «dialogus... ad poemam quod vocant 'dramaticum', licet una aliquando tantum persona loquatur, ut docent Apuleius, Lucianus, Lazarillus». Cfr. A. García Berrio, *Formación de la teoría literaria moderna*, II (Murcia, 1980), pág. 51; J. Caso [1982] LXIV.

gente» (*Lazarillo*, pág. 125), burlando a «quelli buoni uo-
micciatti e semplici donnicciuole» con reliquias espurias
y falsos milagros; y para ilustración de parejas artimañas,
Firenzuola cuenta justamente un embeleco análogo al que
el *Lazarillo* adjudica al buldero del capítulo V y que,
como en el caso del buldero, se leía en Masuccio y en el
Speculum cerretanorum[21].

En un proceso de idéntica orientación, pero más vigo-
roso, de más alcance, el *Baldo* pasa de la transposición
servil de Apuleyo, en la autobiografía de Falqueto, a la
reelaboración, en la historia de Cíngar, de componentes
estructurales del *Asno de oro*, cuyos pormenores de trama
y argumento, en cambio, ya no se siente obligado a du-
plicar. No sorprende que en tal proceso fuera a parar a un
repertorio temático —las facecias sobre ladrones y trapa-
cistas— a ratos gemelo y a ratos indistinguible de aquel
que Firenzuola y el anónimo aprovecharon con mayor
contención. El autor del *Lazarillo* quizá no conocía ni el
Baldo ni el *Asino d'oro;* pero se me antoja innegable que seguía a Apuleyo por la misma senda. Otra cosa es que
marchara con paso harto más firme y llegara mucho más
lejos.

En el entorno del *Lazarillo* no están sólo Apuleyo y
sus admiradores españoles e italianos. Nuestra novela se
liga aún por otros hilos a la ficción en prosa de hacia
1550. También ahora podemos comprobarlo sucinta-
mente sin cambiar de ejemplo. Diego López de Cortegana trata sistemáticamente de «echacuervos» a los sacerdotes mendicantes de la diosa Siria cuya perversidad pinta
el *Asno de oro* con estupenda crudeza[22]. En la España del

---

[21] A. Firenzuola, *Opere*, ed. A. Seroni, Florencia, 1958, págs. 372-376.
Vid. Masuccio, *Il Novellino*, XVIII, ed. S. S. Nigro, Bari, 1975, págs. 158-162; *Speculum cerretanorum*, XXI, ed. P. Camporesi, *Il libro dei vagabondi*, Turín, 1973,
págs. 42-43 (y cfr. CLXIX, n. 1; 137-138 y 311-313).
[22] Apuleyo, VIII, 24 y ss.; trad. D. López de Cortegana, en Nueva Biblioteca
de Autores Españoles, págs. 67-69. Cfr. F. Lázaro [1969] 160-161.

Emperador, se llamaba «echacuervos» a quienes, tonsurados o no, se dedicaban a explotar la fe y la credulidad del pueblo con presuntas «reliquias de santos o algunas bulas del Santo Padre» —como en el capítulo V del *Lazarillo*— «o ciertas cédulas de obispos o perlados que ya con el tiempo están borradas y rotas» (vid. V, n. 24).

La autobiografía de uno de esos «holgazanes» y «supersticiosos vagabundos» nutre la mayor parte del canto IV de *El Crotalón*, de «Cristóphoro Gnophoso». El protagonista la refiere con especial vivacidad. «Hijo de un pobre labrador», entra «por criado y monacino de un capellán», no aventajado «sino en comer y beber», como los demás de su hábito (cfr. abajo, II, n. 10). Se acomoda después con el cura de una aldea vecina, con quien aprende algún latín y sobre todo «a mendigar», hasta irse por esos mundos, «en compañía de otros perdidos como yo», practicando las malas artes del «cuestor» (cfr. V, n. 24): presentarse como un dechado de santidad y timar a los incautos con vaticinios, «ficciones y engaños». «Cansado ya desta miserable y trabajada vida, fueme ['fuime'] a ordenar para clérigo», con las «letras» de «seis conejos y otras tantas perdices» (vid. V, n. 11), «y certifícote que yo mudé muy poquito de mi vida pasada»: por más que «mostraba gran religión», de hecho sólo atendía a «holgar y holgar», disfrutando los «bizcochos y rosquillas» de las devotas, el pan de la ofrenda dominical (véase II, n. 12) y las comilonas de los «mortuorios» (*ibíd.*, n. 32). «Ansí, por gobernarme mal en mi comer y beber, me dio un dolor de costado, del cual en tres días me acabé, y luego mi alma fue lanzada en un corpezuelo de un burro...»

Podría ser la autobiografía del «echacuervos» o buldero del *Lazarillo* y con el *Lazarillo* tiene en común el blanco de muchos dardos críticos, mientras con el *Baldo* coincide, por ejemplo, en la trampa de los cueros de vino (véase la anterior n. 15). Pero, en cuanto a la forma, re-

cordemos que «contrahace el estilo y invención de Luciano, famoso orador griego, en el su *Gallo,* donde hablando
un gallo con un su amo, zapatero, llamado Micilo», le
cuenta las vidas por las que ha pasado en incontables metempsicosis. En cuanto al espíritu, el canto IV de *El Crotalón,* para fustigar «los vicios de su tiempo», «imita a Luciano en el libro que hizo llamado *Pseudomantis*» o *Alejandro,* concertando impecablemente los ingredientes clásicos y las estampas de hacia 1552-1553, años en que fue
compuesta la obra española; pues las supercherías del falso profeta Alejandro se adaptan sin quedar desdibujadas y
a la vez sin que disuenen en absoluto de los abusos y
«embaymientos» de «cuestores y demandadores» que por
aquellas fechas denunciaban las Cortes de Castilla[23]. En
el resto del canto IV, la transmigración «en un corpezuelo de un burro» está narrada —siempre según el patrón
autobiográfico— con próxima dependencia de Apuleyo,
pero también con algún eco de *Lucio o el asno*[24], novelita,
por entonces atribuida a Luciano, que repite más sumariamente el argumento y la estructura del *Asno de oro,*
como epítome que es del mismo texto (las *Metamorfosis* de
Lucio de Patras) que inspiró a Apuleyo.

   El Crotalón bastaría a confirmar que a mediados del
Quinientos las huellas de Apuleyo se mezclaban fácilmente con las de Luciano[25]. Las variantes del relato en

---

[23] Cfr. M. Morreale, «Imitación de Luciano y sátira social en el cuarto canto
de *El Crotalón», Bulletin Hispanique,* LIII (1951), págs. 301-317; cito palabras de
las Cortes de 1548 transcritas en la pág. 314 de ese excelente artículo.

[24] Vid. A. Vián, *Diálogo y forma narrativa en «El Crotalón»,* III, pág. 110,
n. 133.

[25] Otro tanto ocurre en el *Diálogo de las transformaciones* (M. Bataillon [1937]
668; A. Vián, *ibid.,* pág. 219, etc.) y, en menor medida, en la *Segunda parte*
(1555) del *Lazarillo.* No descarto que *El Crotalón,* cuyo texto más antiguo parece
ser de 1553, recibiera influencias del *Lazarillo* (en el ms. G., posterior, hay huellas de la *Segunda parte;* cfr. arriba, 1, n. 28): en tal caso, resultaría igualmente
significativo que las recondujera al patrón de Luciano y Apuleyo, como la *Segunda parte.*

primera persona que ambos habían cultivado y ciertas versiones del diálogo lucianesco convergían en invitar, no sólo al empleo de los esquemas autobiográficos, sino, además, a aplicarlos al retrato de los marginados y a la pintura de la vida vulgar de la época, de zonas de la existencia hasta el momento desdeñadas por la ficción en prosa vernácula. Luciano llamaba especialmente la atención sobre los «echacuervos» y sobre los hipócritas de toda laya, presentándolos con un humor acerado, en un estilo fluido y conversacional, rico en modismos y refranes. El pretexto fabuloso de las metamorfosis o las transmigraciones no impedía que la tonalidad fuera substancialmente realista: antes bien, con falsillas similares a la del 'mozo de muchos amos', ayudaba a ensanchar el escenario de tipos y situaciones. El pie forzado de la imitación tampoco obstaba a una observación penetrante del panorama contemporáneo: al contrario, enseñaba a verlo con ojos nuevos, a reconocerle rincones descuidados por la narrativa todavía al uso. No sería prudente achacar a Luciano un papel tan destacado en la génesis del *Lazarillo* como el que sin duda desempeñó Apuleyo. Pero el clima intelectual de la época nos aconseja no desatender la posibilidad de que nuestra novela aceptara en más de un punto las enseñanzas lucianescas.

Porque, en cualquier caso, el *Lazarillo* se escribe y se publica en los años más esplendorosos de un resurgimiento de Apuleyo y Luciano. Alrededor de 1525, la traducción del *Asinus* por Diego López de Cortegana había pasado sin pena ni gloria[26]; las reediciones, en cambio, se apiñan en 1536, 1539, 1543 y 1551 (y ya no vuelve a haber ninguna hasta 1584). La fortuna española del Samotense registra iguales oscilaciones. Tras un relativo auge

---

[26] Debe corregirse el error inveterado que sitúa en 1513 la *princeps* de la versión de Cortegana. Cfr. A. Scobie, *More Essays on the Ancient Romance and Its Heritage*, Meisenheim a. G., 1973, y A. Vilanova [1983] 27 n. 7.

gracias a Alfonso de Valdés, Luciano poco menos que se pierde de vista; y no retorna, con fuerza redoblada, sino en coincidencia con una excelente colección de *Opera omnia* (Frankfurt, 1538, y muchas reimpresiones), cuya gran difusión se debió a la oportunidad de haber reunido las traducciones latinas que las mejores plumas del siglo, con Erasmo al frente, habían ido realizando dispersamente. En el mismo 1538, Andrés Laguna sacaba en Alcalá sus propias versiones del *Ocypus* y la *Tragodopodagra*, la segunda reestampada en 1551-1552. Entre una y otra fecha, los romanceamientos se multiplican: Juan de Jarava pone en castellano el *Icaromenipo* (1544, 1546[2]); fray Ángel Cornejo, el *Toxaris* (1548); un anónimo, que se ha querido identificar con Francisco de Enzinas, cinco diálogos más (1550) y, en seguida, la *Historia verdadera* (1551). Pese a lo bien provisto del mercado, no falta, por otra parte, alguna edición en latín, «ex versione Erasmi» (Valencia, 1550); y precisamente en esa coyuntura se tiene la idea de rescatar una de las obras más profundamente lucianescas del Renacimiento: el *Momus*, de Leon Battista Alberti, traducido por Agustín de Almazán en 1543 (sin descuidar la reprensión bienhumorada de los vagabundos «holgazanes» y, en especial, de algún «singular bellaco... entre todos los mendigantes»)[27].

Al margen del *Lazarillo*, los testimonios más originales de esa 'segunda venida' de Apuleyo y Luciano los brindan el *Baldo*, *El Crotalón* (y su pariente pobre, el *Diálogo de las Transformaciones*), la *Segunda parte* de 1555 y, en varios aspectos, el *Viaje de Turquía*. No es una facción tan reducida como podría pensarse: en el período que nos ocupa, ningún otro linaje de prosa de imaginación —salvo los libros de caballerías— fue capaz de alinear tantos títulos. Ni tampoco ningún otro, notábamos, alió tan fecunda-

---

[27] *La moral y muy graciosa historia del Momo...*, Madrid, 1543, fols. xxv vo.-xxviii.

mente imitación clásica y exploración de las costumbres contemporáneas. La lingüística y la filología del humanismo habían propugnado la norma estilística del 'uso' y exigido la percepción de la *temporum ratio*, la comprensión de la realidad como proceso histórico. En harmonía con tales criterios, era inevitable rechazar, con Nebrija, las «novelas o historias envueltas en mil mentiras y errores», y defender, según Vives, una poética de la verosimilitud, la racionalidad y la experiencia a todos común: «adsint... verisimile, constantia et decorum...»[28]. Pero ¿cómo intentar una ficción en prosa obediente a esos principios? Los géneros de raíz medieval, desde luego, más que desatenderlos, estaban programáticamente contra ellos. Con mínimas excepciones, la Antigüedad no había conocido nada análogo a la novela moderna. Sin embargo, la noción misma de 'literatura' iba unida al precepto de imitar a los autores antiguos... Entonces, ¿a qué carta quedarse? Si no se elegía el silencio —y, de hecho, el humanismo latino fue paupérrimo en narraciones ficticias—, Apuleyo y Luciano indicaban uno de los caminos más plausibles para conciliar los varios intereses en juego.

En efecto, no es hipótesis, sino evidencia que en los aledaños de 1550 la dimensión realista se hace presente en la narrativa castellana unida a los planteamientos autobiográficos y a los dechados de Apuleyo y Luciano. Fueran cuales fueran las deudas que con uno y otro hubiera contraído el autor del *Lazarillo*, nuestra novela aparece en indudable confluencia con otros relatos en prosa en los cuales la imitación de la vida diaria y la imitación de los modelos clásicos son las dos caras de la misma moneda. Tampoco es dudoso en qué aspectos va resueltamente más allá que el *Baldo*, *El Crotalón* y demás obras

---

[28] A. de Nebrija, *Gramática sobre la lengua castellana*, Salamanca, 1492, fol. a3 vo.; J. L. Vives, *Veritas fucata, sive de licentia poetica*, en *Opera*, ed. G. Mayans, II (Valencia, 1782), pág. 529. Cfr. F. Rico [1970] 37.

afines (sin excluir el *Asno de oro* y *El gallo*). Limitémonos a enunciar unos cuantos.

En primer término, el *Lazarillo* se desembaraza del lastre quimérico de las transformaciones y metempsicosis y, así, libre del marco que restaba credibilidad al cuadro, más decididamente vuelto hacia la realidad, no se contenta con mostrar un paisaje verosímil, sino que todo él se finge verdadero. En los otros libros aquí considerados, el protagonista tiene escasa o nula substancia: es un puro pretexto para engarzar un rosario de anécdotas, escenas y figuras pintorescas; el *Lazarillo* consiste fundamentalmente en la construcción del protagonista, en la caracterización de un individuo. La aproximación a la experiencia familiar, al arrimo de Apuleyo y Luciano, suponía entrar en el dominio del género «cómico» —según las jerarquías de la antigua poética—, habérselas con «gente popular», con «hombres humildes»[29]. De ahí, el *Baldo* o *El Crotalón* pasaban con demasiada facilidad al personaje excepcionalmente bajo, marginal o extravagante; el *Lazarillo*, en cambio, bordea el ambiente del hampa con el ciego y el buldero, pero básicamente atiende a sujetos corrientes y molientes, a tipos que cualquier lector conocía y con quienes se tropezaba a cada paso. La primera persona, en las obras en cuestión, era un recurso externo, un expediente que daba una unidad artificial a unos contenidos misceláneos; en el *Lazarillo*, implicaba una peculiar concepción del mundo, organizaba la trama, fijaba la estructura, decidía la técnica narrativa y el estilo[30]: era, en suma, el dato esencial en la elaboración de una novela admirablemente trazada y trabada.

Cíngar, obedeciendo a un «mandado como de señor»,

---

[29] Cito textos de Francisco Cascales, aducidos por A. García Berrio en compañía de otros muchos años (*Introducción a la poética clasicista: Cascales*, Barcelona, 1975, págs. 345-346). Cfr. la anterior n. 3.

[30] Véase F. Rico [1970] 35-55.

podía referir sus andanzas «desde la niñez», en un episodio más de los muchos y variopintos que componen el
Baldo; entre los avatares que cuenta el Gallo, cabía perfectamente la encarnación en un «echacuervos» y hasta en
un asno. Pero si pretendía pasar por auténtica, por real,
la autobiografía de un insignificante pregonero de Toledo
no era aceptable como texto independiente, con entidad
propia: en el acto se hubiera advertido la superchería o,
en todo caso, censurado la inverosimilitud[31]. Cierto, ¿por
qué un chisgarabís de tal pelaje iba a poner su vida por
escrito y quién esperaría que la leyera? El autor anónimo,
perfectamente al tanto de la posible objeción, la zanjó de
raíz en las primeras líneas. Pues apenas Lázaro deja las
generalidades —en principio— tópicas sobre la actividad
literaria, inmediatamente antes de precisar quién es y de
dónde sale, le importa justificar por qué ha tomado la
pluma: porque «Vuestra Merced —dice— *escribe se le escriba* y relate el caso muy por extenso». En otras palabras:
Lázaro ha recibido una carta en la que se le pide amplia
información sobre un suceso no especificado, pero que
tanto el pregonero como su corresponsal tienen bien claro
en el pensamiento («el caso», con artículo determinado);
y Lázaro responde a la petición dirigiendo a su vez una
carta a ese corresponsal. *Lazarillo de Tormes,* en efecto, empezó a circular con disfraz de carta[32] y en un momento

---

[31] «Olvidando la España magnífica y conquistadora de tiempos de Carlos V,
el interés se concentra ahora sobre una figurilla humilde, vacía de valores esti-
mables para aquel mundo, aunque llena de la conciencia de su desnuda persona
y de la voluntad de sostenerla frente a los más duros contratiempos. Pero como
una biografía de tan minúsculo personaje habría carecido de toda justificación
(estaba muy lejos el Romanticismo del siglo xix), el autor hubo de inhibirse y
ceder la palabra a la criatura concebida en su imaginación. El estilo autobiográfico resulta así inseparable del mismo intento de sacar a la luz del arte un tema
hasta entonces inexistente o desdeñado... El autobiografismo del *Lazarillo* es so-
lidario de su anonimato». Aunque por razones harto distintas, subscribo las cer-
teras palabras de don Américo Castro [1957] 137.
[32] Los rasgos epistolares del *Lazarillo* son copiosos, por más que no siempre
coincidan con los hábitos modernos: así, la costumbre antigua era fechar las

en que no era increíble que un modesto funcionario toledano divulgara una de sus cartas privadas[33].

A Lázaro, subrayémoslo, le preguntan por «el caso»,
concreta y exclusivamente, y sólo para aclararlo *ab ovo*,
«del principio», se resuelve a hurgar en su memoria y tratar otros sucesos. Únicamente así era admisible una autobiografía como la de Lázaro[34]. De hecho, molde epistolar

---

cartas al final (en nuestra novela, por referencia a las Cortes de 1538-1539), no
al principio, y a menudo se prescindía de todo encabezamiento, suplido por el
sobrescrito. Los contemporáneos, en cambio, subrayaron tales rasgos: así en la
última adición de Alcalá (cfr. VII, n. 42) o en el remate de la *Segunda parte* («...lo
demás con el tiempo lo sabrá Vuestra Merced, quedando a su servicio LÁZARO
DE TORMES», fol. 68 vo.). Cfr. F. Lázaro [1968] 41-46, F. Rico [1970] 17-18.
Otras indicaciones, abajo, Prólogo, notas 4, 9, 20, 22, 23; I, n. 27; IV, n. 9; y
VII, n. 42.

[33] En los párrafos siguientes, amplío en unos puntos y resumo en otros algunas de las cuestiones tratadas en F. Rico [1983]; aquí reduzco al mínimo las referencias bibliográficas.

[34] No ya un pregonero, sino el mismísimo Emperador, en 1552 (un par de
años después de haber dictado sus memorias), consideraba poco prudente y sus-
pecto de «vanidad», de pecaminoso «apetito de gloria», que una «persona» quisiera dar «entera noticia» de sí (F. Rico [1983] 420-421): el Prólogo del *Lazarillo*
se mueve en una órbita vecina (cfr. notas 13 y 15). La retórica clásica desacon-
sejaba hablar de uno mismo, ni en bien ni en mal, salvo si se trataba de hacer
notorio a la posteridad cómo una «nobilis virtus» había llegado a triunfar sobre
el «vitium»: y Lázaro burlonamente —como acaba descubriéndose— se acoge
de forma explícita a esa excepción (vid. I, n. 49). Nuestra novela se hace cargo,
así, de algunos de los impedimentos que hicieron que la autobiografía no llegara
a tener curso como género en la Europa del Quinientos. No hay ningún asidero
medianamente sólido (no lo es, desde luego, el *confesando* no ser más *sancto* que
mis vecinos» del Prólogo) para entender el *Lazarillo* como una parodia de las
Confesiones (vid. H. R. Jauss [1957] y, en contra, P. Baumann [1959] y M. Kruse
[1959]) o de otra meditación autobiográfica en la misma línea; nótese más bien
que el ejemplo de San Agustín, por excelso, en vez de favorecerlos, más bien di-
suadía de proyectos análogos a las *Confesiones* (publicadas en castellano en 1554
y reimpresas en 1555 y 1556): Ignacio de Loyola prefirió que las suyas fueran re-
dactadas por mano ajena, e iba a costar Dios, ayuda y «mandato de su confesor»
que Santa Teresa compusiera el *Libro de su vida*. Tampoco el esquema ni el desarrollo de nuestro libro podían inspirarse en las alegaciones de servicios o relaciones de hechos de guerra que esporádicamente escribieron algunos soldados
de la época (véase, vgr., M. de Riquer [1959] 103-105). Por el contrario, cuando, más tarde, el *Discurso de la vida de... don Martín de Ayala* o la *Vida y sucesos varios* de Juan Martín Cordero se fijan en ciertos pormenores y narran otros con
especial vivacidad, se diría que están recogiendo enseñanzas del *Lazarillo*

y desarrollo autobiográfico habían ido juntos desde la Antigüedad. Ya Platón, en respuesta a una pregunta formulada por carta, contestaba en otra, la más prolija de las suyas (VII), que el asunto, digno de ser conocido por todos, merecía abordarse ἐξ ἀρχῆς, 'desde el principio'. Por ahí, para elucidarlo cabalmente, empezaba remontándose a su juventud y proseguía ateniéndose al hilo de una autobiografía, hasta dejar bien patente qué experiencias y reflexiones habían conformado su actitud frente al tema en cuestión. La civilización del humanismo tuvo en la epístola uno de sus medios de expresión más asiduos y definitorios; y, de Petrarca en adelante, hay no pocas muestras de misivas autobiográficas enderezadas a dar cuenta de una determinada tesitura o situación viéndola en la perspectiva de toda una vida. Como la séptima carta de Platón, como el *Lazarillo*. Claro está que nuestro pregonero no podía difundir un epistolario con la naturalidad de un Erasmo o un Lucio Marineo Sículo. Pero al mediar el siglo XVI la carta era un género que ni siquiera a él le estaba vedado.

Para entonces, en una sociedad en expansión y rebosante de vitalidad, la semilla de la epistolografía humanística producía frutos riquísimos en romance: las llamadas *carte messagiere* o *lettere volgari* se habían convertido en estupendos 'éxitos de venta' y suscitaban tal fervor, que incluso quienes carecían de la educación adecuada se sentían animados a componerlas; y para ellos hubo que pergeñar, así, elementales introducciones al «nuevo estilo de escrebir cartas mensajeras»[35]. Lázaro de Tormes es testigo y parte en la irresistible ascensión de ese gusto.

(cfr. A. Blecua [1974] 18 n. 29, a propósito de Ayala); y la excéntrica autobiografía de Alonso Enríquez de Guzmán enlaza con él precisamente a través de la mediación epistolar (abajo, pág. 71*). No es del caso, en fin, buscarle a la carta del pregonero conexiones con obras poéticas en primera persona como el *Libro de buen amor* o el *Spill* de Jaume Roig (vid. F. Lázaro [1968] 13-16).

[35] Vid. en especial A. Quondam *et al.*, *Le «carte messaggiere». Retorica e modelli di*

En Italia, la inundación de colecciones epistolares —misceláneas o de un solo autor— comenzó con un volumen acabado de estampar en enero de 1538: *De le lettere di M. Pietro Aretino*. La correspondencia —verdadera y falsa— publicada por el Aretino constituye una suerte de «romanzo autobiografico» «colmo di meccanismi e di puntelli realistici»: «uno specchio della realtà quotidiana», «un riflesso della vita del suo tempo in tutta la sua diversità», sensible a las incitaciones que le llegan «sempre più numerose e da tutti gli strati sociali», «dagli ecclesiastici di diverso grado ai signorotti..., passando per i semplici borghesi, commercianti, uomini d'affari, medici o alchimisti»[36]. La extraordinaria fortuna de los tomos del «divinissimo messer Pietro» incitó a los editores a reunir las *carte messaggiere* de otros «uomini» más o menos «illustri» en manejables libros de bolsillo (singularmente parecidos a las primeras ediciones de nuestra novela); varios escritores de primera categoría quisieron competir con el Aretino, y muchos segundones avispados buscaron la popularidad y explotaron el filón económico de las *lettere volgari*. El público no se cansaba de devorar un epistolario tras otro (Montaigne poseía un centenar): las confidencias, los chismes, las minucias reales que ahí se le presentaban satisfacían sin duda una curiosidad muy fuerte por el vivir contemporáneo, por el mundo igualmente familiar a protagonistas y a lectores. Una curiosidad en aumento, además, y no saciada en medida pareja por ninguna otra variedad literaria. Sin embargo, cuando a autores o editores no les bastaban las cartas auténticas, no vacilaban en ofrecer en versión epistolar *novelle*, anécdotas, paradojas o chanzas fabricadas *ad hoc*. Las misivas verídicas dieron

comunicazione epistolare: per un indice dei libri di lettere del Cinquecento, Roma, 1981; otras referencias, en F. Rico [1983] y *Schifanoia*, I (1986), págs. 62-64.

[36] G. Petrocchi, *Pietro Aretino tra Rinascimento e Controriforma*, Milán, 1948, págs. 330, 338; P. Larivaille, *Pietro Aretino fra Rinascimento e Manierismo*, Roma, 1980, págs. 326-327.

paso a las apócrifas y a las «facete» atribuidas a personajes enteramente inventados: los pescadores venecianos, los más humildes siervos de la «Serenissima», en Andrea Calmo (1547, 1548, 1552)[37]; las «valorose donne» de Ortensio Lando (1548), que defendían su reputación frente a las maledicencias... del propio Lando; o, en Cesare Rao (1562), «il mal maritato» que instruía a sus cofrades sobre los enojos de verse «mostrato a dito» y saludado con el título de «conte di Cornavacchia». El *Lazarillo* nace como *carta messaggiera*, en el punto exacto en que la evolución del género facilitaba los designios del anónimo: la carta del pregonero se pretendía real y resultaba ficticia, con la misma pirueta ensayada en las *lettere volgari*.

No descuidemos que Italia y España constituían entonces un espacio cultural único. Aquí llegaban las *carte messaggiere* de allá, y al tiempo se les creaban o redescubrían análogos en castellano. Así, las popularísimas *Epístolas familiares* (1539-1541) de Guevara, si por un lado surgen al arrimo de la primera entrega del Aretino, por otra parte se traducen pronto al toscano y contribuyen a reorientar el caudal originario de las *lettere volgari*. Al par, don Íñigo Peralta, en 1542, se ocupaba «in ridurre nel suo idioma» esa primera entrega de messer Pietro[38]. Los editores de epistolarios contaban con el mercado español y procuraban afianzarlo con operaciones especiales para él. Marcolini publica casi simultáneamente los textos italiano y castellano de *La zucca* (1551) de Anton Francesco Doni, uno de los *poligrafi* más adictos a las cartas y que, en efecto, no deja de insertarlas en esa entretenida miscelánea. Las *Cartas en refranes* de Blasco de Garay se estampan

---

[37] Entre la *princeps* (1499) y la edición de 1606 (con traducción latina), las cartas de Alcifronte (ahijadas a pescadores, campesinos, parásitos y cortesanos) parecen haber quedado enterradas «en la sepultura del olvido»: no creo que ejercieran ninguna influencia en la evolución de las *messaggiere*.

[38] P. Aretino, *Lettere* (I y II), ed. F. Flora, Verona, 1960, pág. 845 (II, 328).

en 1541, 1545 («añadidas») y hacia 1548; paralelamente, el *Proceso de cartas de amores* de Juan de Segura se imprime en 1548 (Toledo) y 1553 (Alcalá). Todavía en 1553, Giolito, el editor veneciano que comparte con Manuzio la primacía en la producción de «libri di lettere», publica juntos las *Cartas* de Garay y el *Proceso* de Segura. Luego, unas y otro se esfuman por diez o quince años.

Son datos esos que deslindan el período de florecimiento del género en Italia y en España y convergen en certificarnos que la moda creció en el decenio de los 40 y alcanzó su cenit en los días del *Lazarillo*. Es bien sintomático el interés que en tal período se puso en devolver a la circulación textos epistolares que parecían olvidados[39]. Las *Letras* de Hernando del Pulgar, tras cuatro lustros de postergación, se reimprimen en 1543 y en 1545. Las *Cartas* de Pedro de Rhúa llevan fecha de 1540, pero Juan de Junta no las saca a la luz sino en 1549; las de Francisco Ortiz, datadas mayormente en los años 30, sólo se editan en 1551, y otra vez en 1552.

Por supuesto, no nos las habemos sólo con una moda literaria. En la España de Carlos V, la articulación de una nueva sociedad —en todos los órdenes, de la economía y la política a las relaciones personales— tiene en las cartas una de sus manifestaciones e incluso una de sus herramientas más significativas[40]. Cuando se repasan los anales de la tipografía en el Quinientos (cfr. n. 6), sorprende comprobar hasta qué punto es alta la proporción de epístolas impresas en el tiempo del *Lazarillo* (y entre las mu-

---

[39] Como apuntaba (n. 7), el *Proceso* de Segura recoge impulsos de la «novela 'sentimental'» cuatrocentista y los concilia con la moda epistolar (las *Lettere amorose* de Parabosco son de 1545). Pero las cartas tenían ya un papel relevante en la *Cárcel de amor;* y es harto indicativo que, tras continuas ediciones hasta 1532, la obra de San Pedro no reaparezca sino en 1540, para reimprimirse prestamente en 1544, 1547, 1548, 1551, 1552, 1553 (Venecia: Giolito) y 1556, y quedar entonces relegada hasta 1576.

[40] Véanse las observaciones de José Antonio Maravall, *Estado moderno y mentalidad social*, Madrid, 1972, vol. I, págs. 181-183, etc. (y ahora [1986] 294 y ss.).

chas que se quedaron inéditas figuran piezas de tan firme intención y calidad literarias como la *Carta del Bachiller de Arcadia* y la *Respuesta del Capitán Salazar*). Desde los comienzos de la imprenta, la carta había sido el vehículo por excelencia para propagar noticias de mayor o menor relieve (y era habitual, por cierto, tratar de «caso», sin más, al tema central de una carta noticiera); pero ocurre que precisamente en 1554, el año de los más antiguos *Lazarillos* conservados, se publicaron más relaciones epistolares que en cualquier otro año del siglo XVI[41].

A quien repase el *Libro de la vida y costumbres* de Alonso Enríquez de Guzmán, habrá de llamarle la atención observar que esa pintoresca autobiografía (cerrada en 1547) va remansándose en cartas con mayor frecuencia según avanza el relato; que don Alonso cada vez se esmera más en redactarlas —en algunos momentos con la ayuda de modelos o repertorios— y que si un fragmento del *Libro* llegó a ser impreso (también en 1547) fue justamente en forma de carta (a Pero Mexía, en italiano), y como tal acabó por entrar en una compilación de *lettere*[42]. Enríquez de Guzmán era hombre de cultura muy escasa, y ese creciente prurito epistolar resulta por ello doblemente indicativo. En verdad, los coetáneos de Lázaro hallaban cada día más atractivo, no ya en leer, sino en escribir cartas trabajadas y elegantes. La tarea no era difícil para

---

[41] Vid. M. Agulló y Cobo, *Relaciones de sucesos, I: años 1477-1619,* Madrid, 1966; y abajo, Prólogo, n. 9.

[42] Cfr. la edición de H. Keniston, en la Biblioteca de Autores Españoles, CXXVI (Madrid, 1960), págs. LXI, 296-307, 329-336. Comenta una vez don Alonso, a la altura de 1545: «Yo tenía determinado de no poner más cartas aquí scriptas de mí ni respondidas de otro, especialmente siendo de mal en mejor, y en estas cartas se os da cuenta de lo para que es fecho este libro, que es de los acaescimientos de mi persona e vida... Aunque el stilo dellas no sea tal que se deba gustar, sello ha la sustancia, para que sepáis mis acaescimientos y lo a ello anexo e concerniente, sabiendo de los con quien he tenido conversación ['trato'], no embargante que tras las epístolas de San Jerónimo no había de haber otras» (pág. 255 *a*); vid. el prólogo de Keniston, pág. XLVIII.

LETTERE
D'ANTONFRANCESCO DONI.

CON GRATIA ET PRIVILEGIO.

FAMAM EXTENDERE FACTIS, HOC EST VIRTVTIS OPVS.

IN VINEGIA
APPRESSO GIROLAMO SCOTTO.
MDXXXXIIII.

quienes habían pasado por las aulas de los humanistas, porque ahí se dedicaban muchas horas a componer misivas imaginarias, de acuerdo con los preceptos de la retórica y con los ejemplos clásicos. Para quienes no habían disfrutado tal privilegio, pero aun así no renunciaban a probar la mano en el género epistolar, para «los non sabios escriptores», «los que poco saben» (en palabras de Yciar), pronto llegaron los manuales en romance, que conjugaban unas parvas generalidades teóricas con amplios muestrarios de cartas inventadas, serias unas y otras «jocosas», según el dechado de las «facete» italianas. Un par de referencias bastará para dar idea del éxito de esos recetarios, nacidos para satisfacer el deseo que un criado del cardenal Fonseca expresó con palabras que muchos hubieran podido hacer suyas en nuestro período: «Quisiera hallar dos cosas a vender en la plaza: barbas hechas y cartas mensajeras»[43]. El *Estilo de escrebir cartas mensajeras* de Gaspar de Texeda aparece en 1547 y se reimprime en 1549 y 1553; el *Segundo libro de cartas mensajeras,* que lo continúa, se edita en 1549, 1551 y 1553. El *Nuevo estilo de escrebir cartas mensajeras* de Juan de Yciar se publica en 1547 y, con adiciones, en 1552. De 1552 es asimismo el *Manual de escribientes,* cuya segunda parte reserva Antonio de Torquemada a las «cartas que comúnmente se llaman mensajeras». Y la *princeps* del *Lazarillo de Tormes* hubo de ver la luz en 1552 o, cuando más, en 1553.

En un contexto tan densamente epistolar, nuestra novela se entiende de maravilla. Por un lado, la carta del pregonero tiene perfecta justificación y coherencia internas: la ha pedido un superior, para informarse de «el caso» que ya otros han querido comentar con Lázaro[44], y

---

[43] Carta de Hernán Núñez a J. de Zurita, *apud* J. F. Andrés de Uztarroz y D. J. Dormer, *Progresos de la historia en el reino de Aragón,* Zaragoza, 1878², pág. 620. Cfr. M. Bataillon, *Le Docteur Laguna, auteur du «Voyage en Turquie»,* París, 1958, pág. 137, n. 14.

[44] La carta *messaggiera* fue a menudo una ventana de chismes y parlerías «en

es una vehemente reivindicación —hasta con juramentos
«sobre la hostia consagrada»— de la probidad de quienes
a cuenta de «el caso» se ven calumniados por las «malas
lenguas»[45]. Por otra parte, cuando sabios y «non sabios»
se sentían fascinados por el «nuevo estilo de escrebir cartas mensajeras», comprendemos que Lázaro no se limita-
ra a contestar a Su Merced sobre «el caso», antes bien se
decidiera a «comunicar» «a todos» la respuesta: porque
pensó que incluso él podía competir en el dominio de las
lettere volgari y, por ahí, fardarse de respetabilidad intelectual. Del mismo modo que en cuanto consigue cuatro pe-
rras se viste con ropas «de hombre de bien», ahora, ya
asentado con un «oficio real», busca en el baratillo de la
literatura una forma que se le ajuste. Con un ribete de
ironías, en efecto, los primeros párrafos del *Lazarillo* con-
fiesan la «ambición [...] del protagonista [...] de alcanzar
honra literaria»[46]. Pero observemos que Lázaro no aspira
a una «honra literaria» indiscriminada, sino concretamente a la que proporcionaba el género de moda: uno de los

---

relación con el 'Vuestra Merced' destinatario de la misiva» (V. García de la
Concha [1981] 66-69, con un par de ejemplos españoles). Pero tanto antes
como después se documentan peticiones similares a la de Su Merced en el *Lazarillo*. Así por parte de los magnates y títulos que frecuentemente se dirigían a
Francesillo de Zúñiga: «Don Fadrique Enríquez, Almirante de Castilla, escribió... rogándole que le escribiese y diese nuevas de las que había en la corte, ansí
de su persona como de las otras», etc. (cfr. solo J. Menéndez Pidal, en *Revista de
Archivos, bibliotecas y museos*, XXI [1909], pág. 72). O así por parte del Duque de
Sessa, quien no solo quería detalles de los amoríos y enredos de Lope, sino las
mismas cartas a «La Loca» o «Amarilis» (A. González de Amezúa, *Lope de Vega
en sus cartas*, I [Madrid, 1934], págs. 479-490).

[45] No es esta la ocasión de insistir en que Lázaro niega de pe a pa todas las
acusaciones, por más que el lector, habituado ya a la técnica de 'mostrar ocul-
tando' que por doquier exhibe el narrador, sabe perfectamente a qué atenerse
(H. Castillo [1950], sin embargo, da por buenas las alegaciones del pregonero).
Nótese solo que el *Lazarillo* se presenta en definitiva como una exculpación del
protagonista frente a los rumores sobre «el caso» que las «malas lenguas» han
hecho llegar a Su Merced: nos las habemos, pues, con una carta de las que los
manuales de redacción epistolar llamaban *expurgativa* y la retórica incluía en el
genus iudiciale (F. Rico [1983] 418-419, 421). Cfr. también VII, n. 18.

[46] F. Lázaro [1969] 173. Cfr. M. Bataillon [1958] 11-12.

poquísimos, además, que no era inverosímil que cultivara un ínfimo funcionario del Ayuntamiento de Toledo[47].

En principio, el recurso al diseño epistolar, en el período de apogeo de las *lettere volgari*, tenía la virtud de hacer aceptable el *Lazarillo* como auténtica obra del pregonero. Privadas o públicas, las cartas eran de suyo una variedad expresiva acotada para la narración de hechos reales; las *messaggiere* en conjunto no infringieron esa norma (en ella se encontraba, por el contrario, una de las principales razones de su éxito); y en el *Lazarillo*, por ende, la mera apariencia epistolar equivalía a una presunción de historicidad, de realidad. Eso era, insisto, en principio. Después, en algún momento (¿quizá especialmente en las últimas páginas, si no al cerrar el libro y desvanecerse el encanto de la escritura?), la mayoría de los lectores debía fallar definitivamente que todo aquello encajaba con demasiada pulcritud y gracia para ser histórico, real. Una experiencia análoga con la literatura de la época sólo podía haberse tenido con las *carte messaggiere*, y no ya con tal o cual texto aislado dentro de una colección, sino con tomos enteros. Cuando fue agotándose la mina de las misivas verdaderas, no siempre quedó tan claro como en Andrea Calmo (vid. pág. 69*) que las incluidas en un volumen eran fruto de la fantasía de un *polígrafo*. Al revés, hubo quienes se aplicaron con entusiasmo al arte de la falsificación más o menos ostensible. Así, ante las *Lettere della molto illustre sig. Donna Lucretia Gonzaga da Gazuolo, con gran diligentia raccolte* (Venecia, 1552), no pocos acabarían

---

[47] Prolongando un tomo de *Lettere facete et piacevoli*, notaba Francesco Turchi: «Quantunque l'arte dello scrivere o dettar lettere paia facilissimo a ciascuno, per essere così famigliare a tutti, perche *non pur quelli che a pena sanno leggere et formare i caratteri dell'alfabeto, ma etiandio quelli che sono più deboli d'ingegno et non sanno né l'una né l'altra cosa si veggono tutto il giorno scriverne o dettarne,* ella è però arte... difficile... Chi è colui così modesto e di gusto sì sano e indifferente, che leggendo lettere prive d'invenzione, di concetti, di prudenza, d'ordine, d'ornamenti, di parole proprie o traslate et di ortografia, non si stomachi?» (*apud* A. Quondam, *Le «carte messaggiere»*, pág. 52).

advirtiendo que se enfrentaban con una superchería, y bastantes más reconocerían los ingredientes que permiten tildar de imaginarias las *Lettere di molte valorose donne* (Venecia, 1548, 1549²)⁴⁸. Pues bien, pienso que el autor anónimo se inspiró en esos trampantojos de las *carte messaggiere*, a la altura de 1550, para concebir el *Lazarillo* como carta apócrifa.

Demos por bueno que nuestro genial y escurridizo novelista se sintió atraído por el modelo de Apuleyo (y, en parte, de Luciano): la autobiografía de un antihéroe, mozo de muchos amos, en la sociedad contemporánea. Desembarazado del marco prodigioso de las metamorfosis y transmigraciones, ¿cómo podía dar verosimilitud a tal fórmula y ponerla al día? Aquí le salían al paso la tradición de la epístola autobiográfica redactada a petición de un conocido y, a la vez, el inmenso auge de las *lettere volgari* tanto entre los más doctos como entre «los que poco saben». Con las *carte messaggiere* venían también el ambiente contemporáneo, la perspectiva cotidiana, el tono familiar. Con ellas venía asimismo la experiencia de convertir la patente de autenticidad propia de la epístola en un apoyo para la mistificación. Pero, ya en el disparadero de presentar el libro como real, la coherencia exigía el más vigilante 'realismo': en la trama, en el modo de contar, en el lenguaje, en el pensamiento⁴⁹. El círculo estaba cerrado.

Ni que decirse tiene que tal círculo podía recorrerse a partir de cualquiera de sus puntos. No hay medio de averiguar cuál se le ofreció primero al autor, ni aun si el anónimo estudió concienzudamente la selección de esos varios elementos o bien el resultado de conjugarlos todos le brotó de la pluma en un golpe de intuición. Como fuera,

---

⁴⁸ En ambos casos se trataba de obras de Ortensio Lando; para más detalles, cfr. N. Belluci, en *Le «carte messaggiere»*, págs. 255-276.

⁴⁹ Véase la anterior n. 5.

la intuición no operaba en el vacío, sino orientada por un peculiar contexto literario o histórico. Ni caben grandes dudas sobre las consecuencias del proceso recién resumido. No habituados a leer como ficción una obra de semejante carácter, inducidos por el aspecto de carta, los primeros lectores del *Lazarillo* esperarían encontrar en el libro el relato de unos hechos reales escrito por un auténtico Lázaro de Tormes. Los más cultos y sagaces entrarían pronto en sospechas: la admirable ensambladura jocosa de los materiales les haría pensar en una construcción artística mejor que en el fiel trasunto de una vida. Desde ese momento, proseguirían la lectura con cien ojos, decididos a inquirir si en alguna parte se traicionaba la presunción de realidad de acuerdo con la cual habían acometido la obra; y acabarían comprobando que en rigor, interpretando el texto al pie de la letra, nunca se traicionaba: todo fluía *como si* fuera verdad, por más que uno estuviera convencido de que no lo era. Al final de ese camino, habían descubierto un género de ficción inédito entonces y destinado a ser centro de gravedad de la literatura europea por más de tres siglos.

4. Entre burlas y veras

El *Lazarillo* se abre con citas y reminiscencias de Plinio, Horacio, «Tulio», y se cierra con la mención expresa de Carlos V en las Cortes toledanas de 1538-1539. De un cabo al otro, entre la más alta cultura y la referencia histórica más concreta, la carta del pregonero va conjugando en cambiante medida burlas y veras, literatura y realidad: hasta el punto de que el Lázaro presuntamente real llega a aparecérsenos movido por la ambición de alcanzar fama literaria (arriba, pág. 74*), como el bosquejo de un Don Quijote tocado por las *lettere volgari*.

Las apreciaciones críticas más representativas del siglo que ahora muere han tendido a desdeñar los factores 'realistas' del *Lazarillo*. La rebelión contra el naturalismo decimonónico —piedra de toque ineludible, nos guste o no, de la noción usual de 'realismo'—, la aventura de las vanguardias, la estilística, el estructuralismo —en la teoría y en la creación— y los planteamientos iniciales de la semiología han acarreado que en los últimos años suela juzgarse «crimen de lesa estética hacer hincapié en el realismo de la novela picaresca»[1]. El patriotismo ha echado

---

[1] M. R. Lida de Malkiel [1964] 112. El concepto de 'realismo' que me parece interesante en relación con el *Lazarillo* no responde, desde luego, a ningún absoluto, sino a un criterio histórico, a una constatación de lo que ha sido la trayectoria de la novela europea (vid. F. Rico [1970: trad. 1984] 93-94 = [1984 *b*] 229-231); en «Paradossi del romanzo», en *Alfabeta*, núm. 77 (octubre de

también su pernicioso cuarto a espadas e, incómodo con la visión de la España imperial que tantos lectores han extraído de nuestro libro, ha dictaminado que el *Lazarillo* «no pinta seres reales, sino que adapta [...] temas literarios»[2]. Con muy otro talante, Marcel Bataillon afirma que «toda interpretación ingenuamente realista del *Lazarillo* queda excluida por el hecho de valerse el autor de una materia folclórica», por no ser el relato otra cosa que «el desarrollo y la combinación de historietas folclóricas»[3].

Es difícil no compartir algunas de esas actitudes en tanto suponen una reacción frente a la vieja manía de buscar los 'modelos vivos' de la literatura, reducir los textos a meros documentos del pasado o entronizar como categoría artística, sin más, una cierta especie de fidelidad a la experiencia cotidiana. Pero no cabe seguirlas en cuanto olvidan —teóricamente en nombre de la literatura— datos *literarios* esenciales en el *Lazarillo*. En él, así, el realismo primordial atañe menos a los temas que a la enunciación de los temas, a la materia menos que a la forma: lo que básicamente se presenta *como si* fuera real es el acto de lenguaje, el hecho de que el pregonero escriba una carta a un determinado corresponsal («Vuestra Merced...»); y el contenido 'realista' de tal discurso tiene sólo una importancia relativa, de segundo grado. Hace poco al caso preguntarse, por ejemplo, si es posible que Lazarillo llevara en la boca «doce o quince maravedís, todo en medias blancas» (pág. 67): la cuestión es más bien si resulta verosímil que Lázaro de Tormes exagere al narrar tal o cual de sus picardías de niño (o incluso que mienta al hablar de las entradas y salidas de su mujer). Es en esa

---

1985), págs. 6-7 (y, con más erratas, en *El País*, 14 de marzo de 1985), apunto una perspectiva más amplia y mucho menos objetiva.

[2] A. González Palencia [1944] 11.

[3] M. Bataillon [1958] 19 y 45. Cfr. F. Ayala [1967] y E. Martínez Mata [1985].

pretensión radical de realidad donde el *Lazarillo*, epístola apócrifa, difiere del realismo de *La Celestina* o del *Decámeron:* Rojas o Boccaccio cuentan fábulas de apariencia más o menos realista; el anónimo quiere que el libro todo tenga apariencia de ser real, histórico. Y es también por ahí por donde gasta a los lectores su broma más divertida y les brinda el descubrimiento más innovador: en el camino hacia la 'realidad', van a parar a una originalísima manera de 'ficción'[4].

Leíamos hace un momento, por otro lado, que «toda interpretación ingenuamente realista del *Lazarillo* queda excluida por el hecho de valerse el autor de una materia folclórica...». Completemos ahora la cita: «...e identificar al propio héroe con una figura del folclore español». Duele disentir de un maestro como Bataillon, pero por fuerza hay que notar que sus observaciones sobre la dimensión folclórica de nuestra novela parten, sintomáticamente, de una premisa equivocada: la creencia de que Lázaro —al igual que Pedro de Urdemalas, Perico de los Palotes o Pero Grullo— fue un personaje presente desde antiguo, desde antes de 1550, en chistes y consejas de la tradición oral. Sin embargo, el único supuesto indicio alegado por Bataillon no se deja de ningún modo entender en favor de semejante hipótesis. Consiste, en efecto, en la alusión ocasional de uno de los comparsas de *La lozana andaluza* (1528): «¿Por qué aquella mujer no ha de mirar que yo no soy Lazarillo, el que cavalgó a su agüela, que me trata peor, voto a Dios?» (mamotreto XXXV). En el espléndido *retrato* de Francisco Delicado, abundan las menciones aisladas de personas y personillas de quienes hoy nada sabemos: pero la personalidad del «Lazarillo» que ahora nos interesa parece que puede fijarse con suficientes garantías. Por cuanto se me alcanza, sólo hay un sujeto a quien convienen todos los datos evocados en

---

[4] Véase el capítulo final de mis *Problemas del «Lazarillo»*.

el pasaje de *La lozana:* el mozo (y por ende con diminutivo), protagonista de una facecia muy apreciada en el Cuatrocientos, que «voulu monter sur sa mère grant» y, al recibir los palos y denuestos de su padre («que me trata peor»), intentaba rehuirlos aduciendo 'razones' («...pour une pouvre foiz que j'ay voulu ronciner sa mère, il a ronciné la mienne plus de cinq cens fois...»)[5]. Por el contrario, claro está que ni Lázaro de Tormes comete pareja monstruosidad, ni existe el menor asidero para relacionarlo con ella. La conjetura de Bataillon es, pues, insostenible[6] y muestra en qué endeble base se funda la propuesta de abultar los componentes folclóricos del *Lazarillo*[7].

A decir verdad, ni la calificación de folclórico se ha otorgado siempre con el rigor necesario[8], ni siempre que

[5] *Le cent nouvelles nouvelles*, I., ed. F. P. Sweetser, París, 1966, pág. 324. En el *Liber facetiarum* (CXLIII), de Poggio, la víctima del «iuvenis» no es la abuela, sino la «noverca» (ed. M. Ciccuto, Milán, 1983, pág. 272), de suerte que no se produce el cómico paralelismo («sa mère..., la mienne...») del texto francés. La coincidencia con *La lozana* parece tan ajustada, que nos decide a descartar la posibilidad de que la «agüela» lo sea de «aquella mujer», y no del «Lazarillo» en cuestión.

[6] Pese a A. Redondo [1986], *ad n.* 92.

[7] Tampoco me resultan convincentes las hipótesis que relacionan a nuestro Lázaro con un homónimo en el Evangelio, sea el mendigo llagado de Lucas, XVI, sea el hermano de Marta y María (Juan, XI); cfr. M. Bataillon [1958] 19-20, A. D. Deyermond [1964-1965] y [1975] 27-32, S. Gilman [1966] 161-166 y B. W. Wardropper [1977]. L. J. Woodward [1977] 333-335 subraya la etimología del antropónimo: hebr. *El Azar* 'protegido de Dios' (vid. arriba, pág. 39*, n. 20). Diversas noticias sobre usos simbólicos del nombre de Lázaro pueden hallarse en Y. Malkiel, «La familia léxica *lazerar, laz(d)rar, lazeria*», *Nueva Revista de Filología Hispánica*, VI (1952), págs. 209-276; A. Armisén, *Estudios sobre la lengua poética de Boscán*, Zaragoza, 1982, págs. 406-409 (ambos con referencias al *Lazarillo*); J. Caro Baroja, *El estivo festivo (fiestas populares del verano)*, Madrid, 1984, pág. 33; y A. Hauf, «De la *fovea* als *sots*...», en *Miscel·lània A. M. Badia,* III (Montserrat, 1985), págs. 259-290.

[8] En el caso concreto de los cuentecillos folclóricos, el mayor especialista en el dominio, Maxime Chevalier [1979] notaba que, «si on limite aux récits dont le petit Lazare est —ou plutôt devient— le protagoniste, on est conduit à affirmer que leur nom se réduit à quatre»: el toro de piedra, el robo de la longaniza, el «para mi casa llevan este muerto», la huida del escudero. Pero esa misma lista puede ser matizada; cfr. abajo, pág. 97* y III, n. 164.

es justa se convierte en argumento contra el realismo esencial en la obra[9]. Nótese, en primer término, que con demasiada frecuencia ha bastado documentar un asunto en un par de comedias o en una floresta de chascarrillos para tildarlo de motivo folclórico, y no, como se esperaría, de ingrediente literario o donaire de actualidad. Más de una vez se ha olvidado que ciertas facetas de un tema pueden haberse folclorizado, pero que el *Lazarillo* lo enfrenta atendiendo a otras que no están en el caso, y aun quizá desmintiendo las concepciones folclóricas. Si el autor saca a colación un refrán o un cantar, ha tendido a juzgarse que ahí está el modelo del contexto en que se da la evocación, no simplemente un rasgo de estilo (un juego de «intertextualidad») venido a los puntos de la pluma en el momento de formular una materia no predeterminada en absoluto por el refrán o el cantar. En fin, no sólo textos tardíos inspirados en el *Lazarillo* han llegado a tomarse por fuentes folclóricas inspiradoras de la novela, sino que el *corpus* variopinto e inestable del folclore se ha empleado como pauta para descifrar el relato: así —por no allegar sino una muestra—, si «en diversas tradiciones populares el demonio va unido a la edificación de un puente de piedra, construido gracias a su poder mágico», se ha explicado que en el puente de Salamanca «el niño muere al mundo todavía inocente de la infancia *para renacer en el universo demoníaco, auténticamente suyo...*»[10]. Creo honradamente que huelga cualquier comentario.

---

[9] Por encima de algunas diferencias en cuestiones de detalle, concuerdo en gran medida con la posición de doña María Rosa Lida [1964]: la huella del folclore es mucho menos profunda de lo que Bataillon pensaba; la «atención realista [por el molinero ratero, el esclavo enamorado, la lavandera que con mil tropiezos cría a sus dos chicuelos, etc.] falta por completo en el cuento popular, donde la miseria del pobre —o la riqueza del rey o la belleza de la princesa— se da por sentada sin ironía ni piedad, y no inspira detenidas evocaciones»; «los personajes más logrados [...] no son tradicionales».

[10] Cito del volumen colectivo *Mitos, folklore y literatura*, Zaragoza, 1986; la cursiva es mía.

Así las cosas, conviene extremar la cautela a la hora de repasar los materiales aprovechados en el *Lazarillo*. Ni es prudente tratarlos de folclóricos con la indiscriminación con que a menudo sigue haciéndose, ni menos cabe echar mano del folclore como panacea exegética. En todo caso, importa discernir qué entra en el libro gracias a una previa elaboración tradicional —popular o no—, qué en tanto eco directo del entorno social (necesariamente con reflejo en otras formas expresivas) y cómo la invención del anónimo recrea unos y otros elementos. Pues es la evidencia misma que el autor puede usar un motivo muy probablemente folclórico (como el de 'oler el poste') para darle un tratamiento no folclórico en absoluto, sino profundamente novelesco. O bien lo es que elige como personaje a un buldero —por ejemplo— y le atribuye una determinada artimaña en virtud de sugerencias y modelos que encuentra en la literatura; pero tampoco cabe ni sombra de duda sobre el hecho de que el episodio del buldero —como han de conceder incluso los más hostiles a una lectura 'realista' de la novela— «podría pasar por un sucedido en algún pueblo castellano»[11] y no hay en él ni un rasgo que no corresponda a usos corrientes en la España de Carlos V y hasta a circunstancias que llamaban particularmente la atención de los contemporáneos.

A conclusión similar nos llevan las restantes figuras e incidentes que contemplamos en las páginas del *Lazarillo*. Y esa pulcritud 'documental', como tantos otros aspectos en que la imaginación del anónimo se apuntala en su experiencia de la vida y de los hombres, sirve a su vez para hacer creíble el punto central y en principio más problemático del libro, la redacción de una carta autobiográfica por parte de Lázaro: las referencias a la realidad histórica, eminente o ínfima, quizá son menos un fin en sí mismas

---

11 A. González Palencia [1944] 21.

que un modo de dar también realidad al protagonista, de insuflar también historicidad en la voz que narra, situándola en un ámbito tan verosímil —e insólito en la ficción de la época—, que empujara a aceptarla como verdadera.

El lector poco ducho en el Quinientos español debe tener en cuenta, por otra parte, que las dimensiones realistas del *Lazarillo* van más allá de los términos explícitos. Todo relato es forzosamente elíptico: selecciona unos cuantos fragmentos de un proceso continuo, indefinidamente complejo, e invita a suponer lo demás merced a la fantasía y al conocimiento del mundo. Valga un ejemplo mínimo. Lázaro, en Toledo, se desayuna un día con «ciertos tronchos de berzas» (pág. 86). Y no hace falta ni una palabra más para que entendamos que el muchacho frecuenta «las plazas do se vendía pan y otras provisiones» (pág. 73), y los «tronchos» se los ha dado «una de aquellas mujeres» (pág. 87) que allí montan su puesto, o bien los ha cogido él mismo de entre los que se desechan al preparar la mercancía para los parroquianos... El anónimo maneja la elipsis con tanta destreza, que el no especialista corre el peligro de perderse algunos de los matices más sabrosos de la novela, si no se le suministra noticia suficiente de la sociedad del momento. El escudero, en particular, es un individuo poco menos que ininteligible, si lo que Lázaro nos cuenta de él no se inserta en un amplio marco social que el autor no necesitaba caracterizar expresamente porque a nadie entonces le era extraño. Sólo cuando se atiende a ese marco y se contrasta con el de la literatura coetánea, pueden trazarse las coordenadas imprescindibles para dar plenitud de sentido al *Lazarillo* y hacer justicia a la originalidad de su arte.

El primer amo de Lázaro tal vez se nos antoje hoy un espécimen pintorescamente singular; pero el ciego que vagaba por calles y plazas, en compañía de un mozo, rezando oraciones a cambio de una limosna (otros se la ga-

naban con coplas y pliegos sueltos) era tipo comunísimo
en la España de ayer. «El oficio del labrador es cavar...,
el del ciego, rezar»[12]; y los usos propios del «oficio» (I,
pág. 25) no sólo eran universalmente conocidos, sino
que en ciertos aspectos incluso llegaban a regularse por
decreto o por escritura privada[13]. En julio de 1553, así,
cuando la edición príncipe del *Lazarillo* aún debía de ser
una novedad en las librerías, un muchacho de diez años
llamado Lázaro, hijo del peraile Hernando de Miranda,
entró a servir, en Toledo, al ciego Juan Bernal. En septiembre de 1555, Hernando y Juan firmaron un contrato
que fijaba las obligaciones de las dos partes: Juan había de
proveer a Lázaro de «mantenimiento de comer y beber, e
vestir e calzar, e vida honesta e razonable», y en particular enseñarle «las oraciones que él sabe, según se acostumbran mostrar a los ciegos» (vid. I, págs. 25, 30, notas
50, 72); de suceder que Lázaro «se fuere o absentare», se
le buscaría «en Toledo con diez leguas en derredor», para
restituirlo al servicio de Juan[14].

La abundancia de ciegos mendicantes y un modo de
vida más abierto, más a la luz pública que en nuestros
días, habían familiarizado a todos con el talante y conducta habituales en individuos como Juan Bernal y su
pupilo. En 1526, Fray Luis de Escobar estaba seguro de
que a ningún lector le resultaría extraña la comparación
que una vez establecía con «el ciego que es guiado del
mozo malicioso: donde hay lodo, disimula y deja enlodar
al triste ciego, y donde no hay lodo, dícele que lo hay y

[12] Fray Antonio de Guevara, *Epístolas familiares*, I, xxxviii; cfr. M. Fernández Álvarez, *La sociedad española en el Siglo de Oro*, Madrid, 1984, pág. 169.
[13] Las referencias precisas se hallarán en la bibliografía citada arriba, páginas 21*-22*, notas 16-18.
[14] El documento ha sido publicado y bien comentado por J. Sánchez Romeralo [1978], de quien sin embargo discrepo en un punto: como en los otros
contratos que ahí se aducen (vid. asimismo A. Blecua [1974] 19), el Lázaro toledano seguramente era también ciego; pues Juan Bernal no lo tomaba tanto por
criado cuanto de aprendiz, para darle la instrucción adecuada «a los ciegos».

hácele saltar en vano; tómale el mejor bocado del plato y hácele comer lo sucio por limpio; y al fin, si se descontenta de él, déjale y vase en tiempo de mayor necesidad»[15]. En efecto: eran ésos comportamientos tan normales, tan previsibles, que el contrato de 1555 prescribe cómo proceder en el último supuesto y el *Lazarillo* ilustra puntualmente ese y todos los demás.

De tiempo atrás, por otro lado, la literatura había percibido y subrayado una parte de tales usos y comportamientos. Una farsa picarda del siglo XIII presenta ya las jugarretas que se gastan *le garçon et l'aveugle*, desde que Jehannet se ajusta con el avariento pordiosero hasta que lo abandona robado, herido y zaherido: «Sire, querés autre vallet!... S'il ne vous siet, si me sivés!»[16]. El teatro medieval gustó de intercalar escenas similares en milagros, misterios y en general piezas religiosas en que la presencia del ciego a quien cura Jesús (Mateo, IX, y Juan, IX) se prestaba a un fácil intermedio cómico. Los protagonistas mantienen los rasgos que los caracterizan en la farsa del siglo XIII. El ciego, mezquino y suspicaz, teme siempre —y con razón, por lo regular— que el *valeton* se quede con sus dineros. El criado pillo, cuya gula no puede esconderse al olfato del amo *(Mystère des Actes des Apôtres)*, lo lleva por mal camino: «Mauvais garçons me desvoiroient...», se queja una de sus víctimas, en la *Passion d'Arras*. En un *Mystère de la Resurrection*, cierto 'mozo de varios ciegos' cuenta quiénes han sido sus ridículos progenitores: «Mon père avoit nom Rien me vault/ et ma mère Mal assenée,/ qui fut fille Lasche Journée,/ et mon parrain, sans contredit,/ si avoit nom Gaignepetit,/ ainsi

---

[15] *Quinquagenas*, Valladolid, 1526, fol. LXXVII, *apud* A. Rumeau [1969] 507.

[16] Ed. M. Roques, París, 1921, versos 245 y 265 (y trad. y notas de J. Dufournet, París, 1982). Para el resto del párrafo, cfr. solo G. Cohen, «La scène de l'aveugle et de son valet dans le théatre français du Moyen-Âge», en sus *Études d'histoire du théatre en France au Moyen-âge et à la Renaissance*, París, 1956, páginas 126-151 (y 121-124, 152-162); E. von Kraemer, *op. cit.* arriba, pág. 54*, n. 17.

qui le disoit ma mère»[17]. Pero el ingrediente más repetido y apreciado eran los palos y mamporros que ambos personajes se propinaban a cada instante.

En España, cuando menos desde finales del siglo XV, el ciego y su criado intervenían en las representaciones sacras que se celebraban en Toledo; y en la *Farsa del molinero,* y posteriormente en la *Farsa militar* (1547), Diego Sánchez de Badajoz inserta escenas tan similares a las francesas, en los incidentes y en especial en la abundancia de riñas, coscorrones y tropiezos, que no pueden ser sino ramas de un mismo tronco[18]. De hecho, todo indica que la pareja constituida por el ciego y su «destrón» (cfr. I, n. 41) se hizo notoria gracias precisamente al teatro religioso y a los golpes que uno y otro se atizaban en las tablas[19]: «porrada de mozo y ciego»[20] era expresión que evocaba inmediatamente un mundo histriónico. Sebastián de Horozco, Timoneda y otros, después de 1554, no dudaron en devolver el *Lazarillo* a esa tradición introduciendo reminiscencias de la novela en sus actualizaciones del viejo *topos* dramático[21].

---

[17] Compárese con la «anti-genealogía» del personaje cómico en el teatro religioso, desde Lucas Fernández, *apud* F. Weber de Kurlat, *Lo cómico en el teatro de Fernán González de Eslava,* Buenos Aires, 1963, págs. 153-164; y vid. arriba, página 53*, n. 14.

[18] C. Torroja Menéndez y M. Rivas Palá, *Teatro en Toledo en el siglo XV: «Auto de la pasión» de Alonso del campo,* Madrid, 1977, págs. 45, 65-66 (y vid. J. Dagenais [1983], que desarrolla una observación sumariamente expuesta en F. Rico [1980] 89 n. 18); D. Sánchez de Badajoz, *Recopilación en metro,* ed. F. Weber de Kurlat *et al.,* Buenos Aires, 1968, págs. 283-285, 409-411, y *Farsas,* ed. M. A. Pérez Priego, Madrid, 1985, págs. 202-205. Comp. abajo, I, n. 50, y II, n. 88.

[19] M. R. Lida de Malkiel [1964] 113, a zaga de M. Bataillon [1958] 23, piensa más bien en el «tabladillo de la farsa»: «Me pregunto si estas burlas nada sutiles no se difundieron y fijaron por medio de titiriteros... A esa difusión... se deba quizá la presentación exagerada...» (vid. también W. Casanova [1970]). No creo necesario recurrir a la hipótesis de los títeres, cuando nos consta la popularidad del teatro religioso; pero Bataillon y la Sra. Lida iban certeramente encaminados.

[20] D. Sánchez de Badajoz, *Farsa moral,* ed. F. Weber, pág. 218.

[21] Vid. solo F. Rico [1970: ed. 1973] 98-100; J. García Soriano, en *Boletín de la Real Academia Española,* XIV (1927), págs. 391-392.

Con él debe de estar en deuda igualmente la preciosa serie iconográfica que orna un códice trecentista de las *Decretales* de Gregorio IX: una miniatura pinta al mozo mientras con una larga paja le bebe al ciego el vino del jarrillo; otras, cuando le abre el saco de las provisiones o se defiende de sus trompadas, ante la curiosidad de algunos mirones; en la última, el ciego ha recobrado la vista, y fuerza es suponer que en virtud de un milagro como los del teatro francés o las farsas de Sánchez de Badajoz[22]. Varias de esas viñetas tienen réplica exacta en el *Lazarillo*[23], y la insistencia que en conjunto ponen en las golosinerías y hurtos de comida también ha de relacionarse con nuestro relato. Es en ese dominio, en todo caso, donde la carta del pregonero muestra un par de coincidencias literales con anteriores textos sobre ciegos y destrones.

No sabemos cuáles eran las «mañas» que el Cíngar del *Baldo* (1542) ejerció en los «cinco años» que estuvo «con un ciego que bien le proveía», aunque sí nos consta que se apartó de él «huyendo por no ser preso» y que a otro con quien topó luego le birló «prestamente» una «avara talega» de «gallofas»[24]. Pero en fecha próxima al *Baldo*,

---

[22] Cfr. R. Foulché-Delbosc [1900] láms. entre las págs. 94 y 95; L. M. C. Randall, *Images in the Margins of Gothic Manuscripts,* Berkeley, 1966, págs. 36, 69 y láms. LXXXVIII-LXXXIX, señala que el códice fue escrito en Italia y decorado en Inglaterra y lo relaciona con el «fabliau» (!) de *Le garçon et l'aveugle;* J. Dagenais [1983] 265 n. 3 escribe: «the master's eyer are open, presumably as a result of a miracle cure... It seems likely that these illustrations, too, are based on scenes from familiar religious theater». Vid. las reproducciones anejas (muy reducidas).

[23] La segunda parte de la burla del vino, cuando Lázaro abre un «agujero sotil» «en el suelo del jarro», ha recordado a don Alfonso Reyes un chiste (número 263) del *Philogelos,* de Hierocles y Filagrio: «Escolástico selló una botella de vino de Amina, pero su criado la perforó por debajo y hurtaba el vino», etc. Cfr. *De viva voz,* México, 1949, págs. 220-221, y *Obras completas,* VIII (México, 1958), pág. 208; y M. R. Lida de Malkiel [1964] 114.

[24] A. Blecua [1971-1972]. Amén del «avariento fardel» (pág. 28), recuérdese que Lázaro no sólo escapa del ciego (como tan a menudo ocurría en la literatura y en la realidad, según se deduce, por ejemplo, de *Le garçon et l'aveugle,* fray Luis de Escobar y el citado contrato de 1555), sino que, tras dejar al ciego «medio

ncini uiff pfestuff
onsidmoniit ē·s·cui
zebj·e·quito uaciselli
roit·ꝩ·c·cum imp·si
meno tebit puuaioꝛ
· bilenmis·ete pꝛo
o fcauiatoꝛia·ſꝯ
ꝺt oia·s·ꝺeuit uir·sic
i tenet aninstracessio
ɔilbuinn ets·ꝺe foꝛa
tacoꝛ·caubets·ꝺ fi
e sciin·q·l·nemini·ff·
ꝺeꝺote post oꝵoꝛ si
s·s sladuis·uir·la·ff·
ypꝛe constitucōms.

lib16·All·uio em q̄·nuc ct·z
craho cuenti uesusatui ꝺelbꝛ·
nii crariuint quuennq·mō·gꝙ
pꝛ·crercscāut uo·augetiii pui
uiſcuur ɔnouitoꝛiq·z uoꝺot
et·si uiuce·ꝓ· uis uuioꝛ·ct gꝺ cu
nersantes ꝺebi puuaио cicrē
caiteni·ff·loan si uuoꝛs·c·et ꝓ
ꝺistiplina·u·ff·ꝺe·ꝩ·ob·mc̄cripi
luie·xxꝩ·ꝺiuuisoꝛ·u·u·c·ꝺealli
uae·i·n·li·tꝩ ilk·lcui buit cū ꝓ ꝺ
tus·augmcutē·qꝺ ai ꝺiꝓuisioue·z
tautur·sic auꝓat cq̄·au·casu foꝛ
preiuichile·si u uiuo tat culpa·colo
si tcgreꝺ·ꝓ leruis coꝛuupte fiꝰtꝰ

na sic ibi contingit de seo z ñ ponit ius · Jo-
ter collirio si unam accepti fuissent pro pa-
num esset in colucōne sapientis · Tñ p testra d·
ni · s · suprema notula · ñ iuit siquis s unitas·
pteo conuciut · preceptum est in illa · ff · q·
siquis · iun · et · si si comune · vi · et siquis
unū nititur p propuntos preceptum est · ff · de
u · et · s · de prescep · mortis · s · cū moriitur qd ū
n xxii qm aliquid recepit c eualtinus illo
vi · in nouo · z · xviii · dc · i · z · ff · de ainū · ni · ita
in qm pro fruitur et icstiu met · ff · ō uiusi-
icsegū est periulū pence q · est puū · ff · ff · de pr
si extiū uer est ut patet p prinūpiis qppuo ·

y s i z su ū
au uez su
q fiut in
p etre sua

tm ei sollempu iutētē q in a lospit
monachis ut foritau iupisit a
ue · ac erti illa uez ietligetur qñ
ccōniua ur fuit iupsiuiu · et cu
prit · f · c · pina tōne · et · z · i · relata
s · up co · et · f · iu iuaio · no · q ·
tuitum non sit cōsuetudo iu
ticais et · s · c sophte · et · s · de capli
olim · et · s · de elsi · ann eccia iuusta
co · xi · qd cc · xvi · dc · illa et · s illud · et
u cōtoic · s · pinops uez ac est cēu i
iuusesq · ibi louis suū bt cōru
q uo statuutu cēt · ut de cōsuetū

ct tone inftaroie tue reurard u pfatura d . cleus.
r uftrar laur cd correcionis s. e iturraoco. fzi sgra'

quos ebrt ifckluftecla
afecli i d ce qfeclem cd

otue ecdam ftrut tenetur pmoculicz
s. oxplen en . et e.efa e cmm fn naplm

at cd roieutrlies . uoptanoru fuer
s. ccrev pnm mautcipatm fluepct

¶ La vida de Lazarillo de Tormes, y de sus fortunas: y aduersidades. Nueuamente impressa, corregida, y de nueuo añadida en esta segūda impression. ·

Vendense en Alcala de Henares, en casa d Salzedo Librero. Año de. M. D. LIIII

concretamente en 1540, una colección de *Dichos graciosos de españoles* transcribe ya una 'maña' que comparte con el *Lazarillo* rasgos todavía más llamativos: «Un mochacho de un ciego asaba un torrezno, y su amo díjole que le diese dél y comióselo todo. El mochacho le preguntó que quién le dijo del torrezno, [a lo que el ciego] respondió que lo había olido. Y yendo por una calle, [el destrón] déjole encontrar con una esquina y comenzóle a dar de palos. Díjole el mochacho: 'Oliérades vós esa esquina, como olistes el torrezno'»[25]. El cuentecillo, no documentado antes de los *Dichos*[26], inspiró a las claras «el despidiente» de Lázaro y su primer amo, y sin duda sugirió además ciertos aspectos de la trama que lo prepara con tan espléndido arte.

Vale la pena notar, sin embargo, que la novela no hizo olvidar enteramente la versión primitiva de la historieta. En efecto, al aderezar la *Representación... del capítulo nono de San Joan* (vid. arriba, pág. 42*) con la consabida escena del ciego y el criado, Sebastián de Horozco se atuvo al esquema de la facecia según aparece en los *Dichos* y únicamente tomó del *Lazarillo* el nombre del destrón. De acuerdo con los unos y en contra del otro, el Lázaro de Horozco quiere ocultar que ha recibido un torrezno (mientras en la novela es el mendigo quien da al chico el «pedazo de longaniza» que éste escamotea):

---

muerto», se va de Torrijos a Maqueda, «no pareciéndo*le* estar allí seguro (página 46).

[25] Comunicación de don Antonio Rodríguez-Moñino a A. Rumeau [1963] 30-31; ed. de M. Chevalier, *Cuentos folclóricos españoles del Siglo de Oro,* Barcelona, 1983, núm. 83, pág. 139, con indicación de otras versiones peninsulares (algunas más, en M. R. Lida de Malkiel [1964] 115-116). No se olvide, por otro lado, el precepto del Levítico, XIX, 14: «Non maledices surdo, nec coram caeco pones offendiculum».

[26] Pese a las indicaciones en contra, no se halla en la edición de los *Tales and Quicke Answeres* de hacia 1535 (*apud* P. M. Zall, *A Hundred Merry Tales,* Lincoln, 1963, págs. 241-322), sino en la de 1567, donde procede del *Lazarillo* y de donde quizá llega a Shakespeare, *Much Ado about Nothing,* II, I; cfr. K. P. Chapman [1960].

Ciego.	Escucha, que oigo llamar,
	mira si hay quien algo dé.
Lazarillo.	Más débeseos antojar.
Ciego.	Traidor, ¿quiéslo tu sisar?
	¿Es tarrezno [*sic*], dime, o qué?
	Yo lo güelo, por mi fe,
	dalo acá...

El desenlace del episodio repite fielmente la formulación que circulaba en 1540 (frente a la peculiar del *Lazarillo*: «¿Cómo, y olistes la longaniza y no el poste? ¡Olé, olé!»):

Lazarillo.	Sus, vamos nuestro camino.
Ciego.	Aguija, vamos aína.
	¡Ay, que m'he dado, mezquino!
Lazarillo.	Pues que olistes el tocino,
	¿cómo no oliste la esquina?

De la expresión proverbial «oler el poste» (empleada «cuando uno conoce el peligro antes de caer en él y le huye»), Gonzalo Correas afirmaba que provenía «del cuento de Lazarillo, que... dijo... 'Como oliste la longaniza, oliérades el poste'»[27]; pero es interesante advertir que, remitiéndose Correas diáfana y expresamente a la novela, el diseño sintáctico de la frase que remata la explicación del gran paremiólogo está más cerca de los *Dichos* y de la *Representación* de Horozco[28].

En cuanto alcanzamos, pues, las andanzas de Lázaro con el «gran maestro» a cuya vera «aviva el ojo» aprovechan dos fuentes principales de inspiración: por una parte, a grandes rasgos, la pareja formada por el ciego y su

---

[27] *Vocabulario de refranes y frases proverbiales,* ed. L. Combet, Burdeos, 1967, pág. 168 (y cfr. 642).

[28] Otro tanto sucede con la variante recogida por Fernán Caballero: «Y usted, que olió la sardina,/ ¿cómo no ha olido la esquina?» (Biblioteca de Autores Españoles, CXL, pág. 117 *a*).

mozo, con la coloración cómica, el enfrentamiento a propósito de la comida, el vino o el dinero y los factores de brutalidad jocosa con que la había popularizado el teatro de raíz medieval; por otro lado, más en concreto, el chascarrillo sobre el destrón que se venga de su amo dejándole darse contra un obstáculo.

Los otros materiales que el anónimo pudiera espigar en la tradición literaria o folclórica no parece que llegaran con el grado de elaboración que permitiría incluirlos en la misma categoría básica que los dos componentes en cuestión. Existen hoy, por ejemplo, varios monumentos y sitios con una determinada peculiaridad que sirven de señuelo para una broma análoga a la «gran calabazada» que el ciego asesta a Lázaro contra el toro de piedra[29]. No hay rastros de la burla en época anterior a nuestra novela, y menos en relación con el toro de Salamanca (vid. I, n. 44). Pero, de haberlos, tampoco cabría decir que el autor estaba modelando la narración sobre un motivo folclórico (como sí la modela sobre el cuentecillo del torrezno y la esquina)[30]: en tal caso, estaría simplemente haciendo que los protagonistas practicaran una conducta más o menos corriente[31]. El motivo de la «calabazada»

[29] Véase el resumen de M. Chevalier [1979] 193; y M. R. Lida de Malkiel [1964] 112 n. 2.

[30] O como sí la habría modelado sobre un hipotético chiste a cuenta de las uvas zampadas de dos en dos y de tres en tres, si no fuera de invención suya, según parece serlo; pues la facecia no se encuentra en el folclore español ni hispanoamericano (M. Chevalier [1979] 192), y sólo figura en compilaciones tan tardías como el *Arte de furtar* (1652) atribuido a António Vieira (ed. Lisboa, 1855, VI, págs. 18 y ss.), la *Hora de recreyo* de João Baptista de Castro (Lisboa, 1750, págs. 125-126) y los *Contos tradicionaes do povo portuguez* (I [Oporto, 1883], página 196) preparados por T. Braga. Cfr. no obstante F. Lázaro [1969] 119.

[31] En sentido parejo —y por dar sólo una muestra—, no es aceptable la suposición de que el lance del «culebro» (II, págs. 38-41) esté «construido, una vez más, a partir de un tema folklórico» (como se lee en el colectivo *Mitos, folklore y literatura*, Zaragoza, 1986) por el hecho de que se aluda a la creencia de que «estos animales, buscando calor, [suelen] irse a las cunas donde están las criaturas»: el autor refleja y aprovecha la superstición, como tantas otras ideas y opiniones de sus contemporáneos (si no es que esa se la atribuye al arrimo de Plauto;

—si verdaderamente era folclórico— no venía asociado a unos personajes, ni daba hechas ni siquiera las grandes líneas de un planteamiento narrativo. El novelista lo habría elegido con la misma gratuidad y falta de condicionamientos con que seleccionaba cualquiera de los elementos de la vida real que tuvieron entrada en el *Lazarillo*.

Tras escapar del ciego y, después, despedido por el clérigo, Lázaro pordiosea por Maqueda y Toledo. «La movilidad de los pobres fue efectivamente una de las características más notables de la época»; y «la inmensa mayoría de los registrados como pobres o de cuantos eran recogidos por las calles mientras mendigaban eran mujeres y niños»[32]. La creciente preocupación que suscitaban quienes se veían en las circunstancias de nuestro «huérfano» (I, pág. 13) respondía, claro está, a un sentimiento cristiano y humanitario y a la necesidad de atajar un problema social; pero esas motivaciones se iban conjugando cada vez más con una conciencia hasta entonces inédita y que se trasluce en importantes aspectos (e incluso en la estructura) del *Lazarillo:* la conciencia de que el niño tiene una personalidad singular, propia, y la infancia es una etapa distinta y tan merecedora de atención como la edad adulta en la trayectoria del individuo[33].

---

cfr. II, n. 85), pero ella, de suyo, nada le proponía, ni en nada le guiaba la pluma. Comp. M. R. Lida de Malkiel [1964] 117.

[32] H. Kamen, *Vocabulario básico de la historia moderna. España y América, 1450-1750,* Barcelona, 1986, págs. 164-165. Vid. J. A. Maravall [1986] 246-251, etc.; copiosa información al respecto se hallará en los estudios citados arriba, págs. 21*-22*, notas 16-18.

[33] Es clásico el libro de P. Ariès, *L'enfant et la vie familiale sous l'Ancien Régime,* París, 1973²; vid. también G. Boas, *The Cult of Childhood,* Londres, 1966, y E. Asensio, ed. D. Erasmo, *Tratado del niño Jesús...,* Madrid, 1969, págs. 36-38. Útiles datos trae F. Delacour, «El niño y la sociedad española de los siglos XIII a XIV», en *Anales toledanos,* VII (1973), págs. 177-232 (sobre nuestra obra, 210 y ss.). Vid. F. Lázaro Carreter, *Los niños pícaros de la novela picaresca,* Sociedad de Pediatría (Aragón-La Rioja-Soria), Zaragoza, 1985, págs. 9-10; sobre «Lázaro de Tormes como ejemplo de una educación corruptora», A. Vilanova [1981].

Así, en 1548, las Cortes de Valladolid alababan a las «personas piadosas que han dado orden que haya colegio de niños y niñas, deseando poner remedio a la gran perdición que de vagabundos, huérfanos y niños desamparados había... Porque es cierto que en remediar estos niños y niñas perdidos se pone estorbo a latrocinios, delictos graves y inormes que por criarse libres y sin dueño se recrescen ['aumentan'], porque, habiéndose criado en libertad, de necesidad han de ser cuando grandes gente indomable, destruidora del bien público, corrompedora de las buenas costumbres...»[34]. A falta de instituciones de beneficencia, no obstante, el Emperador ordenaba en 1534 medidas enérgicas: «que los muchachos y niñas que anduvieran pidiendo sean puestos a oficios con amos; y si después tornaren a andar pidiendo, sean castigados». Se comprende que Lázaro, no ya para sobrevivir, sino para ahorrarse piques con la justicia, busque a su debido tiempo «un amo a quien sirva» (III, pág. 71).

El segundo con quien le topan sus pecados, el cura de Maqueda, es una cifra de «toda la laceria del mundo». Tras las páginas que se le dedican no hay nada equiparable a la pareja teatral del ciego y su criado. Desde Teofrasto, la sátira ha tenido por pieza de virtuosismo la etopeya que se complace en multiplicar los ejemplos de la grotesca ruindad del avaro. Pero el anónimo los esboza con más sobriedad de la usual, sin concederles relieve en sí mismos, antes contemplándolos sólo en tanto impedimentos a los deseos del protagonista. El cofre cerrado y vigilado con cien ojos ha sido siempre emblema del avariento (está en la iconografía ordinaria de los siete pecados capitales), pero no se conoce modelo del fascinante combate que Lazarillo sostiene con el arcaz del clérigo[35].

---

[34] El texto de 1548, así como el que copio a continuación, fue ya aducido en el valioso artículo de M. Morreale [1954] 28.

[35] Augustin Redondo [1986], con todo, alega ahora un cuento popular mo-

En un punto, no obstante, el relato sí parece encauzado por un precedente significativo. En *El asno de oro*, Lucio cuenta primero la etapa inicial de su ida a Tesalia —con el encuentro con el parlanchín Aristómenes— y a continuación refiere su estancia en Hípata, albergado por el opulento y tacañísimo Milón (I, 21 y ss.), quien se las arregla para no darle de comer y cuyo miedo a los ladrones le hace habitar en una casa poco menos que vacía —salvo en una cámara «con fuertes candados» donde guarda sus riquezas. No haría falta tomar en cuenta tales coincidencias, si otros muchos indicios no apuntaran que el esquema autobiográfico del *Lazarillo* sigue en medida importante la pauta de Apuleyo. Ahora bien, supuesta esa influencia de fondo, no puede considerarse casual que en cuanto Lucio y Lazarillo dejan el camino caigan en la telaraña de un avaro desaforado. Como en seguida veremos, el episodio de Milón, por otra parte, tiene un paralelo inequívoco cuando Lázaro llega a casa del escudero. A esa luz, incluso es lícito conjeturar que algún detalle menudo de los «cuasi seis meses» con el clérigo de Ma-

---

derno de la colección de Aurelio M. Espinosa. En él, «Pedro de Urdemalas está sirviendo... a un señor y a su mujer, quienes le matan de hambre mientras que ellos sacan 'chorizos, jamón y de todo de un arca que tenían cerrada con llave'. Pedro toma entonces la decisión de dormir sobre el arca y empieza un verdadero duelo entre los amos y el mozo, pues el señor y su mujer intentan apartar al servidor del cofre, sin conseguirlo, de manera que tienen que ir a acostarse sin comer. Por fin, después de unas peripecias complementarias, triunfa Pedro, los amos se llevan una buena paliza y huyen, desnudos, de su propia casa». Me confieso incapaz de identificar ahí ningún contacto substancial con el *Lazarillo*. Como sea, si lo hubiera, tendría que pensarse en un nuevo préstamo de la novela al folclore, no sólo por no estar documentado el tal cuento en la tradición antigua, sino porque Pedro de Urdemalas heredó más de una vez a Lázaro de Tormes (así en el teatro del Siglo de Oro; cfr. abajo I, n. 46, y, aparte M. J. Asensio [1960] 248, M. Joly, *La bourle et son interprétation. Recherches sur le passage de la facétie au roman*, Lille, 1982 [tesis], págs. 469-474). No veo que en los estudios sobre el *Lazarillo* se cite el refrán «Abad avariento, por un bodigo, pierde ciento» (L. Martínez Kleiser, *Refranero general ideológico español*, Madrid, 1953, núm. 57161, según Hernán Núñez y Correas); pero pienso que nada tiene que ver con nuestra novela.

queda aprovecha también tal o cual sugerencia de otro momento del *Asno de oro*[36]. La deuda para con Apuleyo, sin embargo, se reduce a la posición que en la serie de amos y vivencias corresponde a la estancia con un avaro en enésimo grado. Es un mero estímulo desde fuera, revelador en una perspectiva histórica, pero sin consecuencias artísticas: porque todo lo demás sale de la estupenda inventiva del anónimo.

Unos granos de literatura ajena y alguna brizna de folclore sazonan las experiencias de Lázaro al servicio del escudero, en Toledo; mas para apreciar cabalmente ese supremo acierto de la novela es preciso fijarse en primer término en la sociedad contemporánea, pues el ciego y el cura mezquino son tipos poco menos que perennes, intemporales, pero el nuevo antagonista de Lazarillo se circunscribe a un período bien acotado.

Las señas de identidad son ahora inequívocas. El escudero pertenece a la categoría más baja de la nobleza campesina: es un «hidalgo» de los que no deben nada «a otro que a Dios y al rey» (pág. 99 y n. 125), porque en teoría caballeros y escuderos están para servir al soberano con las armas y porque el dato definitorio de la hidalguía es precisamente la exención de impuestos y contribuciones[37]. Tiene en la aldea un «solar de casas», y con él pre-

---

[36] A. Vilanova [1978] atribuye a la dependencia de Apuleyo (X, 13-15) el cuidado que pone Lázaro en no comer ningún bodigo el primer día, para no ser descubierto, y la «buena cuenta» que de los panes lleva el cura («Nueve quedan y un pedazo»), al modo de los amos de Lucio («contando los pedazos y partes que dejaban»), quienes, por otro lado, al advertir que falta comida y sin sospechar que es el asno quien se la embaúla, no saben cómo explicar el caso, porque «en su cámara no había muy grandes ratones ni moscas» (así en la traducción de López de Cortegana, pág. 86 *b*; en el original se mienta solo a las moscas): «¿Qué diremos a esto? Nunca haber sentido ratones en esta casa sino agora» (II, pág. 63).

[37] El estudio fundamental sobre la hidalguía en la Edad Moderna sigue siendo el libro de don Antonio Domínguez Ortiz, *La sociedad española en el siglo XVII*, I (Madrid, 1963), págs. 161-322. En relación con el *Lazarillo*, vid. también F. Rico [1966] 288-296 y A. Redondo [1979].

texto para presumir de «fidalgo de solar conocido»[38]; tiene un «palomar... derribado» (cfr. III, n. 135), testigo también de hidalguía... e indicio de que está a un pelo de perderla. En efecto, el hidalgo cuya condición no es inmediatamente ostensible en sus bienes y modo de vida puede despertarse cualquier mañana incluido en un padrón de pecheros, obligado a pagar tributos y participar en las cargas comunes. Desde luego, le queda entonces el recurso de probar su nobleza ante la Chancillería de Valladolid y obtener la *ejecutoria* oportuna. Pero eso pide tiempo y, sobre todo, exige dinero: y como dinero es justamente lo que le falta, se queda sin hidalguía por no poder demostrarla.

La cronología y las grandes líneas del proceso que abocó a tal situación parecen suficientemente claras. Oigamos a los expertos. «Lo que precisamente acarreó la decadencia económica y social de la clase de los hidalgos rurales» como el nuestro, «a partir del reinado de los Reyes Católicos, fue el desarrollo de las nuevas clases de los 'grandes' y de los 'letrados', que vivían en la Corte, y la concentración de la propiedad territorial en sus manos»[39]. En 1520 y 1521, los escuderos tuvieron aún ocasión de actuar en su calidad de soldados, al amparo de los caballeros y con fe y esperanza en los intereses que defendían, frente a la revolución de las Comunidades[40]. Para entonces, sin embargo, el escudero está ya sentenciado, «reducido a la función de servidor de personas nobles, oficio en que por lo común le vemos aparecer viejo de edad y poco considerado»: tan poco, que «la sustitución

---

[38] Es decir, «el que tiene casa solariega de donde desciende» (Covarrubias). Cfr. N. Salomon, *La vida rural castellana en tiempos de Felipe II*, Barcelona, 1973, págs. 306-307.

[39] N. Salomon, *op. cit.*, pág. 303 (y en general 301-317). Cfr. ahora D. E. Vassberg, *Tierra y sociedad en Castilla. Señores, «poderosos» y campesinos en la España del siglo XVI*, Barcelona, 1986.

[40] Según A. Redondo [1979] 422.

de la palabra *caballero* en vez de *escudero* en los romances y cantares tradicionales ocurre después de 1519 y está consumada antes de 1550; ocurre, pues, exactamente en tiempo de Carlos V, que es cuando la nobleza acaba de perder su carácter militar para convertirse en cortesana»[41]. Pero es que además, en esos años, la hostilidad de los villanos contra los hidalgos de pueblo —cuyos privilegios fiscales hacen más gravosa la presión que soportan los plebeyos— cobra formas de progresiva virulencia: entre 1525 y 1551, las Cortes dejan oír no menos de seis protestas contra los municipios que descuidan que «los hijosdalgos son de mejor condición que los pecheros» y los excluyen de los cargos públicos[42]; y el procedimiento de inscribirlos por las buenas en el censo de contribuyentes, arrebatándoles de hecho la hidalguía, «comenzó a generalizarse en los últimos años del reinado de Carlos V».

En el tiempo del *Lazarillo,* cierto, «la hidalguía está siendo sometida en cada pueblo a una violenta discusión»[43]: un hidalgo empieza a dejar de serlo en el mismo punto en que todos no lo reconocen incuestionablemente como tal. En esas agonías anda nuestro escudero. Es fácil que el Conde no se le quite ya «muy bien quitado del todo el bonete» (vid. III, n. 121); «un caballero vecino suyo» nunca es el «primero» en descubrirse cuando se encuentran, y hay artesanos que no le guardan el respeto debido. ¡Claro que se irrita cuando un «oficial» le dice: «Manténgaos Dios» (y no «Beso las manos de Vuestra Merced»)! Porque lo único que le distingue del «villano» que así se le dirige es no querer ese saludo propio de «hombres de poca arte» (n. 131): aceptarlo es ser digno de él.

---

[41] R. Menéndez Pidal, «Sobre un arcaísmo léxico en la poesía tradicional», en *De primitiva lírica española y antigua épica,* Madrid, 1961, pág. 139; cfr. *Cantar de Mio Cid,* II (Madrid, 1954³), pág. 650.

[42] Cfr. M. Morreale [1954] 29 y n. 9, A. Redondo [1979] 426-427.

[43] Las dos últimas citas son de N. Salomon, *ibíd.,* págs. 312 y 308.

¿Qué hacer, pues? La espada de «aceros... prestos» (pág. 81) sirve de poco frente a las nuevas armas y en los ejércitos profesionales. Ejercer un arte mecánica implica renunciar a la nobleza[44]. Seguir en el pueblo supone verla desvanecerse día a día, sufrir humillaciones ante los ojos de todos. ¿Qué hacer? Por el pronto, la solución más corriente era irse del lugar y disimularse entre el gentío de una gran ciudad[45]. Para nuestro escudero, Valladolid estaba demasiado cerca: a sólo «dieciséis leguas de donde nació» (pág. 102), su honra peligraba en exceso. Mejor marcharse a la próspera Toledo, a cuarenta leguas de Valladolid. Allí los hidalgos eran menos que en Castilla la Vieja y no habían de faltarle ingenuos a quienes impresionar dándoles «relación de su persona valerosa» (n. 120), aunque en ocasiones surgieran ciertas suspicacias. (En la *Floresta española* de 1574, «preciábase un forastero mucho de hidalgo, y amohinándose un sastre con él, dijo el hidalgo: '¿Vós sabéis qué cosa es hidalgo?' Respondió el sastre: 'Ser de cincuenta leguas de aquí'»[46].) Allí le ca-

---

[44] Véase J. A. Maravall, «Trabajo y exclusión: el trabajador manual en el sistema social español de la primera modernidad», en A. Redondo, ed., *Les problémes de l'exclusion en Espagne (XVIᵉ-XVIIᵉ siècles)*, París, 1985, págs. 135-159.

[45] En 1539, fray Antonio de Guevara concibe el *Menosprecio de corte y alabanza de aldea* como una exhortación «al pobre hidalgo» para que permanezca en su terruño y no se engolfe en el laberinto de la capital: «Osaríamos decir y aun afirmar que para los hombres que tienen los pensamientos altos y la fortuna baja les sería más honra y provecho vivir en la aldea honrados que no en la ciudad abatidos». Pero el escudero del *Lazarillo* está exactamente un peldaño por debajo del «aldeano» en quien piensa Guevara, en una situación sin escape: porque ni puede evitar la deshonra «en la aldea» ni el abatimiento «en la ciudad». Cfr. A. Redondo, «Du *Beatus ille* horacien au *Mépris de la Cour et eloge de la vie rustique* d'A. de Guevara», en *L'humanisme dans les lettres espagnoles*, París, 1979, págs. 251-265 (extracto en *Historia y crítica de la literatura española*, II, páginas 178-181).

[46] M. de Santa Cruz, *Floresta española*, ed. R. Benítez, Madrid, 1953, pág. 141 (V, III, 11); cfr. M. Bataillon [1958] 29-32 y A. Redondo [1979] 429, quien nota que la *Floresta* supone un estadio posterior al *Lazarillo*, mientras en el *Refranero* de Francisco de Espinosa (1527-1547), por ejemplo, «no hay ningún proverbio que demuestre desprecio por el escudero, ya que los pocos que están relacionados con este personaje son neutros o halagadores».

bía buscar «un buen asiento... con un señor de título» (pág. 104), para acompañarlo y «asistir en la antecámara o sala»[47], sin necesidad de ruborizarse ante sus paisanos. Allí, mientras no llegaran mejores tiempos, siempre podía caer «un real» (pág. 95) del cielo o del juego, y abundaban las damitas «rebozadas» (pág. 85) con quienes matar un rato. No sorprende que en 1528 se pidiera el destierro de «todos los que no tuvieren señor en la corte e andan en ella..., porque hay muchos que andan en hábito de caballeros e de hombres de bien [vid. VI, n. 14] e no tienen otro oficio sinon jugar e hurtar e andarse con mujeres enamoradas»[48].

Hasta nuestra novela, ese escudero cuya ruina se consuma en la edad del Emperador parece haber estado inédito literariamente. Pero en el retrato que de él esboza el anónimo, como en la realidad histórica, no podían faltar supervivencias del escudero conocido y aun satirizado en la etapa inmediatamente anterior. La literatura medieval, recorrida por una fuerte vena antiaristocrática, se ensañó en particular con personajes como el famélico caballero del *Elena y María* o los míseros *infações* de Pero da Ponte. Los antepasados del hidalgo del *Lazarillo* no corrieron mejor suerte: junto al «pobr'escudeiro» de las *Cantigas* alfonsíes (CXCI), las *d'escarnho* alínean más de un cofrade ridículo[49]. Si en el siglo XIII ya se caricaturiza al caballero que envía a su «rapagón» a empeñar los arneses «para

---

[47] «Los escuderos —escribe Covarrubias— sirven a los señores de acompañar delante sus personas, asistir en la antecámara o sala... y los que tienen alguna pasada huelgan más de estar en sus casas que de servir, por lo poco que medran y lo mucho que les ocupan». Vid. A. Domínguez Ortiz, *op. cit.*, páginas 275-280, y M. Herrero García, *Oficios populares en la sociedad de Lope de Vega*, Madrid, 1977, págs. 31-40.

[48] Cortes de Madrid, citadas por M. Morreale [1954] 29. «El pobre del escudero,/ pues que ni compra ni vende/ ni cuenta mucho dinero,/ no sirve a algún caballero,/ yo no entiendo en qué se entiende», comentaba Sebastián de Horozco (*apud* F. Márquez [1957] 311).

[49] Vid. solo M. Rodrigues Lapa, ed., *Cantigas d'escarnho e de mal dizer*, Vigo-Coimbra, 1965, pág. 696, *s. v.* «escudeiro».

comer»[50], en el siglo XV era proverbial el criado que obedecía a regañadientes y objetando dificultades a las órdenes del escudero depauperado: «A escudero pobre, rapaz adevino» se decía[51].

Es a esa altura cuando la pareja llega al primer teatro realista de la Península, en una farsa de Gil Vicente, *Quem tem farelos?* (¿1515?):

> Ordonho.   ¿Cómo te va, compañero?
> Apariço.   S'eu moro c'um escudeiro,
>   como me póde a mi ir bem?
> Ordonho.   ¿Quién es tu amo, di, hermano?
> Apariço.   Hé o demo que me tome:
>   morremos ambos de fome
>   e de lazeira todo anno[52].

El amo de Apariço, Aires Rosado, y el amo de Ordonho, si los superponemos, coinciden en más de un extremo con el de Lázaro: jamás tienen una blanca y no siempre se sabe de qué viven; ayunan a perpetuidad y no pueden hartarse ni siquiera del pan que comen a «fieros bocados» (pág. 77); todo el día se les va en vanagloriarse, «brasonar/ e fingir mais d'esforçado»; aunque les quieran sisar, «no hay de qué»...

---

[50] *Elena y María*, versos 146-149, ed. R. Menéndez Pidal, en *Revista de filología española*, I (1914), págs. 52-96.

[51] *Apud* E. S. O'Kane, *Refranes y frases proverbiales de la Edad Media*, Madrid, 1959, pág. 111; cfr. M. Bataillon [1954] 29 y n. 30, F. Lázaro [1969] 135-138, A. Redondo [1979] 432-434. El refrán en cuestión presenta la pareja del escudero y el criado (aunque el primero es substituido a veces por un «hombre mezquino»), pero ahí se acaba su parentesco con el *Lazarillo*, que no recoge ningún rasgo del mozo «adevino» o «agorero», como mostraré al exponer la fortuna española de ese tipo desde el *Libro de buen amor*. Nada tiene que ver tampoco con nuestra novela el proverbio «El mozo del escudero gallego [o, simplemente, 'del gallego' o 'del escudero'] todo el año anda descalzo, después muele al zapatero» o bien «anda siete años sin jubón y después mata al sastre porque se le haga en una hora» (E. S. O'Kane, *ibid.*, págs. 34 y 164).

[52] Para esa y las demás piezas de Gil Vicente aquí citadas, uso la edición de *Obras completas* preparada por Marques Braga, vol. V (Lisboa, 1944).

Ordonho.	Déjalo, reñiega dél,
	¿y tal amo has de tener?
Apariço.	Bofá, nao sei qual me tome;
	sou ja tam farto de fome
	coma outros de comer.
Ordonho.	Poca gente desta es franca.
	Pues el mío es repeor:
	suéñase muy gran señor
	y no tiene media blanca...
	Cuando se viste,
	toma dos horas despacio.
	Y cuanto el cuitado lleva,
	todo lo lleva alquilado,
	y como se fuese comprado,
	ansí se enleva.

Con todo, el rasgo principal de Aires Rosado es andar «en gran recuesta con... mujeres..., hecho un Macías, diciéndoles más ternezas que Ovidio escribió» (pág. 85), en general con idénticos resultados que en el *Lazarillo*:

> Todas querem que lhe dem
> e não curam de cantar:
> sabe que quem tem que dar
> lhe vai bem.
> Querem mais hum bom presente
> que tanger,
> nem trovar nem escrever
> discretamente.

Esa caracterización como enamoradizo y cortejador impenitente, con eternas pretensiones de trovador, es la deformación cómica de un papel que el escudero desempeñó a menudo en la poesía medieval, de la lírica al romancero o la *Danza de la muerte,* y que marcó profundamente la tradición portuguesa[53]. De hecho, cuando Gil Vicente vuelve a sacarlo a escena, en la *Farsa de Inês Pereira* (1523) y en la del *Juiz da Beira* (¿1525?), la intriga sigue explotando básicamente su imagen de galán y aun cazador de dotes, mientras las penurias de Aires Rosado se atenúan o se truecan en tacañería.

A mi juicio, es probable que el anónimo tuviera en cuenta a los escuderos de Gil Vicente, al imaginar las «mañanicas» del suyo en las «frescas riberas» del Tajo; pues las pinceladas de lenguaje poético y la mención expresa de Macías (él mismo recordado como «gentilhombre criado...»)[54] dan a la estampa una tonalidad convencional que no se induce de las costumbres toledanas (vid. III, n. 63) ni de los malos hábitos de los paseantes en corte (arriba, *ad n.* 48). Si fue así, si Gil Vicente no le era ajeno, no cabe descartar que le mostrara también *grosso modo* las posibilidades literarias de la figura del escudero y quizá le apuntara incluso algún detalle destinado en el *Lazarillo* a un tratamiento infinitamente más enjundioso[55].

Quem tem farelos? y la *Farsa do Juiz da Beira*, en concreto, insinúan una inversión de papeles entre el amo y el mozo, que, por tímida que sea, no puede sino resultar

---

[53] Vid. solo el artículo de R. Menéndez Pidal antes citado, pág. 139 y n. 8; y *Danza de la muerte*, XXXIV-XXXV: «—Dueñas e donzellas, habed de mí duelo,/ fazénme por fuerça dexar los amores... —Escudero polido, de amor sirviente,/ dexad los amores...»

[54] *Las CCC del famosísimo poeta Juan de Mena, con glosa de Hernán Núñez*, Sevilla, 1499, fol. LXIX vo.

[55] Como fuera, los escuderos del teatro vicentino no se confunden con el de la novela, y no sólo por su obsesión erótica y trovadoresca, en la novela reducida a tres o cuatro líneas. «Pobre», sí, y grotesco, Aires Rosado, como sus pares, tiene todavía unas expectativas por delante: «privança com el Rei»; la aventura de ultramar, entre la cruzada y el comercio: «Moço, ás partes de além/ vou fazerme cavaleiro...» (cfr. M. Bataillon [1958] 28 y L. Stegagno Picchio, *La méthode philologique. Écrits sur la littérature portugaise*, II [París, 1982] págs. 221-223). En la sociedad de un par de generaciones después, como en el *Lazarillo*, el drama del escudero es estar en puertas del *déclassement* o haber caído de bruces en él, sin medios de subsistencia, sin perspectivas de conservar los privilegios de su viejo *status*.

significativa en el horizonte de nuestra novela. Así, cuando Apariço y Ordonho salen a las tablas al grito de «Quem tem farelos?», «¿Quién tiene farelos?», es lícito interpretar que están mendigando 'salvados' (cfr. I, n. 29), pidiendo comida, si no para el amo —como en el *Lazarillo*—, sí para el caballo o la mula del amo[56]. Cuenta Apariço en seguida que Aires Rosado pide la cena («¡sus, cear!»), «como se tivesse qué», y que él, el criado, contempla la posibilidad de darle de lo suyo propio —y no ya de la inexistente despensa del escudero—, caso de tenerlo: «eu não tenho que lhe dar,/ nem elle tem que lh'eu dê»[57]. En el *Juiz da Beira*, el cambio de papeles pertenece a otro orden de cosas, pero se esboza con más nitidez. El mozo quiere dejar el servicio del escudero y éste le reclama la devolución de los vestidos que le proporcionó y una indemnización por la cama que ha estropeado:

> E mais lançou-me a perder
> hua cama em que jazia
> elle mesmo até meo dia:
> boa e de receber.
>
> *Moço.* Cama chaman ca ás arcas?
> ou he falta assi mudada?...

Pero ni el muchacho ha descansado en esa cama sin «chumaço», «colchões» ni «cabeças»[58], ni ha cobrado «o

---

[56] Así lo entiende un especialista tan solvente como Paul Teyssier, *Gil Vicente —o autor e a obra*, Lisboa, 1982, pág. 71: «¡os dois escudeiros) são tao pobres que deixam morrer de fome os seus cavalos, e os criados são forçados a mendigar os farelos que lhes são destinados».

[57] A continuación añade: «Toma hum pedaço de pão/ e hum rábam engelhado/ e chanta nelle bocado/ coma cão»; Lázaro refiere que, el primer día, el escudero «tomóme... un pedazo [de pan] de tres que eran» y «comenzó a dar en él tan fieros bocados como yo en el otro» (pág. 77). Prosigue Apariço: «Não sei como se mantém,/ que não está debilitado»; comp. *Lazarillo*, pág. 94: «en ocho días maldito el bocado que comió..., no sé yo cómo o dónde andaba y qué comía».

[58] También porque, «lazerando» sobre la tal arca, «as pernas fóra», el escude-

serviço... per inteiro». De suerte que el escudero se ve conminado a pagárselo y, como está sin un céntimo, condenado a servirle y alimentarle hasta saldar la deuda[59]. El amo se ha vuelto criado del mozo...

No hay medio de decidir en qué medida esos pormenores sueltos o, en conjunto, ese 'mundo al revés' de escuderos y mozos en el teatro vicentino pudieron sugerir a nuestro novelista ciertos componentes del capítulo tercero, y sobre todo el más llamativo y dibujado con matices más ricos: Lázaro mantiene al hidalgo, no viceversa[60]. Gil Vicente aparte, la tradición le ofrecía algún tema o, mejor, perfil tópico meramente enunciado, sin contenido narrativo (como cuando en la España de hace unos decenios se hablaba de «pasar más hambre que un maestro» o «blasfemar como un cochero»): el «escudero pobre» en compañía de un «rapaz» era proverbial desde antiguo, pero no hay señales de que la literatura o el folclore hubieran realzado sino un aspecto de la pareja —el prurito «agorero» del sirviente—, desdeñado por el *Lazarillo* (vid. n. 51). En el dramaturgo portugués, esa vaga

---

ro lo despierta para que le encienda la vela (etc.) para escribir sus coplas: «O, se soubesses, Fernando,/ que trova que fiz agora!» Tras la nochecita toledana en la «negra cama», Lázaro ayuda a su señor a vestirse, y, a propósito de la espada, exclama el escudero:«¡Oh, si supieses, mozo, qué pieza es esta!» (pág. 81). Si el anónimo tuvo presente la divertida *iunctura* vicentina, nos las habríamos con un buen ejemplo de la substitución del escudero enamoradizo, ya anacrónico, por un personaje adecuadamente representativo de la realidad contemporánea.

[59] No obstante, el chico, generoso, perdona el salario que se le debe, a cambio de poder tratar de tú al escudero: «Eu não quero mais sentença/ senão que me deis licença/ e chamarlhe-hei *tu* o *vós*»; no era cuestión que preocupara a Lazarillo: «en eso no mirara, mayormente con mis mayores que yo y que tienen más» (pág. 99).

[60] En ese mismo ámbito entra el broche final: «que mi amo me dejase y huyese de mí»; cfr. abajo, III, n. 164 (y F. Rico, *Primera cuarentena*, Barcelona, 1982, pág. 75). No creo necesario relacionar el *Lazarillo* de forma directa con el *topos* propiamente dicho del «mundo al revés», por más que en muchas de sus versiones vayan juntos, por ejemplo, el 'ciego vuelto destrón' (cfr. abajo, I, n. 48) y el 'servidor de su criado'; vid. solo J. Lafond y A. Redondo, ed., *L'image du monde renversé et ses représentations...*, París, 1979.

imagen tradicional se articula en situaciones singulares, con hallazgos de argumento que invitaban a ser desarrollados: no ya, por ejemplo, el hambre genérica del «escudero pobre», sino un hambre que tal vez mitigará el criado antes que el señor... Soy de la opinión que el anónimo sí estaba familiarizado con Gil Vicente. Pero es una opinión que no se impone con toda evidencia, desde luego, y el mismo margen que deja a la duda confirma la originalidad del *Lazarillo:* los materiales que el autor pudiera tomar de la literatura —y no digamos del folclore— apenas estaban más elaborados que la realidad que tenía a la vista.

Por el contrario, creo seguro que la primera escena en casa del escudero parte de un capitulillo del *Asno de oro* (I, 25). En cuanto el escudero toma asiento en el poyo, empieza a preguntarle a Lázaro «muy por extenso de dónde era y cómo había venido a aquella ciudad»; y el muchacho, sin adivinar que el principal objeto del interrogatorio es tenerlo entretenido, postergar el momento de las explicaciones, va contestando con las mentiras más oportunas que se le ocurren: «yo le di más larga cuenta que quisiera, porque me parescía más conveniente hora de mandar poner la mesa y escudillar la olla». Luego se hace un silencio y, al cabo, el escudero da a entender que con la conversación se ha pasado la hora de la comida. Es ésa, en verdad, una 'comida de conversación', claramente inspirada en la cena «solis fabulis» que Milón ofrece a Lucio la noche de su llegada:

> Yo, conosciendo la miseria de Milón, escuséme blandamente, diciendo que la fatiga del camino más necesidad tenía de sueño que no de comer. Como él oyo esto, vino a mí y tomóme por la mano para me llevar, y porque me tardaba y honestamente me escusaba, díjome:
> —Cierto no iré de aquí, si no vas comigo, lo cual juro.

Yo viendo su porfía, aunque contra mi voluntad me hobo de llevar a aquella su mesilla, donde me hizo sentar y luego me preguntó:

—¿Cómo está mi amigo Demeas? ¿Cómo están su mujer y hijos y criados?

Yo contéle de todo lo que me preguntaba. Asimismo me preguntó ahincadamente la causa de mi camino, la cual después que muy bien le relaté, empezóme a preguntar de la tierra y del estado de la ciudad y de los principales della, y quién era el gobernador. Así que, después que me sintió estar fatigado de tan luengo camino y de tanto hablar, y que me dormía, que no acertaba en lo que decía, tartamudeando en las palabras medio dichas, finalmente concedió que me fuese a dormir. Plugo a Dios que ya escapé del convite hambriento y de la plática del viejo rancioso y parlero más hambriento de sueño que harto del manjar. Habiendo cenado con solas sus parlas, entréme en la cámara y echéme a dormir[61].

No sería de extrañar que también el marco del episodio, la morada de Milón, sombría y desnuda, hubiera dejado algún rastro en la concepción de la casa del escudero. Pero más viva impresión hubo de causar en el anónimo la descripción que en *La Celestina* hace el bravucón Centurio de su vivienda, tan desmantelada, «que rodará el majadero ['la mano del mortero'] por toda ella sin que tropiece» (XVIII)[62]. El «ajuar» de Centurio se corresponde trasto por trasto con el del escudero, pues, aparte «un asador sin punta», consta sólo de «un jarro desbocado», exactamente el mismo del *Lazarillo* (pág. 78), y de una cama «armada sobre aros de broqueles, un rimero de malla rota por colchones, una talega de dados por almohada»: una cama, según ello, más precaria (y simbólica)

[61] Trad. D. López de Cortegana, págs. 10-11. El préstamo, con otros menos diáfanos, fue advertido por A. Vilanova [1983].

[62] Véase M. R. Lida de Malkiel, «El ambiente concreto en *La Celestina*», en *Estudios dedicados a J. H. Herriott*, Universidad de Wisconsin, 1966, pág. 148.

pero resueltamente afín a la alquilada por nuestro hidalgo[63], quien además usaba «por cabecera las calzas y el jubón» que envolvían «una bolsilla de terciopelo» (págs. 78 y 91). Esas son todas las «alhajas» (cfr. III, n. 158) de Centurio y ésas todas las del escudero, evocadas en cuanto Lázaro entra en su casa —o Elicia en la del rufián— y por el mismo orden que en *La Celestina*. De Fernando de Rojas debió de aprender el autor del *Lazarillo* más de una lección sobre cómo retratar a un personaje y situarlo en un entorno convincente: la dependencia a propósito del «ajuar» en cuestión probablemente es sólo uno de los resultados de tales lecciones, pero quizá aquel que más brillantemente las aplica y, en cualquier caso, el que mejor se deja puntualizar[64].

La casa en silencio, sin «silleta, ni tajo, ni banco, ni mesa», la «casa lóbrega y oscura» del escudero, ha de contarse entre los grandes logros del *Lazarillo:* pocas veces se habrá creado con tanta economía un ambiente cuya verdad fantasmagórica —«casa encantada»— se imponga más eficazmente a los protagonistas igual que a los lectores. Pero esa fascinante «casa triste y desdichada» es también ocasión de un tropiezo que la mayoría de los críticos ha sentido como el más grave de la novela: el pánico de Lázaro ante el planto de la viuda («Marido y señor mío, ¿adónde os me llevan? i...a la casa donde nunca comen ni beben!»), con la cómica deducción de «que nos traen acá un muerto» (págs. 96-97)[65]. Cabe sin duda discurrir alguna justificación para tan sorprendente comportamiento en

---

[63] En el *Aviso de privados* (1539), fray Antonio de Guevara alude al pobre cortesano que «tiene la posada en una calleja y come en mesa prestada y duerme en cama alquilada y está su cámara sin puerta y aun tiene la espada empeñada» (*apud* A. Redondo [1979] 431). Cfr. también la anterior n. 58, y F. Márquez Villanueva, *Fuentes literarias cervantinas,* pág. 207.

[64] Cfr., por otro lado, I, n. 8.

[65] Vid. M. de Riquer [1959] 96, M. R. Lida de Malkiel [1964] 119, A. Rumeau [1964] 7, F. Ayala [1971] 60-65, F. Lázaro [1969] 151.

quien solía llenarse la tripa en los «mortuorios» (pág. 52 y n. 32)[66]; cabe incluso pensar que es uno de los pasajes que el pregonero cuenta con un guiño de ojo, sin pretender que se tome al pie de la letra, sino, como en no pocas memorias auténticas[67], en tanto paréntesis chistoso, exageración o disparate tan manifiesto, que no suscitará el rechazo, sino la complicidad burlona de «Vuestra Merced». No obstante, el dictamen casi unánime ha sido que el susto al cruzarse con el entierro no entra sin violencia en la psicología de Lázaro. La explicación de la deficiencia posiblemente tiene que ver con el carácter postizo del episodio. Se trata, en efecto, del calco de un chascarrillo de origen árabe que ya contaba al-Bayhaqu en el siglo x y aún repetía ibn 'Asim en la Granada nazarí de hacia 1400[68]. El anónimo debió de conocerlo por tradición oral y, gustando de su innegable gracia, no resistió la tentación de endosárselo a Lázaro, sin cuidarse de adaptarlo con la destreza que normalmente exhibe en circunstancias análogas. «Quandoque bonus dormitat Homerus».

No será inútil añadir, sin embargo, que la «casa lóbrega y oscura» pagó en cierto modo la deuda que el autor había contraído con el folclore a costa de la historieta de marras. Porque en fecha tan temprana como 1587 Sánchez de la Ballesta registra como popular el dicho «vivir en casa lóbrega, de Lazarillo de Tormes» para notar «a uno de melancólico»; y entre las «fórmulas comunes de la

---

[66] Cfr. M. Bataillon [1958] y en especial D. Ynduráin [1975].

[67] Los ejemplos recientes podían ir desde *La rosa* (1959) de Camilo José Cela hasta *Coto vedado* (1985) de Juan Goytisolo.

[68] Véase F. Ayala [1965], A. Rumeau [1965] y sobre todo F. de la Granja [1971]. La versión de ibn 'Asim, traducida por el prof. de la Granja, reza como sigue: «Caminaba un mendigo con un hijo suyo pequeño, y oyó decir a una mujer que iba tras un entierro: 'Te llevan, por Dios, a una casa en la que no hay cobertor ni alfombra, ni comida ni cena'. El hijo del mendigo exclamó: 'A nuestra casa, por Dios, lo llevan'». Para otras formulaciones, a menudo a zaga del *Lazarillo*, R. Foulché-Delbosc [1900] 94-95, A. del Monte [1971] 172 n. 128, y M. Chevalier, *Cuentos folklóricos españoles del Siglo de Oro*, núm. 108, pág. 178; y comp. A. Armisén, *Estudios sobre la lengua poética de Boscán*, págs. 405-410.

lengua castellana» Correas incluye «Casa de Lazarillo de Tormes», para hablar de una «ruin y chica», y «vive en casa lóbrega, de Lazarillo de Tormes», para llamarla «desaliñada»[69]. Es buen indicio de que el capítulo del escudero, por encima de alguna falla esporádica, alza a un singularísimo grado de excelencia cualquier elemento que vaya a buscar en cercado ajeno.

Las páginas sobre el clérigo de Maqueda y el «convite hambriento» del escudero muestran claras resonancias del *Asno de oro*. Creo que debemos reconocerlas asimismo en la elección de un buldero como quinto amo de Lázaro, después de la semana con el fraile de la Merced[70]. Según arriba observábamos (págs. 58*-60*), los corruptos sacerdotes mendicantes a quienes sirve Lucio en el original (VIII, 24 y ss.) fueron convertidos por los traductores del Quinientos en falsarios y embaucadores de un pelaje más familiar en la época: «ciurmadori», que despluman a las buenas gentes con milagros fingidos como los del buldero, o, en López de Cortegana, «echacuervos», cual el buldero lo es (pág. 58* y n. 21). Semejante convergencia no puede achacarse al azar: aunque nuestro novelista no hubiera manejado los romanceamientos de Apuleyo, tendríamos que suponer que en los repugnantes sacerdotes del *Asno de oro* había visto un tipo de impostor con tan manifiesta contrapartida contemporánea, que fue la autobiografía de Lucio la que le sugirió hacer de un buldero el quinto amo de Lázaro. Pero si tal fue el caso, como parece, conviene percatarse de que las huellas de Apuleyo marcan a tres de los cuatro amos de mayor

---

[69] A. Sánchez de la Ballesta, *Diccionario de vocablos castellanos...* (1587), en S. Gili Gaya, *Tesoro Lexicográfico*, I (Madrid, 1960), págs. 500 *a;* G. Correas, *Vocabulario,* ed. L. Combet, págs. 702 y 697.

[70] F. Lázaro [1969] 159 n. 148 (y cfr. 160-161) relaciona las «cosillas» que Lázaro no dice del mercedario con el trance en que «el asno corre grave peligro de que unos bergantes lo castren, y huye pensando 'moriturus integer'»; vid. sin embargo IV, n. 9.

relieve; y por ende se confirma la importancia del *Asno de oro* como modelo estructural y argumental del *Lazarillo* y se comprueba que los maestros clásicos incitaban a escudriñar con mirada curiosa la realidad inmediata.

Porque el «tractado» del buldero es el más rico y madrugador testimonio artístico en castellano de una plaga que venía de atrás, pero que afligió con especial pertinacia a los súbditos de Carlos V. En su reinado y a instigación suya, se consolidó de hecho un 'impuesto' de una universalidad que ningún soberano soñaba por entonces, un 'tributo' que gravaba a todos los españoles, nobles y pecheros, y que se satisfacía hasta por los difuntos: la bula de la cruzada, en virtud de la cual el Sumo Pontífice concedía unas ciertas indulgencias y otros privilegios a cambio de una limosna (generalmente, dos reales) para contribuir a la lucha contra el turco (aunque los castellanos tendían a sospechar que era «invención de Su Majestad para sacarles dinero»)[71]. Los beneficios de la cruzada llegaban a la Iglesia sólo en una mínima proporción, mientras la más cuantiosa iba a parar al tesoro público, a través de una serie de intermediarios. La recaudación de las limosnas, en efecto, estaba confiada a empresarios que anticipaban al erario real un tanto alzado, según contrato. La ganancia de tales mercaderes dependía del número de buletas despachadas, de suerte que, para expedir mayor cantidad, alquilaban predicadores especializados, quienes a su vez percibían una «cota» o porcentaje de las ventas que consiguieran. No es maravilla que esa confluencia de intereses originara los «desafueros», «engaños y embaimientos» que las Cortes no se cansaban de vituperar[72].

---

[71] Citado por R. Carande, *Carlos V y sus banqueros*, I, pág. 493. El capítulo XVI de don Ramón, y J. Goñi Gaztambide, *Historia de la Bula de la Cruzada en España*, Vitoria, 1958, págs. 502-516, son las guías fundamentales para cuanto aquí se dice.

[72] Doy entre comillas textos transcritos por M. Morreale [1954] 30 y en *Bulletin Hispanique*, LIII (1951), pág. 314 (cfr. arriba, pág. 60*, n. 23).

Así, resumía don Ramón Carande, «las de 1518, 1520, 1525 y 1548 insisten en que, por la fuerza, se exige el pago de la bula y sin cesar se causan extorsiones; que las predicaciones se prolongan con exceso; que se obliga a asistir indefectiblemente a los fieles a sermones innumerables; que la gente pobre recibe daños, por dejar de sembrar y labrar sus heredades sin poder librarse de la persecución de los predicadores. Cosas más graves denuncian las Cortes de 1523: que predicadores deshonestos y de escasa conciencia excomulgan, sin ton ni son, a los reacios[73]. Las de 1542, por último, reclaman porque los dineros del rey no llegan íntegros a su poder y 'la mayor parte la consumen los predicadores...'». Eran estos a veces «frailes vagabundos» que aspiraban a zafarse de la disciplina del convento; otras, simples desaprensivos que no vacilaban en despachar buletas caducadas, adulterar su contenido o falsificarlas de arriba abajo.

El «echacuervo» del *Lazarillo* pertenecía a la peor ralea: las bulas que ofrecía no tenían más «valor ni substancia» que una «lechuga murciana» (pág. 113 y n. 5). «Cuando por bien no le tomaban las bulas, buscaba como por mal se las tomasen, y para aquello hacía molestias al pueblo, y otras veces con mañosos artificios...» Contaba al efecto con uno de los «alguaciles e prendadores y ejecutores [que algunos comisarios e tesoreros y predicadores de la cruzada traen consigo] para ejecutar las penas que quieren prender..., temorizando los pueblos e haciendo otras muchas exorciones»[74]. Y con su ayuda realizaba 'milagros' como los denunciados en documentos coetáneos[75] y como el «ensayo» (III, n. 40) que tan «en gracia» cayó a Lázaro de Tormes.

---

[73] «Lo cual, sea dicho de paso, explica también las palabras del buldero [del *Lazarillo*] en defensa de su 'adversario': 'mandó a todos que, so pena de excomunión, no le estorbasen'» (M. Morreale [1954] 30).

[74] Cortes de Burgos, 1512, *apud* M. Morreale, *ibid.*

[75] J. Goñi Gaztambide, *op. cit.*, pág. 509, n. 25.

Los «mañosos artificios» que practica nuestro buldero concuerdan rigurosamente, en verdad, con las corruptelas que en los cuestores auténticos censuraban prelados y moralistas bien ajenos a cualquier fabulación: sobornos a los párrocos, alardes de presunto latín, etc., etc.[76] Pero el «ensayo» en cuestión, concretamente, procede del viejo repertorio europeo de tretas usadas por hampones y maleantes para explotar la credulidad del vulgo (vid. ya arriba, págs. 53* y ss.). El *Novellino* de Masuccio, primero; luego, y más sintéticamente, el *Speculum cerretanorum* (hacia 1485), de Teseo Pini, y, en fin, un brevísimo *exempel* de cierto *Liber vagatorum* flamenco (Amberes, 1563, con licencia de Bruselas, 1547)[77] lo cuentan de acuerdo en un mismo esquema fundamental: un fraile bribón expone una falsa reliquia a la veneración del pueblo; «un compañero le hace la contra; él pide a Dios que muestre allí milagro; el compañero finge caer muerto, y el otro, orando, lo vuelve a la vida; y con esos milagros ilusorios allega mucho dinero»[78]. La diferencia en el cuerpo del delito —bula o reliquia— no esconde la identidad del motivo central: la supuesta curación (o resurrección) del achaque (o fallecimiento) no menos supuesto[79]. No hay duda de

---

[76] Vid. solo III, notas 4, 10, 11, 14.

[77] Cfr. respectivamente *Novellino*, IV, ed. S. S. Nigro, págs. 41-50; T. Pini, *Speculum cerretanorum*, XXVI, ed. P. Camporesi, *Il libro dei vagabondi*, págs. 49-52; y J. E. Gillet [1940].

[78] Traduzco el resumen que encabeza la versión de Masuccio.

[79] Por otro lado, el *Novellino*, al principio del relato, alude a «quell'altro de la cruciata collettore» y a «alcuni che con bulle apostoliche, o vere o false che siano, rimetteno i peccati», etc.; y el protagonista se saca de la manga «una bolla a suo modo contrafatta». A su vez, el capítulo III del *Speculum*, págs. 17-21, se dedica a los «biantes», que «portant veras bullas», pero mienten sobre las gracias que conceden, prometiendo «non solum e Purgatorio, verum ex Inferno... eripere animas»; Pini (y Masuccio dice otro tanto) podría referir múltiples «bias et modos» de alguno que ha llegado a obispo con el dinero ganado con tales medios: «profecto nec tempus nec carta sufficerent. Omnissis tantum dictis factisque eius tibi plurimum notis, exemplum unum tantum proponam...». Cfr. solo *Lazarillo*, págs. 112 y 115: «buscaba modos y maneras..., y porque todos los que le veía hacer sería largo contar, diré uno muy sotil y donoso».

que el *Lazarillo* se vincula a la tradición representada por Masuccio, Pini y el *Liber vagatorum*[80], pero dista de estar claro cómo se establece la conexión.

Desde Morel-Fatio ha solido aceptarse, con más o menos cautelas, que el *Lazarillo* depende del *Novellino*[81]. Ciertamente, frente a las otras versiones, ambos tienen en común algún dato de la intriga (así, los concurrentes pretender callar o expulsar al cómplice) y hasta sendas formulaciones singularmente paralelas:

> Non ebbe appena fra Ieronimo la sua scongiura fornita, quando fra Mariano subito, como già preposto aveano, cominciò a torcerse tutto de mano e de piedi, e urlare forte, e balbuziare con la lingua senza mandar fuora una sola parola, e con gli occhi travolti e bocca torta e ogni membro attratto mostrandosi, abbandonatamente a l'anderietro cascar si lascioe.

> Apenas había acabado su oración el devoto señor mío, cuando el negro alguacil cae de su estado y da tan gran golpe en el suelo, que la iglesia toda hizo resonar, y comenzó a bramar y echar espumajos por la boca y torcella y hacer visajes con el gesto, dando de pie y de mano, revolviéndose por aquel suelo a una parte y a otra[82].

Pero la publicación del *Speculum cerretanorum*, inédito hasta 1973, permite apreciar contactos también literales con nuestra novela: si el buldero, por ejemplo, se queda «puestas las manos y mirando al cielo», «las manos y los ojos puestos en el cielo» (págs. 120 y 121), su equivalente en Pini está «iunctis manibus erectisque ad coelum ocu-

---

[80] *Il Vagabondo* (Viterbo, 1621), de Rafaele Frianoro, que se ha creído inspirado en el *Lazarillo* (vid. M. Bataillon [1958] 26), es en realidad una traducción del *Speculum cerretanorum;* puede leerse ahora en P. Camporesi, *op. cit.,* páginas 93-165.

[81] Bibliografía, en J. V. Ricapito [1970].

[82] Véase además II, n. 9.

lis»; y los dos alegan en la misma coyuntura el versículo de Ezequiel: «Nolo mortem peccatoris, sed conversionem» (vid. V, n. 37). Por último, en la brevedad del *Liber vagatorum* flamenco llama la atención un par de detalles más elaborados que lo aproximan al *Lazarillo:* la captación del párroco y los «espumajos» (simulados con «roode aerde ende zeepe» 'tierra roja y jabón') en la boca del cómplice[83].

No es fácil, pues, ni seguir considerando a Masuccio modelo directo del *Lazarillo*, ni tampoco atribuir esa condición al *Speculum* de Pini ni al *Liber vagatorum*. Las variadas coincidencias de los tres textos con nuestra novela (amén de las que enlazan a aquéllos entre sí) se diría que postulan una fuente común, cuyo más cabal trasunto sería entonces, un tanto por sorpresa, el tardío *Lazarillo*. No es cosa de entrar aquí en otras hipótesis posibles[84]. Porque, como sea, incluso un arquetipo que reuniera todos los rasgos de las restantes versiones conocidas resultaría pobre en comparación con la del *Lazarillo:* aparte la impecable inserción de la figura y las supercherías del buldero en el panorama de mediados del Quinientos, en la cara fea de la España imperial, bastaría notar que no hay ni vestigios de que tal arquetipo contuviera nada equiparable a la escena de la disputa entre el alguacil y el echacuervo (págs. 115-116), que con tan asombrosa eficacia prepara la irrupción del primero en la iglesia y viene pre-

---

[83] Según J. E. Gillet [1940]. Con todo, en Masuccio se narra la captación del obispo; y vid. M. Bataillon [1958] 27, sobre el *Til Ulenspiegel*. En relación con la espuma, M. J. Asensio [1960] 249, recuerda ciertos pretendidos transportes del *Alejandro* lucianesco, quien «se hizo famoso e ilustre, fingiendo además que estaba loco y llenándose la boca de espuma, lo que lograba muy fácilmente sin más que mascar la raíz de la hierba que llaman jabón de los tintoreros [o 'jabonera']: mas había algunos a quienes la espuma les parecía cosa divina y tremenda» (trad. de A. Tovar, *Luciano*, Barcelona, 1949, pág. 229; cfr. aun *Speculum cerretanorum*, XVIII, pág. 39: «cerretanum... tenentem saponem in ore, spumantibusque labiis, velut limpphaticum canem...»).

[84] Los engarces apuntados en la anterior nota 79 pueden multiplicarse y son de un género que tiende a descartar explicaciones basadas en la poligénesis o en una transmisión oral.

parada por el mal humor del segundo («estaba dado al diablo con aquello...»), para engaño y pasmo de los lugareños, Lázaro y el lector.

En las páginas finales, Lázaro está «en la cumbre de toda buena fortuna». A la «prosperidad» ganada con el «oficio real» de pregonero se une la dicha de un feliz matrimonio: el Arcipreste de Sant Salvador lo ha casado «con una criada suya», honrada y honesta a carta cabal, y dispensa a la pareja «todo favor y ayuda». Verdad es que las «malas lenguas» dicen «no sé qué y sí sé qué» del Arcipreste y la mujer; pero Lázaro ha oído las explicaciones de uno y de otra y ha quedado tan enteramente satisfecho, que no quiere que nadie vuelva a «mentalle nada de aquello». Ni él mismo ha querido volver a mentárselo a nadie, «hasta el día de hoy», cuando responde a la carta que Su Merced le ha escrito pidiendo detalles de «el caso»: y hasta la fecha —insiste— no tiene motivos de queja, «hasta agora no estoy arrepentido».

...O, cuando menos, así lo cuenta él. Una de las razones de que no le creamos es que el pregonero, el Arcipreste y la «servicial» (VII, n. 20) recuerdan sospechosamente a personajes demasiado notorios en la realidad y en la ficción. Porque «el caso» de Lázaro era tan trivial, que incluso estaba previsto en la legislación ordinaria cómo proceder, no ya «contra las mancebas de los clérigos», sino aun «contra los maridos dellas que lo consientan» (1491), «que por precio consintieren que sus mujeres sean malas de cuerpo» (1573)[85]. De la Edad Media al Renacimiento, los arquetipos del marido, la mujer y el amante —a menudo, fraile o cura— habían nutrido una gruesa proporción de la literatura cómica: así en el *exemplum*, en el *fabliau*, en la *novella*, en el teatro primitivo[86].

[85] Vid. bibliografía y otras referencias, en VII, n. 18.

[86] El asunto es inagotable: basten las indicaciones que se hallarán en W. Krömer, *Formas de la narración breve en las literaturas románicas hasta 1700,* Ma-

Los refranes, los chistes, las canciones populares no los habían olvidado jamás. «La manceba del abad», en particular, ha sido y continúa siendo escarnecida en el folclore español desde los tiempos del *Elena y María* (hacia 1280). El esposo neciamente confiado o ingenuo («—Cornudo sois, marido.—Mujer, ¿quién os lo dijo?») era y es fuente inagotable de chascarrillos[87], y el consentido llega a entreverse en algún proverbio: «El abad y su vecino, todos muelen a un molino»[88]. Ni siquiera es imposible que algún otro nos acerque todavía más a las circunstancias de Lázaro. Pues el *Vocabulario* de Correas registra «En Toledo, no te cases, compañero: no te darán casa ni viña, mas darte han mujer preñada o parida»[89]. Y si el dicho (o la segunda parte del dicho) no procede de nuestra novela, como otras entradas del mismo repertorio (cfr. notas 27 y 69), será obligado tener en cuenta que a la mujer de Lázaro la acusaban de haber «parido tres veces» y que el Arcipreste sí alquiló a nuestros flamantes esposos «una casilla par de la suya».

Sin embargo, el *Lazarillo* no muestra ninguna dependencia significativa ni del folclore ni de la literatura jocosa de raigambre medieval[90]. Hay, desde luego, una coincidencia última en los personajes, pero la novela les da un tratamiento radicalmente distinto del que habían recibido en las mencionadas tradiciones. El anónimo prescinde por completo de las correrías nocturnas, las befas y los

---

drid, 1979, págs. 75, 82-83, 111; y en F. Lázaro [1969] 69-71 y V. García de la Concha [1981] 32-37.

[87] El ejemplo citado, en A. Redondo [1986], n. 57 (según Mal Lara); otro parecido, en M. Frenk, *Lírica española de tipo popular*, Madrid, 1977, núm. 561: «—Tú la tienes, Pedro,/ la tu mujer preñada./ —Juro a tal que no tengo,/ que vengo del arada».

[88] Vid. M. Chevalier [1985] 414-415 (según Correas).

[89] Edición citada, pág. 134. Cfr. F. Rico [1983] 414 n. 3.

[90] En el relato de «el caso», únicamente descubro una alusión suficientemente clara a una pieza tradicional: el romance de «la bella malmaridada» (cfr. VII, n. 26), ajeno al ciclo temático que aquí nos concierne.

escondites, las groserías y las obscenidades, que parecían inevitables a costa de un *ménage à trois*. Por no haber, en «el caso» no hay siquiera una trama o anécdota propiamente dicha. Lázaro nos presenta personas, lugares, hechos cotidianos. Estamos esperando la argucia o el incidente curioso y... *no pasa nada*. Antes bien, el protagonista subraya eso, que no pasa nada: que las «malas lenguas» se equivocan, que los juramentos de su mujer y las 'promesas' del Arcipreste (cfr. VII, n. 30) son convincentes de todo punto, que reina la «paz en casa».

Seguimos sin creerle, por supuesto. Pero ¿será en esa ceguera deliberada, en ese optar por el disimulo, la tranquilidad y el provecho, donde está la deuda del *Lazarillo* con otras versiones del tema? Las posibilidades del triángulo adúltero son limitadas, al cabo, y el marido que tolera y más o menos explota la liviandad de su cónyuge asoma ya en la sátira clásica. Comentaba la *Moria* de Erasmo: «Si un marido comparte su mujer con otros muchos y jura *(deierat)* que es más fiel que Penélope y, dichoso en su error, se congratula de sí mismo, nadie lo llamará loco, porque es suceso frecuentísimo» (XXXIX). «¡Qué escasos matrimonios no se romperían, si tantas andanzas de las casadas no quedaran ocultas por el descuido o la necedad del marido! Sin duda es culpa de la locura, pero ¿quién sino ella logra que los esposos se gusten, la casa esté en paz *(sit... tranquilla domus)* y reine la concordia? La gente se le ríe, lo llama *cuculus, curraca*, qué sé yo qué más, cuando el marido enjuga con besos las lágrimas de la adúltera [cfr. Juvenal, VI, 275-278]. Pero ¡cuánto mejor errar así que consumirse por los celos y convertirlo todo en tragedia!» (XX)[91].

---

[91] El pasaje del capítulo XXXIX fue aducido primero por F. Lázaro [1969] 71; el del capítulo XX, por M. Bataillon, «Un problema de influencia de Erasmo en España. El *Elogio de la locura*» (1971), ahora en *Erasmo y el erasmismo*, Barcelona, 1978, págs. 333-334. Cfr. además R. W. Truman [1975].

La dimensión jocosa —y sólo por excepción el alcance serio, evangélico— de los planteamientos de la *Moria* se ampliaba unos años después en las 'alabanzas de los cuernos' celebradas por Doni, Cetina o Hurtado de Mendoza, y en la 'paradoja' defendida por Ortesio Lando: «Non essere cosa detestabile ne odiosa la moglie disonesta»[92]. Tampoco faltó alguna facecia de espíritu afín:

A uno de cuya mujer se rumoreaba no ser demasiado casta de cuerpo le advirtieron los amigos que prestara atención al asunto. Fuese él para casa y riñó ásperamente a su mujer, contándole lo que le habían dicho. Ella, como quien bien sabía que el perjurio no era mayor pecado que el adulterio, defendió su honestidad con lloros y juramentos *(weeping and swearing)*, hasta convencerlo de que habían inventado esos cuentos por la envidia que les tenían viéndolos vivir tan tranquilamente. Con esas palabras quedó él contento y satisfecho. Otra vez, no obstante, los amigos volvieron a ponerlo sobre aviso a propósito de su mujer, incitándolo a reprenderla y castigarla. Díjoles: «Hacedme el favor de no decirme más cosa con que me pese *(I pray you trouble me no more with such words)*. Veamos, ¿quién conoce mejor las faltas de

---

[92] *La zucca del Doni en español*, págs. 104-118; G. de Cetina, *Obras*, ed. J. Hazañas, II (Sevilla, 1895), págs. 206-239; D. Hurtado de Mendoza, *Obras poéticas*, ed. W. I. Knapp, Madrid, 1877, págs. 457-463; O. Lando, *Paradossi*, Lyón, 1543 (y muchas reimpresiones), cap. XI. El *Lazarillo* se deja aproximar no sólo a esos textos, sino en general a toda la feracísima veta renacentista de los encomios paradójicos, cuyo producto más memorable es la *Moria* erasmiana; compárese, por ejemplo, con un pasaje de la pieza en loor de los cuernos atribuida a Cetina, pág. 237: «el mal es que la envidia del demonio y la ambición y maldad de los hombres han introducido en diversos tiempos diversas costumbres, hermoseándolas con ciertas falsas apariencias, para que con más facilidad fuesen administradas, como la honra, la fama, la gloria del mundo, el encerramiento de las mujeres, el celo de los hombres y otras diversas cosas, con las cuales, debajo del color de una cierta virtud, nos engañamos y nos dejamos fácilmente persuadir». Doy referencias al respecto en *Homenaje al Prof. W. L. Fichter*, Madrid, 1971, págs. 611-621 (añádase en especial S. Longhi, *Lusus. Il capitolo burlesco nel Cinquecento*, Padua, 1983, págs. 138-181), y, en relación con el *Lazarillo*, en F. Rico [1976] 111 y n. 28, [1983] 422-423 n. 42.

mi mujer, vosotros o ella?» Respondiéronle: «Ella».
«Pues ella» —replicó—, «a quien yo doy más fe que a
todos vosotros juntos, dice claramente que vosotros
mentís». Obró bien y cuerdamente. Pues no deben
creerse con ligereza cosas de las que pende un perpetuo
pesar de ánimo *(grief of mind)* [93].

Ni la «cínica filosofía» del 'sufrido' que se recata «de
ver cosas que palmariamente le afrenten y obliguen a de-
mostraciones de honor» dejó de encarnarse, a no mucha
distancia del *Lazarillo*, en una figurilla pronto proverbiali-
zada: Diego Moreno, «marido manso, glorioso paradigma del oficio», cuya carrera documentada se inicia en un
cancionero de Juan de Timoneda (1573) y culmina en un
excelente entremés de Quevedo [94].

Claro está que también ahora ofrece nuestro relato
puntos de contacto con esa tradición más característicamente renacentista —«hablando con reverencia»— de los
cuernos. No cabe decir, sin embargo, que en ella se en-
cuentre ningún modelo estricto del *Lazarillo*, porque la
peculiaridad de «el caso» reside en un aspecto que no podía venir del *Elogio de la locura*, ni de otro *paradoxon*, ni de
tal o cual cuentecillo, docto o plebeyo: reside en la elaboración propiamente novelesca.

Lázaro, en efecto, niega de modo tajante las afirmaciones de las «malas lenguas», narra unos determinados hechos, exhibe unos ciertos sentimientos; pero el lector entiende que las «malas lenguas» aciertan y que los hechos y
los sentimientos distan de ser como se le narran: sabe, en
suma, que Lázaro miente. Lo sabe, fundamentalmente,
porque conoce a Lázaro; y ahí está la substancia de «el

---

[93] *Tales and Quicke Answeres* (h. 1535), núm. 44, *apud* P. M. Zall, ed., *A. Hundred Merry Tales*, Lincoln, 1963, pág. 276.

[94] Vid. los admirables trabajos de don Eugenio Asensio, «Hallazgo de *Diego
Moreno*, entremés de Quevedo, y vida de un tipo literario», *Hispanic Review*,
XXVIII (1959), págs. 397-412, e *Itinerario del entremés*, Madrid, 1965, pági-
nas 204-209; cito del segundo lugar.

caso». Al final del libro, no pasa nada, decía arriba. Precisemos: no pasa nada superficialmente, no hay una intriga externa capaz de encandilar a quien hubiera empezado la obra por el desenlace. Pero por debajo de esa falta de acción sí pasa —ha pasado— toda la historia de Lázaro, con todas las «fortunas y adversidades» que han hecho al pregonero como es. No hay acción, entonces, sino contemplación de un personaje, de una actitud. Esa versión de «el caso», tan diariamente opuesta a la tradición literaria del *ménage à trois,* era hacia 1550 una proeza absoluta.

A las «malas lenguas» toledanas, Lázaro les contesta, en primer término, con la negación o con el silencio; pero cuando, a instancias de Su Merced, se decide a tratar «el caso», lo refiere no tomándolo «por el medio, sino *del principio*». «La verdad» (pág. 132) de «el caso» no la cuenta al hablar directamente de la boda con la criada del Arcipreste: la cuenta al hablar de Antona Pérez, del Zaide, de los bodigos de Maqueda... Sin traicionarse, con una ambigüedad que le permite estar a las duras y a las maduras, va dando «noticia» de sí mismo de suerte que revela las raíces tanto del papel que finge desempeñar en «el caso» como de la conducta que de veras observa en tal coyuntura (vid. pág. 74*, n. 45). Las revela en el paralelo que la estructura propone entre su madre y su mujer o en la identidad del designio que lo une a Antona: «arrimarse a los buenos» (págs. 15 y 133). Las revela en las lecciones sobre la honra que recibe del escudero o en el arte de callar que aprende con el echacuervo[95]. «La verdad» de «el caso» es la construcción narrativa y la creación del personaje.

Sobre poco más o menos, otro tanto podría decirse a propósito de cuántos elementos entran en el *Lazarillo.* Lleguen de donde llegaren, de la literatura o de la reali-

---

[95] Cfr. simplemente F. Rico [1970] 30-35 y, desde luego, el imprescindible estudio de F. Lázaro [1969].

dad, y ora coincidan con las imágenes habituales en la época, ora las contradigan, todos mudan profundamente de sentido. De piezas sueltas de un mundo desordenado, pasan a ser partes orgánicas de un universo: de un personaje y del horizonte que avista. Uno era el destrón en el teatro medieval y otro el mozo del escudero en las farsas de Gil Vicente. Pero en el *Lazarillo* son el mismo. Los rasgos aislados que el autor retuviera de una tradición o una experiencia se articulan en un sistema narrativo y se integran en el proceso de continuidad y cambio del protagonista. En los mejores momentos, así, ni siquiera hacía falta relatar: bastaba mostrar a Lázaro. El anónimo no ignoraba ni las mañas más sutiles del género que estaba brotando de su pluma: la novela.

Esta edición

1.   Según se ha apuntado en el prólogo, las más antiguas ediciones que conservamos del *Lazarillo de Tormes* vieron la luz en 1554, respectivamente en Alcalá *(A)*, Burgos *(B)* y Amberes *(C)*. *Burgos* procede en línea recta de la primera impresión cuya existencia nos consta, X (hoy perdida), y que a su vez sirvió de modelo a otra, Y (también perdida), fuente común de *Alcalá* y *Amberes*[1]. Vale la pena repetir aquí el *stemma* ya inserto en la página 15*:

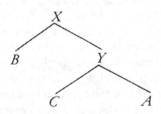

Es sumamente probable que X se publicara en 1553 o, si no, en 1552 (y me parece conjetura verosímil que fuera «en casa de Juan de Junta», en Burgos)[2]. En cualquier caso, no hay duda de que *Burgos*, *Amberes* y *Alcalá* están muy próximas a X: tanto, que las tres mantienen substan-

---

[1] Para la oportuna justificación bibliográfica, véase arriba, pág. 14*, n. 3.

[2] Este y el siguiente párrafo resumen varias de las conclusiones de F. Rico [1987 *b*].

cialmente el que asimismo hubo de ser el formato de X (un volumen de bolsillo, en octavo o doceavo, de entre 46 y 48 folios) y reproducen su peculiar disposición tipográfica (así, en los titulillos de las páginas pares —de acuerdo con la numeración moderna— va la palabra *tractado*, y en los de cada una de las impares siguientes, el ordinal que corresponda; en cambio, la indicación *Tractado primero*, etc., no figura nunca al principio del capítulo).

Únicamente *Burgos, Amberes* y *Alcalá* pueden tomarse en cuenta para la reconstrucción del texto de X, pues las ediciones posteriores descienden de *Amberes* más o menos mediatamente[3]. No se olvide, sin embargo, que X da señales claras de no responder con fidelidad a la voluntad del autor, no simplemente en erratas (como 4/1) o errores de detalle (vgr., 63/1)[4], sino en aspectos de más relieve. En particular, el título de la obra, los epígrafes de los siete «tractados» y por ende la división en capítulos son difícilmente aceptables como auténticos. Supuesto que el título y los epígrafes salen de la misma mano (como lo muestra el diseño paralelo: *tal y tal, y de...*), no ya las incongruencias del primero (por ejemplo, el nombre de «Lazarillo» se utiliza una sola vez en todo el libro), sino en especial la frecuente inadecuación y la continua falta de sutileza de los segundos (baste pensar cuál es la materia que de hecho se desarrolla bajo rótulos como «Cuenta Lázaro su vida y cúyo hijo fue» o «Cómo Lázaro se asentó con un alguacil, y de lo que le acaesció con él») convencen de que ni el uno ni los otros pueden deberse al admirable novelista anónimo, ni, en consecuencia, puede ser suya la división en «tractados». En la presente edición, no he querido eliminar por completo ni los epí-

---

[3] Lo demostró concluyentemente Alberto Blecua [1974] 59-67; comp., no obstante, J. Caso [1982] xxxvi-xl.
[4] La primera cifra remite a la página; la segunda, a la línea que contiene (o en que empieza) la variante, recogida en el aparato a continuación del texto.

grafes ni la capitulación tradicionales (porque, en definitiva, *X* es el testimonio más cercano al original a que nos es dado remontarnos), pero sí he procurado paliar su chillona falta de pertinencia, reduciendo los epígrafes a ladillos (compuestos en un cuerpo mínimo) e imprimiendo, pues, seguido todo el relato de Lázaro.

A la vista del *stemma*, por otra parte, la constitución del texto no plantea excesivas dificultades. La concordancia de las tres ediciones de 1554, o simplemente de *Burgos* con *Alcalá* o con *Amberes*, nos ofrece la lectura de *X*, que sólo es preciso corregir en unas pocas ocasiones de yerro indiscutible. En el aparato de variantes, por tanto, la regla es *no* recoger las lecciones singulares de *A* o de *C*[5], es decir, las que se oponen a *X*, representada por la coincidencia de *B* con *C* o con *A*. Sí registro, naturalmente, los lugares en que las impresiones de 1554 difieren entre sí y todos aquellos que enfrentan a *B* con *Y*, es decir, con la confluencia de *A* y *C*.

Por supuesto, es ahí, y principalmente en el desacuerdo de *B* e *Y*, donde reside el verdadero problema crítico del *Lazarillo*. Las divergencias de esa índole rondan el centenar y en teoría nos sitúan ante un dilema irresoluble, por cuanto cada una de las lecturas discrepantes —se nos antoje mejor o peor desde una perspectiva literaria— puede justificarse con otras paralelas en el libro o en la época, y no explicarse como deturpación o cambio con argumentos suficientemente fuertes. En la práctica, el dilema dista de ser tan grave como suena cuando se enuncia en términos abstractos, porque las diferencias entre *B* e *Y* son harto ligeras y no afectan a ningún aspecto importante del *Lazarillo*.

Por otro lado, la mayoría de las veces en que hay dis-

---

[5] Como es lógico, se hace excepción cuando en *X* hay errata o lectura sospecha que aconseja tener presente a *C* o *A* (así 91/10-11) o cuando es posible que *B* y otro testimonio hayan cometido la misma trivialización (vgr., 23/6).

paridad entre *B*, *A* y *C*, el pleito debe fallarse a favor de *B* (comp. solo 51/16); y en una buena proporción de los pasajes en que el conflicto de *B* e *Y* no se deja solucionar con razones dirimentes, los indicios, sin embargo, tienden a apoyar la mayor autoridad de *B*[6]. La edición de Burgos, en efecto, suele transmitir lecturas con más apariencia de *difficiliores* (vgr., 93/10-11), según un hábito confirmado por los no pocos momentos en que conviene con *C* o con *A* en preservar rasgos de *X* extremadamente problemáticos, o mendosos con suma probabilidad (como 55/7 y 55/9); se muestra, además, escasamente amiga de adiciones (cfr. 84/2-3); y en la puntuación, en la grafía, en las fluctuaciones vocálicas o consonánticas[7], exhibe unos caracteres arcaicos que se dirían más del autor que del impresor (pues los tipógrafos tienen mayor proclividad a modernizar un texto antiguo que a proceder al contrario).

No significa todo ello que, en la disidencia de *B* e *Y*, haya de seguirse siempre a *B* ciegamente: cuando el *usus scribendi* o bien otros factores así lo sugieran, el editor, aun a conciencia de que sus criterios son discutibles, hará bien en leer de acuerdo con *Y*. Pero regularmente, en la equipolencia de *B* e *Y*, resulta más prudente optar por *B*, y de tal forma se ha procedido aquí.

También a *Burgos* me atengo cuando se aparta de *Alcalá* y *Amberes* en pormenores de morfología, fonética o grafía: *ansi/así, venía/vinía, −scer/−cer, sancto/santo*, etc. A ese propósito, adviértase que reduzco al uso moderno *s, ss, ç, z, x, j, u, v, b*, etc., pero conservo la *x* en *coxcorrón, caxco*, etcétera (cfr. I, n. 92). He simplificado ciertas grafías latinizantes sin reflejo en la pronunciación del siglo xvi (*allegar* 'alegar', *anichilar, Thomé, succeder*, etc.), pues me consta que entorpecen la lectura del no especialista —a quien, con todo, no sobraría percibir en las costumbres ortográficas reflejos nada desdeñables de la cultura de entonces—, por más que la simplificación no es uniformemente pacífica (cfr. I, notas 79 y 85). Respeto la separación o aglutinación de la preposición *de* y el demostrativo, pronombre personal o artículo (*deste, dél, de el...*). Alguna vez he substituido por *y* la *e* del original, distraída resolución del signo de abreviatura; y entiendo que la *–s* de *Gonçales* es cosa del cajista (vid. A. Alonso, *De la pronunciación medieval a la moderna en español*, ed. R. Lapesa, II [Madrid, 1969], págs. 91-92, etc.). *También* y *tampoco* se escriben *tan bien* y *tan poco* cuando tal es evidentemente su valor. Por último, he hecho mía la propuesta de Yakov Malkiel en favor de una distinción entre *nós, vós*, tónicos, *y nos, vos*, átonos (*Romance Philology*, XVI, pág. 137, y XVII, página 667).

No es necesario insistir sobre el porqué de las variantes admitidas en el aparato contiguo: son las que justifican que el texto que ofrezco pueda calificarse de edición crítica, en sentido propio, y a ellas se añaden unas cuantas presentadas a título documental o pedagógico. Corrijo sin más las erratas incontrovertibles (*molinepo, dlxe*, etc.)[8].

En las notas a pie de página copio las adiciones de *Alcalá* y señalo las supresiones del *Lazarillo de Tormes castigado*, es decir, de la versión expurgada por Juan López de Velasco (Madrid, 1573, junto a la *Propalladia* de Torres Naharro), después de que la novela fuera incluida en el *Catalogus librorum qui prohibentur* (Valladolid, 1559) del inquisidor Fernando de Valdés.

Pienso que se juzgará cómodo que, guiado por el ejem-

---

[8] La lista completa se hallará —como tantos otros materiales irreemplazables— en J. Caso [1967] 41-42. En varios casos, tal vez se piense que me he pasado de suspicaz en consignar erratas de *B*; pero no se descuide que en más de un lugar podrían derivarse de *X* (como se deriva 91/10-11, por ejemplo) y entonces cabría darles una solución distinta a la que *Y* propone.

plo de mi maestro Martín de Riquer [1959], haya inserta-
do titulillos con una mínima indicación sobre el contenido de las dos páginas que el lector tiene ante los ojos en
cada caso.

2. En mi propósito, esta edición anula la publicada
primero en *La novela picaresca española*, I, Barcelona, 1967
(pero, en realidad, 1966), págs. IX-LXXVI, 5-80 (*Clásicos
Planeta*, 12*), y luego, con sendos apéndices, como volumen independiente en la serie *Hispánicos Planeta*, 4 (Barcelona, 1976), y en los *Clásicos Universales Planeta*, 6 (Barcelona, 1980, y reimpresiones)[1]. Una parte de las noticias
y de los materiales allegados es, necesariamente, la misma
aquí y allá. Pero preparé la edición anterior en noviembre de 1964, y veinte años largos no pasan en balde: hasta tal extremo, que apenas he mantenido media docena
de páginas de mi viejo prólogo (pese a la generosa autori-
zación de don José Manuel Lara, presidente de Editorial
Planeta, para reproducir cuanto me pareciera oportuno)
y que este volumen duplica en extensión al de marras.

En cuanto a la presente introducción, en el estado actual de los trabajos sobre el *Lazarillo* me ha parecido especialmente útil volver, con un espíritu un tanto positi-
vista, a las principales cuestiones de hecho que plantea la
génesis de la obra, en el convencimiento de que una justa
apreciación de la singularidad artística e intelectual de
nuestra novela depende en gran medida de las respuestas
que se den a tales problemas. Dentro de las limitaciones
de espacio y de las conveniencias didácticas propias de
un tomo de *Letras Hispánicas*, he procurado dedicar a
cada asunto un tratamiento tan articulado y preciso como
me era posible: no señalar sólo, por ejemplo, que este o

---

[1] En la reedición de *La novela picaresca española*, I, aparecida en 1970, inserté
también algunas correcciones y adiciones; pero como el texto se volvió a componer y yo no tuve ocasión de revisar las pruebas, no puedo hacerme responsable del resultado (cfr. *Guzmán de Alfarache*, pág. 952).

aquel rasgo procede de Apuleyo, sino preguntarme también por la situación del *Asno de oro* en las coordenadas literarias del momento; no registrar aisladamente las apariciones de la pareja formada por el ciego y el destrón en la tradición anterior, sino intentar ordenarlas y reconocerles un sentido coherente, etc., etc.

Sobre la mayoría de los temas no tocados o examinados más rápidamente en el prólogo, se encontrarán referencias bibliográficas en las notas al texto y orientaciones más substanciosas en el apéndice preparado por Bienvenido C. Morros. La fortuna del *Lazarillo* se estudia por extenso en el volumen de esta misma colección que recoge la *Segunda parte* de Amberes, 1555, y la de Juan de Luna, al cuidado de Pedro M. Piñero (en prensa).

La intención básica de la anotación es aclarar el sentido literal del *Lazarillo*. No faltan notas relativas a la interpretación literaria, las fuentes y muchos otros aspectos del libro; pero, según he subrayado en la página de la dedicatoria, mi objetivo esencial consiste en obviar las dificultades más o menos aparentes que la lengua y las alusiones a la realidad de la época o a la literatura entonces familiar oponen a la comprensión literal de la novela por parte del lector moderno.

En general, las notas quisieran servir a lectores de formación e intereses diversos y por ello pretenden dar no sólo la explicación de cada punto, sino asimismo los fundamentos de esa explicación y, en su caso, las indicaciones pertinentes sobre las obras que se hayan propuesto. De ahí que con frecuencia empiecen con un resumen de la información imprescindible para el entendimiento del lugar de que se trate y luego distingan con punto y aparte un segundo nivel para datos y discusiones de índole más especializada. Al aducir otros testimonios de las voces o expresiones anotadas, he buscado que ilustraran algo más que la mera existencia de la palabra o el giro en cuestión;

discúlpeseme, si no siempre me ha sido posible aplicar ese principio. Téngase en cuenta, aún, que bastantes de las llamadas a las notas no se insertan junto al vocablo glosado, sino al final de la frase a la que pertenece: he creído que así se agilizaba un poco la lectura; y por el mismo deseo de no fragmentarla más de lo inevitable, a veces he concentrado en una sola nota el comentario de dos o tres detalles contiguos.

Por último, quiero agradecer a Bienvenido Carlos Morros la valiente ayuda que me ha prestado en todas las etapas de mi trabajo, particularmente en el despojo de la bibliografía y en la selección de ejemplos para las notas. Sin contar con él, quizá no me hubiera decidido a acometer una nueva edición del *Lazarillo;* y, si acaso, la edición habría sido harto más imperfecta.

S. C. del V.,
San Silvestre de 1986
(y también a V.)

Abreviaturas y ediciones usadas

Mateo Alemán, *Guzmán de Alfarache*, ed. F. Rico, Barcelona, 1983.

J. L. Alonso, *Léxico:*
  J. L. Alonso, *Léxico del marginalismo del siglo de oro*, Salamanca, 1977.

Apuleyo, *El asno de oro*, trad. Diego López de Cortegana, ed. M. Menéndez Pelayo, en *Orígenes de la novela*, IV, Nueva Biblioteca de Autores Españoles, XXI.

M. J. Canellada, *Farsas:*
  M. J. Canellada, ed., Lucas Fernández, *Farsas y églogas*, Madrid, 1976.

Alonso de Castillo Solórzano, *La niña de los embustes, Teresa de Manzanares*, en *Picaresca femenina*, ed. A. Rey Hazas, Barcelona, 1986.

Miguel de Cervantes, *Novelas Ejemplares*, ed. J. B. Avalle-Arce, 3 vols., Madrid, 1983-1985.

—, *Comedias y entremeses*, ed. R. Schevill y A. Bonilla, III, Madrid, 1918.

La comedia Thebaida, ed. G. D. Trotter y K. Whinnom, Londres, 1969.

J. Corominas-J. A. Pascual:
  J. Corominas-J. A. Pascual, *Diccionario crítico etimológico castellano e hispánico*, 5 vols., Madrid, 1980-1983.

Correas:
  G. Correas, *Vocabulario de refranes y frases proverbiales*, ed. L. Combet, Burdeos, 1967.

Covarrubias:
  S. de Covarrubias, *Tesoro de la lengua castellana o española*, ed. M. de Riquer, Barcelona, 1943.

El Crotalón, ed. M. Menéndez Pelayo, en *Orígenes de la novela,* II, Nueva Biblioteca de Autores Españoles, VII.

Francisco Delicado, *La lozana andaluza,* ed. C. Allaigre, Madrid, 1985.

Diálogos muy apacibles, ed. Madrid, 1943.

Dicc. de Autoridades:
Diccionario de la lengua castellana, en que se explica el verdadero sentido de las voces, su naturaleza y calidad, con las frases o modos de hablar, los proverbios o refranes y otras cosas convenientes al uso de la lengua (Madrid, 1726-1739), 6 vols.; ed. facsímil, Madrid, 3 vols., 1963-1964.

Alonso Enríquez de Guzmán, *Libro de la vida y costumbres de don...,* Biblioteca de Autores Españoles, CXXII.

Alonso Fernández de Avellaneda, *Segundo tomo del ingenioso hidalgo don Quijote de la Mancha,* en Miguel de Cervantes, *Obras completas,* ed. M. de Riquer, I, Barcelona, 1962.

J. E. Gillet, III y IV:
J. E. Gillet, ed., B. de Torres Naharro, *Propalladia and Others Works,* III y IV, Bryn Mawr y Philadelphia, 1951 y 1961.

Gaspar Gómez de Toledo, *Tercera Celestina,* en *Las Celestinas,* ed. M. Criado de Val, Barcelona, 1976.

Gregorio González, *El Guitón Honofre,* ed. H. G. Carrasco, Valencia, 1973.

Fray Antonio de Guevara, *Epístolas familiares,* ed. J. M. Cossío, 2 vols., Madrid, 1952.

Heliodoro, *Historia etiópica de los amores de Teágenes y Cariclea,* traducida en romance por Fernando de Mena, ed. F. López Estrada, Madrid, 1954.

Diego de Hermosilla, *Diálogo de la vida de los pajes,* ed. D. Mackenzie, Filadelfia, 1917.

Luis Hurtado de Toledo, *Descripción de Toledo,* en *Relaciones de los pueblos de España ordenadas por Felipe II,* ed. C. Viñas y R. Paz, vol. II, Madrid, 1963.

H. Keniston, *Syntax:*
H. Keniston, *The Syntax of Castilian Prose,* Chicago, 1937.

Alfonso Martínez de Toledo, *Arcipreste de Talavera,* ed. M. Penna, Turín, [1955].

E. S. Morby, *La Dorotea:*
E. S. Morby, ed., Lope de Vega, *La Dorotea,* Valencia, 1958.

Sancho de Muñino, *Tragicomedia de Lisandro y Roselia,* en *Las Celestinas,* ed. M. Criado de Val, Barcelona, 1976.

Alonso Núñez de Reinoso, *Los amores de Clareo y Florisea, y las tristezas y trabajos de la sin ventura Isea,* en *Novelistas anteriores a Cervantes,* Biblioteca de Autores Españoles, III.

K. Pietsch, *Fragments:*
    K. Pietsch, *Spanish Grail Fragments,* II [*Commentary*], Chicago, 1925.

Francisco de Quevedo, *Buscón,* ed. D. Ynduráin, Madrid, 1984.

Lope de Rueda, *Pasos,* ed. F. González Ollé y V. Tusón, Madrid, 1981.

Diego Sánchez de Badajoz, *Recopilación en metro,* ed. F. Weber de Kurlat *et al.,* Buenos Aires, 1968.

Feliciano de Silva, *Segunda Celestina,* en *Las Celestinas,* ed. M. Criado de Val, Barcelona, 1976.

Tesoro Lexicográfico:
    S. Gili Gaya, *Tesoro Lexicográfico,* I (letras A-E), Madrid, 1963.

Antonio de Torquemada, *Coloquios satíricos,* ed. M. Menéndez y Pelayo, en *Orígenes de la novela,* Nueva Biblioteca de Autores Españoles, VII.

—, *Jardín de flores curiosas,* ed. G. Allegra, Madrid, 1983.

Bartolomé de Torres Naharro, *Propalladia and Others Works,* ed. J. E. Gillet, vols. I y II, Bryn Mawr, 1943 y 1946.

Juan de Valdés, *Diálogo de la lengua,* ed. C. Barbolani, Madrid, 1982.

Viaje de Turquía, ed. F. García Salinero, Madrid, 1980.

Licenciado Villalón, *Gramática española,* ed. C. García, Madrid, 1971.

Francesillo de Zúñiga, *Crónica burlesca del emperador Carlos V,* ed. D. Pamp de Avalle-Arce, Barcelona, 1981.

ℭ La vida de Lazarillo de Tormes: y de sus fortunas y aduersidades.

1554

No parece posible entender *La vida... de sus fortunas y adversidades*. Por tanto, hay que puntuar después de «Tormes» y reconocer en «de sus fortunas...» una construcción latinizante: 'acerca de sus fortunas...' Nótese, además, la redacción paralela de los restantes epígrafes: «cuenta Lázaro... y cúyo hijo fue», «cómo Lázaro..., y de las cosas...», etc. Título general y epígrafes serán, pues, de la misma pluma.

Por otro lado, vale la pena recordar los epígrafes *Vida de Sant Agustín, y de sus milagros*, en el *«Flos Santorum»* con sus *ethimologías*, incunable de procedencia y datación inciertas (hay facsímil del folio citado en F. Vindel, *El arte tipográfico en España durante el siglo XV*, vol. VIII: *Dudosos...*, Madrid, 1951, pág. 10), y *De sant Amaro y de sus peligros*, en una traducción castellana de la *Legenda aurea*, ¿Valladolid, 1497? (*ibídem*, pág. 269). La hagiografía de Amaro recogida en esa segunda obra conoció luego varias ediciones como modesto libro de cordel y con el título de *La vida del bienaventurado Sant Amaro, y de los peligros que pasó hasta llegar al Paraíso terrenal*, y fue impresa por Juan de Junta, en Burgos, 1552.

Los desaciertos e incongruencias tanto del título general como de los epígrafes del *Lazarillo* obligan a pensar que uno y otros son ajenos al autor de la novela; y hay razones para conjeturar que fueron introducidos «en casa de Juan de Junta». Para todo ello, vid. F. Rico [1987 *b*].

PRÓLOGO[1]   Yo por bien tengo que cosas tan señaladas, y
por ventura nunca oídas ni vistas[2], vengan a
noticia de muchos y no se entierren en la sepultura del
olvido[3], pues podría ser que alguno que las lea halle algo

---

[1] Lecturas más o menos pormenorizadas del prólogo ofrecen S. Gilman
[1966] 149-153; F. Rico [1966] 281-282 y [1976]; F. Lázaro [1969] 71-75 y
172-186; J. L. Laurenti [1971] 29, 31, 36-37, 42-43 y 61-63; A. Labertit [1972]
148-181; A. Deyermond [1975] 60-61, 71, 78-79; H. Sieber [1978] vii-xv;
G. A. Shipley [1982] 182-185; E. Cros [1984] 107-109; y H. H. Reed [1984]
36-41.

[2] Encareciendo la novedad de la materia de que va a tratar, con el objeto de
atraer la atención del lector, Lázaro incide en un motivo habitual en los prólogos, sobre todo por influencia de Horacio, *Odas*, III, i, 2-4; «Carmina non prius
audita... canto».

Compárese, por ejemplo, Diego Rodríguez de Almela, *Valerio de las historias
escolásticas y de España*, Murcia, 1487, fol. 3vo.: «Señor, mandásteme por vuestra
carta... que vos diese en servicio una copilación. Entendiendo que a vós sería
más agradable, por ser cosa nueva que en España hasta aquí no ha seído vista...»; o bien *El Crotalón*, XII, en F. Lázaro [1969] 174. Por otra parte, en la versión de *El Momo* de L. B. Alberti, por Agustín de Almazán, Madrid, 1553,
fol. a5, se lee: «me determino en que se debe tener por muy raro y admirable
ingenio cualquier que tratare cosas nuevas y de antes nunca oídas»; y en la *Philosophía antigua poética* del Pinciano: «cosa no oída ni vista... admira y deleita» (ed.
A. Carballo Picazo, I [Madrid, 1973], pág. 58).

Desde la primera frase, Lázaro juega con los dobles sentidos: «señaladas» vale
'relevantes', pero quien conozca el desenlace de la novela puede entender 'co-
mentadas, criticadas'; de modo paralelo, «por ventura» se deja glosar como 'quizá' y como 'afortunadamente'.

[3] La imagen de la «sepultura del olvido» aparece ya en el *Pro Archia* de Cicerón (X, 24): «Alexander... cum in Sigeo ad Achillis tumulum astitisset: 'O fortu-
nate,' inquit, 'adolescens, qui tuae virtutis Homerum praeconem inveneris!' Et
vere. Nam nisi Illias illa exstitisset, idem tumulus, qui corpus eius contexerat,
nomen etiam obruisset»; y, en España, es corriente al menos desde el prólogo
de la *Historia compostelana*: «ne... abolita in foveam oblivionis labefierent...»

3

que le agrade, y a los que no ahondaren tanto los deleite[4].
Y a este propósito dice Plinio que «no hay libro, por
malo que sea, que no tenga alguna cosa buena»[5]; mayormente que los gustos no son todos unos, mas lo que uno
no come, otro se pierde por ello, y así vemos cosas teni-
das en poco de algunos que de otros no lo son[6]. Y esto

(F. Rico [1976] 114 n. 11; y cfr. R. Menéndez Pidal, *La España del Cid*, Madrid,
1956[5], pág. 916, n. 3, y A. Blecua [1974] 87 n. 3).

[4] El ofrecimiento de una materia que pueda «agradar» a unos lectores y «deleitar» a otros es variante del precepto horaciano «aut prodesse... aut delectare»
(*Arte poética*, v. 333). «Agradar», aquí, parece referir a la concordancia de ideas y
gustos entre el autor y parte de sus lectores, mientras «deleitar» alude al entretenimiento y regocijo de quienes leerán la obra con menos profundidad.

Compárense Petrarca, *Sine nomine*, prefacio: «quod paucis intellectum plures
forsitan delectaret» (ed. P. Piur, Halle/S., 1925, pág. 163); Juan de Yciar, *Nuevo
estilo de escrebir cartas mensajeras*, Zaragoza, 1553, fol. n[5]: «El cual [trabajo de escrebir estas cartas] tendré yo por bien empleado si los unos se aprovecharen dél
y los otros no se enfadaran...»; o la epístola de Francesco Maria Molza a Paolo
Manuzio (Venecia, 1542): «...e io... dico questo vostro bellisimo ritrovamento
di porre in luce le predette lettere non solo esser necessario, ma utilissimo anco-
ra. Perciò che scrivendo altri, come si dee, ornatamente e con debita disposizio-
ne collocando le parole, non solo porge diletto a chi legge, ma facilmente lo in-
china il più delle volte a quella parte che'l dittatore disegna» (ed. G. G. Ferrero,
Lettere del Cinquecento, Turín, 1967[2], pág. 330). El motivo era particularmente
común en las colecciones de *lettere volgari;* cfr. A. Quondam, *Le «carte messaggiere»*, Roma, 1981, págs. 44-45.

[5] Es sentencia que Plinio el Mozo, *Epístolas*, III, v, 10, atribuye a su tío Plinio el Viejo: «Dicere etiam solebat nullum esse librum tam malum, ut non aliqua parte prodesset». El dicho fue frecuentemente alegado en el Siglo de Oro:
así, por ejemplo, en Alejo Venegas (C. Guillén [1966] 135); *Baldo*, Sevilla,
1542, fol. iij; M. Alemán, *Guzmán de Alfarache*, I, pág. 93; Gregorio González,
El Guitón Honofre, pág. 41; Cervantes, *Quijote*, II, 3 y 50; Gracián, *Oráculo manual*, CXL.

[6] El texto se ciñe a Horacio, *Epístolas*, II, II, 58-63: «denique non omnes ea-
dem mirantur amantque... Renuis quod tu, iubet alter».

La idea circuló tanto en la tradición culta como en la popular. Cfr., por un
lado, Juan de Valdés, *Diálogo de la lengua*, pág. 239: «Ya sabéis que, así como los
gustos de los hombres son diversos, así también lo son los juicios, de donde viene que muchas veces lo que uno aprueba condena otro, y lo que uno condena
aprueba otro» (cfr. M. J. Asensio [1959] 98); y, por otra parte, un par de refranes glosados por Sebastián de Horozco: «lo que uno no quiere otro lo ruega» y
«lo que uno desecha a otro aprovecha» (F. Márquez [1957] 275).

En la epístola inicial de las *Familiares*, Petrarca subraya: «neque... aut idem
omnes sentiunt aut similiter amant omnes»; «Infinite sunt varietates hominum,
nec maior mentium similitudo quam frontium; et sicut non diversorum modo,

para que ninguna cosa se debría romper ni echar a mal[7], si muy detestable no fuese, sino que a todos se comunicase, mayormente siendo sin perjuicio y pudiendo sacar della algún fructo[8]. Porque, si así no fuese, muy pocos escribirían para uno solo[9], pues no se hace sin trabajo, y

---

sed unius stomachum non idem cibus omni tempore delectat, sic idem animus non uno semper nutriendus stilo est» (I, I, 16 y 29).

[7] Probablemente «para» es la tercera persona del presente de indicativo del verbo *parar*, en el sentido de 'hacer, producir, implicar'. El *Dicc. de Autoridades* recoge las acepciones «ir a dar a algún término o llegar al fin» y «reducirse o convertirse una cosa en otra distinta de la que se juzgaba o esperaba», en el primer caso siempre con la preposición *en*.

El pasaje, sin embargo, ha provocado dudas desde antiguo. Alcalá enmienda en «y esto es para que ninguna...» y Juan de Luna en «y por esto ninguna cosa se debría...», mientras Milán, 1587, edita «porque» (comp. *La Celestina*, XII: «En naciendo la mochacha, la hago escribir en mi registro, y esto para que yo sepa cuántas se me salen de la red»; y J. Caso [1967] 61 n. 3 y [1982] 4 n. 4, sobre «para que» con valor causal).

De no aceptarse alguna de esas interpretaciones, cabría conjeturar una errata del arquetipo: «y esto para [en] que...»; o bien podría pensarse que es la tercera persona del presente de subjuntivo del verbo *parir* 'producir', dependiente del anterior «vemos»: «vemos (que) esto...».

[8] Si se relaciona con la cita de Plinio, parece que quien habrá de obtener «algún fructo» de la obra es el lector; compárese, por caso, Juan de Yciar, *Nuevo estilo de escribir cartas mensajeras*, fols. n iiij vo.-n [5]: «Con el deseo de haze[r] fructo a muchos y a otros darles en que puedan recrear algunos ratos perdidos, sin ningún otro respecto de vanagloria tomé trabajo de escribir estas cartas...»; y G. González, *El Guitón Honofre*, pág. 43: «Si acaso hallaren en él alguna cosa que pueda ser de fruto...» Pero si se relaciona con la frase que sigue inmediatamente, ha de pensarse que será Lázaro quien lo obtenga: es el «gloriae fructus» del *Pro Archia* ciceroniano (cfr. F. Rico [1976] 115 n. 14; también M. J. Woods [1979] 595). L. J. Woodward (en un trabajo de próxima aparición) llega a suponer que Lázaro escribe la carta a «Su Merced» para sacar algún provecho económico.

[9] «Las cartas privadas de los humanistas, al igual que las cartas de todas las épocas, fueron, sobre todo, comunicaciones personales de quienes las escribían, pero desde siempre tuvieron también una apariencia literaria. El humanista redactó sus cartas pensando en el público lector, y en esto fue a la zaga de una tradición del *ars dictandi* que puede seguirse desde la Antigüedad a través de toda la Edad Media...» «En los prefacios [y dedicatorias que antecedían a los libros renacentistas] apreciamos, además, que el autor trata de producir la sensación de que compuso su obra por especial deseo del destinatario... o que a regañadientes se decidió, según se lo reclamaba con urgencia el destinatario, a hacer su obra accesible al público lector» (P. O. Kristeller, *Medieval aspects of Renaissance Learning*, Durham, N. C., 1974, págs. 12 y 14). Estudiando las «relaciones de suce-

quieren, ya que lo pasan, ser recompensados, no con dineros, mas con que vean y lean sus obras y, si hay de
qué, se las alaben. Y a este propósito dice Tulio: «La
honra cría las artes»[10].

¿Quién piensa que el soldado que es primero del escala
tiene más aborrescido el vivir? No, por cierto; mas el deseo de alabanza le hace ponerse al peligro; y, así, en las
artes y letras es lo mesmo[11]. Predica muy bien el presen-

---

sos ocurridos en Madrid durante los siglos XVI y XVII», se ha advertido que las
«primeras manifestaciones [del género] ofrecen siempre el carácter de una comunicación privada, dirigida por un testigo ocular a un ausente... Sin embargo,
la forma epistolar se convertirá en un recurso retórico y a lo largo del XVII se
la encontraremos en muchas relaciones impresas. Como caso típico puede citarse
el del conocido gacetillero Andrés de Mendoza..., que dice dirigirse a un solo
destinatario y se lamenta del poco cuidado que tiene con sus misivas, permitien-
do que se lean y editen, pese a lo cual continúa remitiéndole otras» (J. Simón
Díaz, en el colectivo *Livre et lecture en Espagne et en France sous l'Ancien Régime*, París, 1984, pág. 112). Nótese, por otra parte, que en castellano coloquial «para
uno solo» puede entenderse 'para uno mismo'; y comp. A. Núñez de Reinoso,
Clareo y Florisea, I, pág. 453 *a*: «Esta mi obra, que solamente para mí escribo...»

[10] M. Tulio Cicerón, *Tusculanas*, I, II, 4: «honos alit artes». La sentencia ha
sido siempre muy conocida: ejemplos del dicho en la literatura española trae
A. Redondo, *A. de Guevara et l'Espagne de son temps*, Ginebra, 1976, pág. 570,
nn. 63 y 64; vid también A. Rumeau [1964], con cita de Hernán Núñez, *Glosa sobre
las Trescientas*, Sevilla, 1499, fol. v. Claro está, pues, que su presencia en el *Diálogo de la dignidad del hombre* (1546) de Francisco Cervantes de Salazar no puede
servir para fijar un posible *terminus post quem* del *Lazarillo* (contra la propuesta de
A. Marasso [1941] 171).

[11] La idea del «deseo de alabanza» como estímulo del deseo de escritores y guerreros
—insinuando el parangón entre ambos, según una noción muy grata en el Renacimiento— parece aquí particularmente en deuda con el *Pro Archia* de Cicerón: «Nullam enim virtus aliam mercedem laborum periculorumque desiderat
praeter hanc laudis et gloriae; qua quidem detracta, iudices, quid es quod... tan-
tis nos in laborimus exerceamus?... iis certe qui de vita gloriae causa dimicant
hoc maximum est periculum incitamentum est et laborum... Trahimur omnes
studio laudis...» (X, 28, 23 y 26; cfr. F. Rico [1976] 104-105).

Por otra parte, la figura del «soldado que es primero del escala» por ambición
de gloria aparece, por ejemplo, en el *Libro de Alexandre*, 2222, o en el *Tirant lo
Blanc*, CLXI; y seguramente los lectores del *Lazarillo* la reconocerían en el he-
roico Garcilaso de la Vega lanzado a la muerte en el asalto de Fréjus. Comp. J.
E. Gillet, IV, págs. 204-211.

El tema fue ampliamente debatido en ensayos y discursos a propósito de la
gloria, de Petrarca al *Gonzalvus* o *De appetenda gloria* (1523, 1541²) de Juan Ginés de Sepúlveda. A esa tradición pertenece el *Tractado de los gualardones* (entre

tado[12] y es hombre que desea mucho el provecho de las
ánimas; mas pregunten a su merced si le pesa cuando le
dicen: «¡Oh qué maravillosamente lo ha hecho Vuestra
Reverencia!»[13] Justó[14] muy ruinmente el señor don Fu-

1482 y 1492) de Juan de Lucena, que se abre al hilo del *Pro Archia* y en curiosa
coincidencia con el *Lazarillo*: «Como quier que la vertud por sí misma es de querer, porque allende de ilustrar los varones trae consigo una tal delectación que
harta los ánimos que la resciben, mucho más, pero, es de amar por el premio
que se espera por ella. Nazce della gloria y de la gloria nazce ella. ¿Quién de vosotros, caballeros militares, nobles varones, con tanto peligro a tantas afruentas
se parase, sy no esperase de su vertud otro fruto que la sola delectación de aquellas trae consigo?... ¿Quién arrimaría a los altos muros las escalas, quién subiría
el primero por ellas no esperando la gloria del premio? Ninguno, por cierto»
(F. Rico [1976] 106-107). Vid. aun F. Lázaro, «La prosa del *Quijote*», en *Lecciones cervantinas*, Zaragoza, 1984, pág. 124, con cita del *Quijote*, II, 8, que propone
en deuda con el *Lazarillo*.

[12] *presentar*: «proponer o nombrar algún sujeto para una dignidad o empleo
eclesiástico»; *presentado*: «teólogo que ha seguido su carrera y, acabadas sus lecturas, está esperando el grado de maestro» *(Dicc. de Autoridades)*. El pasaje de Santa Teresa citado en la nota siguiente inclina a pensar en la primera acepción.
Cfr., por otra parte, Juan Rufo, *Las seiscientas apotegmas*, 402: «Predicó cierto frai
presentado con poco espíritu y menos gracia y sin ninguna erudición...» (ed. A.
Blecua, Madrid, 1972, pág. 144).

[13] Las advertencias contra la vanagloria del predicador están ya en el *De doctrina christiana* de San Agustín y fueron insistentes en las *artes praedicandi* medievales. En el siglo XVI, debieron difundirse a través de los seminarios y casas
eclesiásticas. Así, Antonio de Torquemada las vuelve a recordar en el más serio
y religioso de los *Coloquios satíricos* (1553), pág. 535 *b*: «Puede tanto y tiene tan
grandes fuerzas esta red del demonio, que a los predicadores que están en los
púlpitos dando voces contra los vicios no perdona este vicio de la honra y vanagloria, cuando ven que son con atención oídos y de mucha gente seguidos y ala-
bados de lo que dicen, y así se están vanagloriando entre sí mesmos con el contento que reciben de pensar que aciertan en el saber predicar»; y Teresa de Jesús
en sus *Meditaciones sobre los cantares*, en *Obras completas*, II, Madrid, 1954, página 630, desarrolla el tema de manera tan afín al *Lazarillo*, que o bien lo recuerda o
bien la santa y el pícaro dependen de una misma acuñación del motivo: «*Predica
uno un sermón con intento de aprovechar las almas, mas* no está tan desasido de provechos humanos, que no lleva alguna pretensión de contentar, o por ganar honra o crédito, o que si está puesto a llevar alguna canongía por predicar bien»
(F. Rico [1967: ed. 1970] 909 y [1976] 108-109; vid. también E. Asensio
[1973] 1-2 y, ahora, F. Márquez, «La vocación literaria de Santa Teresa», *Nueva
Revista de Filología Hispánica*, XXXII [1983], pág. 358).

[14] *La justa*, a diferencia del *torneo*, es batalla singular entre dos caballeros. «El
torneo de a caballo y la justa difieren en que la justa se ejercita mediante la tela
['valla puesta a lo largo del recorrido para evitar el choque de los caballos'], co-
rriendo en campo raso un tropel contra otro, muchos juntos...» (Covarrubias).

lano y dio el sayete de armas al truhán[15] porque le loaba
de haber llevado muy buenas lanzas: ¿qué hiciera si fuera
verdad?

Y todo va desta manera; que, confesando yo no ser
más sancto que mis vecinos[16], desta nonada[17], que en

[15] *sayete de armas:* jubón de algodón que se vestía debajo de la cota de malla,
para evitar las molestias del hierro; el *truhán* era personaje habitual en la Corte
para divertir con sus burlas y chocarrerías a los reyes y grandes señores.
Era usual recompensar a criados, bufones y juglares con alguna de las prendas de vestir que se llevaban puestas (vid. R. Menéndez Pidal, *Poesía juglaresca*,
Madrid, 1957, págs. 65-66). Cfr. Francesillo de Zúñiga, *Crónica burlesca del Emperador Carlos V*, pág. 97: «Cuando el emperador entró en Córdoba, su ropa de
carmesí aforrada en damasco blanco dio a este coronista don Francés» (cfr. A.
Blecua [1974] 88 n. 11). Sin embargo, la práctica fue reprobada y aun ridiculiza-
da por la ética cristiana. Comp. San Agustín, *In Iohannis Evangelium*, C, 2: «Do-
nare quippe res suas histrionibus, vitium est immane, non virtus; et scitis de ta-
libus quam sit frequens fama cum laude...»; Guillermo Peraldo, *Summa de vitiis*,
VI, III, 39 (ed. Lyon, 1555, págs. 480-481): «[alia] fatuitas est [in vanegloriosis],
quod ipsi volunt se regere secundum verba eorum quos sciunt fatuos esse, scilicet histrionum et aliarum vilium personarum... Amator vanae gloriae de ribaldo
uno iudicem suum facit, et gloria quae ab eo est, gloriae Dei praeponit... In po-
testate etiam est histrionum. Fingunt enim eum talem qualem volunt; quandoque enim adnihilant eum, quandoque magnificant: servus etiam est eorundem,
ita ut det eis censum, veteres vestes super se et redimat se ab eis» (F. Rico
[1976] 109-110); y Fray Íñigo de Mendoza, *Vita Christi*, 111: «Traen truhanes
vestidos/ de brocados y de seda;/ llámanlos locos perdidos,/ mas quien les da
sus vestidos/ por cierto más loco queda...» (ed. M. Massoli, Florencia, 1977,
pág. 159; cfr. el comentario de las págs. 292-293).

[16] Se ha notado la aparición de frases similares en un par de obras de Hernán
Núñez (A. Rumeau [1964] 20-29): «como sea hombre y no mejor que mis vecinos» y «Nos igitur, cum homines simus et nihilo (ut dici solet) vicinis nostris
meliores...». Pero el propio Hernán añade: «como aquel dice», «ut dici solet».
Nos las habemos, en efecto, con uno de los giros de humildad documentados
desde los mismos orígenes de las lenguas románicas; cfr., por ejemplo, *Libro de
buen amor*, 76 *ab*: «como só hombre como otro pecador...»; Luis de Avercó, *Tor-
cimany:* «confessant jo esser home imperfet» (ed. J. Casas Homs, I, Barcelona,
1956, pág. 22); o Bartolomé de Pisa, *Suma de casos de conciencia* (Zamora,
h. 1483): «E porque yo soy hombre, puedo errar, así como hombre»; Bernat
Metge, *Lo somni*, I: «Hom son axí com los altres...» (*Obras*, ed. M. de Riquer,
Barcelona, 1959, pág. 174). Comp. arriba, pág. 66*, n. 34

[17] *nonada:* nadería, cosa sin valor. Cfr. la versión castellana del *Asno de oro* de
Apuleyo, por Diego López de Cortegana, pág. 1: «a nadie agradará [el libro]
porque... queda profanado e desfavorecido por ser... tornado en romance e habla común. Pero a doquier que se halla, aunque sea en moneda de villón y nonada, siempre tiene su estima y valor»; y K. Pietsch, ed., *Fragments*, páginas 70-71.

este grosero estilo escribo[18], no me pesará que hayan parte y se huelguen con ello todos los que en ella algún gusto hallaren, y vean que vive un hombre con tantas fortunas, peligros y adversidades[19].

Suplico a Vuestra Merced[20] reciba el pobre servicio de

La utilización de un término que rebaja el valor de la obra propia es estrategia conocida en la literatura de todas las épocas, desde las *nugae* de Catulo a las *naderías* de Jorge Luis Borges, pasando por las *ineptiae* de Petrarca.

[18] De la Antigüedad al Renacimiento se distinguieron tres estilos (alto, medio y bajo), según el protagonista de la ficción perteneciera a uno u otro de los estamentos en que se consideraba dividida la sociedad; e igualmente común fue excusarse por la supuesta *rusticitas* del lenguaje empleado. Cfr. E. R. Curtius, *Literatura europea y Edad Media latina*, trad. [y adiciones] por Margit y Antonio Alatorre, México, 1955, págs. 127 y ss.; y comp. Lcdo. Manzanares, *Flores rhetorici* [Salamanca, n. 1485], fol. c7 y vo.: «in epistolis... infimo quidem [dicendi charactere utemur], cum materia in rebus familiaribus atque iocosis versabitur»; o, por otra parte, A. de Proaza, en *Las Sergas de Esplandián:* «Aquí se demuestran.../ los primores del alto decir,/ las lindas maneras del bien escrebir,/ la cumbre de nuestro vulgar castellano...// Por ende suplico, discreto lector,/ que callen los otros de estilo grosero...» (Biblioteca de Autores Españoles, XL, pág. 561). Vid. pág. 46*, n. 3.

[19] *fortunas:* en general, 'azares, casos desgraciados o venturosos'; aquí, concretamente, 'desgracias' (cfr. J. E. Gillet, III, pág. 192, n. 552; y E. J. Webber, «A Lexical Note on *afortunado* 'unfortunate'», *Hispanic Review*, XXXIII [1965], págs. 347-349). En 1526, se publican *Les fortunes et adversitez de... Jean Regnier* (vid. A. Morel-Fatio [1888] 117); pero comp. *Isopet*, Zaragoza, 1489, fol. 21: «sufre las fortunas y adversidades».

En esta frase del Prólogo debió inspirarse quien pusiera al *Lazarillo* el título que lleva en las primeras ediciones conocidas. Cfr. arriba, pág. 2, n.

[20] *Vuestra Merced* es la fórmula de cortesía más habitual en el siglo XVI para dirigirse a otra persona (cfr. R. Lapesa, «Personas gramaticales y tratamientos en español», *Revista de la Universidad de Madrid*, XIX [1973], pág. 147), y hacia 1550 aun conserva parte del sentido ceremonioso que tuvo en el siglo XV.

El uso de «Vuestra Merced», que competía con el desprestigiado «vós», hace suponer a A. Labertit [1972] 170 que el destinatario de la carta de Lázaro no era «un personaje ilustre o de alto rango», pues en ese caso el pregonero hubiera empleado «Vuestra Señoría» o «Vuestra Excelencia». En igual sentido se ha pronunciado V. García de la Concha [1981] 72, al echar en falta las palabras que encarezcan un tratamiento de inferior a superior. Al propósito, obsérvese que Lázaro también trata de «Vuestra Merced» al escudero. Según N. Ly, *La poétique de l'interlocution dans le théâtre de Lope de Vega*, Burdeos, 1981, pág. 55, el mismo anonimato del destinatario de la carta de Lázaro exige la utilización de «Vuestra Merced».

En efecto, la *Relación muy verdadera de una carta...* (1555) enviada a un corresponsal impreciso llama siempre a este «Vuestra Merced» (*Relaciones de los reinados*

mano de quien lo hiciera más rico, si su poder y deseo se conformaran[21]. Y pues Vuestra Merced escribe se le escriba[22] y relate el caso[23] muy por extenso, parescióme no

---

de Carlos V y Felipe II, ed. A. Huarte, Madrid, 1946, vol. I, págs. 137-140). De hecho, «Vuestra Merced» aparece documentado para múltiples formas de relación. Así se dirige Núñez de Reinoso, por ejemplo, tanto «Al muy magnífico señor Juan Micas» como al no menos «magnífico... don Juan Hurtado de Mendoza, señor de Frexno de Torote» (Clareo y Florisea, págs. 431-432); así Francesillo de Zúñiga al Marqués de Pescara y el Virrey de Nápoles (Biblioteca de Autores españoles, XXXVI, págs. 59-60); o así el traductor de La zucca del Doni (Venecia, 1551) «Al ilustre señor... Abad de Bibiena y de San Juan in Venere».

[21] se conformaran: estuvieran de acuerdo, se correspondiesen. Cfr. Avellaneda, Quijote, I, pág. 1157: «quien tan buenas palabras tiene, con las cuales es cierto conformarán las obras».

[22] En el último párrafo, se acumulan varias fórmulas habituales en el género epistolar.

Introduciendo la petitio, «suplico a Vuestra Merced» aparece en el inicio de algunas cartas: «solemos escrebir comenzando por la petición, y decimos: 'Suplico a V[uestra] M[erced] o suplico a V[uestra] S[eñoría]'» (Antonio de Torquemada, Manual de escribientes, ed. M. J. Canellada y A. Zamora Vicente, Madrid, 1970, pág. 217); o, más frecuentemente, en la conclusión de las epístolas y dedicatorias proemiales. Cfr. Diego de San Pedro, Cárcel de amor, ed. K. Whinnom, Madrid, 1971, págs. 80-81; Francisco Delicado, La lozana andaluza, pág. 170; Garcilaso de la Vega, Obras completas, con comentario de E. L. Rivers, Madrid, 1981, página 490; Cristóbal de Villalón, El scholástico, ed. R. J. A. Kerr, I (Madrid, 1977), página 8; G. Ferrero, ed., Lettere del Cinquecento, pág. 216, etc., etc.

«Escribe se le escriba» es giro empleado abusivamente por fray Antonio de Guevara en sus Epístolas familiares, de las cuales se ha propuesto ver aquí una parodia (A. Marasso [1955] 161). Pero familiar era asimismo el pretexto epistolar en las novelas sentimentales de los siglos xv y xvi. Compárense, por ejemplo, J. Rodríguez del Padrón, Siervo libre de amor: «la insistencia de tus epístolas hoy me hace escribir... la muy agria relación del caso» (V. García de la Concha [1981] 49); la anónima Coronación de la señora Gracisla: «carta al auctor por un grand amigo suyo, en la cual le ruega le escriba por estenso la coronación de la señora Gracisla»; o Juan de Cardona, Tratado notable de amor (entre 1545 y 1549): «Pídeme vuestra merced que le diga...» (apud F. Vigier, «Fiction epistolaire et novela sentimental», en Melanges de la Casa de Velázquez, XX [1984], páginas 256-257). La carta de Platón que Pedro de Luján aduce en los Coloquios matrimoniales, 1550, fol. XVI vo., se inicia con un «Escríbesme, Orgias, amigo mío, que te escriba cómo te has de haber...» O vid. aún J. de la Cueva, Epístola XVIII: «por una m'escrebistes / que os escribiese todo cuanto hubiere / de nuevo desde el día que salistes» (Obras, Sevilla, 1582, fol. 357). Cfr. también F. Rico [1983] 422 y n. 41.

[23] el caso: vid. arriba, págs. 45*, 65*, 73* y 121*; y para caso 'tema de una carta', F. Rico [1983] 416 y V. García de la Concha [1981] 50-57.

tomalle²⁴ por el medio, sino del principio²⁵, porque se tenga entera noticia de mi persona; y también porque consideren los que heredaron nobles estados cuán poco se les debe, pues Fortuna fue con ellos parcial, y cuánto más hicieron los que, siéndoles contraria, con fuerza y maña remando salieron a buen puerto²⁶.

---

²⁴ *tomalle:* tomarle. Si bien predomina, la asimilación de la -r del infinitivo a la l- del enclítico no se usa en nuestra obra de manera uniforme. Véase ahora F. A. Lázaro Mora *«rl > ll* en la lengua literaria», *Revista de Filología Española, LX* (1978-1980), págs. 267-283.

²⁵ La retórica enseña a disponer los elementos de la *narratio* en dos órdenes posibles: uno, natural; otro, artificial. El primero se refiere a la sucesión históricamente correcta de los tiempos *(naturalis temporum ordo);* el segundo *(more homerico)* transgrede esa ordenación, si la *utilitas* de la causa así lo requiere.

Cicerón, interpelado por Ático respecto a su papel en un suceso muy discutido, no dudaba en contárselo procediendo 'al modo de Homero': «Quaeris ex me quid acciderit de iudicio quod tam praeter opinionem omnium factum sit, et simul vis scire quo modo ego minus quam soleam proeliatus sim. Respondebo tibi *hýsteron próteron Homerikôs»* (*Ad Atticum,* I, xvi, 1). Recuérdese que el «mos Homericum» supone «incipiendum... e mediis vel ultimis» (Quintiliano, VII, x, 11).

El interés que la *Historia etiópica* suscitó entre el público culto (desde la *princeps* de Basilea, 1534) y la huella que su comienzo *in medias res* dejó en la ficción posterior (comp. A. Maynor Hardee, *Jean de Lannel and the Pre-classical French Novel,* Ginebra, 1967) hacen posible la sugerencia de que el autor del *Lazarillo* aludiera —secundariamente— al libro de Heliodoro (véase la edición del romanceamiento de Fernando de Mena cuidada por Francisco López Estrada, 1954, pág. XLIX).

²⁶ *salir:* en el lenguaje marítimo, 'arribar, llegar', 'entrar' (*Diccionario marítimo español,* Madrid, 1831, pág. 482); cfr., por ejemplo, *Quijote,* I, 2: «yo saldré a buen puerto con mi verdadera historia».

El encomio de quienes con «fuerza» y «maña» consiguieron remontar la adversa fortuna, unido a la indiferencia hacia «los que heredaron nobles estados», se enlaza en el prólogo con el motivo de la «honra» (entendida ya como 'honor', ya como 'gloria') y, por otro lado, se prolonga en el capítulo I, «para mostrar cuánta virtud sea saber los hombres subir, siendo bajos».

El sistema ternario así formado —con «honra», «fortuna» y «virtud»— tuvo memorables desarrollos en la cultura renacentista, de suerte que hacia 1550 la noción y las imágenes conexas eran patrimonio común. El *Lazarillo* parece mantenerse en el ámbito de un pasaje del *Bellum Iugurthinum* de Salustio: «Falso queritur de natura sua genus humanum, quod imbecilla atque aevi brevis *forte* potius quam *virtute* regatur. Nam contra reputando neque maius aliud neque praestabilius invenias magisque naturae industriam hominum quam vim aut tempus deesse. Sed dux atque imperator vitae mortalium animus est. Qui ubi ad

Pues sepa Vuestra Merced[3], ante to-
das cosas, que a mí llaman Lázaro de
Tormes, hijo de Tomé González y de
Antona Pérez, naturales de Tejares,
aldea de Salamanca[4]. Mi nascimiento fue dentro del río
Tormes, por la cual causa tomé el sobrenombre; y fue

---

gloriam virtutis via grassatur, abunde pollens potensque et clarus est neque *fortuna*
eget, quippe probitatem, industriam aliasque artis bonas neque dare neque eripere cuiquam potest» (I, 1-3; cfr. F. Rico [1976] 103-105).

En particular, la contraposición de «fortuna» y «virtud» constituyó también
uno de los temas más abordados en los siglos xv y xvi, desde las composiciones
populares a los tratados latinos que los humanistas escribieron *De fortuna, De fato*
y *De casu* (vid. sólo G. Paparelli, *Cultura e poesia*, Nápoles, 1977, págs. 95-113, y
C. Bianca, ed., C. Salutati, *De fato et fortuna*, Florencia, 1985, pág. xix, n. 57, y
passim). En el Quinientos, si no era mera designación clasicista del 'azar', por
«fortuna» se entendían las 'causas segundas' que Dios deja 'libres' para que
obren sobre el mundo corruptible. Sin embargo, el dicterio de Lázaro recoge la
tradición clásica y literaria de la «Fortuna» interpretada como divinidad autónoma. Cfr. D. de Soto, *De iustitia et iure*, V-VI, Salamanca, 1556², fol. 548: «Lo-
quimur cum christianis de 'Fortuna' pro 'evento nobis insperato'»; y comp. J. B.
Avalle-Arce, *La novela pastoril española*, Madrid, 1974², págs. 83-84 (además de
la bibliografía allí mismo citada, n. 36); O. H. Green, *España y la tradición occiden-
tal*, Madrid, 1969, II, págs. 343-353; y F. Garrote, *Naturaleza y pensamiento en
España en los siglos XVI y XVII*, Salamanca, 1981, págs. 103-107.

La retórica, en fin, recomendaba usar el lugar común de las 'vicisitudes de la
fortuna' para despertar la simpatía del público. Cfr. Cicerón, *De inventione*, I, lx,
106: «id per locis communibus efficere oportebit, per quos fortunae vis in omnes et hominum infirmitas ostenditur; qua oratione habita graviter et sententio-
se maxime demittitur animus hominum et ad misericordiam comparatur, cum
in alieno malo suam infirmitatem considerabit».

Sobre la imagen de la «fortuna» como 'tormenta marítima', común tanto a la
tradición clásica como a la cristiana y aquí implícita en el verbo «remar» y en el
sintagma «a buen puerto», véase F. Rico [1976] 114 n. 7.

[1] Sobre el capítulo I pueden verse F. Courtney Tarr [1927] 406-407;
C. Guillén [1957] 273-274; M. Bataillon [1958] 19-25; S. Gilman [1966]
153-156 y 160; F. Lázaro [1969] 103-122; F. Rico [1970] 25-29; M. Frenk
[1975]; G. Sobejano [1975] 28-29; J. Varela Muñoz [1977] 161-166; H. Sieber
[1978] 1-16; V. García de la Concha [1981] 95-96; y A. Redondo [1986].

En los siglos xv y xvi, *tratado* o *tractado* (Burgos vacila entre ambas formas)
tuvo un doble uso: por un lado, se utilizaba para referirse a toda una obra (las
más de las novelas sentimentales se denominaron así), y, por otro, para aludir
específicamente a cada una de las secciones o partes que la constituían (como
ocurre en el *Lazarillo* o en las ediciones de *La Celestina* que interpolan los cinco
autos de Centurio). Cfr. K. Whinnom [1981] 79 y [1982] 214. Adviértase que
libro aún hoy designa a una obra en conjunto o a cada una de sus partes.

desta manera: mi padre, que Dios perdone, tenía cargo
de proveer una molienda de una aceña que está ribera de
aquel río[5], en la cual fue molinero más de quince años; y

En las ediciones antiguas del *Lazarillo*, el término *tractado* y el ordinal correspondiente no aparecen en cabeza de los respectivos capítulos, sino, por lo general, en los titulillos de las páginas (vid. J. Caso [1967] 63 n. 1 y [1982] 7 n. 1).
La disposición aquí adoptada responde a la convicción de que todos los epígrafes de las ediciones antiguas son extraños al autor de la novela; vid. las notas 2
y 3, y arriba, pág. 130*.

[2] Como el epígrafe parece no atender a las andanzas de Lázaro con el ciego,
el *Lazarillo* expurgado de 1573 substituye «su vida y cúyo hijo fue» ('de quién
fue hijo') por «su linaje y nacimiento»; y más abajo (pág. 21), antes de «En este
tiempo», abre un nuevo apartado: «Asiento de Lázaro con el ciego».

[3] El «pues», ilativo, que encabeza cuanto sigue une de manera muy particular
el pasaje final del Prólogo con el relato de la vida de Lázaro: «V. M. escribe se le
escriba... Pues sepa V. M. que...» Tan estrecha ilación entre una y otra frase no
parece compatible con la presencia de un epígrafe que las separe. Un ejemplo de
igual concatenación entre el deseo de saber y la satisfacción de ese deseo, en
Lope de Vega, *Novelas a Marcia Leonarda*: «¿Quién duda, señora Leonarda, que
tendrá Vuestra Merced deseo de saber que se hizo nuestro Celio...? Pues sepa
Vuestra Merced que muchas veces...» (ed. F. Rico, Madrid, 1968, pág. 60).
Con todo, el arranque en cuestión podría corresponder al «Pues» coloquial con que se reemprende un discurso o se comienza un cuento; comp.
Avellaneda, *Quijote*, XXI, pág. 1339: «el cura viejo de mi lugar... decía a los cir-
cundantes... —Eso, Sancho —respondió el ermitaño—, también me lo dijera
yo. —Pues sepa Vuesa Merced —replicó él— que aquel cura era grande hombre...» Nótese aún el principio del párrafo siguiente: «Pues siendo yo niño...»

[4] Se dice «de Tormes», y no «del Tormes», porque antiguamente era habitual
que los nombres de los ríos no llevaran artículo; vid. Quevedo, *Buscón*, ed. A.
Castro, Madrid, 1960, pág. 93, n. 3, y A. Zamora Vicente, en *Revista de Filología
Española*, XXV (1942), págs. 90-91. Comp. A. de Castillo Solórzano, *Teresa de
Manzanares* (1632), pág. 232: «En aquella ribera se formó Teresa de Manzanares, dándome el apellido el mismo río». Se ha pensado, sin embargo, que Lázaro
adopta «el sobrenombre» sin artículo como réplica del uso aristocrático de la
preposición *de* ante el apellido (cfr. J. Caso [1982] 7 n. 2, y V. García de la Concha [1981] 57, con referencia a Erasmo). En una escritura de 1517, se documenta a un bonetero toledano llamado «Francisco de Tormes» (J. Gómez-
Menor [1978] 106-107).
A. Redondo [1986] ha relacionado el nombre de pila de «Thomé Gonçales»
(así en la grafía de Burgos) con *tomar* en el sentido de 'coger, hurtar'; y al propósito ha recordado que el molinero ladrón se encuentra a menudo en la literatura
y el folclore. Vid también F. Lázaro [1969] 104.
«*Tejares*. Es un lugar de treinta vecinos; tiene una iglesia harto mal tratada
que se llueve mucho, no tiene noveno ['la novena parte de los diezmos que correspondía a las iglesias'] y está pobre» (*Libro de los lugares y aldeas del Obispado de
Salamanca* [1604], ed. A. Casaseca y J. R. Nieto, Salamanca, 1982, pág. 46).

[5] En las riberas del río Tormes abundaban las «aceñas», 'molinos cuya rueda

estando mi madre una noche en la aceña, preñada de mí, tomóle el parto y parióme allí. De manera que con verdad me puedo decir nascido en el río[6].

Pues siendo yo niño de ocho años, achacaron a mi padre ciertas sangrías mal hechas en los costales de los que allí a moler venían[7], por lo cual fue preso, y confesó y no negó, y padesció persecución por justicia. Espero en Dios que está en la gloria, pues el Evangelio los llama bienaventurados[8]. En este tiempo se hizo cierta armada contra moros, entre los cuales fue mi padre[9], que a la sazón estaba desterrado por el desastre ya dicho, con cargo de ace-

es movida por la corriente del agua'. Tomé González se ocupaba en «proveer» la «molienda», es decir, en 'atender al molino'.

[6] En la noticia sobre el parto de la molinera posiblemente haya alguna alusión irónica que se nos escapa. Si Tomé y Antona vivían en la aceña, no había por qué precisar que la madre estaba allí; si no vivían, ¿qué hacía de noche en tal lugar? ¿Ayudaba a «sangrar» costales? Cfr., en distinto sentido, A. Redondo [1983 y 1986].

Se ha pensado que la justificación del nombre «Lázaro de Tormes» recuerda, con cierto sentido paródico, que Amadís de Gaula nació en «una cámara apartada, de bóveda, sobre un río que por allí pasaba» y al que luego se le echó en una caja, y que se llamó «el doncel del mar» —explica más tarde un personaje— «porque en la mar nació». Cfr. especialmente M. J. Asensio [1960] 248; B. W. Wardropper [1961] 445-446; M. R. Lida [1964] 352-353; J. B. Avalle-Arce [1965] 220-221; F. Lázaro [1969] 72; M. Ferrer-Chivite [1984] 354.

[7] Lázaro comenta los pequeños hurtos que cometía su padre como si se tratara de los involuntarios errores de un cirujano. Correas registra «sangrar por 'hurtar parte de algo', 'sisar'; aplícase a los molineros que sangran los costales»; pero A. Redondo [1983 y 1986] no aduce ningún ejemplo anterior al Lazarillo.

[8] Lázaro utiliza jocosamente varios pasajes del Evangelio. «Confesó y no negó» es traducción exacta del «confessus est et non negavit» de San Juan, I, 20. En «padesció persecución por justicia..., pues el Evangelio los llama bienaventurados», se aprovecha el valor polisémico de por (causal y agente) y justicia ('virtud' y 'poder judicial') para hacer un chiste sobre el célebre pasaje de San Mateo, V, 10 («Beati qui persecutionem patiuntur propter iustitiam, quoniam ipsorum est regnum caelorum»). Tal juego de palabras (suprimido en la edición expurgada de 1573) fue especialmente común en las letras españolas gracias a La Celestina, VII; cfr. M. R. Lida [1962] 512-513 n. 5 y S. Gilman [1972] 351-362. Pero el chiste se insinúa ya en el Libro de buen amor, 1570 c: «siempre en el mundo fuste por Dios martiriada».

[9] Literalmente, se dice que el padre de Lázaro se contaba entre los moros. ¿Quiere insinuarse que era morisco, como tantos acemileros, y que acabó renegando (cfr. Guzmán de Alfarache, I, i, 1, pág. 113)?

milero de un caballero que allá fue; y con su señor, como leal criado, feneció su vida.

Mi viuda madre, como sin marido y sin abrigo se viese, determinó arrimarse a los buenos, por ser uno dellos[10], y vínose[11] a vivir a la ciudad y alquiló una casilla, y metióse a guisar de comer a ciertos estudiantes, y lavaba la ropa a ciertos mozos de caballos del Comendador de la Magdalena[12], de manera que fue frecuentando las caballerizas[13].

---

[10] El refrán, en la versión «allégate a los buenos y serás uno de ellos», aparece en la colección del Marqués de Santillana y en el *Vocabulario* de Correas, y con la forma «arrímate a los buenos...» se registra en Covarrubias y el *Diccionario de Autoridades*. Cfr. Diego de Hermosilla, *Diálogo de la vida de los pajes*, pág. 30: «mas era que tratando él con buenos fuera uno dellos»; y comp. Juan Lorenzo Palmireno, *El estudioso cortesano*, Valencia, 1573, pág. 183: «[Hay] dos maneras de subir [en la escala social]: una es arrimándose al lado de un excelente...» Otros ejemplos, en A. Blecua [1974] 92 n. 22.

Vid. abajo, VII, pág. 133; y comp. también B. W. Wardropper [1961]; C. B. Morris [1964]; R. Bjorson [1977-1978]; V. García de la Concha [1981] 221-222; y A. Redondo [1986].

[11] En lo antiguo, *venir* no significaba exclusivamente 'dirigirse al lugar de la persona que habla', sino también 'ir, llegar'. Cfr. A. M. Badia Margarit, «Los demostrativos y los verbos de movimiento en iberorrománico», en *Estudios dedicados a D. Ramón Menéndez Pidal*, III (Madrid, 1952), pág. 25 y ss.

[12] El «comendador» era el caballero de una orden militar al que correspondía una «encomienda», dotada con tierras y rentas eclesiásticas (vid. A. Domínguez Ortiz, *La sociedad española del siglo XVII*, I, Madrid, 1963, pág. 200). Desde antiguo se conocen encomiendas de «la Magdalena» ofrecidas a clérigos de la orden de Alcántara (cfr. sólo Fray Francisco de Rades y Andrada, *Crónica de las tres órdenes y caballerías de Santiago, Calatrava y Alcántara*, Toledo, 1572, fols. 24 y vo., 27 vo., 32, etc.); y en algún caso la referencia es más explícita: «comendador de la Magdalena en Salamanca» (fol. 31). La iglesia de la Magdalena, dependiente, pues, de una encomienda de la orden de Alcántara, estaba situada en el palacio del mismo nombre, muy cerca de la puerta de Zamora (véase A. M. Cazabias, *El colegio mayor de Cuenca en el siglo XVI*, Salamanca, 1983, págs. 54-55).

[13] Quizá se está insinuando que la madre de Lázaro ejercía a veces de *establera*, prostituta «de ínfima categoría, [llamada así] posiblemente porque frecuentaba establos y caballerizas o porque sus clientes fueran mozos de mulas, como le pasaba a la madre de Lazarillo... 'Vós sois la ramera y la establera...' (*Segunda Celestina*, XXII)» (J. L. Alonso Hernández, *Léxico*, pág. 341).

Comp., por otra parte, *El Crotalón*, VII, pág. 162: «mi madre [también 'vibda de Salamanca'], por el consiguiente, vivía hilando lana [cfr. III, n. 107] y, otras veces, lavando paños en casas de hombres ricos, mercaderes y otros ciudada-

Ella y un hombre moreno[14] de aquellos que las bestias curaban[15] vinieron en conoscimiento. Éste algunas veces se venía a nuestra casa y se iba a la mañana. Otras veces, de día llegaba a la puerta, en achaque de comprar huevos[16], y entrábase en casa. Yo, al principio de su entrada, pesábame con él[17] y habíale miedo, viendo el color y mal

nos. —Semejantes mujeres salen de tales padres, que pocas veces se crían bagasas ['mujeres de mala vida'] de padres nobles».

[14] *moreno* «llaman también al hombre negro atezado, por suavizar la voz de negro, que es la que le corresponde» *(Dicc. de Autoridades)*. Comp. C. de Castillejo, *Diálogo de las mujeres:* «pensáis ser maldecir/ llamar al negro moreno» (ed. R. Reyes, Madrid, 1986, pág. 69, y cfr. n. 114); Cervantes, *El celoso extremeño:* «enseño a tañer a algunos morenos..., y ya tengo a tres negros, esclavos...».
Al decir, abajo, «el negro de mi padrastro» (construcción paralela a «Al triste de mi padrastro»), Lázaro está subrayando un rasgo moral del Zaide ('el mísero de mi padrastro') y, por otro lado, juega con el sentido literal de «negro». En cualquier caso, a lo largo de la obra menudea el uso de «negro» con una connotación negativa no estrictamente material: «mi negra trepa», «la negra longaniza», «la negra mal maxcada longaniza», «los negros remedios», «la negra cama», «la negra dura cama», «la negra que llaman honra», «su negra que dicen honra», «el negro alguacil». Cfr. A. Blecua [1974] 102 n. 81, y R. Díaz-Solís, *Tarde en España*, Bogotá, 1980, págs. 130-135.
[15] *curar:* cuidar. Comp. Cervantes, *El celoso extremeño,* pág. 181: «hizo una caballeriza para una mula... y encima della un pajar y apartamiento donde estuviese el que había de curar de ella, que fue un negro viejo...».
[16] 'con la excusa de comprar huevos', pues, obviamente, Antona Pérez, como con frecuencia se hacía en situaciones parecidas, ayudaba a su precaria economía vendiendo los huevos de las gallinas que criaba en su «casilla». Cfr., por ejemplo, Rodrigo de Reinosa, *Coplas de las Comadres:* «Una casa pobre tiene,/ vende huevos en cestilla,/ no hay quien tenga amor en villa/ que luego a ella no viene» *(Coplas,* ed. M. I. Chamorro, Madrid, 1970, pág. 47); en *La lozana andaluza,* XII, págs. 219-221, una lavandera y prostituta (cfr. n. 13) se lamenta: «¡Ay, señora!, que cuando pienso pagar la casa y comer y leña... y mantener la casa de cuantas cosas son menester, ¿qué esperáis? Ningún amigo que tengáis os querrá bien si no le dais, cuándo la camisa..., cuándo los huevos frescos... ¡Pues estaría fresca si comprase el pan para mí y para todas esas gallinas...! Es la misma bondad [refiriéndose a un «amigo» Español], y mirad que me ha traído cebada..., la que le dan para la mula de su amo»; en la *Tinellaria* (II, págs. 195-196), la viuda Lucrecia, «lavandera de concejo», anda en amores con el criado de un cardenal y recibe de él tan frecuentes regalos de «pan, carne y vino», que «con solo el pan podría / mantener cien gallinas» (cfr. F. Lázaro [1969] 108).
[17] Es régimen particularmente utilizado por el autor del *Lazarillo;* cfr. abajo, págs. 105 y 134: «nunca decirle cosa con que le pesase», «no me digáis cosa con que me pese». Pero vid. también *Libro de Apolonio,* 644 *a:* «Pesóles con las cuitas por que habían pasado». Nótese, además, el uso del nominativo enfático inicial,

gesto que tenía[18]; mas de que[19] vi que su venida mejoraba el comer, fuile queriendo bien, porque siempre traía pan, pedazos de carne y en el invierno leños, a que nos calentábamos.

De manera que, continuando la posada[20] y conversación[21], mi madre vino a darme un negrito muy bonito, el cual yo brincaba[22] y ayudaba a calentar[23]. Y acuérdome que estando el negro de mi padrastro trebajando[24] con el mozuelo, como el niño vía[25] a mi madre y a mí blancos y a él no, huía dél, con miedo, para mi madre, y, señalando con el dedo, decía:

—¡Madre, coco!

Respondió él riendo:

—¡Hideputa![26]

---

frecuente a lo largo de la obra: el *yo*, «por una suerte de anacoluto, queda al comienzo de la frase, como un sujeto efectivo, del que se va a tratar, si bien interrumpiendo sus relaciones gramaticales con lo que sigue» (F. Lázaro, *Diccionario de términos filológicos*, Madrid, 1968³, pág. 295).

[18] Posiblemente «mal gesto» vale aquí 'feo rostro' (A. Blecua [1974] 93 n. 27). Cfr. A. Enríquez de Guzmán, pág. 229: «es el más lindo de gesto, blancura y hermosura de gesto y manos...».

[19] *de que*: una vez que, desde que. Cfr. H. Keniston, *Syntax*, 28.56, 29.811.

[20] *posada*: estancia, residencia, alojamiento. Cfr. Lope de Vega, *El villano en su rincón*, vv. 1602-1603: «El cura no os ha engañado./ Cena y posada os daré...» (ed. A. Zamora Vicente, Madrid, 1970, pág. 63).

[21] *conversación*, como también arriba «conoscimiento» («vinieron en conoscimiento»), se utilizó con el significado de 'trato carnal', 'amancebamiento'. Comp. *La Celestina*, XIX: «la noble conversación de tus delicados miembros»; Muñino, *Lisandro y Roselia*, V, pág. 1129: «Marco Antonio, emperador, tuvo conversación con Faustina, su hermana»; *El Crotalón*, V: «los engaños y lascivia de las perversas y malas mujeres, y el fin y daño que sacan los que a sus sucias conversaciones se dan».

[22] «Las madres, para regalar a sus niños tiernos, suelen ponerlos sobre sus rodillas y levantarlos en alto, y esto llaman *brincarlos*» (Covarrubias).

[23] «*Calentar* en la cama... 'arroparse'» (Covarrubias); vid. J. Caso [1982] 10 n. 18.

[24] *trebejando*: trebejando (según traen Alcalá y Amberes), 'jugueteando'. Comp. *Libro del Caballero Zifar*: «E sus fijuelos andaban trebejando por aquel prado» (ed. J. González Muela, Madrid, 1982, pág. 114).

[25] *vía*: 'veía'; es forma etimológica. Cfr. ejemplos en J. E. Gillet, III, página 50, n. 125.

[26] «¡Hideputa!» podía usarse como interjección admirativa y aun de afecto:

Yo, aunque bien mochacho, noté aquella palabra de mi hermanico y dije entre mí: «¡Cuántos debe de haber en el mundo que huyen de otros porque no se veen a sí mesmos!»[27]

Quiso nuestra fortuna que la conversación del Zaide, que así se llamaba[28], llegó a oídos del mayordomo[29], y, hecha pesquisa, hallóse que la mitad por medio[30] de la cebada que para las bestias le daban hurtaba, y salvados, leña, almohazas, mandiles[31], y las mantas y sábanas de los caballos hacía perdidas[32]; y cuando otra cosa no tenía, las

---

«Cuando alguno hace bien alguna cosa luego dicen: '¡oh hideputa!, y qué bien lo hizo'» (Melchor de Santa Cruz, *Floresta española*, X, 3; y cfr. también A. Blecua [1974] 93 n. 32). Pero es obvio que para el lector la expresión en boca del padrastro de Lázaro tenía además un sentido literal.

[27] El chascarrillo del negro que se asusta al ver el color y fealdad de otro negro se apunta ya en 1515 en una carta de Francisco López de Villalobos (vid. F. Lázaro [1969] 109), pero fue especialmente conocido en la versión del *Lazarillo*. Cfr. Lope de Vega, *Epístola... a Barrionuevo*, vv. 289-297, en *Obras poéticas*, ed. J. M. Blecua, I, Barcelona, 1969, pág. 239; E. S. Morby, *La Dorotea*, pág. 77, n. 16, y Calderón [?], *Céfalo y Procris*, en Biblioteca de Autores Españoles, XII, pág. 491 *b*.

[28] *Zaide* es vocablo arábigo cuya significación originaria no está clara; en G. Sàbat [1980] 238 n. 13 se rechaza la etimología *saidi* 'señor' y se propone *Zayd*, nombre común entre esclavos africanos. Famoso por sus amores furtivos con la mora Zaida, era el Zaide protagonista de algunos romances de Ginés Pérez de Hita y Lope de Vega.

[29] Puede tratarse del mayordomo o administrador del comendador o, menos probablemente, del mayordomo de la *alhóndiga*, a quien debía entregarse todo el cereal comprado por el ayuntamiento (cfr. E. Lorente, *Gobierno y administración de la ciudad de Toledo y su término en la segunda mitad del siglo XVI*, Toledo, 1982, págs. 110-111). En tiempos de Covarrubias (1611), aún se prefería *salvados* a *salvado*.

[30] *la mitad por medio:* no conozco otro ejemplo de la expresión, salvo en locuciones infantiles.

[31] *almohaza:* «rascadera de hierro, dentada con tres o cuatro órdenes, con que estriegan los caballos y las demás bestias y los rascan, sacándoles el polvo y caspa de la piel y alisando el pelo»; *mandil:* «el paño con que limpian los caballos» (Covarrubias). Cfr., por ejemplo, *Lisandro y Roselia*, I, pág. 973: «Geta lo almohazó...», «rascaba yo el caballo y íbalo él a fregar con el mandil».

[32] El verbo *hacer* en el sentido de 'fingir, simular, aparentar' podía usarse también con la preposición *de* («hacer de...») o con pronombres personales átonos («hacerse», «hacerme»), seguidos de un adjetivo o un participio generalmente sustantivados; comp. abajo, pág. 60: «híceme muy maravillado»; pág. 66: «las

crítica de la vida de clérigos

bestias desherraba, y con todo esto acudía a mi madre[33] para criar a mi hermanico. No nos maravillemos de un clérigo ni fraile porque el uno hurta de los pobres y el otro de casa para sus devotas y para ayuda de otro tanto[34], cuando a un pobre esclavo el amor le animaba a esto.

---

más veces hacía del dormido»; y pág. 78: «por hacer del continente». En particular, la construcción *hacer del* posiblemente es un italianismo (vid. H. Keniston, *Syntax*, 25.448; y J. Terlingen, *Los italianismos en español desde la formación del idioma hasta principios del siglo XVII*, Amsterdam, 1943, pág. 365), aunque también se ha interpretado como una suerte de partitivo, del tipo de «dame del pan» (cfr. J. E. Gillet, III, págs. 409-410). Algunos ejemplos de *hacer del* trae K. Pietsch, ed., *Fragments*, pág. 222.

[33] *acudir* «vale también 'cuidar, asistir y socorrer a alguno'» *(Dicc. de Autoridades)*. Cfr. abajo, pág. 97: «¡Oh señor... acuda aquí, que nos traen acá un muerto»; o bien Andrés Rey Artieda, *Discursos, epístolas y epigramas*, Zaragoza, 1605, folio 88 vo.: «Este traía consigo un ayudante/ para acudir a su mujer y casa/ con lo bueno, costoso y abundante».

[34] Entiéndase: del mismo modo que Zaide roba de las caballerizas para ayudar a la madre de Lázaro a criar al negrito, así el clérigo y el fraile hurtan respectivamente de la parroquia y de los bienes de sus conventos, para mantener a sus amancebadas («para sus devotas») y a los hijos habidos de esa relación («para ayuda de otro tanto»).

Esta interpretación del pasaje, que amablemente me sugirió el prof. A. Baras, parece la más segura, pero en varios momentos de los estudios sobre el *Lazarillo* se han propuesto otras de distinto alcance. Así, A. Castro [1957] 27 n. 1 se preguntaba: «¿Quiere decir que se queda él con otro tanto de lo que les da a ellas?» Luego se sugirieron otras explicaciones: 'el clérigo roba de los pobres para mantener a sus devotas y el fraile del convento también para ayuda de sus devotas' (A. Blecua [1974] 94 n. 35) o 'el fraile hurta del convento para satisfacer a sus devotas y para contribuir a procurarse otras', es decir, 'para amantes voluntarias y para amantes mercenarias' (F. Rico [1967: ed. 1976] 107); y aun se señaló un pasaje presuntamente análogo en *La Celestina*, IX: «Cada cual [entre los clérigos] como lo recibía de los diezmos de Dios, así lo venían luego a registrar para que comiese yo ['Celestina'] e aquellas sus devotas» (V. García de la Concha [1972] 257; cfr. J. L. Alonso Hernández, *Léxico*, págs. 290-291). También ha llegado a pensarse en una correspondencia entre «devotas» y «de otro tanto»: «de botas» de vino, o bien «de botas» (de calzado). En el primer caso, el chiste es tan fácil como ampliamente difundido (Castillejo, Góngora, Quevedo...); y la frase significaría, de ese modo, 'para mujeres y vino'. En el segundo, el sintagma «para ayuda de botas» es gemelo de «para ayuda de costas», «de mantenimiento»; y, entonces, el «fraile» del pasaje prefiguraría al mercedario del capítulo IV como el «clérigo» prefigura al Arcipreste de Sant Salvador en el capítulo VII (F. Rico [1967: ed. 1976] 107-108; y cfr. F. González Ollé [1979-1980] 547-549).

madre → restaurante

Y probósele cuanto digo y aun más; porque a mí con amenazas me preguntaban, y, como niño, respondía y descubría cuanto sabía, con miedo: hasta ciertas herraduras que por mandado de mi madre a un herrero vendí. Al triste de mi padrastro azotaron y pringaron[35], y a mi madre pusieron pena por justicia, sobre el acostumbrado centenario[36], que en casa del sobredicho comendador no entrase ni al lastimado Zaide en la suya acogiese.

Por no echar la soga tras el caldero[37], la triste se esforzó[38] y cumplió la sentencia. Y, por evitar peligro y quitarse de malas lenguas, se fue a servir a los que al presente vivían en el mesón de la Solana[39]; y allí, padesciendo

---

Para el sentido de «hurta de los pobres», comp. *El Crotalón*, III, pág. 133 *a*: «bien se gastaban los dineros de la iglesia, que dicen los predicadores que son hacienda de los pobres. —Pues dicen la verdad, que porque la hacienda de la iglesia es de los clérigos se dice ser de los pobres, porque ellos no tienen ni han de tener otra heredad, porque ellos sucedieron al tribu de Leví, a los cuales no dio Dios otra posesión». Cfr. también F. Márquez [1968] 135-136.

[35] El tormento de *pringar* a uno consistía en derretirle tocino a la llama de un hacha sobre las heridas causadas por los azotes (cfr. M. Herrero, en *Revista de Filología Española*, XII [1925], págs. 30-42 y 296-297; y R. R. La Du [1960] 243-244). La pena de cien azotes aplicada a quienes robaban la cebada de las caballerizas se documenta, por ejemplo, en las ordenanzas municipales de Madrid (1585): «Otrosí mandan que ningún mozo de espuelas ni acemilero no sean osados de hurtar ni hurten la cebada que les dieren para los caballos y mulas y otras bestias, so pena de perder y que pierdan la soldada de un año e cien azotes» (ed. A. G. Amezúa, *Opúsculos histórico-literarios*, III [Madrid, 1963], pág. 102).

[36] *el acostumbrado centenario*: se trata de los cien azotes también prescritos por la ley para las mujeres que, como Antona Pérez, «cohabitaban» con hombres de otra religión e incurrían, así, en herejía (cfr. V. García de la Concha [1981] 130).

[37] *«echar la soga tras el caldero* es, perdida una cosa, echar a perder el resto; está tomado del que, yendo a sacar agua al pozo, se le cayó dentro el caldero y, de rabia y despecho, echó también la soga con que le pudiera sacar atando a ella un garabato o garfio» (Covarrubias). El refrán parece particularmente bien traído, por cuanto en nuestro contexto la soga podría aludir a la cuerda de los presos (cfr. A. Blecua [1974] 95 n. 38), y el caldero, al tocino derretido con que se maltrataba a los condenados. Comp. *La Celestina*, I: «Y si muere, matarme han, y irán allá la soga y el calderón».

[38] *esforzarse*: «animarse y sacar, como dicen, fuerzas de flaqueza» (Covarrubias); «procurar por su salud uno» (Sieso, en *Tesoro Lexicográfico*). Cfr. abajo, página 97: «esforzándome, que bien era menester, según el miedo y alteración».

[39] *al presente*: 'a la sazón', 'entonces' (no, claro, con el valor de 'ahora', único

mil importunidades, se acabó de criar mi hermanico hasta que supo andar, y a mí hasta ser buen mozuelo[40], que iba a los huéspedes por vino y candelas y por lo demás que me mandaban.

En este tiempo vino a posar al mesón un ciego, el cual, paresciéndole que yo sería para adestralle[41], me pidió a mi madre, y ella me encomendó a él, diciéndole cómo era hijo de un buen hombre[42], el cual, por ensalzar la fe, había muerto en la de los Gelves[43], y que ella con-

recogido en el *Dicc. de Autoridades*); cfr. abajo, pág. 38: «como al presente nadie estuviese...».

«El mesón de la Solana, sito entonces en la actual casa del Ayuntamiento, de Salamanca. Es posible que tuviera entrada por la calle de la Bola, en la que se hallaba una de las famosas tabernillas de la ciudad» (C. Castro [1936] 39). Cervantes recuerda otra «Posada de la Solana» en Valladolid (vid. *El casamiento engañoso*, pág. 223).

Compárese el dicterio de Antón de Montoro contra Juan de Valladolid, en su *Cancionero*: «¿Sabéis quién es su padre?/ Un verdugo y pregonero/ ¿Y queréis reír? Su madre,/ criada de un mesonero» (ed. F. Cantera y C. Carrete, Madrid, 1984, pág. 346). La madre de Lázaro también es criada de un mesonero, y el mismo Lázaro acabará siendo «hombre de justicia» y pregonando los vinos del Arcipreste. Sobre la moza de mesón, véase A. Redondo [1986].

[40] El anacoluto provocado por el cambio de sujeto no es raro en la prosa de Lázaro. Un ejemplo de parecida construcción sintáctica, en Alemán, *Guzmán de Alfarache*, II, III, 5: «allí se había criado, y a sus hijas».

[41] *que yo sería para adestralle*: serviría para *adestrarle*, «guiar a alguno, llevándole de la diestra..., Y *destrón* llamamos al mozo de ciego» (Covarrubias). Cfr. Diego Sánchez de Badajoz, *Recopilación en metro*, pág. 283: «un ciego y un cojo que lo adiestra...»

[42] No se descuide que «buen hombre» «algunas veces vale tanto como 'cornudo'» (Covarrubias). Cfr. también F. Márquez [1957] 337, J. Caso [1982] 13 n. 30, E. W. Naylor [1984] y A. Redondo [1986].

[43] Sea cierto o no que el padre de Lázaro «había muerto en la de los Gelves», y no en otra «armada contra moros» (véase arriba, págs. 17*-19*), Antona Pérez se refiere a la expedición de García de Toledo, en 1510, recordada durante decenios. El Brocense, así, en las *Anotaciones y enmiendas a Garcilaso* (Salamanca, 1574) copia el cantar: «Y los Gelves, madre,/ malos son de ganare» (ed. A. Gallego Morell, Madrid, 1972, pág. 295); y el mismo Garcilaso, Égloga segunda, 1226-1227, escribe «¡O patria lacrimosa, y cómo vuelves/ los ojos a los Gelves...!», en versos extensamente comentados por Fernando de Herrera, *Anotaciones* (Sevilla, 1580), págs. 590-595. Vid. también B. de Escalante, *Diálogos del arte militar* (Sevilla, 1583), fol. 91 vo: «Por la flaqueza y mal consejo de los capitanes deshicieron y arruinaron nuestra armada católica y gentes, en la desdichada jornada de los Gelves» (J. Ferreras, *Les Dialogues Espagnols du XVIᵉ siècle ou*

primero es innocente

fiaba en Dios no saldría peor hombre que mi padre, y
que le rogaba me tractase bien y mirase por mí, pues era
huérfano. Él respondió que así lo haría y que me recibía,
no por mozo, sino por hijo. Y así le comencé a servir y
adestrar a mi nuevo y viejo amo.

Como estuvimos en Salamanca algunos días, paresciéndole a mi amo que no era la ganancia a su contento,
determinó irse de allí; y cuando nos hubimos de partir, yo
fui a ver a mi madre, y, ambos llorando, me dio su bendición y dijo:

—Hijo, ya sé que no te veré más. Procura de ser bueno, y Dios te guíe. Criado te he y con buen amo te he
puesto; válete por ti.

Y así me fui para mi amo, que esperándome estaba.
Salimos de Salamanca, y, llegando a la puente, está a la
entrada della un animal de piedra, que casi tiene forma de
toro[44], y el ciego mandóme que llegase cerca del animal,
y, allí puesto, me dijo:

---

l'expression littéraire d'une nouvelle conscience, II, París, 1985, págs. 851-852); y
A. Blecua [1974] 18 y n. 29.

[44] El toro salmantino y los toros abulenses de Guisando, también esculpidos
en piedra, podrían ser símbolos protectores de culturas ganaderas como las vet-
tonas y las carpetanas (siglos I-II a. C.). El toro del puente romano de Salamanca, animal siempre presente en la heráldica de la ciudad, aparece citado por primera vez en el _Fuero de Salamanca;_ y, después del _Lazarillo_, Covarrubias se refiere
a él _s. v._ «berraco», «cuerno» y «toro de la puente de Salamanca», explicando que
«quería significar ser el dicho río caudaloso y de los famosos, a los cuales los antiguos daban forma de toro». En 1885, el gobernador de la provincia ordenó su
destrucción, y, una vez decapitado, fue arrojado al río Tormes y allí permaneció
hasta que lo recogió la comisión de Monumentos. Durante cierto tiempo se
conservó en el museo del Patio de Escuelas Menores, pero, con motivo del
cuarto centenario del _Lazarillo_, en 1954, fue repuesto sobre un pedestal, y en
mayo de 1974 se trasladó al actual mirador del puente. Vid. M. Alvar, _Variedad
y unidad del español_, Madrid, 1969, págs. 82-83; A. Blanco Freijeiro, «Museo de
los verracos celtibéricos», _Boletín de la Real Academia de la Historia_, CLXXXI
(1984), págs. 1-38; G. López Monteagudo, «Mitos y leyendas en torno a las es-
culturas de 'Verracos'», _Revista de dialectología y tradiciones populares_, XXXIX
(1984), págs. 158-159; J. Caro Baroja, _España antigua_, Madrid, 1986, pág. 105.
Sobre la simbología del toro en el _Lazarillo_, cfr. las especulaciones de J. Herrero [1978] 3-8 y 15-16.

—Lázaro, llega el oído a este toro y oirás gran ruido dentro dél.

Yo, simplemente, llegué, creyendo ser ansí. Y como sintió que tenía la cabeza par de la piedra, afirmó recio la mano y diome una gran calabazada en el diablo del toro, que más de tres días me duró el dolor de la cornada, y díjome:

—Necio, aprende, que el mozo del ciego un punto ha de saber más que el diablo[45].

Y rió mucho la burla.

Parescióme que en aquel instante desperté de la simpleza en que, como niño, dormido estaba. Dije entre mí: «Verdad dice éste, que me cumple avivar el ojo y avisar, pues solo soy, y pensar cómo me sepa valer».

Comenzamos nuestro camino, y en muy pocos días me mostró jerigonza[46]; y como me viese de buen ingenio, holgábase mucho y decía:

—Yo oro ni plata no te lo puedo dar; mas avisos para vivir muchos te mostraré[47].

---

[45] «*Sabe un punto más que el diablo:* por encarecimiento de agudo...» (Correas). Cfr. *Quijote*, II, 23: «lo que yo creo es que [Merlín] no fue hijo del diablo, sino que supo, como dicen, un punto más que el diablo».

[46] *jerigonza:* el «lenguaje que usan los ciegos con que entenderse entre sí» (Covarrubias); cfr. Cervantes, *Pedro de Urdemalas* pág. 142: «Fuime y topé con un ciego,/ a quien diez meses serví,/ que, a ser años, yo supiera/ lo que no supo Merlín./ Aprendí la jerigonza...». En un sentido más general, el vocablo se aplicó a la 'lengua de germanía, propia de maleantes y vagabundos'; comp. Lcdo Villalón, *Gramática castellana* (1558), pág. 53: «no usando de germanías ni jerigonzas, lo cual es una impropiedad de vocablos de que se usan los bellacos viciosos vagabundos para se entender en el ejercicio de sus vicios y mala vida». Vid. también J. L. Alonso Hernández, *Léxico,* págs. 456 *b*-457; una nueva etimología propone A. Moralejo, en *Revista de Filología Española,* LX (1980), páginas 327-331. «Jerigonza», con todo, probablemente aquí alude, no sólo a la jerga, sino también a la práctica de la vida del hampa.

[47] Las palabras del ciego y el inmediato comentario de Lázaro concuerdan dos pasajes bíblicos: por una parte, de los Hechos de los Apóstoles, III, 6 («Argentum et aurum non est mihi; quod autem habeo, hoc tibi do...»), y, por otra, de los Psalmos, XXXI, 8 («Intellectum tibi dabo et instruam te in via hoc, qua gradieris; firmabo super te oculos meos»). Cabría pensar también en una remi-

Y fue ansí, que, después de Dios, éste me dio la vida y, siendo ciego, me alumbró y adestró en la carrera de vivir[48].

Huelgo de contar a Vuestra Merced estas niñerías, para mostrar cuánta virtud sea saber los hombres subir siendo bajos, y dejarse bajar siendo altos cuánto vicio[49].

---

niscencia, secundaria, de un epigrama de Marcial, V, 59: «Quod non argentum, quod non tibi mittimus aurum», etc.

[48] Nótese el juego de palabras: *alumbrar* es 'parir' e 'iluminar', al tiempo que confluye con *adestrar* (pues «*alumbrar a uno* es encaminarle en la verdad, porque sin ella va a ciegas», explica Covarrubias), para realzar la paradoja de que Lázaro reciba luz y guía de un ciego (cfr., por ejemplo, San Mateo, XV, 14: «caeci sunt et duces caecorum», etc.).

En cuanto a *alumbrar* como 'engendrar', nótese que el mendigo recibe al chico «no por mozo, sino por hijo»; y aquí el propio Lázaro se ve obligado a reconocer: «después de Dios, *éste me dio la vida*». En ese sentido, baste recordar a don Juan Manuel: «una de las cosas porque homne puede llamar padre a otro que non lo engendró es porque es aquel de quien ha de aprender» (*Libro de los estados*, ed. R. B. Tate-I. R. Macpherson, Oxford, 1974, págs. 41-42).

Interesante es asimismo el comentario del ciego cuando cura a Lázaro con vino: «eres en más cargo al vino que a tu padre, porque él una vez te engendró, mas el vino mil te ha dado la vida» (pág. 43); y L. Iglesias Feijoo, en *Ínsula*, núm. 382 (1978), pág. 16, llama ahora la atención sobre otra significativa frase del capítulo III: «como yo este oficio [de la mendicidad] le hobiese *mamado en la leche*, quiero decir que *con el gran maestro ciego* lo aprendí...» (pág. 87). El ciego, pues, verdaderamente, le «dio la vida» a Lázaro al enseñarle «la carrera de vivir»; y sobre los dos tratados siguientes gravita decisivamente el peso de semejante paternidad moral (vid. también M. Bataillon [1958] 41-42).

[49] La observación sobre la conveniencia de que narren su vida quienes con virtud vencieron y superaron el vicio está en Tácito, *Agricola*, I, 1-3: «Clarorum virorum facta moresque posteris tradere... usitatum... quotiens magna aliqua ac nobilis virtus vicit ac supergressa est vitium... Ac plerique suam ipsi vitam narrare fiduciam potius quam adrogantiam arbitrati sunt» (F. Rico [1983] 421 n. 38).

En el siglo XVI, aún seguía vigente la doctrina de que la sociedad es un trasunto del orden cósmico, y las clases sociales, tan inmutables como las órbitas de los planetas o la graduación de los coros angélicos, de suerte que la pretensión de ascender en la escala jerárquica equivalía a revelarse contra la ley natural y la providencia divina (véanse F. Márquez [1968] 95; F. Rico, *El pequeño mundo del hombre*, Madrid, 1986², págs. 107-117). Pero una importante facción del humanismo fue abriéndose a nuevos planteamientos; y, así, muchos afirmaron rotundamente que la herencia y la fortuna nada podían contra la virtud y el esfuerzo propios y que, por el contrario, quien no se condujera con rectitud, por muy ilustre sangre que llevara, nada merecía ni valía. Las dos posturas antitéticas fueron motivo de debate durante los siglos XV y XVI, a menudo gracias a los

Pues, tornando al bueno de mi ciego y contando sus cosas, Vuestra Merced sepa que, desde que Dios crió el mundo, ninguno formó más astuto ni sagaz. En su oficio era un águila. Ciento y tantas oraciones sabía de coro[50]

---

capítulos iniciales del *De remediis utriusque fortunae* de Petrarca y a la *Disputatio de nobilitate* atribuida a Buonaccorso da Montemagno.

Hacia 1500, un aristócrata como el Vizconde de Altamira escribía: «Tiene Séneca por ley,/ aunque en esto no lo alabo,/ que no hay sangre de esclavo/ que no haya sido de rey,/ y de rey, esclavo al cabo» (en Nueva Biblioteca de Autores Españoles, XXII, pág. 758 *b*). En fechas cercanas a la publicación del *Lazarillo* salía de las imprentas la versión castellana de las *Flores* de Séneca, por J. M. Cordero, Amberes, 1555, fol. 32, donde el pasaje aludido (*Ad Lucilium*, XLIV, 4-5) suena así: «Ningún rey hay que no sea venido y haya tenido su principio de muy bajos, y ningún bajo tampoco que no haya descendido de hombres muy altos. Pero la variedad del tiempo lo ha todo mezclado, y la Fortuna lo ha abajado y levantado. ¿Quién, pues, es el noble? Aquel a quien Naturaleza ha hecho para la virtud». También Pero Mexía, *Silva de varia lección* (Sevilla, 1542), II, 36, se manifestaba en la línea de Séneca: «los que de humildes padres y linajes nacen también deben procurar ser claros por sí; y tráense muchos ejemplos de hombres que de bajos principios subieron a grandes estados y lugares»; y la idea seguía firme en Cervantes, *Persiles*, II, 15: «El pobre a quien la virtud enriquece suele llegar a ser famoso; como el rico, si es vicioso, puede venir y viene a ser infame».

Comp. A. Castro, *El pensamiento de Cervantes*, Madrid, 1925, págs. 337-338 y 356-366; J. E. Gillet, IV, págs. 181-184; B. W. Wardropper [1961] 441-442; F. Márquez [1968] 92-99; F. Lázaro [1969] 178-184; R. W. Truman [1969] 62-67 y [1975] 33-53; D. Puccini [1970] 34-39; F. Rico [1970] 46-50; A. Deyermond [1975] 85-86; K.-H. Anton [1979] 481-483; y V. García de la Concha [1981] 136-152.

[50] *de coro*: de memoria. Cfr. J. Corominas-J. A. Pascual, II, pág. 199.

Las oraciones de ciego tendían a ser dichas como «las lecciones o sermones decorados, que van con tono igual y no parece que lo entiende el que dice» (Correas). «Otros» rezaban chillonamente: «[os ruego]/ que tengáis algún sosiego,/ y no os deis a todos luego/ alzando el tono a porfía/ como de oración de ciego» (Sebastián de Horozco, en F. Márquez [1957] 296-197); pero el amo de Lázaro se mostraba más comedido, poniendo cara devota «con muy buen continente» («figura, además y postura o acción en que uno se halla»; *Dicc. de Autoridades*) y empleando un tono «sonable» (adjetivo que Nebrija equipara al lat. *sonorus* y que en el *Lazarillo*, usado como está en relación con «la iglesia», quizá transparenta el recuerdo de Ovidio, *Metamorfosis*, IX, 783-784: «templi tremuere fores... crepuitque sonabile sistrum»).

Un excelente repertorio de oraciones como las del amo de Lázaro enumera Diego Sánchez de Badajoz, *Recopilación en metro* (1554), págs. 409-410: «Ayudá, fieles hermanos,/ al ciego lleno de males:/ los salmos penitenciales/ si mandáis rezar, cristianos,/ Dios os guarde pies y manos,/ vuestra vista conservada;/ la

Un tono bajo, reposado y muy sonable, que hacía resonar la iglesia donde rezaba; un rostro humilde y devoto, que con muy buen continente ponía cuando rezaba, sin hacer gestos ni visajes con boca ni ojos, como otros suelen hacer. Allende[51] desto, tenía otras mil formas y maneras para sacar el dinero. Decía saber oraciones para muchos y diversos efectos: para mujeres que no parían; para las que estaban de parto; para las que eran malcasadas, que sus maridos las quisiesen bien. Echaba pronósticos a las preñadas: si traía hijo o hija. Pues en caso de medicina decía que Galeno no supo la mitad que él para muela, desmayos, males de madre[52]. Finalmente, nadie le decía padecer alguna pasión[53] que luego[54] no le decía:

—Haced esto, haréis estotro, cosed tal hierba, tomad tal raíz[55].

---

oración de la emparedada/ y los versos gregorianos,/ las Angustias, la Pasión;/ las almas del purgatorio,/ la oración de San Gregorio,/ la santa Resurrección,/ la muy devota oración,/ la beata Caterina/ y la cristiana doctrina,/ la misa y su devoción,/ la vida de Sant Ylario,/ comienda de San Antón,/ la oración de Sant León,/ la devoción del Rosario,/ la vida de San Macario/ trobada...». Vid. también J. Caro Baroja, *Ensayo sobre la literatura de cordel*, Madrid, 1969, págs. 48-50.

[51] *allende:* 'más allá'; aquí 'además'. Cfr. *Viaje de Turquía*, pág. 314: «Allende desto... llevaba una carta de la señoría...»; y el texto de Juan de Lucena citado en la n. 11 del Prólogo.

[52] *mal de madre:* hinchazón o inflamación de la matriz. Cfr. *La Celestina*, VII: «ha cuatro horas que muero de la madre, que la tengo sobida en los pechos, que me quiere sacar del mundo»; o *Viaje de Turquía*, pág. 207: «¿para qué le dabais medicinas de mal de madre?»; y vid. L. S. Granjel, *La tocoginecología española del Renacimiento*, Salamanca, 1971, págs. 16, 21 y 39-42, y S. Gilman, *La España de Fernando de Rojas*, Madrid, 1978, pág. 419.

[53] *pasión:* sufrimiento. Algunos ejemplos traen F. González Ollé y V. Tusón, en Lope de Rueda, *Pasos*, pág. 191, n. 15; y cfr. aquí mismo, V, pág. 120: «librarle del peligro y pasión que padescía».

[54] *luego:* al punto, en seguida, prontamente. También se ha hallado en el *Lazarillo* algún caso de *luego* con el matiz secundario de 'entonces': «Esto hecho, estuvo ansí un poco, y yo luego vi mala señal...» (pág. 75). Pero ni en ese caso es claro, ni es fácil encontrar a lo largo de la obra ningún ejemplo seguro de *luego* con el sentido moderno de 'después'. Cfr. R. Menéndez Pidal [1899] 71 n. 5; y J. Corominas-J. A. Pascual, III págs. 710-711.

[55] La interpretación de *cosed* (así leen Burgos y Amberes) como 'coged' está avalada por la edición de Alcalá (que da esta forma) y por la construcción parale-

Con esto andábase todo el mundo tras él, especialmente mujeres, que cuanto les decía creían. Déstas sacaba él grandes provechos con las artes que digo, y ganaba más en un mes que cien ciegos en un año[56].

Mas también quiero que sepa Vuestra Merced que, con todo lo que adquiría y tenía, jamás tan avariento ni mezquino hombre no vi; tanto, que me mataba a mí de hambre, y así no me demediaba de lo necesario[57]. Digo verdad: si con mi sotileza y buenas mañas no me supiera remediar, muchas veces me finara de hambre. Mas, con todo su saber y aviso, le contaminaba[58] de tal suerte, que siempre, o las más veces, me cabía lo más y mejor. Para esto, le hacía burlas endiabladas, de las cuales contaré algunas, aunque no todas a mi salvo[59].

Él traía el pan y todas las otras cosas en un fardel de lienzo[60], que por la boca se cerraba con una argolla de

---

lística: «haced.../harás..., coged.../tomad...». El trueque de sibilantes (como en *celosía-celogía, tisera-tigera,* etc.), posiblemente puesto en boca del ciego con intención caracterizadora, se daba a menudo en el siglo XVI. Cfr. Ldo. Villalón, *Gramática castellana* (1558), pág. 74; A. Alonso, en *Nueva Revista de Filología Hispánica,* I (1947), págs. 7-8, y *De la pronunciación medieval a la moderna,* II, Madrid, 1967[2], págs. 95-96; Y. Malkiel, en *Language,* XXIII, págs. 389-398; J. E. Gillet, III, págs. 63 y 367.

No obstante, se ha pensado que «cosed» podría ser una mala transcripción de «coced» (por seseo), pues así lo entiende Juan de Luna (vid. J. Caso [1967] 68-69 n. 42 y [1982] 16 n. 46). Según esa interpretación, debería leerse «coced tal hierba, tomad ['comed'] tal raíz» (comp. A. Blecua [1974] 178).

[56] La habilidad de los ciegos para recetar todo tipo de remedios tiene otros reflejos literarios en *Arcipreste de Talavera,* pág. 188, o Francisco Delicado, *La lozana andaluza,* XLII y LXIII, págs. 381 y 469. Vid. F. Márquez [1957] 298-299.

[57] «*No demediarse:* por no comer la persona aun la mitad de lo que ha menester» (Correas). Cfr. abajo, pág. 50: «partía comigo del caldo..., un poco de pan, y pluguiera a Dios que me demediara». Lázaro ha cambiado el sujeto: de «[el ciego] me mataba a mí de hambre» se ha pasado a «[yo] no me demediaba de lo necesario».

[58] *contaminar:* «dañar secretamente, y sin que se eche de ver» (Covarrubias). No obstante, algunos editores antiguos y modernos corrigen en «contraminaba».

[59] *a mi salvo:* sin peligro o daño para mi persona. Cfr. abajo, pág. 34: «por hacello más a mi salvo».

[60] El «fardel de lienzo» era el saco o talega que normalmente usaban los

hierro y su candado y su llave; y al meter de todas las cosas y sacallas, era con tan gran vigilancia y tanto por contadero[61], que no bastara hombre en todo el mundo hacerle menos una migaja[62]. Mas yo tomaba aquella laceria[63] que él me daba, la cual en menos de dos bocados era despachada. Después que cerraba el candado y se descuidaba, pensando que yo estaba entendiendo en otras cosas[64], por un poco de costura, que muchas veces del un lado del fardel descosía y tornaba a coser, sangraba el avariento fardel, sacando no por tasa pan, mas buenos

mendigos. Lázaro parece recordar en seguida el refrán «las *migajas* del *fardel* a las veces saben bien» (Correas).

Este episodio tiene algunos puntos de contacto con otro que relata Cíngar en la adaptación castellana del *Baldus* (vid. abajo, págs. 51*, 88*); y en especial llama la atención la coincidencia entre el «avariento fardel» que menciona Lázaro y la «avara talega» que roba Cíngar (comp. A. Blecua [1974] 183 y 219-223).

[61] *contadero:* «lugar o sitio estrecho de que se sirven los ganaderos para contar sus ganados sin confusión» *(Dicc. de Autoridades);* aquí *sacar... por contadero* es sacar las cosas contándolas una a una; se usaba también con la forma *en* o *a contadero.* Cfr. *La lozana andaluza,* XXXIV, pág. 337: «¡Queríades vós allí para que entrasen por contadero!»; *Viaje de Turquía,* V, pág. 161: «todo el mundo baja por contadero al corral»; y J. E. Gillet, III, pág. 799.

[62] Es decir: 'a privarle de una migaja, a dejarle sin ella'. Cfr. Cervantes, *La ilustre fregona,* pág. 66: «se la había ido un mozo que la solía dar [la cebada] con muy buena cuenta y razón, sin que le hubiese hecho menos... un solo grano».

Era habitual la omisión de la preposición *a* cuanto le precedía o seguía otra *a* final o inicial de palabra. Cfr. R. Menéndez Pidal [1899] 75 n. 1; y H. Keniston, *Syntax,* 2.155, 2.246, etc.

[63] *laceria* ('miseria, mezquindad') pertenece a la familia de *lacerar* ('padecer, sufrir') y parece derivar de un hipotético sustantivo del latín vulgar, *laceria,* «con conservación parcial o restitución del grupo −ri− por influjo del cultismo *miseria*» (J. Corominas-J. A. Pascual). En el *Lazarillo,* también es frecuente el adjetivo o participio «lacerado» como 'pobre, mísero' y, más en particular, aplicado «al avariento que, teniendo con qué poderse tratar bien, anda roto y mal vestido, y lo que ha de gastar para sí o para otro, lo despedaza y desmenuza, haciendo zaticos» (Covarrubias). Comp. abajo, pág. 39: «¡Lacerado de mí!»; pág. 52: «Mas el lacerado mentía falsamente...»; pág. 54: «el cuitado, ruin y lacerado de mi amo»; y pág. 61: «despertando a este lacerado de mi amo». Cfr. Y. Malkiel, en *Nueva Revista de Filología Hispánica,* VI (1952), págs. 209-276; J. Corominas-J. A. Pascual, III, págs. 548-550; y G. Salvador [1983] 567.

[64] *entender en* valía «estar empleado y ocupado en hacer alguna cosa, cuidar de ella y tenerla a su cargo» *Dicc. de Autoridades).* Comp. *La comedia Thebaida,* página 88: «Bien será que vaya a entender en lo que tengo a cargo»; y aquí mismo, VII, pág. 130: «si Lázaro de Tormes no entiende en ello».

pedazos, torreznos y longaniza. Y ansí buscaba conveniente tiempo para rehacer, no la chaza[65], sino la endiablada falta que el mal ciego me faltaba.

Todo lo que podía sisar y hurtar traía en medias blancas, y cuando le mandaban rezar y le daban blancas[66], como él carecía de vista, no había el que se la daba amagado con ella, cuando yo la tenía lanzada en la boca y la media aparejada[67], que, por presto que él echaba la mano, ya iba de mi cambio aniquilada en la mitad del justo precio[68]. Quejábaseme el mal ciego, porque al tiento luego conocía y sentía que no era blanca entera, y decía:

---

[65] Lázaro utiliza varios términos del juego de la pelota (véase M. Alemán, *Guzmán de Alfarache*, II, II, 7, pág. 673, n.). «Rehacer la chaza» es «volver a jugar la pelota» (Covarrubias); y secundariamente, aquí, «falta» vale también 'error en el juego'. Comp. *La comedia Thebaida*, pág. 47: «procurar de rehacer la chaza de aquel torrontés».

[66] En la Castilla de mediados del siglo XVI, una «blanca» valía tres «cornados» (cfr. III, n. 100) o medio maravedí, y 64 blancas eran equivalentes a un real de plata. El «marco de oro» por el cual el escudero no cambiaría su espada correspondía a cincuenta castellanos y la «pieza de a dos» (es decir, una moneda de dos castellanos de oro) que cambia él mismo equivalía a unos 30 reales. En cuanto a la capacidad adquisitiva de tales cantidades, adviértase que el clérigo de Maqueda da a Lázaro «tres maravedís» para que compre una cabeza de carnero; o que el escudero no podrá pagar los «doce o trece reales» que parece deber por el alquiler de dos meses de casa y cama.

Cfr. J. E. Gillet, III, págs. 198-201; E. J. Hamilton, *El tesoro americano y la revolución de los precios en España, 1501-1650*, Barcelona, 1975 (vers. orig. 1934), reimpr. 1983, págs. 64, 68, 73, 100-101, etc.; R. Carande, *Carlos V y sus banqueros*, I, Madrid, 1943, pág. 357; F. Mateu y Llopis, *Glosario hispánico de numismática*, Barcelona, 1946, págs. 27-28, 31 y 76; O. Gil Farrés, *Historia de la moneda española*, Madrid, 1976, págs. 368-370, 375, 382 y 411; y M. Fernández Álvarez, *La sociedad española en el Siglo de Oro*, Madrid, 1984, págs. 123-124.

[67] Nótese que *lanzar* se usaba a menudo en el sentido de 'introducir, meter'. Por otra parte, la treta de Lázaro es perfectamente explicable (contra lo que creía A. González Palencia [1944] 13). Al primer movimiento del donador, el niño atraparía la blanca, se la llevaría a la boca para besarla (según se acostumbraba entre mendigos) y, en ese momento, la cambiaría por la media blanca que tenía dispuesta; con la mano, Lázaro disimularía el cambiazo. En el *Viaje de Turquía*, VI, pág. 192, un esclavo engaña a un judío de «los bisoños que van a cambiar algún ducado» por idéntico procedimiento: «El otro se le da simplemente para que le vea y toma el ducado y llévale a la boca para hincarle el diente, y saca el otro falso que tenía en la boca y dáselo...» Cfr. A. Rumeau [1962].

[68] *cambio*: operación financiera, de carácter crediticio y en general usurario,

—¿Qué diablo es esto, que después que comigo estás no me dan sino medias blancas, y de antes[69] una blanca y un maravedí[70] hartas veces me pagaban? En ti debe estar esta desdicha.

También él abreviaba el rezar y la mitad de la oración no acababa, porque me tenía mandado que, en yéndose el que la mandaba rezar, le tirase por cabo del capuz[71]. Yo así lo hacía. Luego él tornaba a dar voces, diciendo: «¿Mandan rezar tal y tal oración?», como suelen decir[72].

Usaba poner cabe sí un jarrillo de vino, cuando comíamos, y yo muy de presto le asía[73] y daba un par de besos

---

que en 1551-1552 se prohibió practicar en el interior de España, salvo si se efectuaba sin interés; véase arriba, págs. 23*-25*.

«La mitad del justo precio» es tecnicismo del derecho romano con uso y sentido bien determinados: si en una transacción no se compra o se vende por debajo o por encima del «dimidium iusti pretii», tampoco cabe reclamar legalmente la rescisión del contrato. Esa norma se había incorporado a la legislación española cuando menos desde las *Partidas*, y el giro «la mitad del justo precio» figuraba en las escrituras de compraventa y llegó a proverbializarse (así en S. de Horozco, Cervantes o López de Úbeda). Al recurrir a la expresión, Lázaro sugiere, jocosamente, que la operación de «cambio» que ha realizado no es perseguible en derecho, porque no se franquea la barrera de «la mitad del justo precio». Para todo ello, vid. F. Rico [1987 a].

[69] *de antes*: antes. Cfr. H. Keniston, *Syntax*, 39, 6.

[70] *maravedí*: cfr. arriba, n. 66.

[71] *por cabo del capuz*: de un extremo de la capa. El *capuz* era una «capa cerrada y larga» (Covarrubias), provista, además, de una capucha (mozárabe *kabbús* o *qapúĉ* el 'capucho, gorra'). Vid. C. Bernis, *Indumentaria española en tiempos de Carlos V*, Madrid, 1962, pág. 83, y *Trajes y modas en la España de los Reyes Católicos*, Madrid, 1979, págs. 73-76; R. M. Anderson, *Hispanic Costume, 1480-1530*, Nueva York, 1979, págs. 109-110.

[72] Comp. el texto recogido en el *Liber facetiarum*: «Los ciegos comúnmente demandan limosna en los lugares principales, y que rezaban tal y tal oración» (R. Foulché-Delbosc [1900] 95); y Carlos García, *La desordenada codicia de los bienes ajenos* (1619), VI: «El ciego hurta en cada oración que dice la metad; porque, habiendo recebido el dinero del que le mandó decir la oración, pareciéndole que ya el otro está tres o cuatro pasos apartado, comienza con su primer tono a pedir de nuevo que le manden rezar».

[73] *de presto*: presto. El autor del *Lazarillo* es más de una vez leísta, *i. e.,* usa *le* como complemento directo, de persona y cosa, y no *lo;* justamente en el Siglo de Oro son leístas los escritores castellanos y, en general, los del Norte (cfr. H. Keniston, *Syntax*, 7.132, y R. Lapesa, en *Festschrift W. von Wartburg*, Tubinga, 1968, I, pág. 523-551).

callados y tornábale a su lugar. Mas turóme[74] poco, que en los tragos conocía la falta y, por reservar su vino a salvo, nunca después desamparaba el jarro, antes lo tenía por el asa asido. Mas no había piedra imán que así trajese a sí como yo con una paja larga de centeno que para aquel menester tenía hecha, la cual, metiéndola en la boca del jarro, chupando el vino lo dejaba a buenas noches[75]. Mas, como fuese el traidor tan astuto, pienso que me sintió, y dende[76] en adelante mudó propósito y asentaba su jarro entre las piernas y atapábale[77] con la mano, y ansí bebía seguro.

Yo, como estaba hecho al vino, moría por él, y viendo que aquel remedio de la paja no me aprovechaba ni valía, acordé en el suelo del jarro hacerle una fuentecilla y agujero sotil, y delicadamente, con una muy delgada tortilla de cera, taparlo; y al tiempo de comer, fingiendo[78] haber frío, entrábame entre las piernas del triste ciego a calentarme en la pobrecilla lumbre que teníamos, y al calor della, luego derretida la cera, por ser muy poca, comenzaba la fuentecilla a destilarme[79] en la boca, la cual yo de tal

---

[74] Parece difícil saber si *turar* es mera variante fonética de *durar* o si procede del verbo latino *obturare* ('tapar'), que secundariamente adoptó el significado de 'durar'. Cfr. J. Corominas-J. A. Pascual, II, pág. 536.

[75] «*Dejar a buenas noches*, dejar a escuras, y dejar burlados, en blanco» (Correas). Según A. Rumeau [1962] 234 n. 13 *lo* se refiere al ciego, no al jarro ni al vino; la frase, así, resulta «doblemente maliciosa», precisamente por tratarse de un ciego. De hecho, existen testimonios del uso de la expresión en el sentido de 'dejar ciego': vid. A. Reyes Hazas [1984] 73 n. 4. Sobre la treta de Lázaro, cfr. pág. 88*, n. 23.

[76] «Tampoco usaré en prosa lo que algunos usan en verso, diciendo *dende* por 'de ahí'» (Juan de Valdés, *Diálogo de la lengua*, págs. 121-122).

[77] *atapar* y *tapar* eran formas concurrentes aún en el siglo XVI y primera mitad del XVII (vid. J. Corominas-J. A. Pascual, V, pág. 409). Comp. unas líneas más abajo: «taparlo»; y luego, pág. 64: «Torna a buscar clavos... y tablillas a atapárselos».

[78] Nada hay de anormal en la absorción de la *i* por la *g*, todavía palatal, por más que Alcalá edite *fingiendo* (cfr. J. Caso [1967] 71 n 63). Vid. J. E. Gillet, III, págs. 387-388; y M. J. Canellada, *Farsas*, pág. 278.

[79] En el texto de Burgos, *destillarme* debe ser mera grafía culta. Un análisis

manera ponía, que maldita la gota se perdía[80]. Cuando el
pobreto[81] iba a beber, no hallaba nada, espantábase,
maldecíase, daba al diablo el jarro y el vino, no sabiendo
qué podía ser.

—No diréis, tío[82], que os lo bebo yo —decía—, pues
no le quitáis de la mano.

Tantas vueltas y tientos dio al jarro, que halló la fuente
y cayó en la burla; mas así lo disimuló como si no lo hubiera sentido. Y luego otro día[83], teniendo yo rezumando
mi jarro como solía, no pensando el daño que me estaba
aparejado ni que el mal ciego me sentía, sentéme como
solía; estando recibiendo aquellos dulces tragos, mi cara
puesta hacia el cielo[84], un poco cerrados los ojos por mejor gustar el sabroso licuor[85], sintió el desesperado[86] ciego que agora tenía tiempo de tomar de mí venganza, y
con toda su fuerza, alzando con dos manos aquel dulce y
amargo jarro, le dejó caer sobre mi boca, ayudándose,
como digo, con todo su poder, de manera que el pobre

---

detenido del cambio semántico de «destellar» (< *destillare*) y la bibliografía correspondiente, en J. Corominas-J. A. Pascual, II, pág. 482.

[80] Comp. abajo, pág. 123, n. 42: *maldito:* «se usa también por lo mismo que
'ninguno'» *(Dicc. de Autoridades).* Vid. J. E. Gillet, III, págs. 589-591.

[81] *pobreto* es italianismo; Lázaro, abajo, emplea un par de diminutivos del
mismo tipo: «concheta» y «camareta». Cfr. J. E. Gillet, III, págs. 387-388;
vid. también Cristóbal de Castillejo, *Obras,* ed. J. Domínguez Bordona, II, Madrid,
1957, pág. 191; M. Alemán, *Guzmán de Alfarache,* II, ii, 3-4, págs. 612, 628,
634, 641, etc. Nótese en seguida *espantarse* con valor de 'admirarse'.

[82] *tío* «llama en algunos lugares la gente rústica a los hombres de edad madura» (Covarrubias). Nótese arriba, «espantarse» con valor de 'admirarse'.

[83] *otro día:* al día siguiente. Cfr. J. E. Gillet, III, págs. 362-363.

[84] Cfr. abajo, V, pág. 119: «puestas las manos [vid. n. *ad loc.*] y mirando al
cielo...».

[85] Mientras J. Corominas-J. A. Pascual, III, pág. 664, opinan que «licuor» seguramente se pronunciaba «licor» (según trae Alcalá), J. Caso piensa en la posibilidad de que se hubiera conservado la pronunciación latina del vocablo (en
[1967] 72 n. 68 y [1982] 20 n. 58), aún considerada como la propia por el *Dicc.
de Autoridades.*

[86] *desesperado:* propiamente, 'suicida' o 'el que está a punto de suicidarse'
(cfr. F. Rico, ed., Agustín Moreto, *El desdén, con el desdén,* Madrid, 1971, pág. 64,
n. 22); aquí, como imprecación, 'condenado, maldito'.

Lázaro, que de nada desto se guardaba, antes, como otras veces, estaba descuidado y gozoso, verdaderamente me pareció que el cielo, con todo lo que en él hay, me había caído encima[87].

Fue tal el golpecillo, que me desatinó y sacó de sentido, y el jarrazo tan grande, que los pedazos dél se me metieron por la cara, rompiéndomela por muchas partes, y me quebró los dientes, sin los cuales hasta hoy día me quedé. Desde aquella hora quise mal al mal ciego, y, aunque me quería y regalaba y me curaba, bien vi que se había holgado del cruel castigo. Lavóme con vino las roturas que con los pedazos del jarro me había hecho, y, sonriéndose, decía:

—¿Qué te parece, Lázaro? Lo que te enfermó te sana y da salud[88].

Y otros donaires, que a mi gusto no lo eran.

Ya que estuve medio bueno de mi negra trepa[89] y cardenales, considerando que, a pocos golpes tales, el cruel ciego ahorraría de mí, quise yo ahorrar dél[90]; mas no lo

---

[87] Lázaro abandona por un momento la primera persona para referirse en tercera a los instantes inmediatamente anteriores al jarrazo que le propina el ciego, quizá con la intención de subrayar hasta qué punto «estaba descuidado y gozoso». Cfr. F. Ayala [1971] 40.

[88] Se ha pensado que en el contexto confluyen dos expresiones proverbiales: «lávasme la cabeza después de descalabrada» y «los provechos de los vinos y sus daños corren a las parejas». La primera circuló en distintas versiones (cfr. J. E. Gillet, III, pág. 468; M. Bataillon [1958] 25; y M. J. Asensio [1959] 101); y la segunda se documenta en Covarrubias, s. v. «vino».

La paradoja de que lo que daña llegue también a sanar es corrientísima. Cfr., así, Deuteronomio, XXXII, 39: «Ego occidam, et ego vivere faciam: Percutiam, et ego sanabo»; Oseas, VI, 1: «Ipse cepit et sanabit os, percutiet et curabit nos»; Ovidio, Remedia amoris, 44: «una manus vobis vulnus opemque feret»; Juan Ruiz, Libro de buen amor, 203 b: «Señor, acórrenos, Tú que matas y sanas»; La Celestina, I: «Seguro soy, pues quien dio la herida la cura», etc. Otros paralelos, en P. R. Olson, en Modern Language Notes, LXXXI (1966), págs. 215-222; M. Morreale, en Boletín de la Real Academia Española, CLXXXI (1967), página 225; F. Rico, en Italia medioevale e umanistica, XVII (1974), pág. 354. Vid. aquí, III, n. 51.

[89] El autor emplea «trepa» en sentido traslaticio: 'orla (de morados)'. Cfr. arriba, n. 14.

[90] ahorrar de tiene aquí el significado de 'desembarazarse de, librarse de', par-

hice tan presto, por hacello más a mi salvo y provecho.
Y aunque yo quisiera asentar mi corazón y perdonalle el jarrazo, no daba lugar el maltratamiento que el mal ciego
dende allí adelante me hacía, que sin causa ni razón me
hería[91], dándome coxcorrones[92] y repelándome[93]. Y si
alguno le decía por qué me trataba mal, luego contaba el
cuento del jarro, diciendo:

—¿Pensaréis que este mi mozo es algún inocente?
Pues oíd si el demonio ensayara otra tal hazaña.

Santiguándose los que lo oían, decían:

—¡Mirá[94] quién pensara de un muchacho tan pequeño
tal ruindad!

Y reían mucho el artificio y decíanle:

—Castigaldo, castigaldo[95], que de Dios lo habréis[96].

Y él, con aquello, nunca otra cosa hacía.

Y en esto yo siempre le llevaba por los peores caminos, y adrede, por le hacer mal[97] y daño, si había piedras,
por ellas; si lodo, por lo más alto[98], que, aunque yo no

---

ticularmente común en la primera mitad del siglo XVI. Cfr. J. Corominas-J. A.
Pascual, III, pág. 399.

[91] *hería*: golpeaba. Cfr. M. Alemán, *Guzmán de Alfarache*, II, II, 5: «Y que si
me hirieren en una mejilla, ofrezca la otra».

[92] Sobre los trueques de las sibilantes *x* y *s* (como aquí «coxcorrones» y, abajo, «maxcada», «caxco», «moxquito», «coxquear»), cfr. A. Alonso, *De la pronunciación medieval a la moderna*, II, pág. 95; y vid. arriba, n. 55.

[93] *repelar*: «sacar el pelo, y particularmente de la cabeza; castigo que se suele
dar a los muchachos» (Covarrubias). Comp. pág. 41: «Sacáronme de entre sus
manos, dejándoselas llenas de aquellos pocos cabellos que tenía».

[94] La caída de la -*d* final en los imperativos era corriente en el lenguaje popular: «mirá» (aquí y en VII), «saltá», «olé».

[95] La metátesis entre la -*d* del imperativo y la *l*- del enclítico está documentada desde los orígenes del idioma.

[96] Es decir, 'que Dios os lo premiará', porque ya la Biblia sentenciaba: «Qui
parcit virgae, odit filium suum» (Proverbios, XIII, 24). Contra la drástica peda-
gogía del castigo, sin embargo, se manifestó la mayoría de humanistas de los siglos XV y XVI: cfr. L. Gil, *Panorama social del humanismo español, 1500-1800*,
Madrid, 1981, págs. 117-126.

[97] La anteposición del pronombre enclítico al infinitivo, gerundio o imperativo fue regular en español hasta la segunda mitad del siglo XVII; todos los ejemplares que aparecen en el *Lazarillo* se recogen en G. Siebenmann [1953] 39-43.

[98] *alto*: «se toma muchas veces por 'profundo'» (Covarrubias).

iba por lo más enjuto, holgábame a mí de quebrar un ojo por quebrar dos al que ninguno tenía[99]. Con esto, siempre con el cabo alto del tiento me atentaba el colodrillo[100], el cual siempre traía lleno de tolondrones[101] y pelado de sus manos. Y aunque yo juraba no lo hacer con malicia, sino por no hallar mejor camino, no me aprovechaba ni me creía, mas tal era el sentido y el grandísimo entendimiento del traidor.

Y porque vea Vuestra Merced a cuánto se estendía el ingenio deste astuto ciego, contaré un caso de muchos que con él me acaescieron, en el cual me paresce dio bien a entender su gran astucia. Cuando salimos de Salamanca, su motivo fue venir a tierra de Toledo, porque decía ser la gente más rica, aunque no muy limosnera. Arrimábase a este refrán: «Más da el duro que el desnudo»[102]. Y venimos a este camino por los mejores lugares. Donde hallaba buena acogida y ganancia, deteníamonos; donde no, a tercero día hacíamos Sant Juan[103].

[99] El dicho tiene origen en una fábula de Aviano, XXII, 15-15: «nam petit extinctus ut lumine degeret uno,/ alter ut, hoc duplicans, vivat utroque carens». Las fábulas de Aviano circularon junto a las de Esopo tanto en su versión original como traducidas al vulgar, y todas ellas fueron leidísimas en las escuelas. Es explicable, pues, que la expresión ocurra en numerosas obras de los siglos XVI y XVII (Feliciano de Silva, *Segunda Celestina;* M. Alemán, *Guzmán de Alfarache; Quijote* y *Novelas ejemplares,* etc.). Cfr. R. J. Cuervo, *Disquisiciones sobre filología castellana,* Buenos Aires, 1948, pág. 59; y A. Rumeau [1969].

[100] Es decir, 'con el extremo levantado del bastón me palpaba el cogote'.

[101] *tolondrones:* coscorrones, chichones. Comp. Cervantes, *Rinconete y Cortadillo,* pág. 253: «Venía descabellada y la cara llena de tolondrones».

[102] Comp. Cervantes, *Coloquio de los perros,* pág. 313: «no hay mayor ni mejor bolsa que la de la caridad, cuyas liberales manos jamás están pobres; y así no estoy bien con aquel refrán que dice 'más da el duro que el desnudo', como si el duro o avaro diere algo, como lo da el liberal desnudo, que, en efecto, da el buen deseo cuando más no tiene» (cfr. A. Blecua [1972] 104 n. 91).

[103] El refrán «Las riñas de por San Juan son paz para todo el año» «tuvo principio de las casas que se alquilan y de los mozos que se escogen y entran con amos por San Juan. Por San Pedro también se alquilan casas y cogen mozos, y es todo uno, por ser sólo cinco días de diferencia, y de aquí se dice *hacer San Pedro* y *hacer San Juan,* por mudarse de una casa a otra y por despedirse los mozos y dejar el amo o despedirse de él...» (Correas). Cfr. Muñino, *Lisandro y*

Acaesció que, llegando a un lugar que llaman Almorox[104] al tiempo que cogían las uvas, un vendimiador le dio un racimo dellas en limosna. Y como suelen ir los cestos maltratados, y también porque la uva en aquel tiempo está muy madura, desgranábasele el racimo en la mano; para echarlo en el fardel, tornábase mosto, y lo que a él se llegaba[105]. Acordó de hacer un banquete, ansí por no lo poder llevar como por contentarme, que aquel día me había dado muchos rodillazos y golpes. Sentámonos en un valladar y dijo:

—Agora quiero yo usar contigo de una liberalidad, y es que ambos comamos este racimo de uvas y que hayas dél tanta parte como yo. Partillo hemos desta manera: tú picarás una vez y yo otra, con tal que me prometas no tomar cada vez más de una uva. Yo haré lo mesmo hasta que lo acabemos, y desta suerte no habrá engaño.

Hecho ansí el concierto, comenzamos; mas luego al segundo lance, el traidor mudó propósito y comenzó a tomar de dos en dos, considerando que yo debería hacer lo mismo. Como vi que él quebraba la postura[106], no me contenté ir[107] a la par con él, mas aun pasaba adelante:

Roselia, III, pág. 1088: «juro a San Juan..., y que me asiente... con otro amo mejor...»; y J. E. Gillet, III, pág. 387.

[104] Pueblo de la actual provincia de Toledo, dependiente de la jurisdicción de Escalona y conocido especialmente por sus vinos (vid Lázaro Carreter [1969] 119-120). El «lugar» o «aldea» era el pueblo que pertenecía jurídica y administrativamente a una «villa», vendida o donada por el rey a algún magnate. El autor del *Lazarillo* no siempre distingue entre uno y otro término (contra lo que cree F. Márquez [1957] 267; y vid. abajo, II, n. 3, pero también aquí, n. 111). Cfr. S. Moxó, *Los Antiguos señoríos de Toledo*, Toledo, 1973, pág. 166; y E. Lorente Toledo, *Gobierno y administración de la ciudad de Toledo*, págs. 55-66.

[105] Quiere decir: para guardarlo en el fardel no valía, porque el racimo de uvas se convertía en mosto, como también en mosto se convertía cuanto entraba en contacto con él. Pero sobre *para* con valor causal, véase J. Caso [1982] 24 n. 72; y arriba, Pról., n. 7.

[106] *quebrar la postura*: no cumplir lo acordado; «ni quiebren con ellos la postura y concierto que tengan puesto» (Gebir, *Ley y Zunna* [1462]).

[107] *no me contenté ir*: posiblemente se trata de un cruce entre las construcciones «no me contentó ir» y «no me contenté con ir».

dos a dos y tres a tres y como podía las comía. Acabado el racimo, estuvo un poco con el escobajo en la mano y, meneando la cabeza, dijo:

—Lázaro, engañado me has. Juraré yo a Dios[108] que has tú comido las uvas tres a tres.

—No comí —dije yo—; mas ¿por qué sospecháis eso?

Respondió el sagacísimo ciego:

—¿Sabes en qué veo que las comiste tres a tres? En que comía yo dos a dos y callabas[109].

Reíme entre mí y, aunque mochacho, noté mucho la discreta consideración del ciego.

Mas, por no ser prolijo, dejo de contar muchas cosas, así graciosas como de notar, que con este mi primer amo me acaescieron, y quiero decir el despidiente[110] y, con él, acabar.

---

[108] *a Dios:* suprimido en el texto expurgado de 1573.

[109] Sobre los paralelos tardíos de este espisodio, cfr. arriba, pág. 97*, n. 30. Inmediatamente a continuación, la edición de Alcalá (fols. IX vo.-X) añade el siguiente fragmento: «A lo cual yo no respondí. Yendo que íbamos ansí por debajo de unos soportales, en Escalona, adonde a la sazón estábamos en casa de un zapatero, había muchas sogas y otras cosas que de esparto se hacen, y parte dellas dieron a mi amo en la cabeza. El cual, alzando la mano, tocó en ellas, y viendo lo que era díjome: —Anda presto, mochacho, salgamos de entre tan mal manjar, que ahoga sin comerlo—. Yo, que bien descuidado iba de aquello, miré lo que era, y como no vi sino sogas y cinchas, que no era cosa de comer, díjele: —Tío, ¿por qué decís eso?—. Respondióme: —Calla, sobrino, según las mañas que llevas, lo sabrás y verás cómo digo verdad—. Y ansí pasamos adelante por el mismo portal, y llegamos a un mesón, a la puerta del cual había muchos cuernos en la pared, donde ataban los recueros sus bestias, y como iba tentando si era allí el mesón adonde él rezaba cada día por la mesonera la oración de la emparedada ['cierto conjuro'], asió de un cuerno, y con un gran suspiro dijo: —¡Oh, mala cosa, peor que tienes la hechura! ¡De cuántos eres deseado poner tu nombre sobre cabeza ajena y de cuán pocos tenerte ni aun oír tu nombre por ninguna vía!—. Como le oí lo que decía, dije: —Tío, ¿qué es eso que decís?—. —Calla, sobrino, que algún día te dará este que en la mano tengo alguna mala comida y cena—. —No le comeré yo —dije—, y no me la dará—. —Yo te digo verdad; si no, verlo has, si vives—. Y ansí pasamos adelante, hasta la puerta del mesón, adonde pluguiera a Dios nunca allá llegáramos, según lo que me suscedía en él. Era todo lo más que rezaba por mesoneras, y por bodegoneras y turroneras y rameras, y ansí por semejantes mujercillas, que por hombre casi nunca le vi decir oración».

[110] *despidiente:* parece derivado de *despedir* en tanto procedente de *expetere*

Estábamos en Escalona, villa del duque della[111], en un mesón, y diome un pedazo de longaniza que le asase. Ya que la longaniza había pringado y comídose las pringadas[112], sacó un maravedí de la bolsa y mandó que fuese por él de vino a la taberna[113]. Púsome el demonio el aparejo delante los ojos, el cual, como suelen decir, hace al ladrón[114], y fue que había cabe el fuego un nabo pequeño, larguillo y ruinoso, y tal que por no ser para la olla debió ser echado allí. Y como al presente nadie estuviese sino él y yo solos, como me vi con apetito goloso[115], habiéndome puesto dentro el sabroso olor de la longaniza,

---

(cfr. abajo, VII, n. 2). Alude al último caso que se nos cuenta sobre la relación de Lázaro con el ciego, al episodio que motivó la separación o despedida entre ambos.

[111] «La villa de Escalona está ocho leguas de Toledo puesta en la ribera de Alberche, que corre por bajo y ella está en un alto» (Covarrubias). Al decir «villa del duque della», Lázaro está subrayando su estado jurídico, de villa propiamente dicha, es decir, ligada a un señor; y, por otro lado, quizá apunta un juego de palabras, pues el Duque de Escalona era también Marqués de *Villena*. Cfr. arriba, pág. 39*.

[112] *pringadas*: «las rebanadas sobre que echamos la pringue», es decir, «lo que destila de sí el torrezno cuando se asa» (Covarrubias). Cfr., por ejemplo, Tirso de Molina, *La elección por la virtud*, I, 2: «Ea, padre, ya está asado / un torrezno de pernil... ——Entre esas dos rebanadas / viene que alienta su olor. / —— Comeldas, que están pringadas» (en *Comedias*, ed. E. Cotarelo y Mori, I, Madrid, 1906, pág. 344).

[113] Es decir, 'por un maravedí de vino'. Cfr. arriba, n. 66.

[114] *aparejo*: instrumento, ocasión, preparación «de lo conducente y necesario para cualquier obra» *(Dicc. de Autoridades)*. Comp. *Relaciones de... Carlos V* (1555): «como los traidores no vieron aparejo este día» (ed. A. Huarte, I, página 138); Informe de 1552: «tienen las gentes menos aparejo para hacer alcabala» (*apud* R. Casande, *Carlos V y sus banqueros*, I, pág. 348); y Muñino, *Lisandro y Roselia*, I, pág. 972: «como el aparejo faltase y no hubiese oportunidad a lo que iba».

«'El aparejo hace el ladrón' *vel* 'En arca abierta el justo peca'» (S. Ballesta, en *Tesoro Lexicográfico*); o, con la variante que trae Correas, «La ocasión hace al ladrón». Vid. también Francesco Doni, *La Zucca en español*, Venecia, 1551, página 27.

[115] La escolástica distingue dos géneros de apetito: uno natural y otro sensitivo. El primero pertenece a las potencias del alma vegetativa y el segundo —al que alude Lázaro— corresponde a la concupiscencia desordenada de la comida y la bebida, «in cuius ['appetitus sensitivus'] concupiscentia vitium gulae consistit». «En el texto, por tanto, 'apetito goloso' forma una unidad de sentido» (A. Blecua [1974] 107 n. 99) y es el sujeto de «habiéndome puesto dentro».

del cual solamente sabía que había de gozar, no mirando qué me podría suceder, pospuesto todo el temor por cumplir con el deseo, en tanto que el ciego sacaba de la bolsa el dinero, saqué la longaniza y muy presto metí el sobredicho nabo en el asador. El cual, mi amo, dándome el dinero para el vino, tomó y comenzó a dar vueltas al fuego, queriendo asar al que de ser cocido por sus deméritos había escapado.

Yo fui por el vino, con el cual no tardé en despachar la longaniza, y cuando vine hallé al pecador del ciego que tenía entre dos rebanadas apretado el nabo, al cual aún no había conoscido, por no lo haber tentado con la mano. Como tomase las rebanadas y mordiese en ellas pensando también llevar parte de la longaniza, hallóse en frío con el frío nabo[116]. Alteróse y dijo:

—¿Qué es esto, Lazarillo?

—¡Lacerado[117] de mí! —dije yo—. ¿Si queréis a mí echar algo? Yo ¿no vengo de traer el vino? Alguno estaba ahí y por burlar haría esto.

—No, no —dijo él—, que yo no he dejado el asador de la mano, no es posible.

Yo torné a jurar y perjurar que estaba libre de aquel trueco y cambio; mas poco me aprovechó, pues a las astucias del maldito ciego nada se le escondía[118]. Levantóse

---

[116] *hallóse en frío:* la forma moderna del modismo es «quedarse frío».

[117] La paronomasia *Lazarillo-lacerado* tiene análogo en el refrán «Por Lázaro laceramos, por los Ramos bien andamos» (Correas).

En la interrogación inmediata, nótese que *echar* «vale también 'atribuir' e 'imputar'» *(Dicc. de Autoridades);* el *Lazarillo castigado* edita «achacarme». Comp. abajo, pág. 63: «Lo cual yo hacía mal y echábalo al no comer».

[118] La fluctuación —presente aquí en las tres ediciones— entre *le* y *les* era normal en el siglo XVI: bibliografía y ejemplos, en J. Caso [1967] 126 n. 185 y [1982] 83 n. 84; cfr. además H. Keniston, *Syntax,* 7.311, y J. E. Gillet, III, páginas 105-106.

En la frase anterior, téngase en cuenta que «trueco» es propiamente el de una pieza de una determinada denominación por la misma cantidad en moneda fraccionaria (cfr. abajo, págs. 92, 107), y «cambio», la operación financiera señalada en la anterior n. 68. No se trata, pues, de una pareja de sinónimos, sino de una gradación de dos palabras afines.

y asióme por la cabeza y llegóse a olerme; y como debió sentir el huelgo[119], a uso de buen podenco, por mejor satisfacerse de la verdad, y con la gran agonía que llevaba, asiéndome con las manos, abríame la boca más de su derecho y desatentadamente[120] metía la nariz, la cual él tenía luenga y afilada, y a aquella sazón, con el enojo, se había augmentado un palmo; con el pico de la cual me llegó a la gulilla[121]. Y con esto, y con el gran miedo que tenía, y con la brevedad del tiempo, la negra longaniza aún no había hecho asiento en el estómago; y lo más principal: con el destiento de la cumplidísima nariz[122] medio cuasi ahogándome, todas estas cosas se juntaron y fueron causa que el hecho y golosina se manifestase y lo suyo fuese vuelto a su dueño. De manera que, antes que el mal ciego sacase de mi boca su trompa, tal alteración sintió mi estómago, que le dio con el hurto en ella, de suerte que su nariz y la negra mal maxcada longaniza a un tiempo salieron de mi boca.

¡Oh gran Dios, quién estuviera aquella hora sepultado, que muerto ya lo estaba! Fue tal el coraje del perverso

---

[119] *huelgo*: aliento. Cfr. fray Bartolomé de las Casas, *Apologética historia de las Indias*: «por el mucho mantenimiento crécele... el calor interior con excesiva cantidad y abundancia, del cual se sigue muchedumbre de huelgos y humores» (en Nueva Biblioteca de Autores Españoles, XIII, pág. 66 *a*).

[120] *desatentadamente*: «sin tiento vale... 'proceder sin consideración ni discurso', y al que esto hace llamamos *desatentado*» (Covarrubias).
   Unas líneas más abajo, «destiento», según M. Bataillon [1958] 217 n. 21, «parece una derivación humorística de *tiento*..., con alusión a *a destiempo*». Pero obsérvese que los vocabularios utilizados en el *Tesoro Lexicográfico* dan el mismo valor a *destiento* y *desatiento*; cfr. J. de Yciar, *Estilo de escribir cartas*, Zaragoza, 1552: «A un amigo comunicándole el desatiento que es el pleitear...»; y recuérdese también el toscano *stento*.

[121] *gulilla*: diminutivo de *gula*, «la caña del cuello [la epiglotis] por donde entra el manjar al estómago, y donde se toma el gusto de lo que se come y bebe» (*Dicc. de Autoridades*).

[122] Si, como parece, *destiento* se relaciona con *desatentadamente* (cfr. n. 120) habrá que entender 'con la desmesura o poca consideración de la nariz'; pero en *cumplidísima* deberá apreciarse un doble sentido: 'enorme, abundante' y 'muy cortés, que hace cumplimientos o cortesías' (vid. A. Blecua [1974] 108 n. 106).

ciego, que, si al ruido no acudieran, pienso no me dejara con la vida. Sacáronme de entre sus manos, dejándoselas llenas de aquellos pocos cabellos que tenía, arañada la cara y rascuñado[123] el pescuezo y la garganta. Y esto bien lo merescía, pues por su maldad me venían tantas persecuciones[124].

Contaba el mal ciego a todos cuantos allí se allegaban mis desastres, y dábales cuenta una y otra vez así de la del jarro como de la del racimo, y agora de lo presente. Era la risa de todos tan grande, que toda la gente que por la calle pasaba entraba a ver la fiesta; mas con tanta gracia y donaire recontaba[125] el ciego mis hazañas, que, aunque yo estaba tan maltratado y llorando, me parescía que hacía sinjusticia en no se las reír. Y en cuanto esto pasaba, a la memoria me vino una cobardía y flojedad que hice, por que me maldecía: y fue no dejalle sin narices, pues tan

---

[123] *rascuñado*: rasguñado, arañado; «*rasguñar*... no es derivado ni compuesto de *rasgar*, sino alteración, por influjo de este verbo, del anticuado *rascuñar*, que a su vez lo es de *rascañar*...*, derivado de *rascar*, pero alterado por influjo de *uña*» (J. Corominas-J. A. Pascual, IV, pág. 788).

[124] El sujeto de la frase principal debe ser «la garganta», que merecía el mal trato («esto») que acababa de recibir por parte del ciego; y el posesivo «su» que aparece en la oración causal alude, por tanto, a la misma garganta, que, incitada por el «apetito goloso», había incurrido en pecado («maldad»). Lázaro volverá a hablar de su garganta con parejo distanciamiento en el capítulo III: «Deso me podré yo alabar..., por de mejor garganta, y ansí fui yo loado della». Comp. A. Blecua [1974] 220-1.

Conjeturando que «merecía» vale 'alcanzaba' y que «bien» es adverbio de cantidad, y no de modo, se ha propuesto la siguiente paráfrasis: «y esto lo alcanzaba yo con abundancia, pues tantas persecuciones me venían por la maldad del ciego» (J. Caso [1967] 78 n. 111 y [1982] 29 n. 86). A la vista de las enmiendas que introducen Velasco y Juan de Luna («todo lo merecía yo, pues por mi maldad...»), algunos editores han sustituido «su» por «mi maldad». M. J. Asensio [1960] 250 entiende que el sujeto de «merecía», como también el referente del posesivo «su», ha de ser el ciego y propone situar esto punto a continuación de «pluguiera a Dios que lo hubieran hecho, que eso fuera así que así».

[125] *recontar* era frecuente en el sentido de 'contar, relatar'. Sin embargo, no debe descartarse aquí el significado iterativo que registra el *Dicc. de Autoridades* ('volver a contar'), pues *recontaba* concuerda de maravilla con «dábales cuenta una y otra vez».

buen tiempo tuve para ello, que la meitad[126] del camino
estaba andado; que con sólo apretar los dientes se me
quedaran en casa, y, con ser de aquel malvado[127], por
ventura lo retuviera mejor mi estómago que retuvo la
longaniza, y, no paresciendo ellas, pudiera negar la demanda[128]. Pluguiera a Dios que lo hubiera hecho, que
eso fuera así que así[129].

Hiciéronnos amigos la mesonera y los que allí estaban,
y, con el vino que para beber le había traído, laváronme

[126] *meitad*: 'mitad'; es forma etimológica (< *meetad* < *me[di]etate*), documentada en Castilla hasta principios del siglo xvi. Cfr. R. Menéndez Pidal, *Orígenes
del español*, Madrid, 1980, págs. 265-270.

[127] Entiéndase: 'aunque [las narices] fueran de aquel malvado', según corrige
Juan de Luna.
En el *Lazarillo* aparece con cierta frecuencia la construcción *con* +infinitivo,
pero no siempre en el mismo sentido. G. Siebenmann [1953] 71 incluye éste
entre los ejemplos con valor causal (*sic;* vid. más bien págs. 51 y 92) y señala
otros tres con valor concesivo (págs. 47, 49 y 92) y uno solo con valor temporal (pág. 123) y modal (pág. 42) respectivamente. Cfr., por otro lado, C. Guillén
[1966] 146 n. 120.

[128] Es decir, 'en ausencia del cuerpo del delito (las «narices»), podría haberse
evitado la demanda criminal' (F. Márquez [1957] 270); «negar la demanda» es
expresión técnica comunísima y, por tanto, no arguye especiales conocimientos
jurídicos en el autor del *Lazarillo*.
En el pasaje se ha querido hallar cierto parecido con otro de la versión del
Asno de oro por López de Cortegana, pág. 67 *b*: «todos me palpaban las encías
queriendo saber y contar de mis dientes la edad que había, e con este asco, llegando a mí uno que le hedían las manos, sobajando muchas veces mi boca con
sus dedos sucios, dile un bocado en la mano que casi le corté los dedos» (vid. J.
Molino [1965] 327 y F. Lázaro [1969] 40 n. 35).

[129] El giro *así que así*, como la variante *así que asá*, se utilizaba para mostrar
cierta indiferencia hacia un modo u otro de hacer las cosas: «no me da más por
una manera que de otra», explica Correas a propósito de *así que asá*. Si tenemos
presente, además, que era habitual el empleo de «eso» con el significado de 'lo
mismo' (cfr. H. Keniston, *Syntax*, 11.811 y 42.79), podremos interpretar la frase en los siguientes términos: «lo mismo me hubiera dado de un modo que del
otro, las consecuencias hubieran sido las mismas para mí habiéndole mordido la
nariz que no habiéndole hecho».
Por otra parte, el *Dicc. de Autoridades* registra la forma *así como así* en el sentido de 'ello es forzoso y en cualquier acontecimiento necesario' (cfr., vgr., *Viaje
de Turquía*, VII, pág. 202: «veamos en qué para, que ansí como ansí te tengo de
hacer cortar la cabeza»), y mientras J. Cejador [1914] 101 n. 2 entiende el *así que
así* del *Lazarillo* como 'cosa pasadera, mediana', A. Bonilla [1915] 139 lo interpreta como 'menos malo'. Vid. también A. Blecua [1974] 109-110 n. 13.

la cara y la garganta. Sobre lo cual discantaba el mal ciego donaires[130], diciendo:

—Por verdad, más vino me gasta este mozo en lavatorios al cabo del año, que yo bebo en dos. A lo menos, Lázaro, eres en más cargo al vino que a tu padre[131], porque él una vez te engendró, mas el vino mil te ha dado la vida.

Y luego contaba cuántas veces me había descalabrado y arpado[132] la cara, y con vino luego sanaba.

—Yo te digo —dijo— que si un hombre en el mundo ha de ser bienaventurado con vino, que serás tú.

Y reían mucho los que me lavaban, con esto, aunque yo renegaba. Mas el pronóstico del ciego no salió mentiroso, y después acá[133] muchas veces me acuerdo de aquel hombre, que sin duda debía tener espíritu de profecía, y me pesa de los sinsabores que le hice —aunque bien se lo pagué—, considerando lo que aquel día me dijo salirme tan verdadero como adelante Vuestra Merced oirá[134].

---

[130] *discantar*: propiamente, «cantar el contrapunto», «echar el contrapunto sobre algún paso» *(Dicc. de Autoridades)*, y de ahí «comentar, relatar, amplificar» (Oudin, en *Tesoro Lexicográfico*). Así, el texto no sólo apunta que el ciego comentaba por largo y con «donaires» la cura de Lázaro, sino también que ponía el contrapunto jocoso al triste suceso del mozo (A. Blecua [1974] 110 n. 114).
Compárese *El Crotalón*, V, pág. 151 a: «Todos aquellos caballeros entendían con sus damas... en motejarse y en discantar donaires...»; o bien Muñiño, *Lisandro y Roselia*, I, pág. 976: «Estánle un poco escuchando sus dos escuderos Oligides y Eúbulo, discantando sobre las palabras que le oyen decir».

[131] *«ser en cargo*: deber honra y hacienda...» (Correas); entiéndase aquí, pues, 'le debes más, estás más obligado'. Cfr. A. Enríquez de Guzmán, pág. 84 (y 91, 213, 230, etc.): «En mucho cargo son a Dios sus vasallos...»; y J. E. Gillet, III, págs. 82-83.

[132] *arpar*: 'arañar, desgarrar'. Comp., por ejemplo, Melchor de Santa Cruz, *Floresta española* (1574), X, 7: «un soldado que tenía la cara muy harpada»; y cfr. M. R. Lida, *La tradición clásica en España*, Barcelona, 1975, págs. 221-225.

[133] *después acá*: desde entonces. Cfr. H. Keniston, *Syntax*, 39.6. Comp. Pedro de Rhúa, *Cartas*, Burgos, 1599, fol. 3: «sólo lo que de los libros después acá por Vuestra Señoría publicados he gustado»; y Santa Teresa, *Libro de la Vida*: «he quedado con tanta libertad en esto, que después acá todo lo que veo me parece hace asco» *(Obras Completas*, ed. Efrén de la Madre de Dios y O. Steggink, 1982[7], pág. 168).

[134] La «profecía» del ciego se cumplirá cuando Lázaro pregone los vinos del Arcipreste de Sant Salvador.

Visto esto y las malas burlas que el ciego burlaba de mí, determiné de todo en todo dejalle, y como lo traía pensado y lo tenía en voluntad, con este postrer juego que me hizo afirmélo más. Y fue ansí que luego otro día salimos por la villa a pedir limosna, y había llovido mucho la noche antes; y porque el día también llovía[135], y andaba rezando debajo de unos portales que en aquel pueblo había, donde no nos mojamos[136], mas como la noche se venía y el llover no cesaba, díjome el ciego:

—Lázaro, esta agua es muy porfiada, y cuanto la noche más cierra, más recia. Acojámonos a la posada con tiempo.

Para ir allá habíamos de pasar un arroyo, que con la mucha agua iba grande. Yo le dije:

—Tío, el arroyo va muy ancho; mas, si queréis, yo veo por donde travesemos más aína[137] sin nos mojar, porque se estrecha allí mucho, y saltando pasaremos a pie enjuto.

Parescióle buen consejo y dijo:

—Discreto eres, por esto te quiero bien. Llévame a ese lugar donde el arroyo se ensangosta[138], que agora es invierno y sabe mal el agua, y más llevar los pies mojados.

Yo que vi el aparejo a mi deseo, saquéle de bajo de los portales y llevélo derecho de un pilar o poste de piedra que en la plaza estaba, sobre el cual y sobre otros cargaban saledizos de aquellas casas[139], y dígole:

---

[135] *el día:* con valor adverbial (como «la noche antes»), 'durante el día'; no, claro está, como sujeto de «llovía» (según el uso bien documentado: en Lope, por ejemplo, se halla «si en mí lloviese el norte...», «Llovían las Indias...»).

[136] *mojamos:* 'mojábamos', forma del imperfecto, como en pág. 52 «rezamos» 'rezábamos', por pérdida de la —*b*— del morfema temporal —*ba*— y posterior asimilación de las dos —*aa*—. Cfr. J. Caso [1967] 80 n. 127 y [1982] 31 n. 94.

[137] *aína:* pronto. Cfr. J. Corominas-J. A. Pascual, I, págs. 88-89.

[138] *se ensangosta:* se estrecha, se hace angosto. Cfr. M. Morreale, en *Homage to J. M. Hill,* Indiana University, 1968, págs. 300-301; y, por ejemplo, Gonzalo Fernández de Oviedo, *Historia general y natural de las Indias:* «Cresciendo continuamente los ríos e ensangostándoseles la tierra» (en Biblioteca de Autores Españoles, XVIII, pág. 559 *a*).

[139] *saledizo:* la parte del edificio «que sale fuera de la pared maestra de los ci-

—Tío, éste es el paso más angosto que en el arroyo hay.

Como llovía recio y el triste se mojaba, y con la priesa[140] que llevábamos de salir del agua, que encima de nós caía, y, lo más principal, porque Dios le cegó aquella hora el entendimiento (fue por darme dél venganza), creyóse de mí[141] y dijo:

—Ponme bien derecho y salta tú el arroyo.

Yo le puse bien derecho enfrente del pilar, y doy un salto y póngome detrás del poste, como quien espera tope de toro, y díjele:

—¡Sus! Saltá todo lo que podáis, porque deis deste cabo del agua.

Aun apenas lo había acabado de decir, cuando se abalanza el pobre ciego como cabrón y de toda su fuerza[142] arremete, tomando un paso atrás de la corrida para hacer mayor salto, y da con la cabeza en el poste, que sonó tan recio como si diera con una gran calabaza, y cayó luego para atrás medio muerto y hendida la cabeza.

—¿Cómo, y olistes la longaniza y no el poste? ¡Olé, olé![143] —le dije yo.

---

mientos» (Covarrubias). Aún hoy se conservan casas con «saledizos» en la plaza de Escalona: cfr. M. Criado de Val, *Teoría de Castilla la Nueva*, Madrid, 1969, págs. 250-251.

[140] *priesa:* prisa; es forma etimológica (< *prĕssa;* sobre la reducción de *ie* a *i,* vid. Y. Malkiel, en el colectivo *Directions for Historical Linguistics,* Austin, Texas, 1968, págs. 56 y ss.).

[141] *creyóse de mí:* es construcción documentada, por ejemplo, en Lope de Vega, *El toledano vengado,* III: «de vós soy ofendido,/ pues que de vós me creí» (en *Obras dramáticas,* Nueva ed. Real Academia, Madrid, 1916-1930, tomo II, pág. 616); y *La noche toledana,* I, pág. 100: «nunca del mar me creí...» (en *ibíd.,* tomo XIII, pág. 100); comp., además, *fiarse de (alguien).*

[142] Se ha conjeturado que el giro «de toda su fuerza» (mientras lo habitual en el resto de la obra es «con toda su fuerza») podría repetir aquí burlescamente una fórmula usada con especial frecuencia por el autor del *Amadís* en la descripción de combates: «herir, dar golpes de toda su fuerza». Cfr. A. Rumeau [1963] 25-30.

[143] *olé:* oled (cfr. aquí, n. 94). Sobre la tradición del episodio, vid. arriba, páginas 95*-96*.

Y dejéle en poder de mucha gente que lo había ido a socorrer, y tomé la puerta de la villa en los pies de un trote, y antes que la noche viniese di comigo en Torrijos[144]. No supe más lo que Dios dél hizo ni curé de lo saber[145].

TRACTADO SEGUNDO[1]

Cómo Lázaro se asentó con un clérigo, y de las cosas que con él pasó[2]

Otro día, no pareciéndome estar allí seguro, fuime a un lugar que llaman Maqueda[3], adonde me toparon mis pecados con un clérigo[4] que, llegando a pedir limosna, me preguntó si sabía ayudar a misa. Yo dije que sí, como era verdad; que, aunque maltratado, mil cosas buenas me mostró el

---

[144] Lázaro pondera la rapidez y urgencia con que salió de Escalona para llegar a Torrijos lo antes posible. La frase no ha de tomarse necesariamente en sentido literal, pues parece difícil que Lázaro anduviera 24 kms. en tan poco tiempo. Cfr. abajo, II, n. 3.

[145] 'Ni me preocupé de saberlo'. Cfr. arriba, n. 15.

[1] Con más o menos atención comentan el capítulo F. Courtney Tarr [1927] 407-409; C. Guillén [1957] 274-275; A. C. Piper [1961]; F. Lázaro [1969] 122-132; J. Varela Muñoz [1977] 166-169; H. Sieber [1978] 17-30; A. Vilanova [1978] 189-197 y [1979] 278-285; A. Gómez-Moriana [1980] 137-142; y D. Oberstar [1979-1980] 137-142.

[2] El epígrafe rompe la estrecha vinculación que existe entre el principio del capítulo y el final del anterior: así, por ejemplo, el adverbio «allí» remite a «Torrijos».

«*asentar con amo*» es 'obligarse por asiento ['contrato, salario'] a servir a otro'» (*Dicc. de Autoridades*). Cfr. especialmente pág. 127: «asenté por hombre de justicia con un alguacil».

[3] Maqueda está situada entre Escalona y Torrijos, y Lázaro, por tanto, hubo de retroceder unos diez Kms. Puede tratarse de una distracción del autor, como ahora tiende a creer J. Caso [1982] 34 n. 1; pero también de «una estratagema de Lázaro, deseoso de borrar sus huellas» (M. Bataillon [1958] 217 25).

«En escrituras..., se llama 'villa' a Maqueda, distante siete leguas de Toledo... Registra... unos 550 vecinos, y antes era mucho mayor» (*Relaciones topográficas de los pueblos de España ordenadas por Felipe II*, ed. J. Ortega Rubio, págs. 378-379); Lázaro, sin embargo, trata a Maqueda de «lugar», y no de «villa» (cfr. arriba, I, n. 104), ¿por desconocimiento o por usar la palabra en sentido lato ('sitio'), no institucional? Cfr. E. Lorente Toledo, *Gobierno y administración de la ciudad de Toledo*, págs. 56 y ss.; G. Sánchez de Rivera, *Don Gutierre de Cárdenas, señor de Torrijos. Materiales para una biografía*, Toledo, 1984, pág. 57 (con abundante bibliografía sobre el señorío de Maqueda).

[4] Aquí mismo, abajo, se dice: «topóme Dios con un escudero» (pág. 72). Comp. también Diego de Hermosilla, *Diálogo de los pajes*, pág. 16: «Dios me topó

pecador del ciego, y una dellas fue ésta. Finalmente, el clérigo me rescibió por suyo[5].

Escapé del trueno y di en el relámpago[6], porque era el ciego para con éste[7] un Alejandre Magno[8], con ser la mesma avaricia, como he contado. No digo más, sino que toda la laceria del mundo estaba encerrada en éste: no sé si de su cosecha era o lo había anejado con el hábito de clerecía[9].

Él tenía un arcaz viejo y cerrado con su llave, la cual traía atada con un agujeta del paletoque[10]. Y en viniendo el bodigo de la iglesia[11], por su mano era luego allí lanza-

---

con él». Según F. Márquez [1968] 101-102, «me toparon mis pecados...» prefigura «un desenlace catastrófico», mientras «topóme Dios...» constituye una suerte de «acción de gracias por el encuentro con un ser amable».

[5] *me rescibió por suyo:* me admitió a su servicio; cfr. abajo, págs. 71, 121. Nótese, por otro lado, que los ciegos rezaban «la misa y su devoción» (arriba, I, n. 50), y aun versiones supersticiosas de la misa.

[6] Es refrán ampliamente documentado. Cfr. también Pedro Vallés, *Libro de refranes,* Zaragoza, 1549: «Platón, siendo tan cortesano orador, en el *Libro de la República* dice: 'fumum fugiens in ignem incidi'; como quien dice: 'huyendo del toro, caí en el arroyo...'» (en C. Guillén [1966] 147 n. 133).

[7] *«Para* usado con la partícula *con* explica la comparación de una cosa con otra» *(Dicc. de Autoridades).*

[8] Alejandro era normalmente aducido como paradigma de liberalidad: cfr. M. R. Lida, «La leyenda de Alejandro», en *La tradición clásica en España,* página 183, n. 16; vid. también E. S. Morby, *La Dorotea,* pág. 451, n. 205, y J. E. Gillet, III, págs. 68-69.

[9] El pasaje (suprimido en el *Lazarillo castigado* de 1573) podría estar en deuda con la moraleja de la *novella* IV de Masuccio : «vedemo l'avarizia non solo universalmente a tutt'i religiosi esser innata passione, ma... d'ognuno di loro, non altramente seguirla e abbracciarla, che se per espresso precetto di obedienza da lor regule decreto e ordinato fosse» (M. R. Lida [1964] 358 n. 15); otro tanto se lee en el *De avaritia* de Poggio: «sacerdotibus... iamdudum hoc est commune malum et moribus consuetum», «ut rarum sit reperire sacerdotem cupiditatis expertem» (cfr. F. Lázaro, en *Homenaje a P. Sáinz Rodríguez,* II [Madrid, 1986], pág. 407).

[10] *agujeta:* correa con una hebilla en cada extremo usada para sujetar algunas prendas (cfr. M. J. Canellada, *Farsas,* págs. 242 y 289-290); *paletoque:* la capa, generalmente corta, con mangas holgadas o sin ellas, que hacía las veces de jubón (vid. III, n. 42). Comp. C. Bernis, *Indumentaria española,* págs. 74 y 98-99; *Trajes y modas,* II, págs. 110-113; y R. M. Anderson, *Hispanic Costume,* págs. 59 y 61-63.

[11] *bodigo:* 'pan preparado con leche, bollo' que «suelen llevar las mujeres [a la

do y tornada a cerrar el arca. Y en toda la casa no había
ninguna cosa de comer, como suele estar en otras algún
tocino colgado al humero[12], algún queso puesto en alguna tabla o, en el armario, algún canastillo con algunos pedazos de pan que de la mesa sobran; que me paresce a mí
que, aunque dello no me aprovechara, con la vista dello
me consolara. Solamente había una horca de cebollas[13], y
tras la llave[14], en una cámara en lo alto de la casa. Déstas
tenía yo de ración una para cada cuatro días, y cuando le
pedía la llave para ir por ella, si alguno estaba presente,
echaba mano al falsopecto[15] y con gran continencia[16] la
desataba y me la daba, diciendo:

—Toma y vuélvela luego y no hagáis[17] sino golosinar[18].

---

iglesia] por ofrenda», según Covarrubias (véase J. E. Gillet, III, págs. 308-309; y
abajo, VII, n. 23); para el inmediato *lanzado* 'metido', cfr. I, n. 67.

[12] *humero*: la campana de la chimenea, «adonde se cuelgan las morcillas y lon-
ganizas y otras cosas que se enjugan y secan al humo» (Covarrubias).

[13] *horca*: ristra; «*horca* de ajos, la soga que hace de los ajos al principio de un
ramal» (Covarrubias).

[14] *tras la llave*: bajo llave. La expresión y otras equivalentes se usaban «entendiendo que una cosa está muy guardada» (Correas).

[15] *falsopecto*: «El bolsillo que se incorpora en el entreaforro del sayo, que cae
sobre el pecho, adonde parece estar seguro el dinero más que en la faltriquera ni
otra parte» (Covarrubias). Cfr. S. Gili Gaya, en *Nueva Revista de Filología Hispánica*, II (1949), págs. 160-162.

[16] Es decir, 'con gran aire de moderación', 'con dignidad y templanza'. Sobre
continente, cfr. I, n. 50.

[17] La «mezcla de *tú* y *vos* tiene como antecedente el fácil tránsito de un tratamiento a otro dentro de una misma frase o en frases vecinas, atestiguado en todas las lenguas romances» (R. Lapesa, «Personas gramaticales y tratamientos en
español», *Revista de la Universidad de Madrid*, XIX [1973], págs. 153-154, con
abundantes ejemplos).

[18] *golosinar*: comer y escoger los manjares exquisitos sólo por el gusto *(Dicc. de
Autoridades)*.

Los dulces y conservas de Valencia, a que en seguida se alude, fueron especialmente conocidos. Cfr. *Libro de buen amor*, 1333 y ss.; y vid. también la lista
de «conservas» que ofrece Francisco Delicado en *La lozana andaluza* (añado entre [paréntesis cuadrados] definiciones de Covarrubias), XXIX, pág. 317: «Estos dos son agua de ángeles [la "distilada de muchas flores diferentes y drogas
aromáticas, rosada..., la de azahar, de jazmín, de limones, de murta"], y éste es
azahar, y éste cofín ["cesta"] son dátiles, y ésta toda es llena de confición, todo

Como si debajo della estuvieran todas las conservas de Valencia, con no haber en la dicha cámara, como dije, maldita la otra cosa que las cebollas colgadas de un clavo. Las cuales él tenía tan bien por cuenta, que, si por malos de mis pecados[19] me desmandara a más de mi tasa, me costara caro. Finalmente, yo me finaba de hambre.

Pues ya que comigo tenía poca caridad, consigo usaba más. Cinco blancas de carne era su ordinario para comer y cenar[20]. Verdad es que partía comigo del caldo[21], que

---

venido de Valencia...» De Valencia venían también confites y turrones: cfr. abajo, n. 65. Vid J. Pérez Vidal, «De la medicina galénica a la medicina popular», *Revista de dialectología y tradiciones populares*, XXXV (1980), pág. 124, y *Medicina y dulcería en el «Libro de buen amor»*, Madrid, 1981, págs. 39-41.

[19] Cfr. *El Crotalón*, IV, pág. 143 *b*: «si por malos de mis pecados me detenía algo al pasar de un lodo, o de alguna aspereza, o por piedras, o por cualquiera otra ocasión, cogía aquel bellaco una vara que llevaba de doce palmos y vareábame tan cruelmente por barriga y ancas y por todo lo que la carga descubría, que en todo mi cuerpo no dejaba lugar con salud».

[20] Es posible que se tratara de «cinco blancas de carne» para la comida y otras tantas para la cena (por más que «ordinario» era, según Covarrubias, «el gasto que uno tiene para su casa cada día»), y probablemente de carne de vaca, más barata y usual que el carnero. Cfr. *Diálogos muy apacibles* (1599): «—¿No tiene buen ordinario? —La lacería es ordinaria en su casa» (pág. 58).

La legislación castellana imponía específicamente la unidad de 16 onzas por libra en las ventas de carne y pescado; y cada libra pesaba 460,093 gramos. En Castilla la Nueva, el precio medio, en maravedís, de la libra de vaca fue 4,1, en 1520; 4,9, en 1530; 5, en 1540; 7,9, en 1550; 9,5, en 1551; 7,8, en 1552, y 10,0, en 1553. En muchos casos, los precios de la libra de carnero doblaron los de la de vaca: 6,6, en 1520; 11,0, en 1550; 15,1, en 1553 (vid. E. Hamilton, *El tesoro americano y la revolución de los precios en España, 1501-1650*, págs. 188-190, 338-339 y 358-359). Esos datos permiten inferir cuánta carne le darían al clérigo por «cinco blancas» (dos maravedís y medio) en las posibles fechas de acción y redacción. Para las raciones medias diarias en el Quinientos, vid. B. Bennassar, *La España del Siglo de Oro*, Barcelona, 1983, págs. 134-137; como elemento de comparación, adviértase, por ejemplo, que los treinta participantes en ciertas danzas celebradas en Toledo en 1554, en la solemne fiesta de Nuestra Señora, tuvieron «para comer», aparte otros alimentos más ligeros, ocho reales de carnero y cuatro de vaca: es decir, para cada uno de ellos había unas dieciséis blancas de carnero y ocho y medio de vaca (vid. las cuentas publicadas por E. Cotarelo y Mori, en Nueva Biblioteca de Autores Españoles, XVII, página CLXXIII, n.). Sin embargo, no hay que olvidar la avaricia del clérigo, ni descartar que Lázaro se fije en los precios de tiempo atrás (nótese en seguida el contraste entre «Los sábados *cómense* en esta tierra cabezas de carnero» y «enviábame por una, que *costaba* tres maravedís»). Por otra parte, cabe preguntarse si «cinco

de la carne ¡tan blanco el ojo![22], sino un poco de pan, y pluguiera a Dios que me demediara.

Los sábados cómense en esta tierra cabezas de carnero[23], y enviábame por una, que costaba tres maravedís. Aquélla le cocía, y comía los ojos y la lengua y el cogote y sesos y la carne que en las quijadas tenía, y dábame todos los huesos roídos. Y dábamelos en el plato, diciendo:

—Toma, come, triunfa[24], que para ti es el mundo. Mejor vida tienes que el Papa.

---

blancas de carne» fueron en algún momento una unidad reconocible, una medida especialmente habitual.

La inmediata referencia a la cabeza de carnero es más precisa. Aunque carezco de datos para la región de Toledo, puedo señalar que en Andalucía, en 1549, una cabeza de carnero, con las cuatro manos, valía 6 maravedís (M. R. Martínez y Martínez, *El libro de Jerez de los Caballeros*, Sevilla, 1892, pág. 96; comunicación de A. Blecua); y en Castilla la Nueva, en 1553, la docena de manos de carnero se pagaba a 18 maravedís (según Hamilton). Nada consigo concluir de todo ese material; pero el análisis de las cifras dadas en el *Lazarillo*, por parte de un especialista en historia económica, podría brindar algún resultado para la datación y la comprensión del relato.

[21] El partitivo indefinido *(de – el)* con el significado de 'algo del' fue más o menos normal hasta el último tercio del siglo XVI. Comp. H. Keniston, *Syntax*, 20.8; y J. E. Gillet, III, págs. 529-530.

[22] Entiéndase: 'me quedaba sin probarla, tan en blanco (vacío) como el blanco del ojo', o bien '[el clérigo] no me hacía ningún caso' (*«blanco has el ojo»*, término vulgar, para significar uno que no ha hecho caso dél ni aun mirándole a la cara», explica Covarrubias). Cfr. *La lozana andaluza*, XXXIV, pág. 340: «¿Qué queréis? ¿Por dinero venís? ¡Pues tan blanco el ojo! ¡Caminá!»; y S. de Horozco, en F. Márquez [1957] 275.

[23] A diferencia de los demás reinos de la península, que el sábado practicaban el ayuno, en Castilla ese día era costumbre comer «cabezas o pescuezos de los animales o aves, las asaduras, las tripas y pies y el gordo del tocino, excepto los perniles y jamones» (en A. Morel-Fatio, *Études sur l'Espagne*, III [París, 1904], pág. 423).

Comp. también Luis Hurtado de Toledo, *Descripción de Toledo* (1575), página 545: «Los sábados en este pueblo se comen cabezas y manos y los intestinos y menudos de los animales a causa d'estar tan lejos de la marítima y ser antigua costumbre» (cfr. A. Blecua [1974] 115 n. 132). Quizá eran esos los «duelos y quebrantos» que don Quijote (I, 1) comía los sábados: vid. la edición de M. de Riquer, Barcelona, 1962, pág. 32, n. 5; J. López Navío, en *Anales Cervantinos*, VI (1957), págs. 169-191; y ahora B. W. Wardropper, en *Romance Notes*, XX (1980), págs. 413-416.

[24] *«Triunfar...* por 'tomar placer y holgura'» (Correas). Se está recordando aquí un esquema quizá proverbial, empleado a menudo en *La lozana andaluza*,

«Tal te la dé Dios», decía yo paso[25] entre mí.

A cabo de tres semanas que estuve con él vine a tanta flaqueza, que no me podía tener en las piernas de pura hambre. Víme claramente ir a la sepultura, si Dios y mi saber no me remediaran. Para usar de mis mañas no tenía aparejo, por no tener en qué dalle salto[26]. Y aunque algo hubiera, no podía cegalle, como hacía al que Dios perdone —si de aquella calabazada feneció—, que todavía, aunque astuto, con faltalle aquel preciado sentido, no me sentía; mas estotro, ninguno hay que tan aguda vista tuviese como él tenía. Cuando al ofertorio estábamos, ninguna blanca en la concha caía que no era dél registrada: el un ojo tenía en la gente y el otro en mis manos. Bailábanle los ojos en el caxco como si fueran de azogue; cuantas blancas ofrecían tenía por cuenta, y, acabado el ofrecer, luego me quitaba la concheta y la ponía sobre el altar[27].

No era yo señor de asirle una blanca todo el tiempo que con él veví o, por mejor decir, morí[28]. De la taberna

XXXIII, XLIV y XLVIII, págs. 334-335, 387 y 401: «iSus, comamos y triunfemos, que esto nos ganaremos!», «Hermano, como a mis expensas y sábeme bien, y no tengo envidia del Papa, y gánolo y esténtolo y quiéromelo gozar y triunfar», «Bien parece que come y bebe y triunfa»; vid. también Cervantes, *Rinconete y Cortadillo*, pág. 227: «comía y bebía y triunfaba como cuerpo de rey»; otros ejemplos en J. E. Gillet, III, págs. 449-450. Por otra parte, T. Hanrahan [1983] 335 ha visto en las palabras del clérigo la concordancia de dos pasajes bíblicos: uno de I Corintios, XI, 24 («accipite et manducate») y otro de los Psalmos, XLIV, 5 («Prospere procede et regna»). Es de recordar asimismo el «veni, vidi, vici» de Julio César (en Suetonio, *Vidas de los Césares*, I, xxxvii, 2).

[25] *paso:* 'quedo, en voz baja', con valor adverbial (cfr. A. Zamora Vicente, ed. Tirso de Molina, *Por el sótano y el torno*, Buenos Aires, 1949, pág. 129; J. E. Gillet, III, pág. 556).

[26] *salto:* «vale asimismo pillaje, robo y botín» *(Dicc. de Autoridades),* 'asalto'; *dar salto:* propiamente, 'saltar', pero también 'salir, asaltar' (R. Menéndez Pidal, *Cantar de Mio Cid,* II, Madrid, 1954, pág. 836). Cfr. *Libro de los buenos proverbios,* I: «dieron ladrones salto a él» (ed. H. Sturm, Kentucky, 1970, pág. 43). Vid. abajo, n. 94.

[27] *concheta,* con el diminutivo italianizante varias veces atestiguado en el *Lazarillo* (cfr. I, n. 81), es lectura de la edición de Alcalá; véanse las *Variantes.*

[28] Cfr. *El Crotalón,* X, pág. 182 *b*: «En esta vida o, por mejor decir, muerte,

nunca le traje una blanca de vino; mas aquel poco que de la ofrenda[29] había metido en su arcaz compasaba[30] de tal forma, que le turaba toda la semana. Y por ocultar su gran mezquindad decíame:

—Mira, mozo, los sacerdotes han de ser muy templados en su comer y beber, y por esto yo no me desmando como otros.

Mas el lacerado[31] mentía falsamente, porque en cofradías y mortuorios que rezamos, a costa ajena comía como lobo y bebía más que un saludador[32].

Y porque dije de mortuorios, Dios me perdone, que jamás fui enemigo de la naturaleza humana sino enton-

---

pasé dos años...»; *Diálogos muy apacibles* (1599), pág. 57: «No mata [de hambre], porque yo nunca tuve vida después que estoy con él».

[29] *ofrenda:* «el pan, vino y otras cosas que llevan los fieles a la iglesia» *(Dicc. de Autoridades).* Comp. *El Crotalón,* IV, pág. 142 *b:* «Ofrecíanme cada domingo mucho vino y mucho pan»; y arriba, n. 11.

[30] «Repartir la hacienda y el gasto de modo que no venga a faltar se llama *compasar»* (Covarrubias).

[31] *lacerado:* cfr. arriba, I, n. 63.

[32] «Los *saludadores...* dicen que sanan con su saliva de la boca y con su aliento, diciendo ciertas palabras» (Pedro Ciruelo, *Reprobación de las supersticiones y hechicerías* [Salamanca, 1538], ed. A. V. Ebersole, Valencia, 1978, pág. 100); «por la mayor parte... son gente baja, perdida, aun de mal ejemplo de vida y que se alaban de más de lo que saben» (Antonio de Torquemada, *Jardín de flores curiosas,* págs. 324-325 y n. 125). Comp., por ejemplo, A. Enríquez Gómez, *Vida de don Gregorio Guadaña,* I: «Mi bisabuelo... era saludador... Ninguno le llevó ventaja en soplar hacia dentro: era la destrucción del vino... No... dejaba de saludar a Cazalla seis veces al día; y si San Martín [de Valdeiglesias, de vino famoso] estuviera cerca, hiciera lo mismo» (ed. C. Amiel, París, 1977, págs. 77-79). Véanse también J. E. Gillet, III, pág. 627; M. Herrero García, en *Hispania,* 1955, páginas 173-190.

Era costumbre ofrecer un pequeño refrigerio en los entierros y honras de difuntos; y en ese convite resultaba obligada la presencia del clérigo. Cfr. A. Cea Gutiérrez, «Los ciclos de la vida: ritos y costumbres en torno a los difuntos en Salamanca», *Revista de dialectología y tradiciones populares,* XL (1985), págs. 35-37.

Comp. *El Crotalón,* IV-V, págs. 138, 142 *b* y 156 *a:* «En ninguna cosa estos capellanes muestran ser aventajados, sino en comer y beber, en lo cual no guardan tiempo, ni medida, ni razón»; «cuando moría algún feligrés toda la hacienda le comíamos con mucho placer en entierro y honras: teníamos aquellos días muy grandes papilorrios, que ansí se llaman aquellas comidas entre nosotros [los clérigos], que se dan en los mortuorios», «no tenemos ojo ni cuenta, sino al propio interés y salarios, obladas y pitanzas de muertos».

ces. Y esto era porque comíamos bien y me hartaban. Deseaba y aun rogaba a Dios que cada día matase el suyo, y cuando dábamos sacramento a los enfermos, especialmente la Extremaunción, como[33] manda el clérigo rezar a los que están allí, yo cierto no era el postrero de la oración, y con todo mi corazón y buena voluntad rogaba al Señor, no que la echase a la parte que más servido fuese, como se suele decir[34], mas que le llevase de aqueste mundo. Y cuando alguno de éstos escapaba, Dios me lo perdone, que mil veces le daba al diablo; y el que se moría otras tantas bendiciones llevaba de mí dichas. Porque en todo el tiempo que allí estuve, que sería cuasi seis meses, solas veinte personas fallescieron, y éstas bien creo que las maté yo, o, por mejor decir, murieron a mi recuesta[35], porque, viendo el Señor mi rabiosa y continua muerte, pienso que holgaba de matarlos por darme a mí vida. Mas de lo que al presente padecía, remedio no hallaba; que si el día que enterrábamos yo vivía, los días que no había muerto, por quedar bien vezado[36] de la hartura, tornando a mi cuotidiana hambre, más lo sentía. De manera que en nada hallaba descanso, salvo en la muerte, que yo también para mí, como para los otros, deseaba algunas veces; mas no la vía, aunque estaba siempre en mí[37].

---

[33] Era frecuente el uso de *como* con sentido temporal, 'cuando' (cfr. H. Keniston, *Syntax*, 28.56 y 29.811).

[34] *la echase* debe referirse a «la oración», aunque podría tratarse de una errata de Burgos, pues Alcalá y Amberes traen «le echase». En cuanto al uso casi proverbial de toda la frase (marcado por el «como se suele decir»), cfr. sólo Cervantes, *Pedro de Urdemalas*, III, pág. 211: «Si ha de estar siempre nuestra alma/ en continuo movimiento,/ Dios me arroje ya a las partes/ donde más fuere servido»; *Quijote*, II, 3: «dejando esto del gobierno en las manos de Dios, que me eche a las partes donde más de mí se sirva».

[35] *recuesta*: de *requerir* se esperaría *requesta*, y ésa es la grafía del original, pero el cultismo se pronunciaba a la latina (comp. *encuesta*).

[36] *vezar*: 'acostumbrar'; derivado del antiguo *bezo* 'costumbre' (vid. J. E. Gillet, III, págs. 157).

[37] Vid. el comentario de S. Gilman [1966] 163-164.

Pensé muchas veces irme de aquel mezquino amo; mas por dos cosas lo dejaba: la primera, por no me atrever a mis piernas, por temer de la flaqueza que de pura hambre me venía; y la otra, consideraba y decía: «Yo he tenido dos amos: el primero traíame muerto de hambre, y, dejándole, topé con estotro, que me tiene ya con ella en la sepultura; pues si déste desisto y doy en otro más bajo, ¿qué será sino fenescer?»[38] Con esto no me osaba menear, porque tenía por fe que todos los grados había de hallar más ruines. Y a abajar otro punto, no sonara Lázaro ni se oyera en el mundo[39].

Pues estando en tal aflicción, cual plega[40] al Señor librar della a todo fiel cristiano, y sin saber darme consejo, viéndome ir de mal en peor, un día que el cuitado, ruin y lacerado de mi amo había ido fuera del lugar, llegóse acaso[41] a mi puerta un calderero[42], el cual yo creo que fue

---

[38] La idea se encuentra ya en el *Libro de los exemplos*: «De temer es cuando es malo el señor,/ que después averá otro peor» (ed. J. E. Keller, Madrid, 1961, pág. 380; C. Guillén [1966] 147 n. 133); vid. también *Diálogos muy apacibles* (1599), pág. 58: «Temo de encontrar otro [amo] peor y no querría, por huir de la llama, dar en las brasas»; y el proverbio «Mal amo has de guardar, por miedo de empeorar» (L. Martínez Kleiser, ed., *Refranero General*, núm. 14.285).

[39] *grado* se usa primero como 'escalón'; pero al emparejarse luego con «punto» 'nota' cobra retrospectivamente valor musical. Cfr. Melchor de Santa Cruz, *Floresta española*, IV, 8: «Un estudiante, preciándose de muy privado de una señora, fuela a visitar con otro, y ella llamábale *vós*, y él llamóla *señoría*. La señora, muy enojada, le preguntó por qué la llamaba *señoría*. Respondió el estudiante: 'Suba V. M. un punto y abajaré yo otro, y andará la música concertada'». Para el uso de «punto» como término musical, vid. *Libro de buen amor*, 70 *bc*; A. Salazar, en *Nueva Revista de Filología Hispánica*, II (1948), pág. 43; E. S. Morby, *La Dorotea*, pág. 81, n. 70.

[40] *plega*: 'plazca'; es forma etimológica del presente de subjuntivo del verbo *placer*.

[41] *acaso*: adverbio, 'de improviso', 'por azar'. Cfr., por ejemplo, Cervantes, *Rinconete y Cortadillo*, pág. 228: «A esta sazón pasaron acaso por el camino una tropa de caminantes a caballo».

[42] «Se llama también [*calderero*] el que anda vendiendo por las calles sartenes, badiles y otros instrumentos caseros de cobre o hierro sin tener tienda pública, el cual por ordinario está reputado por gitano o vagabundo» *(Dicc. de Autoridades)*. En las Cortes de Madrid de 1528 se dice: «por isperencia se ha visto e ve por todo el reino que de andar como andan los caldereros por ellos se siguen

ángel enviado a mí por la mano de Dios en aquel hábito[43]. Preguntóme si tenía algo que adobar[44]. «En mí teníades bien qué hacer y no haríades poco si me remediásedes», dije paso, que no me oyó. Mas, como no era tiempo de gastarlo en decir gracias, alumbrado por el Spíritu Sancto[45], le dije:

—Tío, una llave de este arte he perdido[46], y temo mi señor me azote. Por vuestra vida, veáis si en esas que traéis hay alguna que le haga, que yo os lo pagaré.

Comenzó a probar el angélico calderero una y otra de un gran sartal que dellas traía, y yo ayudalle[47] con mis flacas oraciones. Cuando no me cato[48], veo en figura de

grandes daños e inconvinientes...» (en M. Morreale [1954] 30); Gonzalo Fernández de Oviedo, entre 1548 y 1556, se fija en «esos franceses que vienen de Urllac a España a remendar calderas y estragar cerraduras e hacer llaves baladís» (A. Redondo [1986] n. 122); y la gente solía decir, según registra Correas, «gordo y roto como calderero». Cfr. M. J. Asensio [1959] 82; y F. Lázaro [1969] 127-128.

[43] *hábito*: «vulgarmente vale el vestido y traje de cada uno» (Covarrubias) o, en sentido más general, 'disposición física o moral de alguien'. Comp. abajo, pág. 73: «me parescía, según su hábito..., ser el que yo había menester».

[44] *adobar*: «reparar, concertar alguna cosa que está mal parada...» (Covarrubias). Comp. Baltasar Gracián, *Criticón*: «Los caldereros siempre tenían calderas que adobar» (ed. M. Romera-Navarro, II, Filadelfia, 1939, pág. 181).

[45] La edición expurgada de 1573 trae «alumbrado por no sé quién». Cfr. *Relación muy verdadera...* (1555), en *Relaciones de los reinados de Carlos V y Felipe II*, I, Madrid, 1949, pág. 138: «Y como al capitán se lo dijeron, alumbróle el Espíritu Santo y dijo...» (A. Blecua [1971-2] 118 n. 146); *Viaje de Turquía*, VI, pág. 178: «volvíme al verdugo alumbrado por el Espíritu Santo...» (y vid. V. García de la Concha [1981] 61).

[46] Quizá hay que entender que Lázaro, con signos, está explicando cómo es la llave y que «de esta arte» vale 'de este modo', 'de tal manera'; también podría interpretarse «arte» en el sentido de 'artefacto, objeto', y, por ahí, de «arca para guardar el pan y otros alimentos», como explica Oudin (en *Tesoro Lexicográfico*), seguramente recordando las lecturas de Burgos y Amberes. Alcalá edita, comprensiblemente, «arcaz», pues enseguida se dice «le haga» ('sirva, se ajuste', a la cerradura del arcaz); cfr. Lope de Rueda, *Pasos*, pág. 198: «Y algunas veces hacer de un pedacillo de alambre una llave que hace a cualquier cerradura».

[47] Es decir, 'y yo [a] ayudarle', con la *a* embebida (cfr. arriba, I, n. 62, y abajo, III, n. 48).

[48] *cuando no me cato*: 'cuando menos lo pienso, inesperadamente'; así en Correas. Comp. *Quijote*, I, 12: «Pero hételo aquí, cuando no me cato, que remanece un día la melindrosa Marcela...»

panes, como dicen, la cara de Dios[49] dentro del arcaz.
Y, abierto, díjele:

—Yo no tengo dineros que os dar por la llave, mas tomad de ahí el pago.

Él tomó un bodigo de aquéllos, el que mejor le pareció, y, dándome mi llave, se fue muy contento, dejándo-
me más a mí.

Mas no toqué en nada por el presente, porque no fuese
la falta sentida; y aun, porque me vi de tanto bien señor,
parescióme que la hambre no se me osaba allegar. Vino
el mísero de mi amo, y quiso Dios no miró en la oblada
que el ángel había llevado. Y otro día, en saliendo de
casa, abro mi paraíso panal y tomo entre las manos y
dientes un bodigo, y en dos credos le hice invisible[50], no

---

[49] Era manera proverbial de referirse al pan: «*Cara de Dios*. Ansí llaman al
pan, y alzan el pedazo viéndolo caído en el suelo» (Correas). Cfr. *Viaje de Turquía*, XV, pág. 389: «Lo mesmo hacen si topan un bocado de pan, diciendo que
es la cara de Dios»; Quevedo, *Buscón*, pág. 289: «Dijo algo ronco, tomando un
pan con las manos y mirando a la luz: 'Por esta, que es cara de Dios...'»

Sin embargo, no todos han aceptado el carácter proverbial del sintagma, por
más que lo subrayen las repetidas indicaciones del narrador («como dicen»,
«ansí dicen los niños». Así, J. Terlingen [1963] 463-478 entendió «cara» como
calco del francés «chère, bonne chère» ('comida, rica comida') y «de Dios» con
valor adjetivo ('divina'). Por otro lado, J. V. Ricapito [1973] 142-146 (con
abundante bibliografía sobre el pasaje) considera la expresión «dentro de la
gama de los conceptos de religión, irreverencia y acaso sus puntos y ribetes de
erasmismo» que —según él— aparecen en el *Lazarillo*.

[50] El sintagma adverbial utilizado por Lázaro tenía más frecuentemente la
forma «en un credo»: «En un abrir y cerrar de ojos, *en un credo*, en un avemaría:
por 'muy brevemente'» (Correas); y, abajo, III, pág. 84: «en un credo la [casa]
anduve toda». Cfr. J. E. Gillet, III, págs. 510-511; G. Álvarez [1985] 129 n. 11;
y Diego de Hermosilla, *Diálogo de los pajes*, pág. 61: «Y de aquí a pocos años, sus
nietos y bisnietos de esos de vuestro lugar saldrán con sus apellidos..., y en dos
credos se hacen hidalgos». Dado el contexto religioso, la comparación es apropiada: vid. F. Márquez [1968] 101, pero también V. García de la Concha [1972]
255.

La alusión al «arcaz» del clérigo como «paraíso panal» y la utilización deliberada durante todo este pasaje de un lenguaje religioso y eucarístico (de «ángel» a
«credo», o, abajo, en la mención del arca como «llagada» en «su costado») han
sido particularmente subrayadas por la mayoría de estudiosos. En cualquier
caso, parece anacrónico buscar especial trascendencia en semejante uso de la
fraseología y liturgia cristianas: en el Siglo de Oro fue corriente la práctica «de

se me olvidando el arca abierta. Y comienzo a barrer la casa con mucha alegría, paresciéndome con aquel remedio remediar dende en adelante la triste vida.

Y así estuve con ello aquel día y otro gozoso; mas no estaba en mi dicha que me durase mucho aquel descanso, porque luego al tercero día me vino la terciana derecha[51]. Y fue que veo a deshora al que me mataba de hambre sobre nuestro arcaz, volviendo y revolviendo, contando y tornando a contar los panes. Yo disimulaba, y en mi secreta oración[52] y devociones y plegarias decía: «¡Sant Juan, y ciégale!»[53]

_____

asociar a situaciones enteramente profanas, a momentos de comicidad o erotismo, imágenes sacras y analogías con los dogmas centrales del cristianismo... Un pueblo, como el español, habituado por la predicación, el auto religioso, las imágenes y procesiones a constantes alegorizaciones de los textos evangélicos, fácilmente entreveía en cada acción por trivial que fuese, en cada personaje y escena vulgar, correspondencia y paralelismo con Cristo y las ceremonias de la Iglesia» (E. Asensio [1967] 105).

Comp. R. Lied [1960] 53-58; A. Piper [1961] 269-271; S. Gilman [1966] 164-165 (ve en el final del episodio una reducción de la figuración bíblica a realidades físicas); F. Márquez [1968] 101 y 104; A. T. Perry [1970] 139-146; V. García de la Concha [1972] 262-265 y [1981] 171-174 (insiste en la relación paródica del episodio con la eucaristía); W. Holzinger [1972-3] 229-236; A. Deyermond [1975] 24-25; A. Francis [1978] 76-93; J. A. Madrigal [1979] 410; A. Armisén, *Estudios sobre la lengua poética de Boscán*, Zaragoza, 1982, pág. 408, n. 203; A. Michalski [1979] 413-420; y T. Hanrahan [1983] 334.

[51] La *terciana* es la fiebre que sobreviene cada cuarenta y ocho horas, es decir, «al tercero día», según el antiguo modo de contar; y *derecha* podría tener aquí el valor de 'directa' (Covarrubias).

En una de las cartas castellanas de Francisco López de Villalobos se documenta la expresión «derecha terciana», probablemente con el significado de 'genuina, apropiada, justa terciana', aunque tampoco cabe descartar el de 'terciana directamente...': «El Rey, nuestro señor, trata de amores con la señora fulana; a los terceros días la viene a ver; y entre estos y estas no hay más memoria que si nunca la viera. Es una *derecha terciana* de mayo...» (*Algunas obras*, pág. 20). Sin embargo, también se ha conjeturado que «terciana derecha» vale 'terciana continua', término médico comunísimo, desde Galeno al mismo Villalobos. Como sea, la enfermedad está aquí muy bien aducida, por cuanto se imponía el ayuno inmediato a quien la padecía; comp., por ejemplo, Villalobos, *Sumario de la medicina*: «Primero en los días de la calentura/ no debes mover ni el paciente comer» (ed. M. T. Teresa, Salamanca, 1973, pág. 124). Cfr. C. Guillén [1966] n. 166; A. Blecua [1974] 119; V. García de la Concha [1981] 62; y B. Morros [1985].

[52] Se llama *secreta*, propiamente, a 'cada una de las oraciones que se dicen en

Después que estuvo un gran rato echando la cuenta, por días y dedos contando, dijo:

—Si no tuviera a tan buen recado[54] este arca, yo dijera que me habían tomado della panes; pero de hoy más[55], sólo por cerrar la puerta a la sospecha, quiero tener buena cuenta con ellos[56]: nueve quedan y un pedazo.

«¡Nuevas malas te dé Dios!» —dije yo entre mí.

Parecióme con lo que dijo pasarme el corazón con saeta de montero[57], y comenzóme el estómago a escarbar de hambre, viéndose puesto en la dieta pasada. Fue fuera de casa. Yo, por consolarme, abro el arca, y como vi el pan, comencélo de adorar, no osando rescebillo[58]. Contélos, si a dicha[59] el lacerado se errara, y hallé su cuenta más verdadera que yo quisiera. Lo más que yo pude hacer fue dar en ellos mil besos, y, lo más delicado que yo pude, del

---

la misa después del ofertorio y antes del prefacio, llamadas así porque se recitan en un tono bastante bajo' *(Dicc. de Autoridades);* aquí se trata simplemente de una 'oración dicha en voz baja'. Cfr. F. Márquez [1968] 101.

[53] «Y volviendo a la palabra ['cegar'] tenemos algunas frasis, aunque de la gente común y vulgar, como 'ciégale, San Antón' al ver que va a hacer alguna cosa mala, deseando que aunque tope con lo que va a buscar, no lo vea» (Covarrubias). Aquí, «San Juan» en vez de «San Antón» se explica porque el primero era el patrón de los criados (cfr. I, n. 103).

[54] *a buen recado:* «modo adverbial que vale 'con todo cuidado y seguridad'»; *«recaudo* se toma también por lo mismo que *recado»* *(Dicc. de Autoridades).*

[55] *de hoy más:* a partir de hoy. Cfr., por ejemplo, *Quijote,* II, 3: «Sea para mí y para todos mis descendientes, si de hoy más, aunque viviesen más años que Matusalén, diere consejo a nadie».

[56] Nótese el doble sentido de «tener cuenta con ellos»: 'contarlos' y 'tener cuidado de que no me los roben'.

[57] *de montero:* quizá la precisión se debe a que el montero, en la caza mayor, ha de lanzar una saeta más gruesa y con fuerza especial.

[58] *comencélo de adorar:* «según la sintaxis de los siglos XVI y XVII, a menudo se anteponía *de* al infinitivo» (R. J. Cuervo, *Diccionario de régimen y construcción de la lengua castellana,* I, Bogotá, 1886 , pág. 140). Cfr. abajo, V, n. 20, y algunos ejemplos en H. Keniston, *Syntax,* 37.541.

Lázaro comenta su temor a comer los panecillos como si se tratara de *recibir* la sagrada comunión; comp. Feliciano de Silva, *Segunda Celestina,* XXXI, página 505: «Déjame, señora, adorar a mi Dios antes que lo reciba».

[59] *si a dicha:* entiéndase, 'por si acaso, si por suerte'. Cfr. *Quijote,* I, 2: «Lotadio, advierte que te digo si a dicha te atrevieres a pasar desta raya que ves...»

partido partí un poco al pelo que él estaba[60], y con aquél pasé aquel día, no tan alegre como el pasado.

Mas como la hambre creciese, mayormente que tenía el estómago hecho a más pan aquellos dos o tres días ya dichos, moría mala muerte; tanto, que otra cosa no hacía, en viéndome solo, sino abrir y cerrar el arca y contemplar en[61] aquella cara de Dios, que ansí dicen los niños. Mas el mesmo Dios, que socorre a los afligidos, viéndome en tal estrecho[62], trujo a mi memoria un pequeño remedio; que, considerando entre mí, dije: «Este arquetón es viejo y grande y roto por algunas partes, aunque pequeños agujeros[63]. Puédese pensar que ratones, entrando en él, hacen daño a este pan. Sacarlo entero no es cosa conveniente, porque verá la falta el que en tanta me hace vivir[64]. Esto bien se sufre».

Y comienzo a desmigajar el pan sobre unos no muy costosos manteles que allí estaban, y tomo uno y dejo otro, de manera que en cada cual de tres o cuatro desmigajé su poco. Después, como quien toma gragea[65], lo

---

[60] Es decir, 'corté el pan partido por la parte ya cortada' o 'en la dirección en que él [pan] estaba [cortado]'; *al pelo...*, modo adverbial que vale 'según o hacia el lado a que se inclina el pelo en la piel'» *(Dicc. de Autoridades)*.

[61] *contemplar en* tenía exclusivamente un uso religioso (cfr. J. E. Gillet, III, pág. 614); lo recoge sólo en ese sentido Covarrubias: «considerar con mucha diligencia y levantamiento de espíritu las cosas altas y escondidas..., como son las cosas celestiales y divinas». Así, Pedro López de Ayala, *Rimado de Palacio*, 1422 *ac*: «La tu gracia, Señor, muy mucho es mester/ para que nós podamos estos bienes aver/ e en Ti contemplar e ál nunca querer...»; vid. también *La comedia Thebaida*, págs. 27 y 55.

[62] «*Estar puesto en estrecho:* 'estar en necesidad y en peligro'» (Covarrubias).

[63] Para remediar el anacoluto, el *Lazarillo castigado* escribe: «...y roto, y por algunas partes con algunos pequeños agujeros». A. Cavaliere [1955] ha propuesto entender: 'aunque [son] pequeños agujeros'.

[64] Es decir, 'en tanta falta, privación...'. El echar a los ratones la culpa de la desaparición del pan ha sido juzgado sugerencia de la traducción castellana del *Asno de oro*, pág. 86 *b*: «que debían por todas vías y artes que pudiessen, buscar el ladrón que aquel común daño hacía, porque no era de creer que el asno que allí solamente estaba se había de aficionar a comer tales manjares, pero que cada día faltaban los principales y más preciados manjares; demás desto, en su cámara *no había muy grandes ratones ni moscas*»; vid. A. Vilanova, pág. 196, y arriba, pág. 101*.

[65] *gragea:* «una especie de confitura muy menuda, y por ser de granitos re-

comí y algo me consolé. Mas él, como viniese a comer y abriese el arca, vio el mal pesar, y sin dubda creyó ser ratones los que el daño habían hecho, porque estaba muy al propio contrahecho[66] de como ellos lo suelen hacer. Miró todo el arcaz de un cabo a otro y viole ciertos agujeros por do sospechaba habían entrado. Llamóme, diciendo:

—¡Lázaro! ¡Mira, mira, qué persecución ha venido aquesta noche por nuestro pan!

Yo híceme muy maravillado, preguntándole qué sería.

—¡Qué ha de ser! —dijo él—. Ratones, que no dejan cosa a vida[67].

Pusímonos a comer, y quiso Dios que aun en esto me fue bien, que me cupo más pan que la laceria que me solía dar. Porque rayó con un cuchillo todo lo que pensó ser ratonado, diciendo:

—Cómete eso, que el ratón cosa limpia es.

Y así, aquel día, añadiendo la ración del trabajo de mis manos, o de mis uñas, por mejor decir, acabamos de comer, aunque yo nunca empezaba.

Y luego me vino otro sobresalto, que fue verle andar solícito quitando clavos de las paredes y buscando tablillas, con las cuales clavó y cerró todos los agujeros de la vieja arca. «¡Oh Señor mío —dije yo entonces—, a cuánta miseria y fortuna y desastres estamos puestos los nascidos y cuán poco turan los placeres de esta nuestra trabajosa vida![68] Heme aquí que pensaba con este pobre

---

dondos se dijo así» (Covarrubias); también se contaba entre las «conservas de Valencia» antes citadas. Cfr. M. Bataillon [1958] 217 n. 29; y J. Pérez Vidal, *Medicina y dulcería en el «Libro de buen amor»*, págs. 227-229.

[66] *al propio contrahecho*: convenientemente imitado. Cfr. *Teágenes y Caridea*, página 238: «Después de haber desta manera contrahecho y fingido muy al propio sus personas». Sobre *contrahacer* véase J. Corominas-J. A. Pascual, III, pág. 299.

[67] *a vida*: con vida. «No ha de quedar moro a vida» (Lope de Vega, *Los Porceles de Murcia*, apud C. Fernández Gómez, *Vocabulario completo de L. de V.*, Madrid, 1971, *s. v.*).

[68] Parecen transparentarse aquí unos versos de las *Coplas por la muerte de su*

y triste remedio remediar y pasar mi laceria y estaba ya cuanto que alegre[69] y de buena ventura. Mas no quiso mi desdicha, despertando a este lacerado de mi amo y poniéndole más diligencia de la que él de suyo se tenía (pues los míseros, por la mayor parte, nunca de aquélla carecen), agora, cerrando los agujeros del arca, cierrase la puerta a mi consuelo y la abriese a mis trabajos»[70].

Así lamentaba yo, en tanto que mi solícito carpintero, con muchos clavos y tablillas, dio fin a sus obras, diciendo:

—Agora, donos traidores ratones[71], conviéneos mudar propósito, que en esta casa mala medra tenéis[72].

De que salió de su casa, voy a ver la obra, y hallé que no dejó en la triste vieja arca agujero ni aun por donde le pudiese entrar un moxquito. Abro con mi desaprovechada llave, sin esperanza de sacar provecho, y vi los dos o

---

padre de Jorge Manrique: «*Los placeres* y *dulzores/ de esta vida trabajada/* que tenemos...» (*Cancionero*, ed. A. Serrano de Haro, Madrid, 1985, pág. 255).

[69] *yacuanto que alegre:* algo, un poco alegre. Cfr. R. Menéndez Pidal, *Cantar del Cid*, vol. II, pág. 260.

[70] *cierrase:* errata o —menos probablemente— forma del imperfecto de subjuntivo («cerrase», como traen Alcalá y Amberes) con diptongación analógica, y no del presente de indicativo *(ciérrase)*. La dificultad del pasaje parece venir de un cruce de construcciones: «no quiso mi desdicha» se refiere al punto anterior, mientras lo siguiente debiera depender de «[sí] quiso». No obstante, algunos editores intentaron aclarar la confusión: así, Velasco añade «sino que» delante de «agora» y Juan de Luna introduce numerosos cambios («mas mi desdicha, no harta de perseguirme, añadió solicitud y diligencia a la mucha de este mi desdichado amo..., que, cerrando los agujeros del arca, cierra la puerta a mi consuelo y la abre a mis trabajos»). También podría pensarse en puntuar fuerte tras las dos primeras palabras («Mas no; quiso mi desdicha...»), o bien después de «mi desdicha» («Mas no quiso mi desdicha: despertando...»). Pero, en definitiva, todo parece indicar que se trata de un cruce de construcciones. Cfr. J. Caso [1967] 91 n. 55 y [1982] n. 34. Burgos, por otro lado, escribe «labriese».

[71] *donos* es plural de *don*, y normalmente aparece antepuesto a sustantivos con semejante sentido despectivo. Cfr. *Poema de Fernán González*, 641 *b* («Dixo: 'Donnos traydores, non vos podedes [fo]yr'»); más ejemplos, en J. E. Gillet, III, pág. 276; A. Blecua [1974], pág. 122, n. 159, y M. J. Canellada, *Farsas*, página 274. Compárese con el valor intensivo de *so* (< *señor*) en expresiones de injuria.

[72] *medra:* mejora, progreso *(Dicc. de Autoridades)*.

tres panes comenzados, los que mi amo creyó ser ratonados, y dellos todavía saqué alguna laceria, tocándolos muy ligeramente, a uso de esgremidor diestro[73]. Como la necesidad sea tan gran maestra, viéndome con tanta siempre, noche y día estaba pensando la manera que ternía[74] en substentar el vivir. Y pienso, para hallar estos negros remedios, que me era luz la hambre, pues dicen que el ingenio con ella se avisa, y al contrario con la hartura, y así era por cierto en mí[75].

Pues estando una noche desvelado en este pensamiento, pensando cómo me podría valer y aprovecharme del arcaz, sentí que mi amo dormía, porque lo mostraba con roncar y en unos resoplidos grandes que daba cuando estaba durmiendo. Levantéme muy quedito y, habiendo en el día pensado lo que había de hacer y dejado un cuchillo viejo que por allí andaba en parte do le hallase, voyme al triste arcaz, y por do había mirado tener menos defensa le acometí con el cuchillo, que a manera de barreno dél usé. Y como la antiquísima arca, por ser de tantos años, la hallase sin fuerza y corazón, antes muy blanda y carcomida, luego se me rindió y consintió en su costado, por mi remedio, un buen agujero. Esto hecho, abro muy paso la llagada arca, y, al tiento, del pan que hallé partido hice

---

[73] El «esgremidor diestro», sin llegar a herir, deja una mínima señal que asegura que el contrario ha sido tocado. «Porque es menester particular destreza en el esgrima para señalar la herida tanto que se eche de ver, sin que se asiente pesada la mano» (J. de Robles, *El culto sevillano*, 1631, *apud* Lope de Vega, *El caballero de Olmedo*, Madrid, 1985⁶, nota a vv. 89-90).

[74] En el siglo XVI, aún se vacila entre la forma con metátesis, *ternía*, y la forma con epéntesis, *tendría*.

[75] En el párrafo, se aducen dos sentencias muy conocidas. Erasmo recuerda la primera de ellas en sus *Adagios*, VI, viii, 55: «Necessitas magistra» (A. Marasso [1955] 160); y Correas la recoge en su *Vocabulario*: «La necesidad hace maestros». En la *Celestina* (IX), se dice: «La necesidad y pobreza, la hambre... no hay mejor maestra en el mundo, no hay mejor despertadora y avivadora de ingenios»; se parafrasean ahí unos versos de Persio, *Sátiras*, pról., 10-11: «Magister artis, ingenique largitor/ venter...»; Correas también registra «la hambre despierta el ingenio». Cfr. J. E. Gillet, III, págs. 300-301 y 889; y M. R. Lida, en *La tradición clásica en España*, págs. 233, 238.

según deyuso está escripto[76]. Y con aquello algún tanto consolado, tornando a cerrar me volví a mis pajas, en las cuales reposé y dormí un poco. Lo cual yo hacía mal, y echábalo al no comer, y ansí sería, porque cierto en aquel tiempo no me debían de quitar el sueño los cuidados de el rey de Francia[77].

Otro día fue por el señor mi amo visto el daño, así del pan como del agujero que yo había hecho, y comenzó a dar a los diablos los ratones y decir:

—¿Qué diremos a esto? ¡Nunca haber sentido ratones en esta casa sino agora!

Y sin dubda debía de decir verdad. Porque si casa había de haber en el reino justamente de ellos privilegia-

---

[76] *deyuso*: 'abajo'; pero Lázaro no hace tal cosa 'abajo' (a no ser que por 'abajo' se entienda 'antes'), sino arriba (de ahí que Velasco edite «desuso»). Cfr. J. Caso [1967] 93 n. 63 y [1982] 47 n. 37.

[77] Desde principios de siglo, se ha pensado que la frase alude a la prisión de Francisco I, en 1525, tras la derrota de Pavía (vid. la introducción, pág. 17*). Nada permite confirmar esa conjetura, y aun, de confirmarse, nada nos diría sobre la fecha de la novela, salvo señalarle un *terminus post quem*. Nótese que Lázaro habla de «aquel tiempo» con lejanía: lo menciona fundamentalmente como el tiempo de su infancia, cuando aún estaba, «como niño, dormido»; y sólo secundariamente podría indicar que era también el tiempo de «los cuidados de el rey» Francisco I: posibilidad difícil, pero que no puede descartarse por entero, si se juega con la escurridiza cronología interna de sólo los dos primeros capítulos (cfr. arriba, pág. 19*, n. 10).

Sin embargo, «el rey de Francia» era término de comparación tan socorrido en español (y en italiano), que parece poco probable que nadie pudiera distinguir en nuestro pasaje una referencia a Francisco I. Así, escribe el doctor Villalobos: «Acuérdome que Hernando de Vega, mi amigo, solía decir que se maravillaba mucho del *rey de Francia* cómo no despertaba todas las noches con *cuidado* que le habían de tomar su reino...» (Biblioteca de Autores Españoles, XXXVI, pág. 412 *b*, *apud* A. Blecua [1974] 9 n. 3); Correas recoge: «Esos *cuidados* matan al rey...» (comp. Francesillo de Zúñiga, «Carta al marqués de Pescara»: «con cuidados que tengo de gobernar estos reinos...»; Biblioteca de Autores Españoles, pág. 58 *b*). Y la figura del «rey de Francia» aparece en varios proverbios (R. O. Jones [1963] xv) y en textos literarios como la *Segunda parte del Lazarillo* («andando [Lázaro] por las calles con tal ímpetu y furor, que me parece a aquella sazón lo quisiera haber con un rey de Francia»; pág. 100 *a*) o los *Pasos* de Lope de Rueda («Una cosa terná segura, señor Molina, que en azotándole y estando tres o cuatro años al servicio de su Magestad en galeras no terná más que ver la justicia con él que el rey de Francia»; pág. 199).

da[78], aquélla de razón había de ser, porque no suelen morar donde no hay qué comer. Torna a buscar clavos por la casa y por las paredes, y tablillas a atapárselos[79]. Venida la noche y su reposo, luego era yo puesto en pie con mi aparejo, y cuantos él tapaba de día destapaba yo de noche.

En tal manera fue y tal priesa nos dimos, que sin dubda por esto se debió decir: «Donde una puerta se cierra, otra se abre». Finalmente, parescíamos tener a destajo la tela de Penélope, pues cuanto él tejía de día rompía yo de noche[80]. Ca[81] en pocos días y noches pusimos la pobre despensa de tal forma, que quien quisiera propiamente della hablar, más «corazas viejas de otro tiempo» que no «arcaz» la llamara, según la clavazón y tachuelas sobre sí tenía.

De que vio no le aprovechar nada su remedio, dijo:

—Este arcaz está tan maltratado y es de madera tan vieja y flaca, que no habrá ratón a quien se defienda; y va ya tal, que si andamos más con él nos dejará sin guarda. Y aun lo peor, que, aunque hace poca, todavía hará falta faltando y me pondrá en costa de tres o cuatro reales[82]. El mejor remedio que hallo, pues el de hasta aquí no aprovecha: armaré[83] por de dentro[84] a estos ratones malditos.

---

[78] *privilegiada:* favorecida con el privilegio de no pagar tributos.

[79] Es decir, 'tablas para tapar [cfr. I, n. 77] los agujeros del arca'. El pronombre enclítico -*los* alude anafóricamente a «agujeros», voz presente en todo el contexto.

[80] No tiene sentido pensar (con A. Marasso [1955] 166) que el autor necesitara la *Odisea* (1550) traducida por Gonzalo Pérez para conocer la historia de Penélope: nada más divulgado por múltiples fuentes. Vid. sólo M. J. Asensio [1960] 247; A. Blecua [1974] 123 n. 165; y Gómez de Toledo, *Tercera Celestina* (1539), III, pág. 634.

[81] La conjunción *ca* parece tener aquí un mero valor copulativo. Es éste el único ejemplo de utilización de *ca* en nuestra obra, frente a *que*, conjunción causal usada casi exclusivamente para la coordinación, y *porque*, muy característica de la subordinación. Vid. G. Siebenmann [1953] 6-22.

[82] *poner en costa de...* valía 'costar, hacer gastar'; *reales:* cfr. arriba, I, n. 66.

[83] *armar:* 'poner trampas, cepos'; «*armamos* a las perdices y otras aves, y lla-

Luego buscó prestada una ratonera, y, con cortezas de queso que a los vecinos pedía, contino[85] el gato estaba armado dentro del arca. Lo cual era para mí singular auxilio, porque, puesto caso que[86] yo no había menester muchas salsas para comer, todavía me holgaba con las cortezas del queso que de la ratonera sacaba, y, sin esto[87], no perdonaba el ratonar del bodigo.

Como hallase el pan ratonado y el queso comido y no cayese el ratón que lo comía, dábase al diablo, preguntaba a los vecinos qué podría ser comer el queso y sacarlo de la ratonera y no caer ni quedar dentro el ratón y hallar caída la trampilla del gato. Acordaron los vecinos no ser el ratón el que este daño hacía, porque no fuera menos de haber caído alguna vez. Díjole un vecino:

—En vuestra casa yo me acuerdo que solía andar una culebra, y ésta debe de ser, sin dubda. Y lleva razón, que, como es larga, tiene lugar de tomar el cebo, y aunque la coja la trampilla encima, como no entre toda dentro, tórnase a salir.

Cuadró a todos lo que aquél dijo y alteró mucho a mi amo, y dende en adelante no dormía tan a sueño suelto, que cualquier gusano de la madera que de noche sonase pensaba ser la culebra que le roía el arca. Luego era puesto en pie, y con un garrote que a la cabecera, desde que

---

mamos perchas los engaños con que las asimos. *Arman* los pájaros con redes...» (Covarrubias). Cfr. Guevara, *Epístolas familiares*, I, pág. 20: «su pasatiempo era... armar ratones...».

[84] *por de dentro:* la duplicación de la preposición *de* ante *dentro* tiene paralelos en otros romances (vgr., francés *dedans*) y se mantuvo, ocasionalmente, hasta el siglo XVII.

[85] *contino:* con valor adverbial, 'continuamente' (cfr. M. J. Canellada, *Farsas*, pág. 261); «ratonera» y «gato» son sinónimos.

[86] *puesto (caso) que...* se usaba en sentido adversativo, 'aunque'. Sobre las «salsas para comer», cfr. III, n. 87.

[87] *sin esto:* aparte, además de esto. Cfr. Luis Vélez de Guevara, *La Serrana de la Vera*, vv. 1376-1378: «mucha fruta de la Vera/ y seis pellejos, sin esto,/ de vino...»; Lope de Vega, *El caballero de Olmedo*, vv. 954 y 1273; y J. Corominas-J. A. Pascual, V, pág. 255.

aquello le dijeron, ponía, daba en la pecadora del arca grandes garrotazos, pensando espantar la culebra. A los vecinos despertaba con el estruendo que hacía y a mí no dejaba dormir. Íbase a mis pajas y trastornábalas, y a mí con ellas, pensando que se iba para mí y se envolvía en mis pajas o en mi sayo; porque le decían que de noche acaescía a estos animales, buscando calor, irse a las cunas donde están criaturas y aun mordellas y hacerles peligrar[88].

Yo las más veces hacía del dormido[89], y en la mañana decíame él:

—¿Esta noche, mozo, no sentiste nada? Pues tras la culebra anduve, y aun pienso se ha de ir para ti a la cama, que son muy frías y buscan calor.

—Plega a Dios que no me muerda —decía yo—, que harto miedo le tengo.

Desta manera andaba tan elevado y levantado del sueño[90], que, mi fe[91], la culebra, o culebro[92], por mejor de-

---

[88] La creencia de que las serpientes solían visitar las cunas de los niños está en Plauto, *Anfitrión*, V, 1, traducido al castellano por el doctor Villalobos: «No hayas miedo; mas las sierpes echan los ojos todo en torno, y, desque vieron los niños, vanse luego a las cunas...» (en Biblioteca de Autores Españoles, XXXVI, pág. 44 *b*). Vid. también *Diálogo de la dignidad del hombre*, en las *Obras que Francisco Cervantes de Salazar ha hecho, glosado y traducido*, Alcalá de Henares, 1546, folio xliiij vo.: «en la cama, privado de los sentidos, semejante a un cuerpo muerto, [el hombre] está inhabilitado para defenderse de las asechanzas de sus enemigos, o de sierpes y culebras, que a muchos, en casa y en el campo, estando echados, los han muerto o mortalmente los mordieron o se les entraron por la boca»; y *Calila e Dimna*: «un culebro... salio et veno para matar al niño» (ed. M. J. Lararra y J. M. Cacho, Madrid, 1984, págs. 265-266; y cfr. J. Caso [1982] 50 n. 43).

[89] *hacía del dormido:* cfr. arriba, I, n. 32.

[90] «A una hora de la noche me levanté..., que me ha elevado el sueño de la testa por días tres y noches cuatro...» (conjuro del siglo XVII, *apud* J. Caro Baroja, *Vidas mágicas e inquisición*, Madrid, 1967, vol. II, pág. 119).

[91] *mi fe:* 'a fe mía', exclamación con valor afirmativo. Cfr. J. E. Gillet, III, pág. 347; y M. J. Canellada, *Farsas*, pág. 308.

[92] Aquí *culebro* es referencia irónica al propio Lázaro, por más que se trate de una forma documentada desde los orígenes del idioma (cfr. J. Corominas-J. A. Pascual, II, pág. 287; C. Guillén [1966] 152 n. 202; y arriba, n. 88). En Toledo, en la representación de *El pecado de Adán*, aparecía precisamente «la culebra o el

cir, no osaba roer de noche ni levantarse al arca; mas de día, mientra[93] estaba en la iglesia o por el lugar, hacía mis saltos[94]. Los cuales daños viendo él, y el poco remedio que les podía poner, andaba de noche, como digo, hecho trasgo[95].

Yo hube miedo que con aquellas diligencias no me topase con la llave, que debajo de las pajas tenía, y parescióme lo más seguro metella de noche en la boca. Porque ya, desde que viví con el ciego, la tenía tan hecha bolsa, que me acaesció tener en ella doce o quince maravedís, todo en medias blancas, sin que me estorbasen el comer[96], porque de otra manera no era señor de una blanca que el maldito ciego no cayese con ella[97], no dejando costura ni remiendo que no me buscaba muy a menudo.

Pues, ansí como digo, metía cada noche la llave en la

---

culebro» (en C. Torroja Menéndez y M. Rivas Palá, *Teatro en Toledo en el siglo XV: «Auto de la pasión» de Alonso del Campo*, Madrid, 1977, pág. 54); es dato que posiblemente conviene tomar en cuenta en relación con la imagen del arca como «paraíso» (cfr. n. 49).

[93] En el siglo XVI, *mientra* es ya forma arcaica, por más que, por ejemplo, Jerónimo de Arbolanche la emplee repetidamente en sus *Abidas* (1566).

[94] *hacer asalto*: asaltar, robar. Cfr., por ejemplo, Cervantes, *Rinconete y Cortadillo*, pág. 226: «Habíanse despedido antes que el asalto hiciesen de los que hasta allí les habían sustentado»; y arriba, n. 26.

[95] Se decía que los *trasgos*, duendes o espíritus malignos, actuaban en la oscuridad y solían «revolver las cosas y cachivaches de casa...» (Covarrubias). Vid. Antonio de Torquemada, *Jardín de flores curiosas*, págs. 298-299; y J. Caro Baroja, «Los duendes en la literatura clásica española», en *Algunos mitos españoles*, Madrid, 1944, págs. 145-182 (reimpr. en *Del viejo folklore castellano*, Palencia, 1984, págs. 133-172).

[96] Por ese procedimiento, usando la boca a modo de «bolsa» o bolsillo, Aldonza pudo salvar uno de los anillos que le quitó el padre de su amante (Francisco Delicado, *La lozana andaluza*, IV y IX, págs. 186 y 201). Cfr. también *Verdores del Parnaso*: «ni en seno ni en faltriquera: / yo lo pondré [el doblón] donde nadie dé con él / —¿De qué manera? / —Metiéndomelo en la boca. / —Decís bien, que dentro de ella, / ¿cómo le han de hurtar?» (ed. R. Benítez Claros, Madrid, 1969, págs. 235-236); y I, n. 67.

[97] *cayese con ella*: probablemente se trata de un cruce de construcciones entre 'alzarse con' o 'dar con' y 'caer en (la cuenta de) algo'; «*No caigo aún con el*: 'no he aún caído en ello'» (Miranda, en *Tesoro Lexicográfico*). Comp. C. Guillén [1966] 153 n. 206.

boca y dormía sin recelo que el brujo de mi amo cayese con ella; mas cuando la desdicha ha de venir, por demás es diligencia[98]. Quisieron mis hados, o, por mejor decir, mis pecados, que, una noche que estaba durmiendo, la llave se me puso en la boca, que abierta debía tener, de tal manera y postura, que el aire y resoplo que yo durmiendo echaba salía por lo hueco de la llave, que de cañuto era[99], y silbaba, según mi desastre quiso, muy recio, de tal manera que el sobresaltado de mi amo lo oyó y creyó sin duda ser el silbo de la culebra, y cierto lo debía parescer.

Levantóse muy paso, con su garrote en la mano, y al tiento y sonido de la culebra se llegó a mí con mucha quietud, por no ser sentido de la culebra. Y como cerca se vio, pensó que allí, en las pajas do yo estaba echado, al calor mío se había venido. Levantando bien el palo, pensando tenerla debajo y darle tal garrotazo que la matase, con toda su fuerza me descargó en la cabeza un tan gran golpe, que sin ningún sentido y muy mal descalabrado me dejó.

Como sintió que me había dado, según yo debía hacer gran sentimiento con el fiero golpe, contaba él que se había llegado a mí y, dándome grandes voces, llamándome, procuró recordarme[100]. Mas, como me tocase con las manos, tentó la mucha sangre que se me iba y conosció el daño que me había hecho. Y con mucha priesa fue a buscar

---

[98] Es refrán documentado con algunas variantes: «donde falta ventura poco aprovecha esforzarse» (Muñino, *Lisandro y Roselia*, I, pág. 977); «cuando falta dicha, por demás es diligencia» (Pedro Vallés, *Libro de refranes*, Zaragoza, 1549; en C. Guillén [1966] 153 n. 207); «poco vale diligencia/ contra el mal predestinado» (Torres Naharro, *Romances*, III, vv. 35-36); «al desdichado poco le vale ser esforzado» (Correas), etc.

[99] *de cañuto:* es decir, con el astil hueco y, en su extremo, formando las guardas (cfr. n. 102).

[100] *recordarme:* despertarme. Cfr., por ejemplo, Jorge Manrique, *Coplas por la muerte de su padre*, 1 *a-b:* «Recuerde el alma dormida,/ avive el seso y despierte...»

lumbre, y, llegando con ella, hallóme quejando, todavía con mi llave en la boca, que nunca la desamparé, la mitad fuera, bien de aquella manera que debía estar al tiempo que silbaba con ella. Espantado el matador de culebras qué podía ser aquella llave[101], miróla, sacándomela del todo de la boca, y vio lo que era, porque en las guardas[102] nada de la suya diferenciaba. Fue luego a proballa, y con ella probó el maleficio[103]. Debió de decir el cruel cazador: «El ratón y culebra que me daban guerra y me comían mi hacienda he hallado».

De lo que sucedió en aquellos tres días siguientes ninguna fe daré[104], porque los tuve en el vientre de la ballena, mas de cómo esto que he contado oí, después que en mí torné, decir a mi amo, el cual a cuantos allí venían lo contaba por extenso[105].

A cabo de tres días yo torné en mi sentido y vime

---

[101] «*Espantarse* vale también 'admirarse'» *(Dicc. de Autoridades)*, 'quedarse atónito'. Cfr. I, n. 82.

[102] *guardas:* la parte dentada de la llave, que se ajusta a la cerradura. «En las llaves se llaman *guardas* aquellos huecos por donde pasan los hierros figurados de la cerradura, con que la llave mueve el pestillo» *(Dicc. de Autoridades)*. Comp. Cervantes, *El celoso extremeño*, pág. 189: «procurad vos tomar las llaves a vuestro amo, y yo os daré un pedazo de cera, donde las imprimiréis de manera que queden señaladas las guardas en la cera».

[103] *maleficio:* fechoría, mala acción. Cfr. Muñino, *Lisandro y Roselia*, III, página 1073: «¿Quieres que dé triste vejez a mi madre y que ponga mácula en mi linaje? ¿Qué dirán las gentes de mi maleficio?»; vid. también *Libro de buen amor*, 232 a y 620 b; *Libro del Caballero Zifar*, ed. J. González Muela, pág. 86.

[104] Cfr. Jonás, II, 1, y Mateo, XII, 40: «sicut enim fuit Ionas in ventre ceti tribus diebus et tribus noctibus».

[105] Caben dos interpretaciones del pasaje: 'ninguna fe daré de lo que en aquellos tres días sucedió, *pero sí daré fe* de que oí decir a mi amo esto que he contado'; o bien *'no daré más fe* sino de que oí decir...', *'solo daré fe* de que oí...'.

En la versión castellana del *Asno de oro* de Apuleyo, por Diego López de Cortegana, se justifica: «Estas cosas en esta manera pasadas supe yo, que les oí a muchos que hablaban en ello; pero cuántas alteraciones hubo de una parte a otra..., estando yo ausente, atado al pesebre, no le pude bien saber por entero, ni las demandas, ni las respuestas y otras palabras que entre ellos pasaron, y por esto no os podré contar lo que no supe, pero lo que oí quise poner en este libro» (pág. 84 a; A. Vilanova [1978] 197).

Sobre la técnica narrativa de este episodio, cfr. F. Rico [1970] 38-39.

echado en mis pajas, la cabeza toda emplastada y llena de aceites y ungüentos, y, espantado, dije:

—¿Qué es esto?

Respondióme el cruel sacerdote:

—A fe que los ratones y culebras que me destruían ya los he cazado.

Y miré por mí y vime tan maltratado, que luego sospeché mi mal.

A esta hora entró una vieja que ensalmaba[106], y los vecinos; y comiénzanme a quitar trapos de la cabeza y curar el garrotazo. Y como me hallaron vuelto en mi sentido, holgáronse mucho y dijeron:

—Pues ha tornado en su acuerdo, placerá a Dios no será nada[107].

Ahí tornaron de nuevo a contar mis cuitas y a reírlas, y yo, pecador, a llorarlas. Con todo esto, diéronme de comer, que estaba transido de hambre, y apenas me pudieron demediar. Y ansí, de poco en poco, a los quince días me levanté y estuve sin peligro —mas no sin hambre— y medio sano.

Luego otro día que fui levantado, el señor mi amo me tomó por la mano y sacóme la puerta fuera; y, puesto en la calle, díjome:

---

[106] «Hay algunos que presumen de sanar a los enfermos con solas palabras, sin medicinas naturales, y estos son los *ensalmadores*... Mas para mayor declaración de esta materia decimos que hay dos maneras principales de ensalmos. Unos dellos son de solas palabras, que ninguna otra cosa ponen al paciente; otros juntamente con las palabras ponen algunas otras cosas sobre la herida o llaga» (Pedro Ciruelo, *Reprobación de las supersticiones y hechicerías*, ed. A. V. Ebersole, págs. 80-81; y cfr. J. E. Gillet, III, págs. 626-628). Sebastián de Horozco comenta: «Debémonos de guardar/ de viejas santiguaderas./ que, so color de ensalmar,/ santiguar y saludar [cfr. arriba, n. 32],/ son muy grandes hechiceras» (F. Márquez [1957] 309); y vid. también Lucas Fernández, *Farsas y églogas*, páginas 135 y 279-280: «la bendiciera/ enxalmadera/ ... es una sabionda vieja». Cfr. J. Caro Baroja, «La magia en Castilla durante los siglos XVI y XVII», en *Algunos mitos españoles*, págs. 220-235 (reimpr. en *Del viejo folklore castellano*, págs. 49-65); y F. Márquez [1968] 80 y n. 19.

[107] Cfr. A. Enríquez de Guzmán, pág. 27 *a*: «vos... estáis malo. Placerá a Dios no será nada» (en A. Blecua [1974] 127 n. 175).

—Lázaro, de hoy más eres tuyo y no mío. Busca amo y vete con Dios, que yo no quiero en mi compañía tan diligente servidor. No es posible sino que hayas sido mozo de ciego.

Y santiguándose de mí[108], como si yo estuviera endemoniado, tórnase a meter en casa y cierra su puerta.

TRACTADO TERCERO[1]

Cómo Lázaro se asentó con un escudero, y de lo que le acaesció con él

Desta manera me fue forzado sacar fuerzas de flaqueza, y poco a poco, con ayuda de las buenas gentes, di comigo en esta insigne ciudad de Toledo, adonde, con la merced de Dios, dende a quince días se me cerró la herida. Y mientras estaba malo siempre me daban alguna limosna; mas después que estuve sano todos me decían:

—Tú bellaco y gallofero eres[2]. Busca, busca un amo a quien sirvas.

---

[108] *santiguarse de:* aquí, 'hacer supersticiosamente cruces sobre sí, para ahuyentar algún mal'.

[1] Véanse en especial R. Menéndez Pidal [1899]; F. Courtney Tarr [1927] 409-412; A. Marasso [1955] 164; C. Guillén [1957] 275; M. Bataillon [1958] 27-34; D. Alonso [1958] 226-230; F. Rico [1966] 288-296 y [1970] 39-41; F. Lázaro [1969] 133-153; A. Bell [1973] 88-91; V. García de la Concha [1972] 261-262 y [1981] 197-205; D. Ynduráin [1975]; J. Varela Muñoz [1977] 169-176; H. Sieber [1978] 31-44; A. Redondo [1979] 421-435; y A. Vilanova [1983] 5-27 y [1983 *b*] 557-587.

[2] El *gallofero* era el mendigo que visitaba las porterías de los conventos para comer la *gallofa* ('mendrugo de pan') que allí le daban. Cfr. M. Jiménez Salas, *Historia de la asistencia social en la España moderna*, Madrid, 1958, págs. 41 y ss; J. E. Gillet, III, págs. 458-459; M. J. Canellada, *Farsas*, págs. 284-285.

Se ha dicho que la admonición de los toledanos «ilustra perfectamente la convicción de [Domingo de] Soto de que es injusto exhortar al trabajo a quien, por ventura, no tiene medio de hallarlo» (F. Márquez [1968] 120-127; véase arriba, pág. 21*, n. 17). Pero nos las habemos con modos estereotipados de desembarazarse de un mendigo, variantes del moderno «¡Dios le ampare, hermano!». Vid. así *Viaje de Turquía*, i, pág. 100: «[no] me acuerdo haberos visto dar... limosna, sino al uno '¿por qué no sirves un amo?'..., al otro 'en el hospital te darán de cenar', y, a vueltas desto, mil consejos airadamente, porque piensen que con buen celo se les dice. Pues el 'Dios te ayude', ¿yo de quién lo aprendí sino de vós?». Hernán Núñez y Covarrubias recogen el dicho proverbial «—Mozo, ¿quieres amo? —A la mosca, que es verano» (cfr. A. Redondo [1986] n. 141). Nótese, por otra parte, que la precisión de Lázaro («mientras estaba malo») se entiende

—¿Y adónde se hallará ése —decía yo entre mí—, si Dios agora de nuevo, como crió el mundo, no le criase?[3]

Andando así discurriendo de puerta en puerta, con harto poco remedio, porque ya la caridad se subió al cielo[4], topóme Dios con un escudero que iba por la calle con razonable vestido, bien peinado, su paso y compás en orden[5]. Miróme, y yo a él, y díjome:

—Mochacho, ¿buscas amo?

Yo le dije:

—Sí, señor.

—Pues vente tras mí —me respondió—, que Dios te

---

particularmente bien a la luz del diverso tratamiento que la legislación reservaba a los pobres enfermos y a los sanos que fingían achaques (vid. arriba, pág. 22*).

[3] En el latín de la escolástica y en sus derivaciones romances, *creare de novo* o *ex novo* se usaba normalmente en el sentido de 'crear, por primera vez, en forma absoluta'.

Se ha pensado, sin embargo, que *crear de nuevo* revela una doctrina muy particular de la creación del mundo (*de nuevo*, frente a *ex nihilo*, presupondría la existencia previa de alguna realidad) y que su uso en el *Lazarillo* vendría a atestiguar la familiaridad del autor con ideas y hábitos estilísticos hispano-hebreos (A. Castro [1957] 22-23). «Pero ¿no podríamos igualmente aducir otros muchos textos en los que *de nuevo* aparece como una expresión trivial de la fabricación a partir de la nada, demasiado trivial en todo caso, para implicar una metafísica particular?» (M. Bataillon [1958] 12-13). Comp., en efecto, Juan de Zabaleta, *El día de fiesta por la mañana y por la tarde*: «Dios, digámoslo así, crió dos veces el mundo: uno cuando le hizo de nuevo, y otra cuando en la Redempción le rehizo» (ed. C. Cuevas, Madrid, 1983, pág. 305); y sobre el modo adverbial «de nuevo», con el significado 'ahora, en este instante, por primera vez', y algunos ejemplos de su utilización, cfr. J. B. Avalle-Arce, ed., Cervantes, *La Galatea*, págs. 133-134, n.

[4] La frase posiblemente fue modelada pensando en el mito de Astrea, divinidad que propagó en la tierra el sentimiento de justicia y que, obligada por la progresiva degeneración de los hombres, hubo de volverse al cielo. La formulación que usa Lázaro, en cualquier caso, se aplicaba regularmente al mito de Astrea; comp. solo Quevedo, *El alguacil endemoniado*: «Astrea, que es la justicia..., se subió al cielo» (ed. H. Ettinghausen, Barcelona, 1984, pág. 41); o bien, a propósito afín, A. de Torquemada, *Coloquios*, pág. 539: «hay poca virtud y nobleza en el mundo, que todo se ha subido al cielo».

[5] *compás*: andadura, ritmo. Cfr. Torres Naharro, *Soldadesca*, I, vv. 188-197, sobre el soldado Guzmán, «que hace del caballero»: «Ciertamente no carece/ de presunción su compás»; «...después en el pagar/ perderá la fantasía./ Que a mi ver,/ yo sé muy bien conocer/ los soldados virtuosos,/ y sé lo que han menester/ estos Guzmanes bravosos,/ muy peinados...» (en F. Lázaro [1969] 138-139 n. 119). Vid. también *Ypólita*, vv. 95-96: «Ypólito sin compás/ anda».

ha hecho merced en topar comigo; alguna buena oración rezaste hoy.

Y seguíle, dando gracias a Dios por lo que le oí, y también que me parescía, según su hábito y continente[6], ser el que yo había menester.

Era de mañana cuando este mi tercero amo topé, y llevóme tras sí gran parte de la ciudad. Pasábamos por las plazas do se vendía pan y otras provisiones. Yo pensaba, y aun deseaba, que allí me quería cargar de lo que se vendía, porque ésta era propria hora cuando se suele proveer de lo necesario; mas muy a tendido paso[7] pasaba por estas cosas. «Por ventura no lo vee aquí a su contento —decía yo— y querrá que lo compremos en otro cabo.»

Desta manera anduvimos hasta que dio las once[8]. Entonces se entró en la iglesia mayor, y yo tras él, y muy devotamente le vi oír misa y los otros oficios divinos, hasta que todo fue acabado y la gente ida. Entonces salimos de la iglesia.

A buen paso tendido comenzamos a ir por una calle abajo. Yo iba el más alegre del mundo[9] en ver que no nos habíamos ocupado en buscar de comer. Bien consideré que debía ser hombre mi nuevo amo que se proveía en junto[10], y que ya la comida estaría a punto y tal como yo la deseaba y aun la había menester.

---

[6] *continente:* cfr. I, n. 50; *hábito:* véase, II, n. 43.

[7] *a tendido paso:* a paso largo, deprisa. Comp. un poco más abajo: «A buen paso tendido comenzamos a ir por la calle».

[8] «En la locución *dar (las) horas* el sujeto antiguamente era singular (impersonal, o bien *el reloj*)..., después pasó a serlo el plural *horas*...» (J. Corominas-J. A. Pascual, II, pág. 425). Cfr. *La lozana andaluza,* XX, pág. 272: «agora dio las siete».

La «iglesia mayor» en seguida aludida es la catedral.

[9] Para esa construcción, cfr. *Viaje de Turquía,* VI, pág. 177: «estaba el más contento hombre del mundo...».

[10] La locución adverbial *en junto* equivalía a 'en grueso, al por mayor', y se usaba hablando de las compras y provisiones necesarias para el gasto de las casas señoriales.

«En la hacienda familiar de un señor de amplia propiedad territorial se tenía

En este tiempo dio el reloj la una después de mediodía, y llegamos a una casa, ante la cual mi amo se paró, y yo con él, y, derribando el cabo de la capa sobre el lado izquierdo[11], sacó una llave de la manga[12] y abrió su puerta y entramos en casa. La cual tenía la entrada obscura y lóbrega de tal manera, que paresce que ponía temor a los que en ella entraban, aunque dentro della estaba un patio pequeño y razonables cámaras[13].

Desque fuimos entrados, quita de sobre sí su capa, y, preguntando si tenía las manos limpias, la sacudimos y doblamos, y, muy limpiamente soplando un poyo que allí estaba, la puso en él[14]. Y hecho esto, sentóse cabo de-

---

que dar una base autárquica de consumo de la propia producción, por lo menos en los géneros alimenticios que eran los que en la plaza local se ofrecían como objeto de compra diaria o frecuente... En una casa grande no cabe acudir [a la plaza] en compras diarias para abastecerse... En todo caso, en la intendencia del rico tradicional y poderoso se compra en grueso ["en junto"] y no con repetida frecuencia» (J. A. Maravall, *El mundo social de «La Celestina»*, Madrid, 1973[3] [corregida], págs. 53-54; y cfr. F. Rico [1966]). Comp. también Cervantes, *El celoso extremeño*, pág. 181: «encerró en ella todo lo que suele comprarse en junto..., para la provisión de todo el año»; Tomás de Mercado, *Suma de tratos y contratos*: «otros dentro del pueblo mercan por junto y grueso a los extranjeros y venden por menudo a los ciudadanos» (ed. N. Sánchez-Albornoz, Madrid, 1977, página 76).

[11] *«derribar la capa* vale lo mismo que 'dejarla caer por el hombro'» *(Dicc. de Autoridades).*

[12] Las *mangas* se usaron y aún hoy se usan a modo de bolsillos; cfr., por ejemplo, *La comedia Thebaida*, pág. 48: «Padre, sacadme de la manga izquierda del jubón unas devociones que traigo y leémelas». Pero también se llamó *manga* a un tipo de bolsa o saco; vid. M. Alemán, *Guzmán de Alfarache*, II, iii, 4: «sacaban de las mangas algunas cosas que llevaban para merendar».

[13] *razonables cámaras:* buenas, aceptables habitaciones.

Al señalar algunas concomitancias entre este episodio y el falso convite de Milón en el *Asno de oro*, según la versión de López de Cortegana, A. Vilanova [1983] 16 apuntó una correspondencia entre las «razonables cámaras» de que consta la casa del escudero y la «cámara, que es razonable», donde Milón alberga a Lucio; también observó que Agnolo Firenzuola, *Dell'asino d'oro* (Venecia, 1550), tradujo el «honestum receptaculum» latino en coincidencia con el texto castellano: «quella sarà il tuo ricetto assai ragionevole...». Cfr. solo Avellaneda, *Quijote*, IV, pág. 1187: «Alzada la mesa, llevó el ventero a don Quijote y a Sancho a un razonable aposento para acostarse».

[14] La insistencia en la pulcritud por parte del escudero puede entenderse

lla[15], preguntándome muy por extenso de dónde era y cómo había venido a aquella ciudad. Y yo le di más larga cuenta que quisiera, porque me parescía más conveniente hora de mandar poner la mesa y escudillar la olla[16] que de lo que me pedía. Con todo eso, yo le satisfice de mi persona lo mejor que mentir supe, diciendo mis bienes y callando lo demás, porque me parescía no ser para en cámara[17].

Esto hecho, estuvo ansí un poco, y yo luego vi mala señal, por ser ya casi las dos y no le ver más aliento de comer que a un muerto. Después desto, consideraba aquel tener cerrada la puerta con llave ni sentir arriba ni abajo pasos de viva persona por la casa. Todo lo que yo había visto eran paredes, sin ver en ella silleta, ni tajo[18], ni banco, ni mesa, ni aun tal arcaz como el de marras. Finalmente, ella parescía casa encantada. Estando así, díjome:

---

como una alusión irónica a toda una clase social obsesionada por la limpieza de sangre (cfr. F. Rico [1966] 289-291; y D. McGrady [1970] 558-559) y a la vez como un rasgo realmente cortesano del personaje. Así parece que lo entendió Eugenio de Salazar en su «Carta al licenciado Agustín Gudeja»: «da en la hogaza de centeno y en la cabraza vieja con harto menos escrúpulo que el amo de Lazarillo de Tormes; porque aquel todavía preguntaba si habían masado manos limpias los mendrugos de pan que comía; empero a mi buen sirviente no le pesa de lo que no ve pegado al centeno que come y tasajos que engulle...» (*Cartas*, ed. F. R. C. Maldonado, Madrid, 1966, pág. 124).

[15] *«cabo* algunas veces significa estar una cosa cerca de otra, como *cabo a la cama* 'junto a la cama'» (Covarrubias).

[16] *escudillar la olla*: «vaciar el caldo de la olla, porque se echa en escudillas» (Sieso, en *Tesoro Lexicográfico*).

[17] *no ser para en cámara* ('no ser de recibo, no ser propio de un lugar distinguido, cortés...') quizá recuerda los versos de un cantarcillo muy difundido: «No sois vós para en cámara, Pedro, / no sois vós para en cámara, no, / sino para en camaranchón» ['desván, trastero'] (según la versión que recoge Covarrubias; vid. también D. Alonso y J. M. Blecua, *Antología de la poesía española. Lírica de tipo tradicional*, Madrid, 1964[2] [corregida], n. 253, y J. M. Alín, *El cancionero español de tipo tradicional*, Madrid, 1968, pág. 679).

[18] *tajo*: pedazo de madera grueso y ancho, a veces sustentado sobre tres pies, que tenía diversos usos, aunque por lo general servía de asiento. Cfr. Torres Naharro, *Aquilana*, IV, 327: «con tal que traygáis iguales / los tajos en que os sentéys»; y J. E. Gillet, III, pág. 799.

—Tú, mozo, ¿has comido?

—No, señor —dije yo—, que aún que[19] no eran dadas las ocho cuando con Vuestra Merced encontré.

—Pues, aunque de mañana, yo había almorzado, y cuando ansí como algo, hágote saber que hasta la noche me estoy ansí. Por eso, pásate como pudieres, que después cenaremos.

Vuestra Merced crea, cuando esto le oí, que estuve en poco de caer de mi estado[20], no tanto de hambre como por conocer de todo en todo[21] la fortuna serme adversa. Allí se me representaron de nuevo mis fatigas y torné a llorar mis trabajos. Allí se me vino a la memoria la consideración que hacía cuando me pensaba ir del clérigo, diciendo que, aunque aquél era desventurado y mísero, por ventura toparía con otro peor. Finalmente, allí lloré mi trabajosa vida pasada y mi cercana muerte venidera. Y con todo, disimulando lo mejor que pude[22]:

—Señor, mozo soy, que no me fatigo mucho por comer, bendito Dios. Deso me podré yo alabar entre todos mis iguales, por de mejor garganta, y ansí fui yo loado della fasta hoy día de los amos que yo he tenido[23].

---

[19] El «aún que» o «aunque» de Burgos (frente al «aún» de Alcalá y Amberes) probablemente atestigua la confusión que existe en el siglo XVI entre las formas *aún* y *aunque* (vid. H. Keniston, *Syntax*, 29.721, 39.6). Recuérdese que en lo antiguo «algunos adverbios van muchas veces seguidos de la conjunción *que*, sin que esto altere en nada su naturaleza adverbial» (Saco Arce, en K. Pietsch, *Fragments*, págs. 171-173). Cfr. abajo, n. 52.

[20] Es decir, 'estuve a punto de desmayarme'; «*caer de su estado*: el que, turbada la cabeza, cae en tierra amortecido» (Covarrubias). Cfr. abajo, VI, pág. 119: «el negro alguacil cae de su estado y da tan gran golpe en el suelo...»; y *Teágenes y Cariclea*, trad. de Fernando de Mena, pág. 179: «poco faltó para caer de su estado junto a las puertas».

[21] *de todo en todo*: total, completamente. Cfr., por ejemplo, *Libro de buen amor*, 593: «E si encubre del todo su ferida e su dolor.../ morría de todo en todo...»

[22] Burgos no trae *le dije* (sí, en cambio, Alcalá y Amberes); y, de hecho, no es imprescindible, pues se toleraba la introducción del discurso directo sin el verbo *dicendi* (R. Menéndez Pidal [1899] 72 n. 2), según prueban numerosos testimonios (A. Cavaliere [1955] 31).

[23] *de mejor garganta* es el comparativo de «de buena garganta»: «mujer *de buena*

—Virtud es ésa —dijo él—, y por eso te querré yo
más. Porque el hartar es de los puercos y el comer regla-
damente es de los hombres de bien.

«¡Bien te he entendido! —dije yo entre mí—. ¡Maldita
tanta medicina y bondad como aquestos mis amos que yo
hallo hallan en la hambre!»

Púseme a un cabo del portal y saqué unos pedazos de
pan del seno, que me habían quedado de los de por
Dios[24]. Él que vio esto, díjome:

—Ven acá, mozo. ¿Qué comes?

Yo lleguéme a él y mostréle el pan. Tomóme él un pedazo de tres que eran, el mejor y más grande. Y díjome:

—Por mi vida, que paresce éste buen pan.

—¿Y cómo, agora —dije yo—, señor, es bueno?

—Sí, a fe —dijo él—. ¿Adónde lo hubiste? ¿Si es ama-
sado de manos limpias?[25]

—No sé yo eso —le dije—, mas a mí no me pone asco
el sabor dello.

—Así plega a Dios —dijo el pobre de mi amo.

Y llevándolo a la boca, comenzó a dar en él tan fieros
bocados como yo en lo otro.

---

garganta suelen decir en las aldeas a las mozas templadas, que no son golosas»
(Covarrubias). La templanza de que se ufana irónicamente Lázaro contrasta con
la culpa que echa a su «hambrienta garganta» de las desdichas acaecidas con el
ciego (cfr. I, n. 124).

En la respuesta inmediata del escudero («Porque el hartar es de los puercos...»), se ha querido ver un rasgo antisemita del autor del *Lazarillo*
(D. McGrady [1970] 559); pero parece más bien que hay que entenderla como una
alusión proverbial a los golosos: «el puerco dicen haber nacido para satisfacer la
gula...» (Covarrubias). Vid. Villalobos, *Los problemas,* metro XXXII: «La del fin
de la comida es quedar livianos..., para evitar mil dolencias y flaquezas..., e, finalmente, para quedar hombres, y no puercos cebados» (Biblioteca de Autores
Españoles, XXXVI, pág. 426 *a*); C. Guillén [1966] 156 n. 230 y A. Blecua
[1974] 132 nn. 187 y 188.

[24] Entiéndase: de los mendrugos pedidos «por amor de Dios», de los que se
consiguen pordioseando. Cfr. C. Clavería, en *Romance Philology,* II (1948), página 43.

[25] El *si* dubitativo en oraciones interrogativas hay que interpretarlo como
evolución semántica del *si* condicional. Cfr. S. Gili Gaya, *Curso superior de sintaxis española,* Barcelona, 1961, pág. 56.

—Sabrosísimo pan está [26] —dijo—, por Dios.

Y como le sentí de qué pie coxqueaba[27], dime priesa, porque le vi en disposición, si acababa antes que yo, se comediría[28] a ayudarme a lo que me quedase. Y con esto acabamos casi a una. Y mi amo comenzó a sacudir con las manos unas pocas de migajas[29], y bien menudas, que en los pechos se le habían quedado, y entró en una camareta[30] que allí estaba, y sacó un jarro desbocado y no muy nuevo, y desque hubo bebido convidóme con él. Yo, por hacer del continente[31], dije:

—Señor, no bebo vino.

—Agua es —me respondió—, bien puedes beber.

Entonces tomé el jarro y bebí. No mucho, porque de sed no era mi congoja.

Ansí estuvimos hasta la noche, hablando en cosas que me preguntaba[32], a las cuales yo le respondí lo mejor que supe. En este tiempo, metióme en la cámara donde estaba el jarro de que bebimos, y díjome:

—Mozo párate allí, y verás cómo hacemos esta cama, para que las sepas hacer de aquí adelante.

Púseme de un cabo y él del otro, y hecimos la negra cama, en la cual no había mucho que hacer, porque ella

---

[26] Nótese la sintaxis latinizante, con el verbo al final y el sustantivo «pan» sin artículo o pronombre demostrativo. Comp., en cambio, abajo: «Este pan está sabrosísimo» (pág. 90).

[27] *coxquear* 'cojear' quizá sea forma contaminada por «renquear». Cfr. J. E. Gillet, III, págs. 747-748; y J. Corominas-J. A. Pascual, II, pág. 130.

[28] *comedirse:* «anticiparse a hacer algún servicio sin que se lo adviertan o pidan» (Covarrubias). Cfr. abajo, pág. 89: «Pensaba si sería bien comedirme a convidalle»; y pág. 99: «mas de cuantas veces yo se le quitaba primero, no fuera malo comedirse él alguna y ganarme por la mano».

[29] *unas pocas de migajas:* cfr. II, n. 21.

[30] *camareta:* diminutivo de cámara *(Dicc. de Autoridades).* Comp. Alfonso Martínez de Toledo, *Arcipreste de Talavera,* pág. 190: «en la camareta fallaron después cama e camas...».

[31] *continente:* aquí 'quien practica la virtud de la continencia'; para *hacer del* 'fingirse', cfr. I, n. 32.

[32] *hablar en...* era régimen habitual, donde hoy usamos *hablar de...* Cfr. sólo el texto aducido arriba, II, n. 105.

tenía sobre unos bancos un cañizo[33], sobre el cual estaba
tendida la ropa, que, por no estar muy continuada a lavarse[34], no parescía colchón, aunque servía dél, con harta
menos lana que era menester. Aquél tendimos[35], haciendo cuenta de ablandalle, lo cual era imposible, porque de
lo duro mal se puede hacer blando. El diablo del enjalma[36] maldita la cosa tenía dentro de sí, que, puesto sobre
el cañizo, todas las cañas se señalaban y parescían a lo
proprio entrecuesto[37] de flaquísimo puerco. Y sobre aquel
hambriento colchón, un alfámar[38] del mesmo jaez, del
cual el color yo no pude alcanzar.

Hecha la cama y la noche venida, díjome:

—Lázaro, ya es tarde, y de aquí a la plaza hay gran trecho. También[39], en esta ciudad andan muchos ladrones,
que siendo de noche capean[40]. Pasemos como podamos,

---

[33] *cañizo*: «cierta porción de cañas de un tamaño, que atadas una junto a otra
forman una como estera, la cual sirve para varios fines: [...] para dormir» *(Dicc.
de Autoridades)*. «Costó un cañizo e bancos, para la cama del príncipe, seis reales» *(Cuentas de Gonzalo de Baeza, tesorero de Isabel la Católica*, ed. A. y E. A. de la
Torre, I, Madrid, 1955, pág. 292).

[34] Entiéndase: por no lavarse muy a menudo, continuadamente.

[35] *Aquél* debe ser el «cañizo», ¿enrollado antes? Otros editores, sin embargo,
entienden que el antecedente de «Aquél» es el «colchón». Pero adviértase que
primero se habla de extender el cañizo y, luego, de poner el «enjalma» sobre él.
Por otro lado, tomando como punto de partida las variantes que trae Velasco
(«ropa encima de un negro colchón que» y «continuado»), se han propuesto interpretaciones y puntuaciones del pasaje difícilmente aceptables. Cfr. solo
J. Caso [1967] 106 n. 35.

[36] *enjalma* es aquí la ropa rellena de lana; la palabra deriva de un verbo griego
(sáttein) que significa 'armar, rellenar', y existen testimonios antiguos de *enjalma*
como 'saco de paja para el aparejo' (vid. J. Corominas-J. A. Pascual, II, página 630). Cfr. el dicho que registra Hernán Núñez: «No hay tal cama como la
del enjalma» (C. Guillén [1966] 156 n. 239).

[37] *entrecuesto*: espina dorsal. Cfr. V. García de Diego, en *Boletín de la Real Academia Española*, XL (1960), págs. 21 y ss.; y J. Corominas-J. A. Pascual, II, página 278.

[38] *alfámar*: «una cierta manera de manta» (Covarrubias). Cfr. *Libro de buen
amor*, 1254 *a*: «Tienden grandes alfámares...»

[39] *también*: aquí, 'además'; cfr. abajo: «y también..., rabiaba de hambre».

[40] *capear*: quitar por fuerza la capa y, a veces, también el sayo (Covarrubias).
Cfr. Carlos García, *La desordenada codicia de los bienes ajenos* (1619), VII: «Los ca-

y mañana, venido el día, Dios hará merced; porque yo,
por estar solo, no estoy proveído, antes he comido estos
días por allá fuera. Mas agora hacerlo hemos de otra manera.

—Señor, de mí —dije yo— ninguna pena tenga Vuestra Merced, que sé pasar una noche y aun más, si es menester, sin comer.

—Vivirás más y más sano —me respondió—. Porque,
como decíamos hoy, no hay tal cosa en el mundo para vivir mucho que comer poco[41].

«Si por esa vía es —dije entre mí—, nunca yo moriré,
que siempre he guardado esa regla por fuerza, y aun espero, en mi desdicha, tenella toda mi vida».

Y acostóse en la cama, poniendo por cabecera las calzas y el jubón[42]; y mandóme echar a sus pies, lo cual yo
hice, mas maldito el sueño que yo dormí, porque las ca-

---

peadores toman el nombre del hurto, que es tomar capas de noche, y no tienen
otra astucia que la ocasión. Andan siempre de tres en tres o de cuatro en cuatro, entre nueve y diez de la noche... Salen ordinariamente a capear las noches
oscuras, lluviosas y de gran viento y el puesto donde acometen es, si fuere posible, desierto de un lado, para que, a las voces que dan los que se ven desnudar,
no salgan los vecinos y les prendan». Otro testimonio, en A. Blecua [1974] 135
n. 201.

[41] «¿Por qué la gente se ha dado / al muy sobrado comer? / Qu' el muy harto no ha placer, / antes se halla lisiado. / Quedar con hambre es buen modo /
para gozar la comida; / y es penosa y triste vida / andar harto el tiempo todo»
(Villalobos, *Los Problemas*, metro XXXII, en Biblioteca de Autores Españoles,
XXXVI, pág. 426 *a*); «'Es saludable' —decía— 'cenar poco, para tener el estómago desocupado'; y citaba una retahíla de médicos infernales. Decía alabanzas
de la dieta...» (Quevedo, *Buscón*, pág. 108). En una piececilla escolar de hacia
1590 aparece un pobre maestro que endilga parecidos consejos a su pupilo Lazarillo (cfr. *Boletín de la Real Academia Española*, XV [1928], págs. 175-176): la
influencia de nuestra novela configura, así, un texto que anticipa la caracterización quevedesca del dómine Cabra. Vid. también *Quijote*, II, 47: «nuestro maestro Hipócrates... dice... 'Toda hartazga es mala...'», etc.

[42] *calzas:* prenda de vestir que cubría desde los pies hasta la cintura (cfr. E. S.
Morby, *La Dorotea*, pág. 354, n. 215); *jubón:* «vestido justo y ceñido que se pone
sobre la camisa y se ataca [o abrocha, por medio de agujetas: comp. II, n. 10]
con las calzas» (Covarrubias). Vid. C. Bernis, *Indumentaria...*, págs. 79-80 y 94, y
Trajes y modas..., II, págs. 66-67 y 98-99; R. M. Anderson, *Hispanic Costume*,
págs. 51-53 y 71.

ñas y mis salidos huesos en toda la noche dejaron de rifar[43] y encenderse; que con mis trabajos, males y hambre, pienso que en mi cuerpo no había libra de carne; y también, como aquel día no había comido casi nada, rabiaba de hambre, la cual con el sueño no tenía amistad. Maldíjeme mil veces, Dios me lo perdone, y a mi ruin fortuna, allí, lo más de la noche; y lo peor: no osándome revolver por no despertalle, pedí a Dios muchas veces la muerte.

La mañana venida, levantámonos, y comienza a limpiar y sacudir sus calzas y jubón y sayo y capa; y yo que le servía de pelillo[44]. Y vísteseme muy a su placer, de espacio[45]. Echéle aguamanos, peinóse y púsose su espada en el talabarte[46] y, al tiempo que la ponía, díjome:

—¡Oh, si supieses, mozo, qué pieza es ésta! No hay marco de oro en el mundo por que yo la diese. Mas ansí ninguna de cuantas Antonio hizo no acertó a ponelle los aceros tan prestos como ésta los tiene[47].

<hr />

[43] *rifar:* reñir, pelear. Cfr. J. L. Alonso Hernández, *Léxico,* pág. 676.

[44] *«servir de pelillo:* hacer servicios de poca importancia» (Covarrubias). Cfr. *La comedia Thebaida,* págs. 92-93: «Mi principal intinción es... ser amigo de todos los ministros de la justicia... Y esto con poco trabajo se alcanza...; con llevalle alguna vez algún presentillo liviano de cualque par de perdices; y con otros servicios de pelillo semejantes a éstos»; y *Viaje de Turquía,* pág. 165: «También los confesores servís algunas veces de pelillo y andáis a sabor de paladar con ellos».

[45] *de espacio* o, a veces, *de su espacio* (*Quijote,* II, 3): despacio, con sosiego, a sus anchas.

[46] *talabarte:* cinturón de cuero del cual cuelga la espada o sable. Cfr. Gómez de Toledo, *Tercera Celestina,* XXXII, pág. 839: «con tu talabarte te diera cincuenta azotes»; o *Segunda parte del Lazarillo,* fol. 25 vo.: «vinieron trayendo infinitas espadas..., y fue acordado hiciésemos con los pulpos perpetua liga y amistad..., porque nos sirviesen con sus largas faldas de talabartes...».

[47] *Antonio:* «Espadero famoso que firma la espada de Fernando el Católico, conservada en la Armería Real de Madrid *(Antonius me fecit),* y la atribuida a Garcilaso de la Vega, el de la hazaña del Ave María» (R. Menéndez Pidal [1899] 74 n. 6). Cfr. abajo, VI, n. 13, y Conde de Valencia de Don Juan, *Catálogo... de la Real Armería,* Madrid, 1898, págs. 197, n., 213 y 256. Entre los bienes del tercer Duque de Alburquerque, muerto en Toledo en 1560, se halla «una espada ancha, de las de Antonius, con su guarnición dorada y contera de plata alemana...». Según M. Capella, *La industria en Madrid,* Madrid, 1962, vol. I, pág. 336,

Y sacóla de la vaina y tentóla con los dedos, diciendo:

—¿Vesla aquí? Yo me obligo con ella cercenar un copo de lana[48].

Y yo dije entre mí: «Y yo con mis dientes, aunque no son de acero, un pan de cuatro libras».

Tornóla a meter y ciñósela, y un sartal de cuentas gruesas del talabarte. Y con un paso sosegado y el cuerpo derecho, haciendo con él y con la cabeza muy gentiles meneos, echando el cabo de la capa sobre el hombro y a veces so el brazo[49], y poniendo la mano derecha en el costado, salió por la puerta, diciendo:

—Lázaro, mira por la casa en tanto que voy a oír misa, y haz la cama y ve por la vasija de agua al río, que aquí bajo está, y cierra la puerta con llave, no nos hurten algo, y ponla aquí al quicio, porque si yo viniere en tanto pueda entrar.

Y súbese por la calle arriba con tan gentil semblante y continente, que quien no le conosciera pensara ser muy cercano pariente al Conde de Arcos, o a lo menos camarero que le daba de vestir[50].

---

el espadero aludido por Lázaro es Antonio Ruiz, de Madrid y Toledo, «espadero del rey»; cfr. H. Sieber [1978] 82-83 y n. 15.

[48] Es decir, 'me comprometo con ella a cortar un copo de lana', con la *a* embebida (cfr. arriba, I, n. 62). En antiguas leyendas nórdicas, era tradicional el corte de un copo de nieve o lana para probar la calidad de las espadas; la prueba muy bien pudo difundirse entre armeros. Cfr. M. Bataillon [1958] 31 n. 36.
Sobre el valor de un «marco de oro», cfr. I, n. 66.

[49] *so* puede ser derivado tanto de *super* como de *sub* (cfr. J. E. Gillet, III páginas 289 y 313; y J. Corominas-J. A. Pascual, V, págs. 268-269), y, aquí, Juan de Luna entiende la preposición en el segundo sentido y moderniza el texto en consecuencia: «debajo de...».

[50] El Condado de Arcos pasó a Ducado en 1493, en virtud de un acuerdo entre la última condesa y los Reyes Católicos (vid. B. Blanco González, ed., Diego Hurtado de Mendoza, *Guerra de Granada*, Madrid, 1976, págs. 373-374, nn. 609 y 611); ese dato, junto a otros de tipo literario, ha llevado a especular sobre la existencia de un *Lazarillo* primitivo antes de tales fechas (J. Caso [1966] 153-154 y [1982] lxxi-lxxii). La variante de Alcalá («Conde Alarcos»), por otro lado, nos conduce al romance «Retraída está la infanta», cuyo contenido no tiene nada que ver con la alusión de Lázaro. No obstante, la referencia al «camare-

«¡Bendito seáis Vós, Señor —quedé yo diciendo—, que dais la enfermedad y ponéis el remedio[51]. ¿Quién encontrará a aquel mi señor que no piense, según él contento de sí lleva, haber anoche bien cenado y dormido en buena cama, y, aun[52] agora es de mañana, no le cuenten[53] por muy bien almorzado? ¡Grandes secretos son, Señor, los que Vós hacéis y las gentes ignoran! ¿A quién

---

ro» evoca muy a la letra los versos de otro romance («Media noche era por filo»), donde se describe cuán suntuosamente se viste el conde Claros, ayudado por su camarero: «Levantá, mi camarero, / dame vestir y calzar» (véase también el que empieza «A caza va el Emperador»). De ahí que R. Menéndez Pidal [1899] 75 corrigiera el texto y editara «Claros». Con todos esos elementos, podría pensarse en una confusión entre el conde Claros del romancero y alguno de los titulares del Condado de Arcos, recordados más de una vez en textos literarios (cfr. C. P. Wagner [1917] 89 y A. Cavaliere [1955] 42-43). Vid. también A. Morel-Fatio [1888] 122-126; J. Caso [1967] 109 n. 54 y [1982] 63 n. 31; A. Rumeau [1969] 491-493; y A. Blecua [1974] 181.

[51] La idea y el esquema aparecen ya en el capítulo I (cfr. n. 88) y también en esta versión tienen paralelos bíblicos; así, en Job, V, 17-18: «Beatus homo qui corripitur a Deo... Quia ipse vulnerat, et medetur; Percudit, et manus eius sanabunt». Igualmente se lee en *La Celestina*, II: «cuando el alto Dios da la llaga, tras envía el remedio»; y Sebastián de Horozco recoge como proverbial el dicho «Dios, cuando da la llaga, luego da la medicina» (F. Márquez [1957] 290). Vid. C. Guillén [1966] 158 n. 253.

En relación con los misteriosos designios de Dios a que se refiere Lázaro más abajo («¡Grandes secretos son...!»), cfr., entre muchos textos bíblicos y litúrgicos, Romanos, XI, 33: «O altitudo divitiarum sapientiae et scientiae Dei, quam incomprehensibilia sunt iudicia eius et investigabiles viae eius! Quis enim cognovit...?»; *Viaje de Turquía*, XIII, pág. 334: «¡oh poderoso Dios, cuán altos son tus secretos!»; y otros ejemplos, en A. Blecua [1974] 137 n. 211.

[52] Alcalá y Amberes editan «aunque»; pero pueden hallarse testimonios de «aun» utilizado con ese mismo valor concesivo-adversativo; así, *Cantar del Mio Cid*, v. 520: «aun de lo que diesen oviesen grand ganançia», que R. Menéndez Pidal traduce como 'aunque de lo que diesen, aunque ofreciesen...' (Madrid, 1911, pág. 134, n.; y cfr. vol. II, pág. 488); A. Martínez de Toledo, *Arcipreste de Talavera*, pág. 18: «e aun [variante 'aunque'] lo cometan...» ; y G. Pérez de Hita, *Guerras civiles de Granada*: «aun ['aunque'] tú te tornes cristiana, yo desearé de seguir en tu compañía» (en H. Keniston, *Syntax*, 29.721). Vid. también arriba, n. 19; K. Pietsch, «Zur Spanischen Grammatik», *Hispanic Review*, I (1933), págs. 43-45; y bibliografía reciente en J. Alcina-J. M. Blecua, *Gramática española*, Barcelona, 1975, pág. 999, n.

[53] Como en el siglo XVI se usa *quien* por el moderno *quienes* (cfr. R. Menéndez Pidal [1899] 76 n. 1; H. Keniston, *Syntax*, 14.171; y J. E. Gillet, III, página 143), no sorprende el empleo aquí de «cuenten» en lugar del esperado «cuente». Por otra parte, en el *Lazarillo* son habituales los cambios de sujeto (cfr. I, n. 40).

no engañará aquella buena disposición y razonable capa y sayo? ¿Y quién pensará que aquel gentil hombre se pasó ayer todo el día sin comer, con aquel mendrugo de pan que su criado Lázaro trujo[54] un día y una noche en el arca de su seno, do no se le podía pegar mucha limpieza, y hoy, lavándose las manos y cara, a falta de paño de manos se hacía servir de la halda del sayo[55]? Nadie, por cierto, lo sospechará[56]. ¡Oh, Señor, y cuántos de aquestos debéis Vós tener por el mundo derramados, que padescen por la negra que llaman honra lo que por Vós no sufrirán!»[57]

Ansí estaba yo a la puerta, mirando y considerando estas cosas y otras muchas, hasta que el señor mi amo traspuso la larga y angosta calle. Y como lo vi trasponer[58], tornéme a entrar en casa, y en un credo la anduve toda, alto y bajo, sin hacer represa[59] ni hallar en qué. Hago la

---

[54] *trujo:* 'trajo'; gracias a la preferencia de la lengua moderna por la –u- postónica, se llegó a la uniformización de todos los perfectos con vocales temáticas *a* y *o*. Cfr. solo Y. Malkiel, «Range of variation as a clue to dating (I)», *Romance Philology,* XXI (1968), págs. 493-498.

[55] *sayo:* especie de chaqueta, con mangas o sin ellas, que se vestía sobre el jubón; el del escudero es un «sayo largo», es decir, con haldas 'faldas'. Cfr. C. Bernis, *Indumentaria,* pág. 103, y *Trajes y modas,* II, pág. 15; R. M. Anderson, *Hispanic Costume,* págs. 45-51.

[56] Parece que hay que interpretar *sospechará* como forma del futuro, en correlación con el «encontrará», «engañará» y «pensará» anteriores, y no como del imperfecto de subjuntivo. Cfr. J. Caso [1967] 110 n. 55 y [1982] 65 n. 32.

[57] Era proverbial la expresión «Esta negra honrilla me obliga a todo» (Correas). Testimonios de «negra honra» en varios autores del siglo XVI, en A. Blecua [1974] 137 n. 212; *La comedia Thebaida,* pág. 44; Diego de Hermosilla, *Diálogo de los pajes,* pág. 55; y R. Díaz-Solís, citado arriba, I, n. 14.

En los moralistas del Quinientos se encuentra a menudo la misma contraposición que Lázaro establece entre honra y cristianismo; vid. solo C. Chauchadis, *Honneur, morale et société dans L'Espagne de Philippe II,* París, 1984, págs. 45-109.

[58] *trasponer:* «torcer hacia algún camino, de suerte que se pierde de vista» (*Dicc. de Autoridades*).

Se ha especulado con la posibilidad de que el escudero engañara a Lázaro y, tras subir la calle, en vez de ir a misa, doblara para abajo, hacia el río (J. Weiner [1971] 419-421).

[59] Propiamente, *represa* «dícese del agua que se detiene» (*Dicc. de Autoridades*)

negra dura cama y tomo el jarro y doy comigo en el río,
donde en una huerta vi a mi amo en gran recuesta con
dos rebozadas mujeres[60], al parecer de las que en aquel
lugar no hacen falta[61], antes muchas tienen por estilo de
irse a las mañanicas del verano a refrescar y almorzar[62],
sin llevar qué, por aquellas frescas riberas, con confianza
que no ha de faltar quien se lo dé, según las tienen puestas en esta costumbre aquellos hidalgos del lugar[63].

Y, como digo, él estaba entre ellas, hecho un Macías[64],
diciéndoles más dulzuras que Ovidio escribió. Pero como
sintieron dél que estaba bien enternecido, no se les hizo
de vergüenza pedirle de almorzar, con el acostumbrado

---

y allí se estanca, aumenta su caudal; Lázaro, claro es, no encuentra dónde dete-
nerse, para hacer otro tanto.

[60] *rebozadas:* con parte del rostro cubierto por la mantilla o *rebozo* (cfr. n. 63);
recuesta (cfr. II, n. 35), requerimiento de amores. Comp. Muniño, *Lisandro y Roselia,* II, pág. 1104: «—¿quiénes son aquellas dos rebozadas... —Por mi vida, que
es bonita y salada la postrera. ¡Ah, señora hermosa!, ¿eres servida de un escudero?»; y Lope de Vega: «y siendo dél recuestada,/ jamás alcanzó de mí/ que ni el
rostro descubriese,/ ni que de mí recibiese/ sino una palabra mansa...» (*apud*
C. Fernández Gómez, *Vocabulario...,* s v.). La «requesta» era uno de los géneros más
comunes en la poesía española de tipo cancioneril y tradición medieval: se explica, pues, la inmediata mención de Macías (vid. n. 64).

[61] *no hacen falta:* seguramente en doble sentido, 'ni se las necesita allí, ni faltan
nunca'; y es en el segundo sentido como se establece la correlación con la frase
siguiente: 'antes bien muchas acostumbran...'.

[62] *tener por estilo:* tener por costumbre (Percival, en *Tesoro Lex.*); el vulgo sólo
distinguía entre «invierno» (pág. 62) y «verano», o, de hilar más delgado, éste
venía a corresponder a nuestra primavera y aquél empezaba hacia noviembre
(cfr. J. Caro Baroja, *El carnaval,* Madrid, 1965, págs. 151-156): nótese que Lázaro vive «cuasi seis meses» con el cura.

[63] Sebastián de Horozco censura a los hidalgos de Toledo por su afición a los
galanteos «en la güerta, con la fría,/ por donde Tajo corría», donde él mismo
acostumbraba a reunirse con sus amigos para despachar abundantes almuerzos;
y en otro lugar felicita al predicador fray Antonio Navarro «por su sermón sobre las tapadas, con el que movió al corregidor a prohibir tales atavíos, so pena
de pérdida de los rebozos» (F. Márquez [1957] 268 y 314-315).

[64] Es conocida la expresión antonomástica «Es un Macías enamorado» (así
en S. se Horozco, *apud* F. Márquez [1957] 275); y Correas recoge «Es otro Macías», «Está hecho un Macías», etc. Vid. también J. E. Gillet, III, págs. 78-79.
Sobre la fama de Macías, poeta gallego del siglo xiv, cuya lastimosa leyenda le
ganó el título de «enamorado por excelencia», cfr. K. H. Vanderford, «Macias
in Legend and Literature», *Modern Philology,* XXXVI (1933), págs. 35-54.

pago[65]. Él sintiéndose tan frío de bolsa cuanto estaba caliente del estómago, tomóle tal calofrío, que le robó la color del gesto[66], y comenzó a turbarse en la plática y a poner excusas no validas[67]. Ellas, que debían ser bien instituidas[68], como le sintieron la enfermedad, dejáronle para el que era[69].

Yo, que estaba comiendo ciertos tronchos de berzas, con los cuales me desayuné, con mucha diligencia —como mozo nuevo—, sin ser visto de mi amo, torné a casa, de la cual pensé barrer alguna parte, que era bien menester; mas no hallé con qué. Púseme a pensar qué haría, y parescióme esperar a mi amo hasta que el día deme-

[65] Esto es: cuando (cfr. II, n. 33) ellas advirtieron que el escudero estaba ya muy apasionado (*tierno* algunas veces significa el que está apasionado, y de allí *enternecerse*», Covarrubias), no les dio vergüenza pedirle que las invitara a comer, ofreciéndole el «pago» —verosímilmente, en especie...— que ellas acostumbraban a dar a cambio del almuerzo.

[66] *gesto:* cfr. arriba, I, n. 18. A. Blecua [1974] 138 n. 220 parafrasea: «el estómago, caliente por naturaleza, al enfriarse de improviso, a causa de la frialdad de la bolsa, provoca la palidez».

[67] *validas:* en lo antiguo, la acentuación era normalmente llana. Así, por ejemplo, en Calderón, *No hay más fortuna que Dios*, v. 1014: «al mirarla más valida» (ed. A. A. Parker, Manchester, 1962).

[68] *instituir:* latinismo, «vale también enseñar o instruir» *(Dicc. de Autoridades);* Juan de Luna trae «instruidas». Comp. Vicente Espinel, *Vida de Marcos Obregón,* II, 6: «como en las plantas las más bien cultivadas dan mejor fruto, así entre los hombres los más bien instituidos dan mayor y más claro ejemplo de vida».

[69] El giro se utilizaba en sentido peyorativo, para referirse indirectamente a otra persona cuya conducta y condición hacen inútil cualquier esfuerzo por cambiarla; Correas recoge ya: «Dejarle para majadero..., para necio. *Dejarle para quien es...,* 'para ruin'. Destos y otros nombres usa esta frase». La expresión ha sido documentada en Lope de Rueda (F. González Ollé [1977] 291-292) y Juan Timoneda (F. González Ollé y V. Tusón, *Pasos,* págs. 209-210, n. 35); añádanse también Gregorio Silvestre, *Poesías,* ed. A. Marín Ocete, Granada, 1939, página 254; M. Alemán, *Guzmán de Alfarache,* I, II, 10, pág. 349; y Avellaneda, *Quijote,* 6 y 28, págs. 1198 y 1410.

Aun desconociendo el carácter proverbial de la frase, la mayoría de editores coincide en señalar su sentido despectivo. Otros, en cambio, han sido más analíticos en sus interpretaciones: así, A. Blecua [1974] 138 n. 220, mientras F. González Ollé [1977] piensa que la expresión es equivalente a 'quedad con Dios' (en igual sentido F. Carrasco [1982] 128 n. 211) y la supone derivación humorística de otra de las *Confesiones* de San Agustín.

diase, y si viniese y por ventura trajese algo que comiésemos; mas en vano fue mi experiencia[70].

Desque vi ser las dos y no venía y la hambre me aquejaba, cierro mi puerta y pongo la llave do mandó y tórnome a mi menester[71]. Con baja y enferma voz e inclinadas mis manos en los senos, puesto Dios ante mis ojos[72] y la lengua en su nombre, comienzo a pedir pan por las puertas y casas más grandes que me parecía. Mas como yo este oficio le hobiese mamado en la leche, quiero decir que con el gran maestro el ciego lo aprendí, tan suficiente discípulo salí, que, aunque en este pueblo no había caridad, ni el año fuese muy abundante, tan buena maña me di, que antes que el reloj diese las cuatro ya yo tenía otras tantas libras de pan ensiladas en el cuerpo[73] y más de otras dos en las mangas y senos[74]. Volvíme a la posada, y al pasar por la Tripería[75] pedí a una de aquellas mujeres, y diome un pedazo de uña de vaca[76], con otras pocas de tripas cocidas.

---

[70] *experiencia:* es lección del arquetipo, aunque ahí pudo producirse por mala lectura del original del autor; pues, en efecto, el contexto sugiere «esperanza» (y el sintagma «vana spes» es común desde la Biblia), según reza la enmienda del *Lazarillo castigado.* En todo caso, «experiencia» no sólo da sentido perfecto, sino que incluso puede entenderse como un juego deliberado con las fórmulas tópicas: «esperanza vana», «esperar en vano».

[71] Lázaro recuerda refranes del tipo «zapatero solía ser y tornéme a mi menester» (Correas), para indicar cómo, aquejado por el hambre, decidió volver a mendigar.

[72] *puesto Dios ante mis ojos:* con la mirada vuelta al cielo, con apariencia piadosa y humilde; cfr. I, n. 84, y V, n. 26.

En la línea anterior, Burgos trae «τ inclinadas» (como, vgr., abajo, pág. 108, «τ infinitas»); y no sería inaceptable resolver el signo de abreviatura con *y*, en vez de con *e*, pues *e* sólo se usaba ante *i*– cuando se escribía «con algún primor» (Covarrubias; cfr. Valdés, *Diálogo*, pág. 165) Vid. las *Variantes*, 30/11.

[73] *ensilar:* propiamente, 'echar el trigo en el silo'; «*ensilar* llamamos al comer mucho, porque el comilón echa en el vientre como si fuese silo» (Covarrubias).

[74] *mangas y senos:* cfr. arriba, n. 12.

[75] *Tripería:* en la calle de la Tripería (hoy de Sixto Ramón Parro) estaban los puestos de las vendedoras; cfr. J. Porres Martín-Cleto, *Historia de las calles de Toledo*, II (Toledo, 1971), págs. 336, 394.

[76] *uña de vaca:* «el pie o mano de la vaca o buey» (Covarrubias). Cfr. E. C. Ri-

Cuando llegué a casa, ya el bueno de mi amo estaba en
ella, doblada su capa y puesta en el poyo, y él paseándose
por el patio. Como entro, vínose para mí. Pensé que me
quería reñir la tardanza, mas mejor lo hizo Dios[77]. Preguntóme dó venía[78]. Yo le dije:

—Señor, hasta que dio las dos estuve aquí, y de que vi
que Vuestra Merced no venía, fuime por esa ciudad a en-
comendarme a las buenas gentes, y hanme dado esto que
veis.

Mostréle el pan y las tripas, que en un cabo de la halda
traía, a la cual él mostró buen semblante, y dijo:

—Pues esperado te he a comer, y de que vi no veniste,
comí. Mas tú haces como hombre de bien en eso, que
más vale pedillo por Dios que no hurtallo[79]. Y ansí Él
me ayude como ello me paresce bien, y solamente te en-
comiendo no sepan que vives comigo, por lo que toca a
mi honra. Aunque bien creo que será secreto, según lo
poco que en este pueblo soy conoscido. ¡Nunca a él yo
hubiera de venir!

—De eso pierda, señor, cuidado —le dije yo—, que
maldito aquel que ninguno tiene de pedirme esa cuenta,
ni yo de dalla.

—Agora, pues, come, pecador, que, si a Dios place,
presto nos veremos sin necesidad. Aunque te digo que
después que en esta casa entré, nunca bien me ha ido.

ley, «*Uñas de vaca o manos de ternera:* Cervantes and Avellaneda», en *Studia in honorem M. de Riquer,* I (Barcelona, 1986), págs. 425-432.

[77] Correas recoge «Mejor lo hará Dios», «Mejor lo haga Dios». Cfr. Heliodoro, *Teágenes y Cariclea,* en la vers. castellana de Fernando de Mena, pág. 399: «los
dioses lo hagan mejor».

[78] *do* con valor de procedencia ('de donde') es etimológico (< *de ubi*). Cfr.
D. Alonso, ed., Gil Vicente, *Tragicomedia de Don Duardos,* Madrid, 1942, pág. 313,
n. 579; J. E. Gillet, III, pág. 167; y J. Corominas-J. A. Pascual, II, pág. 516.

[79] En Correas se lee «Más vale pedir que hurtar»; S. de Horozco escribe:
«¿no es mejor/ pedillo que no hurtar?» (en F. Carrasco [1982] 129 n. 216); «más
razón será pedillo que hurtallo» (Tirso de Molina, *Cómo han de ser los amantes,* I,
2, en *Comedias de...,* ed. E. Cotarelo y Mori, pág. 4).

Debe ser de mal suelo, que hay casas desdichadas y de mal pie, que a los que viven en ellas pegan la desdicha[80]. Ésta debe der ser, sin dubda, de ellas; mas yo te prometo, acabado el mes, no quede en ella aunque me la den por mía.

Sentéme al cabo del poyo y, porque no me tuviese por glotón, callé la merienda. Y comienzo a cenar y morder en mis tripas y pan, y disimuladamente miraba al desventurado señor mío, que no partía[81] sus ojos de mis faldas, que aquella sazón servían de plato. Tanta lástima haya Dios de mí como yo había dél, porque sentí lo que sentía, y muchas veces había por ello pasado y pasaba cada día. Pensaba si sería bien comedirme a convidalle; mas, por me haber dicho que había comido, temíame no aceptaría el convite. Finalmente, yo deseaba aquel pecador ayudase a su trabajo del mío[82] y se desayunase como el día antes hizo, pues había mejor aparejo, por ser mejor la vianda y menos mi hambre.

Quiso Dios cumplir mi deseo, y aun pienso que el suyo; porque como comencé a comer, y él se andaba paseando, llegóse a mí y díjome:

—Dígote, Lázaro, que tienes en comer la mejor gracia que en mi vida vi a hombre, y que nadie te lo verá hacer que no le pongas gana aunque no la tenga.

«La muy buena que tú tienes —dije yo entre mí— te hace parescer la mía hermosa».

Con todo, parescióme ayudarle, pues se ayudaba[83] y me abría camino para ello, y díjele:

---

[80] Cfr. F. Lázaro [1969] 142; y nótese que aquí parece recordarse la expresión proverbial «entrar con mal pie» (V. García de la Concha [1981] 225).

[81] *partir*: «vale también 'separar'» *(Dicc. de Autoridades)*.

[82] Es zeugma dilógico, por cuanto el término expresado y el sobrentendido son usados con distintos significados: «*trabajo* se toma en el doble sentido de necesidad o aflicción del cuerpo, o sea hambre del amo, o de fruto del trabajo; o mendicidad del criado: 'deseaba que aquel pecador socorriese su miseria con el miserable fruto de mi trabajo'» (R. Menéndez Pidal [1899] 78 n. 2).

[83] Nótese la alusión al dicho «ayúdate y ayudarte he» (Covarrubias); *ayudarse*

—Señor, el buen aparejo hace buen artífice[84]. Este pan está sabrosísimo, y esta uña de vaca tan bien cocida y sazonada, que no habrá a quien no convide con su sabor.

—¿Uña de vaca es?

—Sí, señor.

—Dígote que es el mejor bocado del mundo y que no hay faisán que ansí me sepa.

—Pues pruebe, señor, y verá qué tal está.

Póngole en las uñas la otra y tres o cuatro raciones de pan de lo más blanco. Y asentóseme al lado y comienza a comer como aquel que lo había gana[85], royendo cada huesecillo de aquellos mejor que un galgo suyo lo hiciera.

—Con almodrote[86] —decía— es éste singular manjar.

«Con mejor salsa lo comes tú»[87] —respondí yo paso.

—Por Dios, que me ha sabido como si hoy no hobiera comido bocado.

«¡Ansí me vengan los buenos años como es ello!»[88] —dije yo entre mí.

Pidióme el jarro de agua, y díselo como lo había traí-

---

era también «hacer las diligencias convenientes para conseguir alguna cosa» (*Dicc. de Autoridades*).

[84] Vid. arriba, I, n. 114. Así también en el *Guitón Honofre*, pág. 64: «La ocasión hace al ladrón y el buen aparejo al buen artífice».

[85] *como aquel que lo había gana*: en español antiguo se documenta solo *haber / tener algo en gana* o bien *gana de algo;* y de hecho en Burgos se escribe *aviã*, interpretable como «había [e]n». Me pregunto si la frase de Lázaro no reproducirá el verso de algún romance viejo (comp., por ejemplo, «como aquel que la bien sabe», en *Yo me era mora Moraima*).

[86] *almodrote:* «cierta salsa que se hace con aceite, ajos, queso y otras cosas» (Covarrubias).

[87] Que «la mejor salsa es el hambre» se lee ya en Cicerón, *De finibus*, II, XXVIII, 90: «Socratem audio dicentem cibi condimentum esse famem». Compárese también Erasmo, *Adagios*, II, VII, 69; y el refrán que recoge S. de Horozco: «Al que bien le sabe el pan, por demás salsa le dan» (F. Márquez [1957] 287 n. 1; y cfr. pág. 289, sobre el dicho «Más quiero en mi casa pan que en la ajena faisán», quizá muy secundariamente aludido arriba: vid. además *Guitón Honofre*, pág. 153).

[88] Entiéndase: así se acaben mis desventuras según ello es cierto. Cfr. Muñino, *Lisandro y Roselia*, III, pág. 1086: «Así tuviere yo ciertas cien doblas como ello es verdad».

do: es señal que, pues no le faltaba el agua, que no le había a mi amo sobrado la comida. Bebimos y muy contentos nos fuimos a dormir, como la noche pasada.

Y, por evitar prolijidad, desta manera estuvimos ocho o diez días, yéndose el pecador en la mañana con aquel contento y paso contado[89] a papar aire[90] por las calles, teniendo en el pobre Lázaro una cabeza de lobo[91].

Contemplaba yo muchas veces mi desastre[92], que, escapando de los amos ruines que había tenido y buscando mejoría, viniese a topar con quien no sólo no me mantuviese, mas a quien yo había de mantener. Con todo, le quería bien, con ver que no tenía ni podía más[93], y antes le había lástima que enemistad. Y muchas veces, por llevar a la posada con que él lo pasase, yo lo pasaba mal. Porque una mañana, levantándose el triste en camisa, subió a lo alto de la casa a hacer sus menesteres[94], y en tanto yo, por salir de sospecha, desenvolvíle el jubón y las calzas, que a la cabecera dejó, y hallé una bolsilla de terciopelo raso, hecho cien dobleces y sin maldita la blanca ni señal que la hobiese tenido mucho tiempo.

«Éste —decía yo— es pobre, y nadie da lo que no tiene[95]; mas el avariento ciego y el malaventurado mezqui-

---

[89] *contado:* acompasado; cfr. arriba, n. 5.

[90] *papar aire, papar* o *sorber viento,* «metafóricamente vale 'estar embelesado o sin hacer nada'» *(Dicc. de Autoridades).*

[91] *cabeza de lobo:* «la ocasión que uno toma para aprovecharse, como el que mata un lobo, que, llevando la cabeza por los lugares de la comarca, le dan todos algo» (Covarrubias); otros significados de la expresión, en *Tesoro Lexicográfico, s. v.* «cabeça» y «cabeza». Cfr. *La lozana andaluza,* XIV, pág. 298: «cada uno da a la madre según puede..., y desta manera es como cabeza de lobo»; *Viaje de Turquía,* III, pág. 125: «ganaba como con cabeza de lobo» (y cfr. n. 16).

[92] *contemplaba:* meditaba; cfr. II, n. 61.

[93] *con ver:* 'por ver'; cfr. arriba, I, n. 127.

[94] Sólo en fechas relativamente recientes ha sido común destinar un lugar dentro de la casa para hacer las necesidades fisiológicas: antes solía recurrirse al corral o a un sobrado.

[95] Es refrán usado, por ejemplo, en *La Celestina,* II: «Ninguno da lo que no tiene» (C. Guillén [1966] 160 n. 285); otros ejemplos, en A. Blecua [1974] 142 n. 232.

no clérigo, que, con dárselo Dios a ambos, al uno de mano besada y al otro de lengua suelta[96], me mataban de hambre, aquéllos es justo desamar y aquéste de haber mancilla»[97].

Dios es testigo que hoy día, cuando topo con alguno de su hábito con aquel paso y pompa, le he lástima con pensar si padece lo que aquél le vi sufrir[98]. Al cual, con toda su pobreza, holgaría de servir más que a los otros, por lo que he dicho. Sólo tenía dél un poco de descontento, que quisiera yo que no tuviera tanta presumpción, mas que abajara un poco su fantasía[99] con lo mucho que subía su necesidad. Mas, según me parece, es regla ya entre ellos usada y guardada. Aunque no haya cornado de trueco, ha de andar el birrete en su lugar[100]. El Señor lo remedie, que ya con este mal han de morir.

Pues estando yo en tal estado, pasando la vida que digo, quiso mi mala fortuna, que de perseguirme no era satisfecha, que en aquella trabajada y vergonzosa vivienda no durase[101]. Y fue, como el año en esta tierra fuese esté-

---

[96] Se evoca aquí una clasificación de las remuneraciones o recompensas, propuesta por Gregorio el Grande y recogida en múltiples fuentes, que distinguían entre el *munus a manu*, el *munus a lingua* y el *munus ab obsequio* (o *ab officio*). Lázaro juega con la dualidad *a manu* y *a lingua*, pero refiriéndola no al modo de recibir, sino a la forma de ganar los *munera*. Así, el *munus a manu* se ilustra aquí con la ofrenda tradicional a los clérigos, el oficio del «*besa mano* y *daca pan*» (Correas); el *munus a lingua* se relaciona con las «ciento y tantas oraciones» que decía el ciego. En ese contexto, el servicio que Lázaro presta al hidalgo hace de este el receptor de un *munus ad obsequio*. Cfr. F. Rico [1979] 90-91.

[97] Entiéndase: 'y a éste [es justo] tener lástima'. Sobre el *de* que introduce el infinitivo, cfr. arriba, II, n. 58, y abajo, V, n. 19.

[98] *con pensar:* con valor causal; cfr. arriba, I, n. 127

[99] *fantasía:* «comúnmente significa una presunción vana que concibe de sí el vanaglorioso... y enamorado de sí mesmo» (Covarrubias). Cfr. J. E. Gillet, en *Studia philologica et litteraria in honorem Leo Spitzer*, Berna, 1958, págs. 221-225.

[100] Entiéndase: 'aunque no lleven encima ni calderilla para dar cambio, no se quitarán el birrete ('bonete, sombrero') para saludar' (cfr. abajo, n. 121). El «cornado» era moneda de ínfimo valor, vid. I, n. 66; y Gillet, III, págs. 199 y 568.

[101] *vivienda:* 'modo de vivir'» (Oudin). Cfr., por ejemplo, fray Luis de León, *La perfecta casada*: «sabemos que [el estado del matrimonio] es vivienda no in-

ril de pan[102], acordaron el Ayuntamiento que todos los pobres estranjeros[103] se fuesen de la ciudad, con pregón que el que de allí adelante topasen fuese punido con azotes[104]. Y así, ejecutando la ley, desde a cuatro días que el pregón se dio, vi llevar una procesión de pobres azotando por las Cuatro Calles[105]. Lo cual me puso tan gran espanto, que nunca osé desmandarme a demandar[106].

Aquí viera, quien vello pudiera, la abstinencia de mi casa y la tristeza y silencio de los moradores: tanto, que nos acaesció estar dos o tres días sin comer bocado, ni hablaba palabra. A mí diéronme la vida unas mujercillas hilanderas de algodón, que hacían bonetes y vivían par de nosotros, con las cuales yo tuve vecindad y conocimiento[107]. Que, de la laceria que les traía, me daban alguna cosilla, con la cual muy pasado me pasaba[108].

---

ventada, después que nuestra naturaleza se corrompió» (*Obras completas castellanas*, ed. F. García, I, Madrid, 1957, pág. 245).

[102] «*pan* se llama también el trigo, y así se dice, cuando un año es abundante de esta semilla, 'Este año hay mucho pan'» (*Dicc. de Autoridades*).

[103] Sobre la ley dictada por «el Ayuntamiento» (que, como nombre colectivo, puede llevar verbo en plural) a propósito de los pobres «estranjeros» ('forasteros'), vid. arriba, págs. 21*-22*.

[104] *punido* 'castigado' apenas se usaba hacia 1550 sino en la jerga arcaizante de la justicia y el derecho; cfr. Cervantes, *El trato de Argel*, pág. 32: «ellos con culpa punidos,/ nosotros muertos sin ella».

[105] Encrucijada entre la catedral y Zocodover, y donde antiguamente se ejecutaban las sentencias. En la «Relación... de la entrada... en Toledo del Rey y Reina», Sebastián de Horozco ofrece el siguiente itinerario: «Y así subió por la Calderería y Herrería, y Torno de las Carreteras y Zocodover y Lencería y Calcetería y Cuatro Calles y Lonjas hasta entrar por la puerta del Perdón de la Santa Iglesia» (*Relaciones históricas toledanas*, ed. J. Weiner, Toledo, 1981, pág. 187; y cfr. F. Márquez [1957] 268 n. 1).

[106] «*demandar* por Dios o mendigar» (Franciosini, en *Tesoro Lexicográfico*).

[107] Los *bonetes* se contaban entre los principales productos de Toledo. «Unos son los de lana y aguja, de que se hace en Toledo y en otras partes gran cargazón para fuera de España, y otros de paño..., que son los que en Castilla usamos los clérigos» (Covarrubias). Cfr. R. M. Anderson, *Hispanic Costume*, pág. 35 *b*; y L. Martz y J. Porres, *Toledo y los toledanos en 1561*, Toledo, 1974, págs. 30-31, 52-54, 57, 65, 103, etc.

Según M. Cavillac, pról. a C. Pérez de Herrera, *Amparo de pobres*, Madrid, 1975, pág. CXIII, «esas humildes obreras son los únicos personajes positivos de

Y no tenía tanta lástima de mí como del lastimado de mi amo, que en ocho días maldito el bocado que comió. A lo menos en casa, bien lo estuvimos sin comer; no sé yo cómo o dónde andaba y qué comía. ¡Y velle venir a mediodía la calle abajo, con estirado cuerpo, más largo que galgo de buena casta![109] Y por lo que toca a su negra que dicen honra, tomaba una paja, de las que aun asaz no había en casa, y salía a la puerta escarbando los que nada entre sí tenían[110], quejándose todavía de aquel mal solar, diciendo:

---

la historia»; pero tras haber dicho Lázaro que ellas «vivían par ['cerca'] de nosotros» no era imprescindible aclarar: «con las cuales yo tuve vecindad y conocimiento» (comp. *La Celestina*, IV: «de muy buen grado lo haré, por el pasado conoscimiento y vecindad...»); y la aclaración resulta más maliciosa cuando se advierte que gracias a las hilanderas Lázaro conoce al fraile de la Merced, «al cual ellas le llamaban pariente» (cfr. abajo, IV, n. 5). Confróntese también arriba, I, n. 13.

[108] Es decir: «muy pasado, enjuto o demacrado, como la fruta pasa, me pasaba la vida con aquello» (R. Menéndez Pidal [1899] 80 n. 5).

[109] La descripción concuerda con un rasgo físico más de una vez señalado en los hidalgos: «Hidalgos y galgos, secos y cuellilargos» (L. Martínez Kleiser, *Refranero general*, núm. 30151); en el *Tesoro de varias poesías* (1580) de Pedro de Padilla, una moza llama al pobre hidalgo que la corteja «galgo flaco, cansado y muy hambriento» (en E. Asensio, *Itinerario del entremés*, pág. 152); otros ejemplos, en A. Blecua [1974] 144 n. 246. El escudero es, pues, un hidalgo auténtico (cfr. F. Rico [1966] 291, frente a D. McGrady [1970] 560-561).

[110] Todos los testimonios de la artimaña de exhibirse con un mondadientes para aparentar haber comido son posteriores al *Lazarillo*; y la situación que particularmente describe Lázaro fue muy recordada en la literatura española. Cfr. fray Ignacio de Buendía, *Triunfo de llaneza*, vv. 1007-1011: «Haces que un pobre hidalgo,/ por el qué dirán las gentes...,/ pase más hambre que un galgo,/ y mucho limpiar de dientes» (ed. E. M. Wilson, Madrid, 1970, pág. 69); *Quijote*, II, 46: «¡Miserable del bien nacido que va dando pistos a su honra, comiendo mal y a puerta cerrada, haciendo hipócrita al palillo de dientes con que sale a la calle después de no haber comido cosa que le obligue a limpiárselos»; y Calderón, *El Alcalde de Zalamea*, I, vv. 234 y ss.: [Don Mendo, «hidalgo de figura»] «——¡Baste! Y pues han dado las tres,/ cálzome palillo y guantes./ [Nuño, criado] ——¿Si te prenden el palillo/ por palillo falso? [D. Mendo] —Si alguien/ que no he comido un faisán/ dentro de sí imaginare,/ que allá dentro de sí miente,/ aquí y en cualquier parte,/ le sustentaré».

Otras versiones de la anécdota, en J. Pinto de Morales, *Maravillas del Parnaso*, Lisboa, 1637, fol. 28; *Quijote*, ed. F. Rodríguez Marín, X, págs. 94 y ss.; H. N. Bershas, «La biznaga honrada», en *Romance Notes*, VII (1965), págs. 62-67; S. G.

—Malo está de ver, que la desdicha desta vivienda lo hace. Como ves, es lóbrega, triste, obscura. Mientras aquí estuviéremos, hemos de padecer. Ya deseo que se acabe este mes por salir della.

Pues estando en esta afligida y hambrienta persecución, un día, no sé por cuál dicha o ventura, en el pobre poder de mi amo entró un real, con el cual él vino a casa tan ufano como si tuviera el tesoro de Venecia[111], y con gesto muy alegre y risueño me lo dio, diciendo:

—Toma, Lázaro, que Dios ya va abriendo su mano. Ve a la plaza, y merca pan y vino y carne: ¡quebremos el ojo al diablo![112] Y más te hago saber, porque te huelgues: que he alquilado otra casa y en esta desastrada[113] no hemos de estar más de en cumpliendo el mes. ¡Maldita sea ella y el que en ella puso la primera teja, que con mal en ella entré! Por nuestro Señor, cuanto ha que en ella vivo, gota de vino ni bocado de carne no he comido, ni he habido descanso ninguno; mas ¡tal vista tiene y tal obscuridad y tristeza! Ve y ven presto, y comamos hoy como condes.

Tomo mi real y jarro y, a los pies dándoles priesa, comienzo a subir mi calle, encaminando mis pasos para la plaza, muy contento y alegre. Mas ¿qué me aprovecha, si está constituido en mi triste fortuna que ningún gozo me

---

Armistead y J. H. Silverman, en *Romance Philology*, XXIV (1970-1971), página 143. Por tradición o por poligénesis, la treta llega al folclore moderno (el tenor español Hipólito *Lázaro* la contaba como suya; al popular «Carpanta» se la atribuye, adaptada, el dibujante Escobar en *Tele-Exprés*, Barcelona, 9 octubre 1973), y aun se encuentra en la India (vid. M. R. Lida, en *Hispanic Review*, XXXI [1963], pág. 64) y en el *Refranero Japonés* («El samurai usa palillo de dientes aun sin comer», según traduce S. Yamazaki, Kyoto, 1985, pág. 132).

[111] El «tesoro de Venecia» se mencionaba proverbialmente «para decir 'tesoros grandes'» (Correas). Cfr. *Quijote*, II, 71, ed. F. Rodríguez Marín, VIII, páginas 213-214, n. 7; C. Guillén [1966] 162 n. 298; y A. Blecua [1974] 145 n. 250.

[112] «Quiere decir hacer rabiar al enemigo, que lo es el diablo, teniendo algún bien o contento» (Correas).

[113] «*desastrado*, el hombre que en su nacimiento no tuvo estrella bien puesta que le favoreciese...» (Covarrubias).

venga sin zozobra? Y ansí fue éste. Porque, yendo la calle
arriba, echando mi cuenta en lo que le emplearía, que
fuese mejor y más provechosamente gastado, dando infinitas gracias a Dios que a mi amo había hecho con dinero, a deshora me vino al encuentro un muerto, que por la
calle abajo muchos clérigos y gente en unas andas traían.
Arriméme a la pared, por darles lugar, y, desque el cuerpo pasó, venían luego a par del lecho una que debía ser
mujer del difunto, cargada de luto, y con ella otras muchas mujeres[114]; la cual iba llorando a grandes voces y diciendo:

—Marido y señor mío, ¿adónde os me llevan? ¡A la
casa triste y desdichada, a la casa lóbrega y obscura, a la
casa donde nunca comen ni beben!

Yo que aquello oí, juntóseme el cielo con la tierra y
dije:

«¡Oh desdichado de mí! Para mi casa llevan este muerto».

Dejo el camino que llevaba, y hendí por medio de la
gente[115], y vuelvo por la calle abajo, a todo el más correr
que pude, para mi casa; y, entrando en ella, cierro a grande priesa, invocando el auxilio y favor de mi amo, abra-
zándome dél[116], que me venga ayudar y a defender la en-

---

[114] Seguramente se trata de «endechaderas», profesionales o no, de las que
plañían en los entierros y parecían «más murmurar que hablar, por decir las razones truncadas y entre dientes, entreponiendo los suspiros, sollozos y gritos y
la pelamesa... Este modo de llorar los cuerpos se usaba en toda España, porque
iban las mujeres detrás del cuerpo del marido, descabelladas, y las hijas tras el de
sus padres, mesándose y dando voces, que en la Iglesia no dejaban hacer el oficio, y, así, se les mandó que no fuesen». Cfr. D. Alonso y J. M. Blecua, *Antología
de la poesía española. Lírica de tipo tradicional*, págs. XLVI-XLVIII (con bibliografía
sobre «endechas» y «plantos»); y A. Cea Gutiérrez, «Los ciclos de la vida: ritos y
costumbres en torno a los difuntos en Salamanca», *Revista de dialectología y tradiciones populares*, XL (1985), págs. 27-30.

[115] «*hender* ['cortar'] *por medio de la gente:* ir haciendo lugar, encontrando a
unos y otros» (Covarrubias).

[116] *abrazar:* «con *de*, para expresar el objeto de que uno se ase en busca de
apoyo o refugio» (R. J. Cuervo, *Diccionario de construcción y régimen de la lengua castellana*, I, pág. 156).

trada. El cual, algo alterado, pensando que fuese otra cosa[117], me dijo:

—¿Qu'es eso, mozo? ¿Qué voces das? ¿Qué has? ¿Por qué cierras la puerta con tal furia?

—¡Oh señor —dije yo—, acuda aquí, que nos traen acá un muerto!

—¿Cómo así?[118] —respondió él.

—Aquí arriba lo encontré, y venía diciendo su mujer: «Marido y señor mío, ¿adónde os llevan? ¡A la casa lóbrega y obscura, a la casa triste y desdichada, a la casa donde nunca comen ni beben!» Acá, señor, nos le traen.

Y ciertamente cuando mi amo esto oyó, aunque no tenía por qué estar muy risueño, rió tanto, que muy gran rato estuvo sin poder hablar. En este tiempo tenía ya yo echada la aldaba a la puerta y puesto el hombro en ella por más defensa. Pasó la gente con su muerto, y yo todavía me recelaba que nos le habían de meter en casa. Y desque fue ya más harto de reír que de comer, el bueno de mi amo díjome:

—Verdad es, Lázaro: según la viuda lo va diciendo, tú tuviste razón de pensar lo que pensaste; mas, pues Dios lo ha hecho mejor y pasan adelante, abre, abre y ve por de comer.

—Déjalos, señor, acaben de pasar la calle —dije yo.

Al fin vino mi amo a la puerta de la calle, y ábrela esforzándome[119], que bien era menester, según el miedo y alteración, y me tornó a encaminar. Mas aunque comimos bien aquel día, maldito el gusto yo tomaba en ello, ni en aquellos tres días torné en mi color. Y mi amo,

---

[117] *otra cosa:* ¿del género de la que ocurre cuando, luego, irrumpen «por la puerta un hombre y una vieja» (pág. 106), o relacionada con la procedencia del real?

[118] *¿Cómo así:* «Se usa para denotar la extrañeza o admiración que causa el ver u oír alguna cosa no esperada» (R. J. Cuervo, *ibíd.,* 1893, 1954², pág. 236-7; y cfr. J. E. Gillet, III, pág. 746).

[119] *esforzándome:* cfr. arriba, I, n. 38.

muy risueño todas las veces que se le acordaba aquella mi consideración.

De esta manera estuve con mi tercero y pobre amo, que fue este escudero, algunos días, y en todos deseando saber la intención de su venida y estada en esta tierra; porque, desde el primer día que con él asenté, le conoscí ser estranjero, por el poco conoscimiento y trato que con los naturales della tenía. Al fin se cumplió mi deseo y supe lo que deseaba, porque un día que habíamos comido razonablemente y estaba algo contento, contóme su hacienda[120] y díjome ser de Castilla la Vieja y que había dejado su tierra no más de por no quitar el bonete a un caballero su vecino[121].

—Señor —dije yo—, si él era lo que decís, y tenía más

---

[120] A. Rumeau [1963] 19-25 señala que los giros «contar la hacienda», «decir algo de la hacienda», «descubrir la hacienda», propios del *Amadís*, aluden no a bienes materiales o a sucesos externos, sino al talante interior de los personajes; y cree Rumeau que semejante sentido de «hacienda», ya arcaico hacia 1535 para Valdés, a los primeros lectores del *Lazarillo* podría parecerles una referencia jocosa al *Amadís*. Más adelante, al comentar la confesión del hidalgo, Lázaro quizá emplea otra fórmula característica de los libros de caballerías: «Desta manera lamentaba también su adversa fortuna, *dándome relación de su persona valerosa*»; el discurso del escudero quedaría, así, enmarcado entre «dos fórmulas simétricas y sinónimas». Cfr. también J. V. Ricapito [1973].

[121] Esto es: sólo por no quitarse el sombrero para saludar. Sobre la expresión *no más de*, vid. H. Keniston, *Syntax*, 40.72, 40.731, 40.733.

Compárense, por otra parte, Torres Naharro, *Tinellaria*, II, vv. 322-324: «[Moñiz, escudero] Que, voto a Dios verdadero,/ nunca el bonete me quito/ qu'él no lo quita primero» (y vid. las observaciones de J. E. Gillet, IV, págs. 255 y ss.); Damasio de Frías, *Diálogo de la discreción* (ms. con fecha de 1579), folios 142-146: «Insufrible me parece la ignorancia o, llamémosla ansí, la necedad de algunos pobres hidalgos que nunca andan sino quebrando la cabeza a cuantos tratan, y dondequiera que se hallan y a cualquiera propósito o sin él, con su hidalguía o nobleza... 'No, yo le juro a V. M. que sí primero no me quita la gorra, que no le lleve de mí, por más cuentos que tenga de renta'» (*apud* E. Asensio, «Damasio de Frías y su *Dórida*, diálogo de amor. El italianismo en Valladolid», *Nueva Revista de Filología Hispánica*, XXIV [1975], pág. 233); Jerónimo de Mondragón, *Censura de la locura humana* (1598), sobre los presuntuosos que se desazonan por «si el otro le hizo bonetada», «los que presumen de... hidalgos... sin hacer las obras para ello» (ed. A. Vilanova, Barcelona, 1953, pág. 123). Vid. asimismo F. Márquez [1957] 312-314 y E. Asensio, *Itinerario del entremés*, págs. 241-243.

que vós, ¿no errábades en no quitárselo primero, pues
decís que él también os lo quitaba?

—Sí es, y sí tiene[122], y también me lo quitaba él a mí;
mas, de cuantas veces yo se le quitaba primero, no fuera
malo comedirse él alguna y ganarme por la mano[123].

—Parésceme, señor —le dije yo—, que en eso no mirara, mayormente con mis mayores que yo y que tienen más.

—Eres mochacho —me respondió— y no sientes las
cosas de la honra, en que el día de hoy está todo el caudal
de los hombres de bien. Pues te hago saber que yo soy,
como vees, un escudero; mas vótote a Dios[124], si al Conde
topo en la calle y no me quita muy bien quitado del todo
el bonete, que otra vez que venga me sepa yo entrar en
una casa, fingiendo yo en ella algún negocio, o atravesar
otra calle, si la hay, antes que llegue a mí, por no quitárselo. Que un hidalgo no debe a otro que a Dios y al rey
nada[125], ni es justo, siendo hombre de bien, se descuide
un punto de tener en mucho su persona. Acuérdome que
un día deshonré en mi tierra a un oficial[126] y quise poner-

<hr>

[122] «Partiendo del valor [etimológico] de 'así', nuestro adverbio [sí] se empleó
acompañando a un verbo, como perífrasis afirmativa: sí fago (Cid, 3042, etc.), sí
quiero y análogos, que todavía son usuales en el Siglo de Oro... Pronto se desa-
rrolló la construcción elíptica, que, partiendo de sí hago y análogos, empleó solamente sí» (J. Corominas-J. A. Pascual, I, págs. 376-377).

[123] ganar por la mano: anticiparse a hacer algo antes que otro. Cfr. Muñino,
Lisandro y Roselia, III: «Ningún señor de la iglesia me ve, que no quiera ganar
por la mano cuál me llevará primero a su casa» (apud M. Herrero García, ed.,
Viaje del Parnaso, Madrid, 1983, págs. 892-893, con otros ejemplos).

[124] vótote a Dios: te juro por Dios. Cfr. el texto de Torres Naharro en la
n. 121.

[125] «Como [los hidalgos] dependían directamente del rey, sus personas, cosas
y heredades estaban exentas de jurisdicción señorial; de ahí el orgullo del pobre
amo de Lázaro» (R. Menéndez Pidal [1899] 82 n. 5). En 1558, un hidalgo de
Monleón (Salamanca) que no poseía sino unos pocos olivos y una viña procla-
maba que su profesión era «servir a Dios y al Rey» (apud D. E. Vassberg, Tierra
y sociedad en Castilla, Barcelona, 1986, págs. 146-147). Vid arriba, págs. 101* y ss.

[126] deshonrar: aquí, 'afrentar, infamar, escarnecer' (Dicc. de Autoridades); oficial:
artesano, estrato social inmediatamente inferior al del escudero. Comp. Felicia-

le las manos[127], porque cada vez que le topaba me decía: «Mantenga Dios a Vuestra Merced». «Vós, don villano ruin[128] —le dije yo—, ¿por qué no sois bien criado? ¿"Manténgaos Dios" me habéis de decir, como si fuese quienquiera?» De allí adelante, de aquí acullá me quitaba el bonete y hablaba como debía.

—¿Y no es buena maña[129] de saludar un hombre a otro —dije yo— decirle que le mantenga Dios?

—¡Mirá mucho de enhoramala![130] —dijo él—. A los hombres de poca arte dicen eso; mas a los más altos, como yo, no les han de hablar menos de «Beso las manos de Vuestra Merced», o por lo menos «Bésoos, señor las manos», si el que me habla es caballero[131]. Y ansí, de

---

no de Silva, *Segunda Celestina*, XXXVI, pág. 566: «¿Por qué, si piensas, es más el rey que el duque, y el duque que el marqués, y el marqués que el caballero, y el caballero que el escudero, y el escudero que el oficial, y el oficial que el labrador»; Sebastián de Horozco: «anda agora el mundo tal,/ que ya no está vividero,/ porque el más ruin oficial/ quiere en todo ser igual/ con el mejor caballero» (F. Márquez [1957] 312); A Redondo [1979] 423 n. 12; y arriba, n. 121.

[127] Es decir, «ofenderle y castigarle con ellas» *(Dicc. de Autoridades)*.

[128] Sobre el valor despectivo de *don*, cfr. arriba, II, n. 71.

[129] Alcalá y Amberes traen «manera»; pero *maña* 'manera' está copiosamente documentado. Comp. Juan de Valdés, *Diálogo de la lengua*, pág. 187; vid. también Y. Malkiel, en *University of California Publications in Linguistics*, XI (1954), páginas 146-147; S. G. Armistead, en *Romance Philology*, XI (1957), pág. 27, n. 3; M. Morreale, en *Annali del Corso di lingue... di Bari*, VI (1963), pág. 52, n. 547; y G. Orduna, en *Boletín de la Real Academia Española*, LI (1971), págs. 503-505.

[130] *«mucho de noramala:* [dícese] riñendo» (Correas).

[131] En tiempos del *Lazarillo*, los tratamientos de cortesía habían cambiado y abundan las censuras contra la presunción y vanagloria de quienes, como nuestro escudero, exigen que se les salude con las nuevas fórmulas de la Corte. Cfr. Antonio de Torquemada, *Coloquios satíricos*, págs. 538-539 *a*: «solían en otros tiempos saludarse las gentes con bendiciones y rogando a Dios, diciendo: 'Dios os dé buenos días' ..., 'manténgaos Dios'; y agora, en lugar desto y de holgarnos de que así nos saluden, sentímonos afrentados de semejantes salutaciones, y teniéndolas por bajeza nos despreciamos dellas. ¿Puede ser mayor vanidad y locura que no querer que nadie ruegue a Dios que nos dé buenos días ni noches, ni que nos dé salud, y que en lugar dello nos deleitemos con un 'beso las manos a Vuestra Merced' ...? [Antonio] —¿Y para qué queremos oír lisonjas y no salutaciones provechosas? ¿Qué provecho me viene a mí de que otro me diga que me besa las manos y los pies? [Jerónimo] —Yo os lo diré, que en decirlo parescerá recognosceros superioridad y estimación en más que a sí, teniéndose en menos

por teneros a vós en más. [Antonio] —Mejor dijérades por ser pagado en lo mesmo; que si uno dice que os besa las manos, no digo siendo más, sino siendo menos, no siendo la diferencia del uno al otro en muy gran cantidad, si no le respondéis de la mesma manera, luego hace del agraviado y lo muestra en las palabras y obras si es necesario, buscando rodeos y formas para igualarse y para no tener más respeto ni acatamiento del que se les tuviere, y, en fin, todos se andan a responder, como dicen, por los consonantes, y el oficial en esto quiere ser igual con el hidalgo diciendo que no le debe nada [cfr. arriba, pág. 99], y el hidalgo con el caballero, y el caballero con el gran señor, y todo esto porque es tan grande la codicia y ambición de la honra, que no hay ninguno que no querría merecer la mayor parte y, no la meresciendo, hurtarla o robarla por fuerza, como a cosa muy codiciosa...». En el mismo sentido, C. de Villalón, *El Scholastico*, ed. R. J. A. Kerr, I (Madrid, 1967), págs. 166-167.

Vid. también fray Antonio de Guevara, *Epístolas familiares*, II, pág. 51: «Acá, en esta nuestra Castilla, es cosa de espantar, y aun para se reír, las maneras y diversidades que tienen en se saludar... Unos dicen 'Dios mantenga'; otros 'manténgaos Dios'... Todas estas maneras de saludar se usan solamente entre los aldeanos y plebeyos, y no entre los cortesanos y hombres polidos, porque si por malos de sus pecados dijese uno a otro en la Corte 'Dios mantenga' o 'Dios os guarde', le lastimarían en la honra y le darían una grita. El estilo de la Corte es decirse unos a otros 'beso las manos de Vuestra Merced'; otros dicen 'beso los pies a Vuestra Señoría'... Lo que en este caso siento es que debía ser el que esto inventó algún hombre vano y liviano, y aun mal cortesano...»; Juan de la Cierva, *Obras*, Sevilla, 1582, fols. 53 vo. -54: «Aquí, sin alborotos ni pendencias, / vivo en una llaneza descuidada, / sin oír 'señoría' ni 'ecelencia': / la humilde cortesía tan honrada / y aquel 'Dios os mantenga' solamente...»; y recuérdese que el introito de la *Farsa de la Muerte*, de Diego Sánchez de Badajoz, va dirigido a los canónigos de la villa «porque se quejaron que les dijo, en un farsa, 'Dios mantenga'» (A. Castro [1957] 127 y ss.). Sin embargo, el uso de «Manténgaos Dios» entre gente honrada ya estaba mal visto en época de los Reyes Católicos: cfr. F. Huarte, «Un vocabulario castellano del siglo xv», en *Revista de Filología Española*, XXXV (1951), págs. 325-326. Véase además el texto de Juan de Luna citado por R. Schevill y A. Bonilla en sus notas al *Persiles*, I (Madrid, 1914), págs. 329-330; J. E. Gillet, en *Homenaje a Menéndez Pidal*, I, pág. 447; P. Teyssier, *La langue de Gil Vicente*, París, 1959, pág. 48; M. R. Lida de Malkiel [1964] 120; y, sobre otros testimonios, *Guzmán de Alfarache*, I, II, 3, n. 2, página 263.

El chiste que en seguida hace Lázaro («... por eso tiene tan poco cuidado de mantenerte...») ha sido relacionado con un comentario de fray Antonio de Guevara, luego recogido en otros textos: «a un caballero... malcriado... que nunca decía 'merced', le dije: 'Por mi vida, señor, que pienso muchas veces entre mí que por eso Dios ni el Rey nunca os hacen merced, porque jamás llamáis a ninguno merced'»; cfr. A. Rumeau [1969] 502-507. Pero, por otra parte, bromas como la de Lázaro hubieron de ser frecuentes desde el mismo punto en que «Dios mantenga» se sintió como un saludo rústico; así, en Diego Sánchez de Badajoz se lee: «Gente honrada, ¡Dios mantenga! / Y si ansí no queréis vós, / a mí me mantenga Dios / con vida muy sana y luenga...» (*Recopilación en metro*, página 485).

aquel de mi tierra que me atestaba de mantenimiento, nunca más le quise sufrir[132]; ni sufriría ni sufriré a hombre del mundo, de el rey abajo, que «Manténgaos Dios» me diga.

«Pecador de mí —dije yo—, por eso tiene tan poco cuidado de mantenerte, pues no sufres que nadie se lo ruegue».

—Mayormente —dijo— que no soy tan pobre que no tengo en mi tierra un solar de casas que, a estar ellas en pie y bien labradas, dieciséis leguas de donde nací, en aquella Costanilla de Valladolid[133], valdrían más de docientas veces mil maravedís[134], según se podrían hacer

---

[132] Es decir: 'nunca más lo quise sufrir [el saludo de 'Manténgaos Dios'] de aquel de mi tierra, que, por dármelo, me henchía de *mantenimiento'.* Obsérvese también una referencia jocosa al valor de *mantenimiento* 'alimento'.

Sin embargo, otros editores han entendido que «aquel de mi tierra» es el complemento de «sufrir». Así, R. O. Jones [1963] 79 n. 489 considera anómalo aquí el régimen «sufrir de» y lo explica por analogía con construcciones del tipo «sufrir de una enfermedad», mientras J. Caso opina que «sufrir de» introduciendo un complemento directo debe interpretarse como uno más de los muchos anacolutos que aparecen en el *Lazarillo* (en [1967] 121 n. 140 y [1982] 79 n. 68).

[133] Entiéndase: 'si en vez de hallarse en el pueblo donde nací, a dieciséis leguas de la ciudad, estuviera en el más próspero barrio de Valladolid'. Comp. fray Juan de Pineda, *Diálogos familiares de la agricultura cristiana:* «Pariente del hidalgo de Lazarillo de Tormes debéis ser, que también tenía buenos solares, que, a estar en buen puesto y bien edificados, le dieran de comer» (en Biblioteca de Autores Españoles, CLXIX, pág. 60 *a*). Para esa enumeración de riquezas que, si existieran, serían cuantiosas, cfr. M. R. Lida [1964] 358 y M. Chevalier [1976] 188-190.

Sobre la prosperidad de Valladolid entre 1551 y 1559, que explica la alusión del escudero, véase arriba, pág. 26*. Existía, por otro lado, el refrán «Colorada, mas no de suyo, que de la Costanilla lo trujo» (así, por ejemplo, en *La Dorotea*, ed. E. S. Morby, pág. 466, n. 126; vid. también *Libro de buen amor*, 286 *c*), comentado por Mal Lara en los términos siguientes: «La Costanilla es un lugar alto en Sevilla, y aun en Valladolid, donde hay especieros que venden estas colores. Aplícase al que se honra con cosa fuera de su ánimo o cuerpo o de su casa». La mención de la Costanilla quizá podía sugerir un momento al lector de la época que el escudero se honraba «con cosa fuera... de su casa», en tanto la ingenuidad del personaje al confesar el mal estado de su hacienda certificaba la realidad de ésta. Cfr. F. Rico [1966] 295-296.

[134] *docientas veces mil:* tal forma de contar responde a una «perífrasis primitiva que dio entrada en los millares al singular *mill* en vez del plural [latino] *milia*»

grandes y buenas. Y tengo un palomar que, a no estar derribado como está, daría cada año más de docientos palominos[135]. Y otras cosas que me callo, que dejé por lo que tocaba a mi honra. Y vine a esta ciudad pensando que hallaría un buen asiento[136], mas no me ha sucedido como pensé. Canónigos y señores de la iglesia muchos hallo; mas es gente tan limitada[137], que no los sacarán de su paso todo el mundo. Caballeros de media talla también me ruegan; mas servir con éstos es gran trabajo, porque de hombre os habéis de convertir en malilla[138], y, si no, «Andá con Dios» os dicen. Y las más veces son los pagamentos a largos plazos; y las más y las más ciertas, comido por servido[139]. Ya cuando quieren reformar

---

(R. Menéndez Pidal, *Cantar del Mío Cid*, I, pág. 240; A. Rumeau [1979]). Como era uso ya arcaico, Amberes trae «docientos mil»; y Alcalá, «docientas mil», siguiendo «un error de nuestros contadores romancistas..., que hacen femeninos los centenares de miles» (Correas, *Arte de la lengua española castellana*, ed. E. Alarcos García, Madrid, 1954, pág. 221), por omitir «veces» de la antigua perífrasis en cuestión. Cfr. también J. Gómez-Menor [1978] 115-120.

[135] Las pretensiones del escudero no carecen de fundamento, tanto económico como social. Por un lado, la cría de palominos era un negocio rentable: «El palomar es cosa de ganancia —si es tratado como debe— y de poca costa...» (Gabriel Alonso de Herrera, *Obra de Agricultura* [1513], en Biblioteca de Autores Españoles, CCXXXV, pág. 315 b). Por otro, en la Edad Media la posesión de un palomar constituía privilegio señorial, sólo concedido a hijosdalgos o fundaciones religiosas, y aún en 1552 respaldado por el llamado *derecho de palomar*. Cfr. J. E. Gillet [1959] 135-138; y R. Menéndez Pidal, *Romancero tradicional*, ed. y estudio a cargo de D. Catalán, II, Madrid, 1953, pág. 125.

[136] *asiento*: véase II, n. 2.

[137] «ser un hombre *limitado* es 'ser corto y poco liberal'» (Covarrubias). Comp. *Quijote*, II, 31: «un grave eclesiástico destos que gobiernan la casa de los príncipes...; destos que, queriendo mostrar a los que ellos gobiernan a ser limitados, los hacen ser miserables».

[138] *malilla*: comodín. «Figúraseme ahora que debía de ser entonces como la malilla en el juego de los naipes, que cada uno la usa como y cuando quiere» (*Guzmán de Alfarache*, II, i, 2). Vid. también *Diálogos muy apacibles* (1599): «Este mi criado, señor don Juan, es como malilla, que hago de él lo que quiero»; M. Alemán, *Ortografía castellana*, ed. J. Rojas Garcidueñas, México, 1950, pág. 75; Gracián, *Oráculo manual*, ed. M. Romera Navarro, pág. 176, n. 1; Góngora, *Obras completas*, ed. J. e I. Millé, núm. 124, vv. 21 y ss.

[139] *pagamento*: «término de mercaderes» (Covarrubias); *comido por servido*: «cuando se sale pie con bola ['sin falta ni sobra'], esto es, con sola la costa hecha,

consciencia[140] y satisfaceros vuestros sudores, sois librados[141], en la recámara, en un sudado jubón o raída capa o sayo[142]. Ya cuando asienta un hombre con un señor de título, todavía pasa su laceria. Pues ¿por ventura no hay en mí habilidad para servir y contentar a éstos? Por dios, si con él topase, muy gran su privado pienso que fuese y que mil servicios le hiciese[143], porque yo sabría mentille

sin ganancia, y cuando no se cobra soldada del amo y queda consumida» (Correas). Comp. M. Alemán, *Guzmán de Alfarache*, I, II, 7: «Habíase todo ido entrada por salida, comido por servido...»

[140] Era fórmula de los testamentos y, en general, expresión utilizada cuando se trataba de confesarse y cumplir obligaciones o satisfacer deudas de tiempo atrás, de acuerdo con el propósito de enmienda necesario para la validez del sacramento: «*In dei nomine.* Por cuanto/ contra mi dieron sentencia,/ corrigiré mi conciencia/ publicando mi mal...» («Testamento del maestre de Santiago que hizo Fernando de la Torre», en *Cancionero y obras en prosa de F. de la Torre,* ed. A. Paz y Melia, Dresden, 1907, pág. xxx).

[141] Es decir, 'recibís libranza u orden de pago (en o por valor de...)'. Alcalá y Amberes traen «sois librado»; pero el «sois librados» de Burgos se puede explicar por la concordancia lógica entre *vós* y el predicado con adjetivo o participio en plural (cfr. H. Keniston, *Syntax,* 4.425), y aun es posible interpretarlo como un cambio de sujeto (de lo particular a lo general), según ocurre otras veces en el mismo pasaje, y muy frecuentemente a lo largo del *Lazarillo.* Por su parte, J. Caso [1967] 122 n. 187 cree bastante insólita la concordancia entre el *vós* de cortesía (con sentido singular) y el participio del predicado nominal.

[142] Comp. *La Celestina,* IX, donde Areúsa dice: «Gástase con ellas [estas señoras que agora usan] lo mejor del tiempo, y con una saya rota de las que ellas desechan pagan servicios de diez años»; D. de Hermosilla, *Diálogo de los pajes,* págs. 20 y 22: «[Lorca] —... en lo del vestir, ¿cómo les va? [Medrano] —Señor, muy bien..., porque de palabra cada año nos dan librea. [Lorca] —¿Y de obra? [Medrano] —Nos contentaríamos con [una] de tres en tres años...»; «a estos tales [pajes «alcahuetes» y «cismeros»] por los buenos servicios siempre le dan de cámara del señor alguna ropa» (F. Lázaro [1969] 140-141 n. 125); J. de Mondragón, *Censura de la locura humana* (1598): «los que se alzan con el sudor de los que trabajan por ellos... y piensan que recompensan el hurto que hacen con unos zapatos viejos o una camisa que de puro molida dejan de traella», etc. (ed. A. Vilanova, Barcelona, 1953, pág. 123). Pero nótese que quejas por razones similares a las del amo de Lázaro ya están puestas en boca del Névolo de Juvenal, *Sátiras,* IX, 27-29.

Cfr. además J. E. Gillet, III, pág. 567, y IV, págs. 378-397, con buenos datos para ilustrar éste y otros aspectos afines; A. Castro [1957] 112-134; F. Márquez [1957] 279-281; y J. A. Maravall, *El mundo social de «La Celestina»,* págs. 98-117, y [1986] 202-216.

[143] «Siempre hay en casa de los señores dos o tres *privados,* que los llaman

tan bien como otro y agradalle a las mil maravillas; reílle ya[144] mucho sus donaires y costumbres, aunque no
fuesen las mejores de el mundo; nunca decirle cosa con que
le pesase[145], aunque mucho le cumpliese; ser muy diligente en su persona[146] en dicho y hecho; no me matar
por no hacer bien las cosas que él no había de ver; y ponerme a reñir, donde él lo oyese, con la gente de servicio, porque pareciese tener gran cuidado de lo que a él
tocaba. Si riñese con algún su criado, dar unos puntillos
agudos[147] para le encender la ira, y que pareciesen en favor de el culpado; decirle bien de lo que bien le estuviese
y, por el contrario, ser malicioso mofador[148], malsinar a
los de casa y a los de fuera[149], pesquisar y procurar de saber vidas ajenas para contárselas, y otras muchas galas de
esta calidad que hoy día se usan en palacio y a los señores
dél parecen bien, y no quieren ver en sus casas hombres

---

ansí porque más particularmente tratan y sirven a los señores» (Diego de Hermosilla, *Diálogo de los pajes*, pág. 21).

[144] Otros editores entienden 'le reiría', interpretándolo como forma analítica:
«reílle hía» (cfr. J. E. Gillet, III, pág. 423); pero *ya* está de acuerdo con «*Ya*
cuando quieren... *Ya* cuando asienta...».

[145] *con que le pesase:* cfr. arriba, I, n. 17; y abajo, VII, n. 37.

[146] *en su persona:* en su presencia *(Dicc. de Autoridades).*

[147] Pensando en el valor musical de *punto* y *agudo,* «dar unos puntillos agudos» debe de equivaler aquí a 'elevar afectadamente el tono de la voz'.

[148] *mofador:* sustantivo, «el que hace burla, mofa o escarnio de otros» *(Dicc. de
Autoridades).* Cfr. M. Morreale, *Castiglione y Boscán,* Madrid, 1959, vol. I, página 210, n. 2.

[149] *malsinar:* delatar con mala intención y por interés. Comp., por ejemplo,
Cristóbal de Castillejo, *Aula de Cortesanos,* 1039-1040 y 3902-3911: «Que en palacio es cosa cierta/ ser malsines adversarios.../ Y si queréis saber/ del cortesano ejercicio,/ sabed qu'el aborrecer/ es el principal oficio,/ hazañar,/ meter mal
y blasfemar,/ holgar, burlar y mentir,/ revolver y trafagar,/ murmurar y malde-
cir...» (*Obras,* III, ed. J. Domínguez Bordona, Madrid, 1958, págs. 87 y 199); Diego
de Hermosilla, *Diálogo de los pajes,* pág. 22: «los [pajes] que tienen este vicio de
parleros, cuando les faltan verdades que decir, también echan mano a las mentiras, y en dos palabras malmeten ['indisponen'] con los señores a quien ellos
quieren»; etc. Cfr. A. Castro, *La realidad histórica de España,* México, 1954,
págs. 507-508; J. Caro Baroja, *Los judíos en la España moderna y contemporánea,* Madrid, 1962, II, págs. 277-284; A. Blecua [1974] 151 n. 274; y J. L. Alonso Hernández, *Léxico,* pág. 501.

virtuosos, antes los aborrescen y tienen en poco y llaman nescios y que no son personas de negocios ni con quien el señor se puede descuidar. Y con éstos los astutos usan, como digo, el día de hoy, de lo que yo usaría; mas no quiere mi ventura que le halle[150].

Desta manera lamentaba también su adversa fortuna mi amo, dándome relación de su persona valerosa.

Pues estando en esto, entró por la puerta un hombre y una vieja. El hombre le pide el alquiler de la casa y la vieja el de la cama. Hacen cuenta, y de dos en dos meses le alcanzaron lo que él en un año no alcanzara[151]. Pienso que fueron doce o trece reales[152]. Y él les dio muy buena respuesta: que saldría a la plaza a trocar una pieza de a dos[153] y que a la tarde volviesen; mas su salida fue sin vuelta. Por manera que a la tarde ellos volvieron, mas fue tarde[154]. Yo les dije que aún no era venido. Venida la no-

---

[150] Después de «hoy día se usan», la parte final del parlamento del escudero está suprimida en el *Lazarillo castigado* de 1573. Cfr. A. Enríquez de Guzmán, págs. 88-89: «Aquellos señores no creo ni privan con ellos sino lisongeros y chocarreros. De los que son sabios y los pueden servir a las derechas no hacen más caso que de los barrenderos... Y por esto algunos que yo conozco huelgan más estarse en sus rinconcillos que no delante destos señores, despestañados, esperando no sé qué, que nunca viene...»

[151] *de dos en dos meses* (Alcalá y Amberes traen «de dos meses»): '(por) cada dos meses'. Cfr. Lope de Rueda, *Armelina*, III: «no se acostumbra de poner sino de cuatro en cuatro meses, como a tercio de alquiler de casa» (A. Blecua [1974] 152 n. 277); Lope de Vega, *Novelas a Marcia Leonarda:* «de dos a dos meses venía a su casa un hombre que le daba dineros y cartas» (ed. F. Rico, pág. 59). Adviértanse los dos sentidos de *alcanzar:* 'reconocer como deudor' y 'obtener'. Cfr. *Viaje de Turquía*, II, pág. 113, y X, pág. 268: «están todos los señores tan alcanzados, que no hay en España quien pueda socorrer con un maravedí»; «alcanzóme cuarenta ducados venecianos».

[152] El lector podrá orientarse por los dieciocho reales [=576 maravedís] que el clérigo Sebastián de Horozco debía pagar por una casa en el barrio del Alcaná de Toledo, alquilada desde el 17 de mayo de 1528 hasta el día de la Virgen (15 de agosto) de ese mismo año; o por los «cinco mil maravedís e cinco pares de gallinas» que le costaba, en 1543, al licenciado de igual nombre el alquiler anual de otra casa en el Arrabal Toledano. Cfr. J. Gómez-Menor [1973] 268 y 270.

[153] *pieza de a dos:* cfr. I, n. 66.

[154] Nótese el doble uso de *tarde*, como en *El caballero de Olmedo*, vv. 293-294: «—Fue esta tarde/ al campo. —Tarde vendrá...»

che y él no, yo hube miedo de quedar en casa solo, y fuime a las vecinas y contéles el caso, y allí dormí. Venida la mañana, los acreedores vuelven y preguntan por el vecino; mas a estotra puerta...[155] Las mujeres le responden[156]:

—Veis aquí su mozo y la llave de la puerta.

Ellos me preguntaron por él, y díjele que no sabía adónde estaba, y que tampoco había vuelto a casa desde que salió a trocar la pieza, y que pensaba que de mí y de ellos se había ido con el trueco[157]. De que esto me oyeron, van por un alguacil y un escribano. Y helos do vuelven luego con ellos y toman la llave y llámanme y llaman testigos y abren la puerta y entran a embargar la hacienda de mi amo hasta ser pagados de su deuda. Anduvieron toda la casa y halláronla desembarazada como he contado, y dícenme:

—¿Qué es de la hacienda de tu amo, sus arcas y paños de pared y alhajas de casa?[158]

—No sé yo eso —le respondí.

—Sin duda —dicen ellos— esta noche lo deben de haber alzado y llevado a alguna parte. Señor alguacil, prended a este mozo, que él sabe dónde está.

En esto vino el alguacil y echóme mano por el collar del jubón[159], diciendo:

---

[155] «A esotra puerta, que ésa no se abre» (Correas).

[156] Para la fluctuación entre *le* y *les*, cfr. arriba, I, n. 118; en este final del capítulo, *les* aparece una sola vez.

[157] Parece trasparentarse el refrán «alzarse con el real y el trueco» (Correas); vid. también más abajo: «esta noche lo deben de haber alzado...».

[158] «Lo que comúnmente llamamos en casa colgaduras, tapicería, camas, sillas, bancos, mesas. Lat. *supellex, -tilis*. Y no viene debajo de apelación de *alhaja* el oro, plata o vestidos...» (Covarrubias). Cfr. Cervantes, *Rinconete y Cortadillo*, pág. 237: «Miraban atentamente las alhajas de la casa»; *La Celestina*, XVIII: «Las alhajas que tengo es el ajuar de la frontera, un jarro desbocado, un asador sin punta» (y cfr. arriba, pág. 112*).

[159] *el collar del jubón:* hoy hablaríamos de 'el cuello de la camisa'. Generalmente, el 'cuello del jubón' se descubría por encima del escote del sayo (Covarrubias); comp. A. de Torquemada, *Coloquios satíricos*, pág. 528: «algunos traían so-

—Mochacho, tú eres preso si no descubres los bienes deste tu amo.

Yo, como en otra tal no me hubiese visto[160] —porque asido del collar sí había sido muchas e infinitas veces, mas era mansamente dél trabado, para que mostrase el camino al que no vía—, yo hube mucho miedo y, llorando, prometíle de decir lo que preguntaban.

—Bien está —dicen ellos—. Pues di todo lo que sabes y no hayas temor.

Sentóse el escribano en un poyo para escrebir el inventario, preguntándome qué tenía.

—Señores —dije yo—, lo que este mi amo tiene, según él me dijo, es un muy buen solar de casas y un palomar derribado.

—Bien está —dicen ellos—. Por poco que eso valga, hay para nos entregar de la deuda[161]. ¿Y a qué parte de la ciudad tiene eso? —me preguntaron.

—En su tierra —les respondí.

---

las las mangas con un collar postizo..., que subía encima del sayo para que se pareciese ['descubriese']». Vid. también C. Bernis, *Indumentaria,* págs. 36-37 y 85, y *Trajes y modas,* II, *s. v.* «jubón»; R. M. Anderson, *Hispanic Costume,* páginas 57-59.

[160] Seguramente se evoca la conocida canción de la niña de Gómez Arias: «Señor Gómez Arias,/ duélete de mí,/ que soy niña y sola,/ nunca en tal me vi» (comp. la glosa de Sebastián de Horozco, *Cancionero,* ed. J. M. Asensio, pág. 68); así también, por ejemplo, en *El Crotalón,* VII, pág. 165 *a:* «Señor es niña y teme a su esposo y nunca en tal se vio».

Según R. Rozzell (ed., Luis Vélez de Guevara, *La niña de Gómez de Arias,* Granada, 1959, págs. 32-33, n.), resulta arbitrario entender que el giro aquí anotado es «algo más que una afirmación literal y espontánea», cuando pueden hallarse otros semejantes desde el *Auto de los Reyes Magos,* vv. 111-112; sin embargo, vid. M. R. Lida, *La originalidad artística de «La Celestina»,* pág. 322, n. 29, y M. Bataillon [1958] 219 n. 67; y repárese en que, paralelamente al «soy niña...» de la canción, un poco más abajo, las vecinas advierten a la justicia: «Señores, éste *es un niño* inocente...»

[161] *nos entregar:* resarcirnos; *entregar* «propia y primeramente era dar lo que a alguno se le había quitado, que los juristas dicen *restituere in integrum...*» (Rosal, en *Tesoro Lexicográfico*). Cfr. *Viaje de Turquía,* pág. 94: «—tres ducados..., perdonándoles la resta. —No había mucho de perdonar, porque... os entregastes de todos diez [ducados]».

—Por Dios, que está bueno el negocio —dijeron ellos—. ¿Y adónde es su tierra?

—De Castilla la Vieja me dijo él que era —le dije yo.

Riéronse mucho el alguacil y el escribano, diciendo:

—Bastante relación es ésta para cobrar vuestra deuda, aunque mejor fuese.

Las vecinas, que estaban presentes, dijeron:

—Señores, éste es un niño inocente y ha pocos días que está con ese escudero, y no sabe dél más que vuestras mercedes, sino cuánto el pecadorcico se llega aquí a nuestra casa y le damos de comer lo que podemos, por amor de Dios, y a las noches se iba a dormir con él.

Vista mi inocencia, dejáronme, dándome por libre. Y el alguacil y el escribano piden al hombre y a la mujer sus derechos[162]. Sobre lo cual tuvieron gran contienda y ruido, porque ellos alegaron no ser obligados a pagar, pues no había de qué ni se hacía el embargo. Los otros decían que habían dejado de ir a otro negocio, que les importaba más, por venir a aquél. Finalmente, después de dadas muchas voces, al cabo carga un porquerón con el viejo alfámar de la vieja —aunque no iba muy cargado—. Allá van todos cinco dando voces. No sé en qué paró. Creo yo que el pecador alfámar pagara por todos; y bien se empleaba[163], pues el tiempo que había de reposar y descansar de los trabajos pasados, se andaba alquilando.

---

[162] Los *alguaciles (menores)* eran los oficiales encargados de ejecutar la justicia, y su labor consistía en realizar embargos y desembargos a petición de las partes interesadas o por mandamiento judicial expedido por el alcalde. Las Ordenanzas Judiciales de Toledo (1562) estipulaban claramente «los derechos que han de llevar los alguaciles y escribanos de *entrega*»: «de embargo, cuatro maravedís...; del testimonio del escribano, seis maravedís...». Cfr. E. Lorente Toledo, *Gobierno y administración de la ciudad de Toledo*, págs. 41-42 y 128.

El *porquerón*, citado más abajo, era «el ministro de justicia que prende los delincuentes y los lleva agarrados a la cárcel» (Covarrubias); comp. *La comedia Thebaida*, pág. 92: «Pienso que llamas ser hombre del alguacil a los que el vulgo llama 'porquerones'».

[163] *bien se empleaba:* bien se (le) estaba, bien se lo merecía; abajo, pág. 120, se lee «bien se le emplea».

Así, como he contado, me dejó mi pobre tercero amo, do acabé de conoscer mi ruin dicha, pues, señalándose todo lo que podría contra mí, hacía mis negocios tan al revés, que los amos, que suelen ser dejados de los mozos, en mí no fuese ansí, mas que mi amo me dejase y huyese de mí[164].

TRACTADO CUARTO[1]

Cómo Lázaro se asentó con un fraile de la Merced[2], y de lo que le acaesció con él

Hube de buscar el cuarto[3], y éste fue un fraile de la Merced, que las mujercillas que digo me encaminaron[4], al cual ellas le llamaban pariente[5]. Gran enemigo del coro[6] y de comer en el convento, perdido por andar fuera, amicísimo de negocios

---

[164] Era tan frecuente, en efecto, que «los amos» fueran «dejados de los mozos», que incluso los contratos de los lazarillos auténticos preveían cómo proceder en tal caso (cfr. arriba, pág. 85*), y hay repetidos testimonios literarios al respecto, desde *Le garçon et l'aveugle* hasta Gil Vicente y fray Luis de Escobar (arriba, págs. 86*-109*) o Sebastián de Horozco (F. Márquez [1957] 282). Esa realidad hace más paradójico el destino de Lázaro y a la vez explica el cuentecillo en que se ha querido ver una fuente de inspiración para el final del capítulo III (pese a que no se conoce en versiones de fecha anterior a nuestra novela); Pedro de Mercado, *Diálogos de filosofía natural y moral*, Granada, 1558, fol. 177, lo refiere así: «Precioso estuvo Velazquillo a ese propósito, que como le tenían mozos enojado y robado cada día, y se halló con un mozo medianamente aderezado, entra de madrugada en su aposento, y tómale todo su hato, y déjalo durmiendo y vase a palacio con el hato a cuestas. Preguntado qué era aquella novedad, respondía: —Voime de mi mozo». Véase M. Chevalier [1975], [1976] 190-192 y [1979] 194; y cfr. también *La lozana andaluza*, XV, pág. 243: «No hay mayor fatiga en esta tierra que es mudar mozos, y no se cura, porque la tierra lo lleva, que, si uno los deja, otro los ruega...»

[1] Sobre el capítulo (que se suprimió en el *Lazarillo castigado* de 1573), cfr. F. Courntney Tarr [1927] 412-413; C. Guillén [1957] 275; M. Bataillon [1958] 55; R. S. Willis [1959] 274-279; F. Abrams [1969-70]; F. Lázaro [1969] 157-159; H. Mancing [1975] 429; G. Sobejano [1957] 32; J. Varela Muñoz [1977] 176; H. Sieber [1978] 45-58; V. García de la Concha [1981] 99-103; M. Ferrer-Chivite [1983].

[2] Aquí, como un poco más abajo, Alcalá omite «de la Merced». Para M. Bataillon [1958] 15-16, no es casual que se trate de un religioso de esa orden, «que, en el Nuevo Mundo, contrastaba escandalosamente con las órdenes misioneras por su falta de espíritu evangélico, y que, según el obispo de Guatemala, más hubiera valido expulsar de América». Cfr. también M. Bataillon [1954] 13 n. 14; V. García de la Concha [1972] 268-269 y [1981] 177-178.

[3] El principio del capítulo («Hube de buscar el *cuarto*...») se vincula estrecha-

seglares y visitar[7]: tanto, que pienso que rompía él más zapatos que todo el convento. Éste me dio los primeros zapatos que rompí en mi vida; mas no me duraron ocho días, ni yo pude con su trote durar más[8]. Y por esto y por otras cosillas que no digo, salí dél[9].

---

mente al final del anterior («mi pobre *tercero amo*...», «los *amos*...», «que mi *amo* me dejase y huyese de mí»), por más que el epígrafe haga difícil percibir la ilación. El dato inclina a pensar —cuando menos— que éste y los demás epígrafes se insertaron cuando el texto ya estaba enteramente redactado. Nótese, por otro lado, que el inicio del capítulo V mantiene la relación con el final del III, por encima del párrafo interpuesto: «En el *quinto* por mi ventura di...» Vid. F. Rico [1987 *b*], y arriba, págs. 130* y 2.

[4] Es decir, 'hacia quien, a quien ellas me dirigieron'. Comp. arriba, pág. 97: «mi amó... me tornó a encaminar».

[5] Los términos de parentesco siempre se han usado para encubrir relaciones vergonzosas.
«A la tal mensajera nunca le digas.../ ... *tía*» (*Libro de buen amor*, 924 *a* y 925 *a*); «ella es manceba de un clérigo bien honrado y gordo, el cual... la llamaba *sobrina*» (Villalobos, en A. Blecua [1974] 157 n. 287); «ningún *padre* de la mancebía puede compeler a mujer alguna a no salir de su mal oficio y pecado» (*Ordenanzas de Toledo*, 1590, en F. Benítez de Lugo, *Anales Toledanos*, I [1967], página 166); «Nuestra *madre* Leonarda (ésta era una vieja acarreadora de vicios)... está con tres *sobrinas* postizas», «no tienen las *parientas* nuevas muy desordenadas las caras» (Juan de Zabaleta, *El día de fiesta por la mañana y por la tarde*, ed. C. Cuevas, págs. 377 y 378).

[6] Esto es: enemigo de cumplir con la obligación de participar en los rezos y oficios de su convento. Cfr. F. Lázaro [1969] 157-158.

[7] *visitar* se usaba también como intransitivo: 'hacer visitas, andar de visita'. Cfr. Diego Hurtado de Mendoza, *Guerra de Granada*: «gente... cuya profesión eran... verdad, vida llana y sin corrupción de costumbres: no visitar, ni recibir dones..., no vestir, no gastar suntuosamente» (ed. B. Blanco-González, Madrid, 1970, pág. 105).

[8] Además del sentido recto ('rompí los zapatos acompañando al fraile en sus continuas andanzas'), *romper los zapatos* tenía el peyorativo de 'andar en malos pasos'; como que, en particular, se decía del diablo: cfr. *Libro de buen amor*, 1471-1474; «Copla que hizo tremar a una alcahueta», ed. L. Pérez, en *Homenaje a Rodríguez-Moñino*, II (Madrid, 1966), pág. 55; y Mateo Alemán, *Guzmán de Alfarache*, II, i, 7, pág. 557. El «trote» aludido es tanto el del amo como el de los zapatos.
Era común pagar o premiar a los criados con prendas de vestir (vid. Prólogo, n. 15; III, n. 142, y VII, n. 23), y los zapatos, en concreto, se mencionan algunas veces como recompensa por alcahueterías: «e busca mensajera de unas negras pegatas, / que usan muchos fraires e monjas e beatas: / son mucho andariegas, merescen las zapatas; / estas trotaconventos fazen muchas baratas» (*Libro de buen amor*, 441). Comp. también Diego de Hermosilla, *Diálogo de los pajes*, pág. 20: «Calzas y zapatos dan [los señores a los pajes] abasto... y como pagan

TRACTADO QUINTO[1]

*Cómo Lázaro se asentó
con un buldero, y de las
cosas que con él pasó*

En el quinto por mi ventura di, que fue un buldero, el más desenvuelto y desvergonzado y el mayor echador dellas[2] que jamás yo vi ni ver espero, ni pienso que nadie vio, porque tenía y buscaba modos y maneras[3] y muy sotiles invenciones.

En entrando en los lugares do habían de presentar la

---

tan bien a los zapateros, danlos ellos tales, que alguna vez no llegan a casa sanos, y hácenlos de tan buena gana, que un dedo de grueso de la planta del pie gastamos en idas y venidas primero que los traigamos... Que más calzas rompe ahora un paje en un año que en tiempo de mi agüelo en tres»; *Quijote*, I, 4: «que si él rompió el cuero de los zapatos que vós [el amo] pagastes, vós le habéis rompido el de su cuerpo...».

[9] En años recientes, casi toda la crítica ha querido ver aquí la alusión eufemística a unas relaciones nefandas entre el mozo y el fraile. En la vida de Lázaro, sin embargo, no hay el menor indicio para suponer tal escabrosidad, y del fraile sólo se dice que es amigo de las «mujercillas». Parece, pues, que no nos las habemos sino con una *abbreviatio* y reticencia, como al hablar del ciego («por no ser prolijo, dejo de contar muchas cosas así graciosas como de notar») o cuando se dice que con el buldero Lázaro pasó «hartas fatigas» no especificadas. Es elipsis típica del final de las cartas (una de Villalobos, vgr., termina así: «A mí me tomaron de gran priesa para escribir esta carta, por eso no diré otras cositas de por casa») y parece especialmente propia del momento en que Lázaro empieza a imprimir un ritmo más rápido al relato. Vid. aún Gil Vicente, *O Juiz da Beira*, ed. M. Braga, pág. 302: «Senhor Juiz: ha seis annos / que estou co' este escudeiro..., / mao pesar è feito delle / e da viola e do cavalo / e da cama e do vestido / e do meu tempo servido / e d'outras cosas que calo». Comp. M. Bataillon [1954] 13 n. 14 y [1958] 55; M. J. Asensio [1959] 87 n. 29; G. Sobejano [1975] 32; H. Sieber [1978] 56; V. García de la Concha [1981] 103; M. Ferrer-Chivite [1983] 262-263.

[1] Lecturas más o menos detenidas del capítulo V (omitido en el *Lazarillo expurgado* de 1573) ofrecen R. Foulché-Delbosc [1900] 88-89; F. Courtney Tarr [1927] 416-417; M. Bataillon [1958] 25-27; R. S. Willis [1959]; F. Márquez [1968] 119-120; F. Lázaro [1969] 160-165; J. V. Ricapito [1970]; F. Rico [1970] 43-44; V. García de la Concha [1972] 269-270 y [1981] 179-180; J. Varela Muñoz [1977] 176-177; H. Sieber [1978] 59-73.

[2] Entiéndase: 'de bulas'. Es bien conocido el zeugma en que se elide una palabra que está comprendida en otra: cfr. R. Lapesa, *Historia de la lengua española*, Madrid, 1981[9], pág. 215; F. Rodríguez Marín, ed., *Quijote*, I, pág. 269, n.; G. Siebenmann [1953] 77; y A. Rosenblat, *La lengua del «Quijote»*, Madrid, 1971, págs. 156-158.

[3] *modos y maneras*: con sentido peyorativo, como en *tener mañas*. Vid. arriba, III, n. 129, para la confluencia de *mañas* y *maneras*; y nótese que en seguida se habla de «*mañosos* artificios». Cfr. A. Enríquez de Guzmán, pág. 224: «movido

bula, primero presentaba a los clérigos o curas algunas cosillas[4], no tampoco de mucho valor ni substancia[5]: una lechuga murciana[6], si era por el tiempo, un par de limas o naranjas, un melocotón, un par de duraznos, cada sendas peras verdiniales[7]. Ansí procuraba tenerlos propicios, porque favoresciesen su negocio y llamasen sus feligreses a tomar la bula. Ofresciéndosele a él las gracias, informábase de la suficiencia dellos[8]. Si decían que entendían, no hablaba palabra en latín, por no dar tropezón, mas apro-

---

por cobdicia y por su propio interese, tuvo formas y maneras de hacer que se alzase e rebelase...».

[4] Lázaro emplea el verbo *presentar* primero en el sentido de 'ofrecer, predicar, expender la bula' y luego en el de «dar, graciosa y voluntariamente, a otro alguna cosa» *(Dicc. de Autoridades)*.

«E porque la cobdicia suele buscar siempre todos los medios provechosos para conseguir su fin, suelen los cuestores y predicadores, dando algo a los curas, ganarles la voluntad para que disimulen sus excesos; por tanto, deben mucho huir todos los curas de participar de tan desventurada ganancia, donde venden la salud de las ánimas que tienen a cargo» (Juan Bernal Díaz de Luco, *Aviso de curas*, Alcalá, 1543, fol. lxxxix; y vid. F. Márquez [1968] 120).

[5] El *no tampoco* insinúa que las bulas de que se acaba de hablar tienen tan poco «valor» y «substancia» como las cosillas que se regalan (comunicación de A. Rumeau).

[6] La huerta murciana se menciona siempre entre las mejores. «Hay muy buena hortaliza, así de lechugas y rábanos... y coles... como de los repollos o murcianas» (Gonzalo Fernández de Oviedo, *Historia general y natural de las Indias*, en Biblioteca de Autores Españoles, CXVII, pág. 32 *b*); vid. también *Dicc. de Autoridades, s. v.* «huerta»; y C. Guillén [1966] 166 n. 346.

[7] Las *peras verdiniales* son las peras que conservan el color verde incluso cuando maduras; quizá no siempre se distinguía entre «peras verdiniales» y «bergamotas»: «limpiénse las peras bergamotas o verdiñales» (Diego Granado, *Libro del arte de cocina*, Madrid, 1599, pág. 147); «Pera verdiñal o bergamota: 'pera de bergamota'» (Oudin).

Sobre *cada sendas* ('un par para cada uno'), cfr. J. E. Gillet, III, pág. 237, y C. Guillén [1966] 166 n. 347. Comp. *Viaje de Turquía*, VI, pág. 182: «Sonaba el trompeta a comer... y dabannos por una red cada sendos cuarterones de pan»; XII, pág. 306: «luego si hay huevos con cada sendos asados...» (y n. 33).

[8] Nótese que el texto apunta que, si la bula es fuente de determinadas *gracias* espirituales, el primero en recibir «gracias» de cualquier género es el propio buldero.

El testimonio de las ediciones antiguas, por otro lado, permite pero no impone aceptar la puntuación propuesta por J. Caso [1967] 131-132: «Ansí procuraba tenerlos propicios..., ofreciéndosele a él las gracias. Informábase de la suficiencia dellos».

vechábase de un gentil y bien cortado romance y desenvoltísima lengua. Y si sabía[9] que los dichos clérigos eran de los reverendos, digo que más con dineros que con letras y con reverendas se ordenan[10], hacíase entre ellos un Sancto Tomás y hablaba dos horas en latín —a lo menos que lo parescía, aunque no lo era[11].

---

[9] El *sabian* que traen Burgos y Amberes (frente a *sabía* en Alcalá) puede ser errata del arquetipo, pero más probablemente hay que entender que se refiere al buldero y su cómplice, el alguacil, como al principio del párrafo «habían...» y un poco más abajo «se acordó» 'se tomó (por parte de ambos), tomaron el acuerdo'.

Los *bulderos* o *cuestores*, en efecto, solían llevar un alguacil a su servicio: «trayendo consigo alguaciles e prendadores y ejecutores...» (Cortes de Burgos, de 1512, arriba, pág. 117*); J. E. Gillet [1957] 154 cita un texto de J. de Arce donde se dice de un «echacuervo» que «negoció con su alguacil...»; A. Rumeau [1962] 4 recuerda el pasaje de las Cortes de 1528 en que se ordena que «los tesoreros e predicadores de la dicha bula..., ni sus oficiales ni alguaciles dellos, no apremien a los vecinos».

[10] *reverendos* se usa con el valor jocoso de 'ordenados con reverendas compradas'; *reverendas* eran «las letras dimisorias [cartas de recomendación] que se dan de un prelado a otro en la comisión de órdenes, guardando el estilo romano, por cuanto empieza con estas palabras: 'Reverendo en Cristo...'» (Covarrubias).

Cfr. Juan de Valdés, *Diálogo de la doctrina cristiana,* ed. M. Bataillon, notas 78 y 79; *El Crotalón,* IV y VII, págs. 141 *a* y 161 *a:* «—Cansado ya desta miserable y trabajada vida fueme a ordenar para clérigo. —¿Con qué letras te ibas al examen? —Con seis conejos y otras tantas perdices que llevé al provisor; y ansí, maxcando un Evangelio que me dio a leer y declinando al revés un nominativo, me pasó; y al escribano que le dijo que no me debía de ordenar respondió: "Andad que es pobre y no tiene de qué vivir"»; «—Pues como yo aprobé algunos años en este oficio comenzáronme a ordenar. En fin, me hicieron de misa. —Grandes letras llevabas. —Llevaba todas las que aquellos usan entre sí» (páginas 150 y 209).

Comp., por otra parte, Juan Bernal Díaz de Luco, *Aviso de curas,* fol. lxxxix: «cuando los cuestores o predicadores conocen en los pueblos que hay curas de semejante celo, más se atientan que en otras partes donde ven descuidado el pastor y, por ignorancia o inadvertencia, tan aparejado para sufrir el engaño como las ovejas» (F. Márquez [1968] 120).

[11] «La tal manera de hablar ... macarronea ... acostumbran hacer muchos idiotas, echacuervos [comp. abajo, n. 22], charlatanes, que para espantar con algunas niñerías que quieren encarecer en los púlpitos a los simples populares labradores usan de una ensalada de vocablos incógnitos..., pensando espantar y admirar los oyentes y que los tengan por sabios y parezca que las cosas que tratan son de gran misterio y valor» (Lcdo. Villalón, *Gramática castellana,* ed. C. García, Madrid, 1971, págs. 51-52); «Iam vero vulgarium theologorum tot examina qui vicatim, ne dicam ostiatim, sacras conciones et condonationes venditant, soli lucro intendentes et in id nihil non commiscentes ac commendantes...

Cuando por bien no le tomaban las bulas, buscaba cómo por mal se las tomasen, y para aquello hacía molestias al pueblo, y otras veces con mañosos artificios; y porque todos los que le veía hacer sería largo de contar, diré uno muy sotil y donoso, con el cual probaré bien su suficiencia.

En un lugar de la Sagra de Toledo[12] había predicado dos o tres días, haciendo sus acostumbradas diligencias, y no le habían tomado bula, ni a mi ver tenían intención de se la tomar. Estaba dado al diablo con aquello, y, pensando qué hacer, se acordó de convidar al pueblo[13], para otro día de mañana despedir la bula[14].

Y esa noche, después de cenar, pusiéronse a jugar la colación[15] él y el alguacil, y sobre el juego vinieron a reñir y a haber malas palabras. Él llamó al alguacil ladrón, y el otro a él falsario. Sobre esto, el señor comisario, mi

---

Et cum identidem... citent Aristotelem et nonnunquam Platonem, in theologicis Hieronymun, Ambrosium, Augustinum, ita verbis ac pectore dissident ab eis, ut vix magis corvus a luscinia, ita prorsus habent incognitos, ut neque plaerosque vel de limine salutaverint» (Juan Maldonado, *Paraenesis ad litteras* [1529], ed. E. Asensio y J. Alcina, Madrid-Barcelona, 1980, pág. 130); y vid. también Juan Bernal Díaz de Luco, *Aviso de curas*, en F. Márquez [1968] 119.

[12] *la Sagra*: región situada al Noroeste de Toledo y paso obligado entre Madrid y la ciudad imperial. Para la tradición del episodio que ahora se cuenta, véase la introducción, págs. 118*-120*.

[13] «*Convidar* para honras y acompañamientos: 'rogalles se hallen presentes'» (Covarrubias).

[14] Según las Cortes de 1524 (cuyas disposiciones seguían reimprimiéndose en 1557), los lugareños estaban obligados a asistir a la recepción de la bula y al sermón que entonces se predicaba, amén de tener que acudir asimismo «el día que se despidiere» al acto solemne del «despidimiento» o clausura. Cfr. A. Rumeau [1962].

[15] *colación*: «la confitura o bocado que se da para beber... Los antiguos también solían dar, después de la cena, antes de irse a acostar, una colación de confituras para beber» (Covarrubias).

Cfr. *La comedia Thebaida*, pág. 154; *El Crotalón*, V, pág. 151 *a*; Avellaneda, *Quijote*, II, pág. 1168. Sobre la costumbre de «jugar la colación» ('jugarse el postre'), comp., por ejemplo, Gómez de Toledo, *Tercera Celestina*, XXI, pág. 769: «si quieres juguemos a los naipes una caja de diacitrón ["corteza de cidra confitada"; *Dicc. de Autoridades*] que conforte el cuerpo»; y *Segunda parte* del *Lazarillo*, XVIII, fol. 67: «después de haber cenado..., tuvimos por colación unos naipes».

señor[16], tomó un lanzón que en el portal do jugaban estaba; el alguacil puso mano a su espada, que en la cinta tenía. Al ruido y voces que todos dimos, acuden los huéspedes y vecinos y métense en medio. Y ellos, muy enojados, procurándose de desembarazar de los que en medio estaban, para se matar. Mas como la gente al gran ruido cargase[17] y la casa estuviese llena della, viendo que no podían afrentarse con las armas, decíanse palabras injuriosas. Entre las cuales el alguacil dijo a mi amo que era falsario y las bulas que predicaba que eran falsas[18]. Finalmente, que los del pueblo, viendo que no bastaban a ponellos en paz, acordaron de llevar[19] el alguacil de la posada a otra parte. Y así quedó mi amo muy enojado. Y después que los huéspedes y vecinos le hubieron rogado que perdiese el enojo y se fuese a dormir, se fue, y así nos echamos todos.

La mañana venida, mi amo se fue a la iglesia y mandó tañer a misa y al sermón para despedir la bula. Y el pueblo se juntó, el cual andaba murmurando de las bulas, diciendo cómo eran falsas y que el mesmo alguacil, riñen-

---

[16] Propiamente, había un Comisario General de Cruzada y una serie de comisarios principales en las respectivas diócesis «para hacer que se publique la bula de la Santa Cruzada en las ciudades, villas y lugares, ... y a cuyo cuidado está la distribución de las bulas y el recaudar el caudal y producto dellas» *(Dicc. de Autoridades);* el buldero no es uno de esos comisarios principales, sino un mero predicador de la bula, y el título se le aplica abusivamente o bien en el sentido lato de 'delegado'.

[17] *cargase:* se amontonase; «*cargar gente:* frase que denota concurrir mucha gente a un paraje para gozar de alguna función o por otra causa» *(Dicc. de Autoridades).* Vid. también C. Guillén [1966] 167 n. 356.

[18] El *que* pleonástico (cfr. también pág. 91, lín. 1) da aquí al discurso indirecto particular vivacidad. Es curioso que el pasaje muestre un cierto aire de familia con lo copiado en el proceso de un cierto Cornelio Alemán, pintor de retablos (ya que no de panderos; cfr. aquí, pág. 125), quien, detenido en Valencia, en 1529, fue acusado de defender a Lutero y afirmar «que no había purgatorio y que los sufragios que se hacían por las ánimas del purgatorio era burlería y que lo robaban», «que lo Papa robava la Iglesie, que les bul·les que donava no eren res» *(apud* A. Redondo, «Luther et l'Espagne, de 1520 à 1536», en los *Mélanges de la Casa de Velázquez,* I [1965], pág. 149, n.).

[19] *acordaron de llevar:* sobre la prep. *de* antepuesta al infinito, véase II, n. 58.

do, lo había descubierto. De manera que, tras que tenían mala gana de tomalla[20], con aquello del todo la aborrescieron.

El señor comisario se subió al púlpito, y comienza su sermón y a animar la gente a que no quedasen sin tanto bien y indulgencia como la sancta bula traía. Estando en lo mejor del sermón, entra por la puerta de la iglesia el alguacil y, desque hizo oración, levantóse[21] y, con voz alta y pausada, cuerdamente comenzó a decir:

—Buenos hombres, oídme una palabra, que después oiréis a quien quisiéredes. Yo vine aquí con este echacuervo que os predica[22], el cual me engañó y dijo que le

---

[20] *tras que...* 'además de que...'. Cfr. H. Keniston, *Syntax*, 27.41.

[21] Al entrar en el templo, era costumbre santiguarse y, de rodillas, rezar una breve oración.

[22] La frase *echar el cuervo* se usó en el sentido general de 'ofrecer algo cuyos efectos se prometen y nunca se realizan', 'ganar dinero deshonestamente prometiendo cosas que no se cumplirán'; y *echacuervo* o *echacuervos* era el falso exorcista y, más particularmente, el vendedor de bulas falsas o el expendedor de productos maravillosos.

Así, Luis de Escobar, *Las cuatrocientas respuestas*, 1545, aclara primero que «el diablo... suele nombrarse por nombre de cuervo», para explicar inmediatamente: «Y aquel que las bulas mintiendo predica/ echa los cuervos de la ánima ajena/ y la suya misma está dellos llena,/ que de otros los echa y a sí los aplica./ Que con los sermones que hace y replica,/ aunque con mentiras y fraudes y engaños,/ escusa a los otros las penas y daños/ y a sí se condena con lo que publica.// Mas esto se entiende de algunos cuestores/ que burlas predican so nombres de bulas,/ con muchos dineros y pompas y mulas/ que roban, mintiendo, a mil pecadores»; y Cervantes, *Rinconete y Cortadillo:* «mi padre es... ministro de la Santa Cruzada; quiero decir que es bulero [o buldero, añade el impreso], como los llama el vulgo, aunque otros los llaman *echacuervos*» (ms. Porras de la Cámara, ed. F. Rodríguez-Marín, Madrid, 1920, pág. 239). Vid. J. E. Gillet [1957]; Lucas Fernández, *Farsas*, págs. 275-276; J. Corominas-J. A. Pascual, II, página 545; y arriba, n. 11. Añádanse también *La comedia Thebaida*, pág. 242: «Por mi fe que eras bueno para echacuervo, que presto convertirás al pueblo»; Polidoro Virgilio, *Libro que trata de la invención y principio de todas las cosas,* traducido al castellano por Francisco Thámara, Amberes, 1550, págs. 293-294: «Mas sobre todo vive hoy entre nosotros otra secta y manera de hombres muy malos y engañosos... Sacan de unas cajetas que traen una que dicen ellos son reliquias de santos o algunas bulas del Santo Padre o ciertas cédulas de obispo o perlados, que ya con el tiempo están borradas y rotas. Estas dan con grande acatamiento a la gente simple que las bebe prometiendo a todos larga vida y la gloria del cie-

favoresciese en este negocio y que partiríamos la ganancia. Y agora, visto el daño que haría a mi consciencia y a vuestras haciendas, arrepentido de lo hecho, os declaro claramente que las bulas que predica son falsas y que no le creáis ni las toméis, y que yo, *directe* ni *indirecte*[23], no soy parte en ellas, y que desde agora dejo la vara y doy con ella en el suelo[24]. Y si en algún tiempo éste fuere castigado por la falsedad, que vosotros me seáis testigos cómo yo no soy con él ni le doy a ello ayuda, antes os desengaño y declaro su maldad.

Y acabó su razonamiento. Algunos hombres honrados que allí estaban se quisieron levantar y echar el alguacil fuera de la iglesia, por evitar escándalo. Mas mi amo les fue a la mano[25] y mandó a todos que, so pena de excomunión, no le estorbasen, mas que le dejasen decir todo lo que quisiese. Y ansí, él también tuvo silencio, mientras el alguacil dijo todo lo que he dicho. Como calló, mi amo le preguntó si quería decir más, que lo dijese. El alguacil dijo:

—Harto hay más que decir de vós y de vuestra falsedad, mas por agora basta.

---

lo. Desta manera en una parte se cargan de muchos dones y cosas que les dan, y en otra parte venden el despojo y hacen dello buena masa de dinero, y cuando están bien llenos vuélvense a su casa muy gozosos, porque así tan sutilmente han engañado y burlado de los necios rústicos y gente simple... Y de aquí es que todos aquellos que entre los italianos hacen semejantes oficios se llaman 'ceretanos' y en nuestra España se dicen 'cuestores' o 'echacuervos'». Vid. arriba, página 118*, n. 79.

[23] Es fórmula jurídica comunísima. Cfr. Estatutos de la Universidad de Salamanca, 1529, fol. 9 vo., etc. (ed. J. L. Fuertes Herreros, Salamanca, 1984, página 116); A. G. de Amezúa, *Opúsculos histórico-literarios*, III, Madrid, 1953, pág. 100; C. Guillén [1966] 167 n. 360; y A. Blecua [1974] 161 n. 304.

[24] No se olvide que la *vara* era insignia de autoridad; cfr., así, las palabras de Pedro Crespo, en *El Alcalde de Zalamea* (III, vv. 405-410) de Calderón: «Ya que yo, como justicia,/ me valí de su respeto,/ para obligaros a oírme,/ la vara a esta parte dejo,/ y como un hombre más/ deciros mis penas quiero».

[25] «*Ir a la mano*: resistir a uno, reprimirle y vedarle algunas cosas» (Correas); «*irle a la mano*: estorbarle que no haga alguna cosa o mala o buena» (Covarrubias). Cfr. Gómez de Toledo, *Tercera Celestina*, II, pág. 624: «Estáte en tus trece en seguir el camino que quisieres, que no hayas miedo que te vaya a la mano».

El señor comisario se hincó de rodillas en el púlpito y, puestas las manos y mirando al cielo[26], dijo ansí:

—Señor Dios, a quien ninguna cosa es escondida, antes todas manifiestas, y a quien nada es imposible, antes todo posible[27]: Tú sabes la verdad y cuán injustamente yo soy afrentado. En lo que a mí toca, yo lo perdono, porque Tú, Señor, me perdones. No mires a aquél, que no sabe lo que hace ni dice; mas la injuria a Ti hecha te suplico y por justicia te pido no disimules. Porque alguno que está aquí, que por ventura pensó tomar aquesta sancta bula, y dando crédito a las falsas palabras de aquel hombre, lo dejará de hacer[28]. Y pues es tanto perjuicio del prójimo, Te suplico yo, Señor, no lo disimules; mas luego muestra aquí milagro, y sea desta manera: que, si es verdad lo que aquél dice y que yo traigo maldad y falsedad, este púlpito se hunda conmigo y meta siete estados debajo de tierra[29], do él ni yo jamás parezcamos; y si es verdad lo que yo digo y aquél, persuadido del demonio[30], por quitar y privar a los que están presentes de tan gran bien, dice maldad, también sea castigado y de todos conoscida su malicia.

Apenas había acabado su oración el devoto señor mío, cuando el negro alguacil cae de su estado y da tan gran golpe en el suelo, que la iglesia toda hizo resonar, y co-

---

[26] «*Poner las manos:* 'juntarlas para orar y rogar a Dios, pidiendo misericordia'» (Correas). Comp. arriba, pág. 119*; I, n. 84, y III, n. 72; abajo, págs. 120 y 121.

[27] El texto imita con gracejo el estilo paralelístico y antitético propio de la retórica eclesiástica y exacerbado por fray Antonio de Guevara (cfr. especialmente M. R. Lida, en *Revista de Filología Hispánica*, VII (1945), pág. 376 y ss.; y R. Lapesa, *Historia de la lengua española*, pág. 312, con bibliografía).

[28] La edición de Alcalá sale al paso de la duda provocada por el *que* pleonástico («que está aquí» o «que por ventura...») cambiando por «dando» el «y dando» del arquetipo.

[29] «*Estado* es cierta medida de la estatura de un hombre... La profundidad de pozos u otra cosa honda se mide por estados» (Covarrubias). Sobre el motivo del púlpito que se derrumba en un falso milagro, F. Lázaro [1969] 163 n. 160.

[30] Recuerda el «Si quis, suadente diabolo...», del Derecho canónico. Cfr. F. Márquez [1968] 70.

menzó a bramar y echar espumajos por la boca y torcella y hacer visajes con el gesto, dando de pie y de mano, revolviéndose por aquel suelo a una parte y a otra.

El estruendo y voces de la gente era tan grande, que no se oían unos a otros. Algunos estaban espantados y temerosos. Unos decían: «El Señor le socorra y valga». Otros: «Bien se le emplea, pues levantaba tan falso testimonio». Finalmente, algunos que allí estaban, y a mi parescer no sin harto temor, se llegaron y le trabaron de los brazos, con los cuales daba fuertes puñadas a los que cerca dél estaban. Otros le tiraban por las piernas y tuvieron reciamente, porque no había mula falsa en el mundo que tan recias coces tirase[31]. Y así le tuvieron un gran rato. Porque más de quince hombres estaban sobre él, y a todos daba las manos llenas, y, si se descuidaban, en los hocicos[32].

A todo esto, el señor mi amo estaba en el púlpito de rodillas, las manos y los ojos puestos en el cielo, transportado en la divina esencia, que el planto y ruido y voces que en la iglesia había no eran parte para apartalle de su divina contemplación[33].

Aquellos buenos hombres llegaron a él y, dando voces, le despertaron y le suplicaron quisiese socorrer a aquel pobre que estaba muriendo y que no mirase a las cosas pasadas ni a sus dichos malos, pues ya dellos tenía el pago; mas si en algo podría aprovechar para librarle del peligro y pasión que padescía, por amor de Dios lo hiciese, pues ellos veían clara la culpa del culpado y la

---

[31] *«falso*: se llama el caballo *mula* u otra bestia caballar que tiene resabios que no se conocen ni distinguen; y sin tocarle, al llegarse a él descuidadamente, tira coces» *(Dicc. de Autoridades)*. Pero aquí, claro es, «falso» recobra además su valor habitual.

[32] Se juega con la frase hecha «dar a manos llenas» o «dar las manos llenas» 'dar con liberalidad, en abundancia' (A. Blecua [1974] 163 n. 311).

[33] *contemplación:* cfr. arriba, II, n. 61.

verdad y bondad suya, pues a su petición y venganza el Señor no alargó el castigo.

El señor comisario, como quien despierta de un dulce sueño, los miró y miró al delincuente y a todos los que alderredor estaban, y muy pausadamente les dijo:

—Buenos hombres, vosotros nunca habíades de rogar por un hombre en quien Dios tan señaladamente se ha señalado; mas pues Él nos manda que no volvamos mal por mal y perdonemos las injurias[34], con confianza podremos suplicarle que cumpla lo que nos manda, y Su Majestad perdone a éste que le ofendió poniendo en su sancta fe obstáculo. Vamos todos a suplicalle.

Y, así, bajó del púlpito y encomendó a que muy devotamente suplicasen a Nuestro Señor tuviese por bien de perdonar a aquel pecador y volverle en su salud y sano juicio y lanzar dél el demonio, si Su Majestad había permitido que por su gran pecado en él entrase.

Todos se hincaron de rodillas, y delante del altar, con los clérigos, comenzaban a cantar con voz baja una letanía. Y viniendo él con la cruz y agua bendita, después de haber sobre él cantado, el señor mi amo, puestas las manos al cielo y los ojos que casi nada se le parescía[35], sino un poco de blanco, comienza una oración no menos larga que devota, con la cual hizo llorar a toda la gente, como suelen hacer en los sermones de Pasión de predicador y auditorio devoto[36], suplicando a Nuestro Señor,

---

[34] Las palabras del buldero y la circunstancia en que éste se halla hacen pensar particularmente en un pasaje del Evangelio según San Marcos, XI, 25: «Et cum stabitis ad orandum, dimittite si quid habetis adversus aliquem...»

[35] *le* por 'les'; cfr. I, n. 118; y III, n. 156.

[36] «En España, ... durante las décadas más agitadas del siglo XVI, y en los ámbitos de mayor fermentación espiritual, el término *devoción* padece el mismo oscurecimiento [que, por ej., en Calvino]: le acompañaban voces peyorativas como ceremonia y ceremoniático, superstición, escrúpulo. Además en la antítesis de lo exterior frente a lo interior, se halla casi siempre junto al extremo negativo»; «lo que hay de material, falso, supersticioso en las "devociones"... se refleja con unos matices casi siempre negativos también en el término mismo de *de-*

pues no quería la muerte del pecador, sino su vida y arrepentimiento[37], que aquel encaminado por el demonio y persuadido de la muerte y pecado[38] le quisiese perdonar y dar vida y salud, para que se arrepintiese y confesase sus pecados.

Y esto hecho, mandó traer la bula y púsosela en la cabeza, y luego el pecador del alguacil comenzó poco a poco a estar mejor y tornar en sí. Y desque fue bien vuelto en su acuerdo, echóse a los pies del señor comisario y demandóle perdón y confesó haber dicho aquello por la boca y mandamiento del demonio: lo uno, por hacer a él daño y vengarse del enojo; lo otro, y más principal, porque el demonio reciba[39] mucha pena del bien que allí se hiciera en tomar la bula.

El señor mi amo le perdonó, y fueron hechas las amistades entre ellos. Y a tomar la bula hubo tanta priesa, que casi ánima viviente en el lugar no quedó sin ella: marido y mujer, y hijos y hijas, mozos y mozas.

Divulgóse la nueva de lo acaescido por los lugares co-

---

voción» (M. Morreale, «¿Devoción o piedad? Apuntamientos sobre el léxico de Alfonso y Juan de Valdés», *Revista Portuguesa de Filologia*, VII [1956], págs. 367 y 370).

Vid. también *Viaje de Turquía*, V, pág. 167: «no predicó el evangelio de aquel día, sino... entró por unas figuras del Testamento Viejo... y dio consigo en la Pasión de Cristo y acabó con unas terribles voces, diciendo que se acercaba el día del juicio»; Luis de Pinedo, *Liber facetiarum*: «Otro portugués predicaba la Pasión, y como los oyentes llorasen y lamentasen y se diesen de bofetones y hiciesen mucho sentimiento, dijo el portugués: 'Señores, no lloredes ni toméis pasión, que quizá no será verdad'» (ed. A. Paz y Melia, en Biblioteca de Autores Españoles, CLXXVI; A. Blecua [1974] 164 n. 315; V. García de la Concha [1972] 254-259).

[37] Cfr. Ezequiel, XXXIII, 11 (y XVIII, 32): «Dicit Dominus Deus: 'nolo mortem impii, sed ut convertatur impius a via sua et vivat'». El mismo versículo se recuerda en el *Speculum cerretanorum*, ed. cit., pág. 51, al narrar igual treta que la del buldero. Algunos ejemplos de la cita bíblica en la literatura española trae J. E. Gillet, III, págs. 99-100; vid. también Garcilaso, *Canción* I, 18-19, y Mateo Alemán, *Guzmán de Alfarache*, II, 11, 2, pág. 604.

[38] Véase arriba, n. 30; y entiéndase 'a aquel...'.

[39] *reciba*: así en Burgos, mientras Alcalá y Amberes traen «recibía» y el autor probablemente escribió «recibe».

marcanos, y cuando a ellos llegábamos no era menester
sermón ni ir a la iglesia, que a la posada la venían a tomar, como si fueran peras que se dieran de balde. De manera que en diez o doce lugares de aquellos alderredores,
donde fuimos, echó el señor mi amo otras tantas mil bulas sin predicar sermón.

Cuando él hizo el ensayo[40], confieso mi pecado, que también fui dello espantado y creí que ansí era, como otros muchos[41]; mas con ver después la risa y burla que mi amo y
el alguacil llevaban y hacían del negocio, conoscí cómo
había sido industriado por el industrioso e inventivo de
mi amo[42]. Y, aunque mochacho, cayóme mucho en gra-

---

[40] ensayo: «algunas veces significa el embuste de alguna persona, que con falsedad y mentira nos quiere engañar» (Covarrubias); «ardid y traza maliciosa»
(Rosal, en Tesoro Lexicográfico). Cfr. J. E. Gillet, III, pág. 124; y arriba, pág. 34:
«oíd si el demonio ensayara otra tal hazaña».

[41] Las ediciones escriben «también...». Pero no habría dificultad en transcri-
bir «tan bien...», subrayando la correlación: «tan bien fui... espantado y creí... como
otros muchos».

[42] Alcalá (fols. XL vo. a XLIII vo.) intercala aquí un extenso episodio.
«Acaescióse en otro lugar, el cual no quiero nombrar por su honra, lo siguiente. Y fue que mi amo predicó dos o tres sermones, y dó a Dios la bula tomaban
[lo normal era "doy al diablo, maldita la bula que tomaban"; aquí se invierte la
expresión, por tratarse de Santa Bula]. Visto por el astuto de mi amo lo que pasaba, y que aunque decía se fiaban por un año no aprovechaba, y que estaban
tan rebeldes en tomarla, y que su trabajo era perdido, hizo tocar las campanas
para despedirse, y hecho su sermón y despedido desde [e]l púlpito, ya que se
quería abajar, llamó al escribano y a mí, que iba cargado con una[s] alforjas, y
hízonos llegar al primer escalón, y tomó al alguacil las que en las manos llevaba,
y las que no tenía en las alforjas púsolas junto a sus pies, y tornóse a poner en el
púlpito con cara alegre y arrojar desde allí, de diez en diez y de veinte en veinte,
de sus bulas hacia todas partes, diciendo: —"Hermanos míos, tomad, tomad de
las gracias que Dios os envía hasta vuestras casas, y no os duela, pues es obra
tan pía la redempción de los captivos cristianos que están en tierra de moros.
Porque no renieguen nuestra sancta fe y vayan a las penas del infierno, siquiera
ayudaldes con vuestra limosna y con cinco paternostres y cinco avemarías para
que salgan de cautiverio. Y aun también aprovechan para los padres y hermanos y deudos que tenéis en el purgatorio, como lo veréis en esta sancta bula".
Como el pueblo las vió ansí arrojar, como cosa que se daba de balde, y ser venida de la mano de Dios, tomaban a más tomar, aun para los niños de la cuna y
para todos sus defunctos, contando desde los hijos hasta el menor criado que tenían, contándolos por los dedos. Vímonos en tanta priesa, que a mí aínas ['casi']

me acabaran de romper un pobre y viejo sayo que traía, de manera que certifico a Vuestra Merced que en poco más de un hora no quedó bula en las alforjas, y fue necesario ir a la posada por más. Acabados de tomar todos, dijo mi amo desde el púlpito a su escribano y al de Concejo que se levantasen; y para que se supiese quién eran los que habían de gozar de la sancta indulgencia y perdones de la sancta bula, y para que él diese buena cuenta a quien le había enviado, se escribiesen. Y así, luego todos de muy buena voluntad decían las que habían tomado, contando por orden los hijos y criados y defunctos. Hecho su inventario, pidió a los alcaldes que, por caridad, porque él tenía que hacer en otra parte, mandasen al escribano le diese autoridad del inventario y memoria de las que allí quedaban, que, según decía el escribano, eran más de dos mil. Hecho esto, él se despidió con mucha paz y amor, y ansí nos partimos deste lugar. Y aun antes que nos partiésemos, fue preguntado él por el teniente cura del lugar y por los regidores si la bula aprovechaba para las criaturas que estaban en el vientre de sus madres. A lo cual él respondió que, según las letras que él había estudiado, que no; que lo fuesen a preguntar a los doctores más antiguos que él, y que esto era lo que sentía en este negocio. E ansí nos partimos, yendo todos muy alegres del buen negocio. Decía mi amo al alguacil y escribano: "—¿Qué os paresce cómo a [?] estos villanos que con sólo decir *cristianos viejos somos*, sin hacer obras de caridad, se piensan salvar, sin poner nada de su hacienda? Pues, por vida del licenciado Pascasio Gómez, que a su costa se saquen más de diez cautivos". Y ansí nos fuimos hasta otro lugar de aquél, cabo de Toledo, hacia la Mancha, que se dice, adonde topamos otros más obstinados en tomar bulas. Hechas, mi amo y los demás que íbamos, nuestras diligencias, en dos fiestas que allí estuvimos no se habían echado treinta bulas. Visto por mi amo la gran perdición y la mucha costa que traía, y el ardideza que el sotil de mi amo tuvo para hacer despender sus bulas, fue que este día dijo la misa mayor, y después de acabado el sermón y vuelto al altar, tomó una cruz que traía, de poco más de un palmo, y en un brasero de lumbre que encima del altar había, el cual habían traído para calentarse las manos, porque hacía gran frío, púsole detrás del misal, sin que nadie mirase en ello. Y allí, sin decir nada, puso la cruz encima la lumbre, y, ya que hubo acabado la misa y echada la bendición, tomóla con un pañizuelo, bien envuelta la cruz en la mano derecha y en la otra la bula, y ansí se bajó hasta la postrera grada del altar, adonde hizo que besaba la cruz. Y hizo señal que viniesen adorar la cruz. Y ansí vinieron los alcaldes los primeros y los más ancianos del lugar, viniendo uno a uno, como se usa. Y el primero que llegó, que era un alcalde viejo, aunque él le dió a besar la cruz bien delicadamente, se abrasó los rostros y se quitó presto afuera. Lo cual visto por mi amo, le dijo: —"¡Paso quedo, señor alcalde! ¡Milagro!" Y ansí hicieron otros siete u ocho. Y a todos les decía: —"¡Paso, señores! ¡Milagro!" Cuando él vido que los rostriquemados bastaban para testigos del milagro, no la quiso dar más a besar. Subióse al pie del altar y de allí decía cosas maravillosas, diciendo que por la poca caridad que había en ellos había Dios permitido aquel milagro, y que aquella cruz había de ser llevada a la sancta iglesia mayor de su obispado. Que por la poca caridad que en el pueblo había la cruz ardía. Fue tanta la prisa que hubo en el tomar de la bula, que no bastaban dos escribanos ni los clérigos ni sacristanes a escribir. Creo de cierto que se tomaron más de tres mil bulas, como tengo dicho a Vuestra Merced. Después, al partir él, fue con gran reverencia, como es razón, a tomar la sancta cruz, diciendo que la había de hacer engastonar en oro,

cia, y dije entre mí: «¡Cuántas déstas deben hacer estos burladores entre la inocente gente!»

Finalmente, estuve con este mi quinto amo cerca de cuatro meses, en los cuales pasé también hartas fatigas[43].

TRACTADO SEXTO[1]

Cómo Lázaro se asentó con un capellán y lo que con él pasó

Después desto, asenté con un maestro de pintar panderos, para molelle los colores[2], y también sufrí mil males.

Siendo ya en este tiempo buen mozuelo, entrando un día en la iglesia mayor[3], un capellán della me recibió por suyo; y púsome

como era razón. Fue rogado mucho del Concejo y clérigos del lugar les dejase allí aquella sancta cruz, por memoria del milagro allí acaescido. Él en ninguna manera lo quería hacer, y al fin, rogado de tantos, se la dejó; con que le dieron otra cruz vieja que tenían, antigua, de plata que podrá pesar dos o tres libras, según decían. Y ansí nos partimos alegres con el buen trueque y con haber negociado bien. En todo no vio nadie lo susodicho, sino yo, porque me subía par del altar para ver si había quedado algo en las ampollas, para ponello en cobro, como otras veces yo lo tenía de costumbre. Y como allí me vio, púsose el dedo en la boca, haciéndome señal que callase. Yo ansí lo hice, porque me cumplía, aunque después que vi el milagro no cabía en mí por echallo fuera, sino que el temor de mi astuto amo no me lo dejaba comunicar con nadie, ni nunca de mí salió. Porque me tomó juramento que no descubriese el milagro, y ansí lo hice hasta agora». Sobre algún paralelo de la cruz ardiente, cfr. la bibliografía citada arriba, pág. 54*, n. 16.

[43] Alcalá (fol. XLIII v.) añade: «aunque me daba bien de comer a costa de los curas y otros clérigos do iba a predicar».

[1] Diversos aspectos de este capítulo comentan F. Courtney Tarr [1927] 417-418; A. Sicroff [1957] 167-169; M. Bataillon [1958] 49-51; M. J. Asensio [1959] 83; F. Márquez [1968] 93-94; F. Lázaro [1969] 165; J. Varela Muñoz [1977] 177-179; J. Herrero [1978] 317-319; H. Sieber [1978] 74-85; V. García de la Concha [1981] 106-108, 112-117 y 180; G. A. Shipley [1982], [1983] y [1986]; M. Molho [1985].

[2] El nuevo amo de Lázaro seguramente era uno de los buhoneros que se ganaban la vida vendiendo las panderetas que ellos mismos pintaban. En el *Libro de cuentas del cabildo* de Toledo (1493), por ejemplo, se documenta a «dos *maestros pintores*» que «levaron de sus jornales cuatro reales», junto a «un hombre que *molía colores*» y que cobró «un real» por ayudarles (en C. Torroja Menéndez y M. Rivas Palá, *Teatro en Toledo en el siglo XV*, Madrid, 1977, págs. 186-190).

M. Bataillon [1958] 65-66, por su parte, recordando ciertos refranes («según sea el dinero será el pandero», «quien tiene dineros pinta panderos»), postula una vieja conseja española, semejante a otra del *Till Eulenspiegel*, XXVII, en la cual el protagonista, fingiéndose pintor, debía de engañar a un rústico cliente haciéndole pagar por anticipado; G. A. Shipley [1982] y M. Molho [1985] 77-78, por otro lado, entienden que «un maestro de pintar panderos» evoca

en poder un asno y cuatro cántaros y un azote[4], y comencé a echar agua por la cibdad[5]. Éste fue el primer escalón que yo subí para venir a alcanzar buena vida, porque mi boca era medida[6]. Daba cada día a mi amo treinta maravedís ganados, y los sábados ganaba para mí, y todo lo demás, entre semana, de treinta maravedís[7].

Fueme tan bien en el oficio, que al cabo de cuatro años

---

perfectamente (?) la figura del alcahuete, y que «molelle los colores» debe interpretarse como 'mezclar los productos que entran en la confección de los cosméticos preparados por el amo de Lázaro'.

[3] *iglesia mayor:* la catedral; cfr. arriba, III, pág. 73.

[4] *púsome en poder...* 'puso en mi poder, a mi disposición...'.

[5] Es decir: comencé a pregonar y vender el agua por la ciudad; cfr. abajo, pág. 130: «el que ha de echar vino a vender, o algo».
El oficio de aguador era de gente baja; vid. Villalobos, *Los Problemas:* «y ¿por qué el acemilero/ presume de ser honrado,/ y que no será aguadero,/ aunque le paguen doblado?» (en Biblioteca de Autores Españoles, XXXVI, pág. 425 *a*); Diego Gracián, *Morales de Plutarco,* Salamanca, 1571, pág. 98: «Luego echó del Real todos los adivinos, aguadores y rufianes». En qué podía consistir la vida de un aguador en el Toledo del siglo XVI, lo cuenta Cervantes por largo en *La ilustre fregona.* Comp. también E. S. Morby, *La Dorotea,* pág. 185, n. 151; F. Lázaro [1969] 165; V. García de la Concha [1981] 112-113; y G. A. Shipley [1986].

[6] *«Su boca será su medida...*: 'se le dará cumplimiento en todo, y gusto'» (Correas), 'vivirá a pedir de boca'. Cfr. Muñino, *Lisandro y Roselia,* I, pág. 990: «Deja esos rodeos, que tu boca será medida de lo que pidieres» (C. Guillén [1966] 169 n. 384). Aparte del sentido habitual de la frase, podría pensarse aquí en una referencia a las buenas condiciones de Lázaro para vocear su mercancía (comp. n. 5, y A. Blecua [1974] 171 n. 321). Vid., por otro lado, V. García de la Concha [1981] 107 y M. Molho [1985] 79.

[7] Mientras los sábados Lázaro se quedaba con todo lo ganado, «entre semana» sólo recibía lo que pasaba «de treinta maravedís». Comp. Cervantes, *La ilustre fregona,* pág. 95: «el dueño... había ganado con él en menos tiempo de un año... dos pares de vestidos y más aquellos diez y seis ducados [unos 5.900 maravedís]»; cfr. también E. Tierno [1974] 65, M. J. Woods [1979] 588 n. 1 y G. A. Shipley [1986] 251-252.
La figura del canónigo que explota una concesión de agua caía sin duda en un ámbito de cosas siempre censurado en la tradición cristiana. «¿Qué conveniencia tiene la luz con las tinieblas, el demonio con Dios y el sacerdote y religioso con mercader?... Dijo Dios a los sacerdotes: 'Yo les soy su posesión, que no tienen necesidad de otra hacienda'... Y ellos, olvidados de la intención de su Dios, trabajan por lo asegurar ['pan cierto que comer'] con arrendamientos y pregones, como en cualesquiera otras haciendas profanas... En fin, hacen ferias de la sangre de Cristo, y mercados públicos de la hacienda de los pobres» (C. de Villalón, *Provechoso tratado de cambios,* Valladolid, 1546, fols. XXXVII, XLV y vo.).

que lo usé, con poner en la ganancia buen recaudo[8], aho-
rré para me vestir muy honradamente de la ropa vieja[9],
de la cual compré un jubón de fustán viejo[10] y un sayo
raído de manga tranzada y puerta[11] y una capa que había
sido frisada[12], y una espada de las viejas primeras de Cuéllar[13]. Desque me vi en hábito de hombre de bien[14], dije
a mi amo se tomase su asno, que no quería más seguir
aquel oficio.

TRACTADO SÉPTIMO[1]

*Cómo Lázaro se asentó
con un alguacil, y de lo
que le acaesció con él*

Despedido del capellán[2], asenté por
hombre de justicia con un alguacil[3];
mas muy poco viví con él, por pares-
cerme oficio peligroso: mayormente,
que una noche nos corrieron a mí y a
mi amo a pedradas y a palos unos retraídos[4]; y a mi amo,

---

[8] *recaudo:* cfr. arriba, II, n. 54.

[9] *ropa vieja:* aquí podría ser equivalente a *ropavejería* 'tienda donde se venden
vestidos usados'. Cfr. V. García de la Concha [1981] 113-114.

[10] *fustán:* «cierta tela de algodón» (Covarrubias). Cfr. C. Bernis, *Indumentaria
española,* pág. 94, y *Trajes y modas,* II, págs. 98-99.

[11] *tranzada:* trenzada; «en los ss. XV-XVII encontramos la forma *tranzar,* explicable por la procedencia forastera, en todo o en parte, que dio lugar a una confusión meramente fónica con el autóctono *tranzar* 'cortar, tronchar'» (J. Corominas-J. A. Pascual, V, pág. 619).
puerta era el nombre de los variados accesorios con que se cerraba la parte
delantera de los sayos. Según Antonio de Torquemada, *Coloquios satíricos* (1553),
pág. 528, «no ha muchos tiempos», «los sayos eran largos y con girones..., ha-
cíanlos escotados, como camisas de mujeres, y una puerta muy pequeña delante
de los pechos, puesta con cuatro cintas o agujetas...». Lázaro hace hincapié en lo
«viejo» de sus vestidos, pero resulta difícil situar la acción en el tiempo tomando
el pasaje como referencia, por cuanto la «puerta» se usaba ya en el último tercio
del siglo XV y durante todo el primero del XVI: vid. C. Bernis, *Indumentaria española,* pág. 100, *Trajes y modas,* II, págs. 114-115; R. M. Anderson, *Hispanic Costume, 1480-1530,* págs. 52-53.

[12] *frisar:* levantar y rizar los pelillos de algún tejido *(Dicc. de Autoridades).*

[13] En Cuéllar, villa del obispado de Segovia, famosa por sus espaderos, tra-
bajaban, entre otros, Antonio (cfr. III, n. 47) y Juan de Lobínguez (vid. H. Sieber [1978] 82-83 y nn. 15 y 18). También se ha documentado en Toledo, 1529,
a un espadero llamado Pedro de Cuéllar (J. Gómez-Menor [1978] 132-133).

[14] Para el sentido de *hombre de bien,* expresión repetida varias veces por el escudero en el capítulo III, cfr. C. B. Morris [1964], A. Collard [1968] 263-264 y
V. García de la Concha [1981] 108.

[1] Sobre este capítulo, véanse M. Bataillon [1958] 51-53; L. J. Woodward

que esperó[5], trataron mal, mas a mí no me alcanzaron. Con esto renegué del trato[6].

Y pensando en qué modo de vivir haría mi asiento[7], por tener descanso y ganar algo para la vejez, quiso Dios alumbrarme y ponerme en camino y manera provechosa. Y con favor que tuve de amigos y señores, todos mis trabajos y fatigas hasta entonces pasados fueron pagados con alcanzar lo que procuré[8], que fue un oficio real, viendo que no hay nadie que medre, sino los que le tienen[9].

[1965] 50-51; F. Rico [1966] y [1970] 22-25; F. Lázaro [1969] 166-171; H. Mancing [1975] 430; R. W. Truman [1975] 35, 37 y 40-41; H. Sieber [1978] 86-97; J. Varela Muñoz [1977] 179-181; M. J. Woods [1979] 582-588, 590-593 y 597-598; C. I. Nepaulsingh [1979-80] 418; G. Sabat [1980] 242-249; V. García de la Concha [1981] 27-46 y 114-115; G. A. Shipley [1982] 181, 184, 186, 188-189 y 191; H. H. Reed [1984] 49-51; M. Chevalier [1985]; A. Vilanova [1986].

    [2] *despedir* (< *expetere*, no *expedire*): aquí, en el sentido antiguo de 'saludar a la persona de quien uno se separa', 'pedir licencia para marcharse' (J. Corominas-J. A. Pascual, II, pág. 476); vid I, n. 110.

    [3] El *hombre* o *ministro de justicia* era el «porquerón» (cfr. arriba, III, n. 162); los *alguaciles* menores u ordinarios «además son los encargados de apresar a aquellos que, en la ciudad o poblado, determinen los alcaldes» (E. Lorente Toledo, *Gobierno y administración de la ciudad de Toledo*, pág. 42). Cfr. A. Vilanova [1986] 443-448.

    [4] *retraídos:* así se llamaba a quienes, huyendo de la justicia, se acogían al derecho de asilo «retrayéndose» en alguna iglesia. Los atropellos que cometían eran muchos, y, por esa razón, en 1586, vgr., el arzobispo de Sevilla ordenaba que «si alguno de los dichos retraídos saliere de la iglesia a hacer algunos desconciertos,... sea echado luego de la tal iglesia». Cfr. A. Castro, ed., *Buscón*, pág. 267, n.; y D. Ynduráin, ed., *Buscón*, pág. 87, n. 14; y, sobre una época posterior, J. Deleito y Piñuela, *La mala vida en la España de Felipe IV*, Madrid, 1948, pág. 108.

    [5] Es decir, 'que no huyó, sino que, cumpliendo con su obligación —al revés que Lázaro—, permaneció allí, por más que lo apedrearan y apalearan'.

    [6] Se juega aquí con algunos de los sentidos de *trato*: 'pacto, contrato' 'oficio, actividad' y, recogiendo el «trataron mal» anterior, 'modo de comportarse con alguien' (*Dicc. de Autoridades*).

    [7] *asiento:* ahora, «estancia, permanencia y detención larga y continua en alguna parte, como 'Fulano hizo asiento en la Corte'» (*Dicc. de Autoridades*). Cfr. II, n. 2.

    [8] *procurar:* aquí, en el sentido específico de 'ser procurante en corte', 'buscar una prebenda o cargo'.

    [9] «*Oficio* tanto quiere decir como servicio señalado en que hombre es puesto, para servir al rey o al común de alguna ciudad o villa; y de oficiales son de dos

En el cual el día de hoy vivo y resido a servicio de Dios y de Vuestra Merced[10]. Y es que tengo cargo de pregonar los vinos que en esta ciudad se venden, y en almonedas, y cosas perdidas[11], acompañar los que padecen persecuciones por justicia y declarar a voces sus delictos: pregonero[12], hablando en buen romance[13].

maneras: los unos que sirven en casa del rey y los otros de fuera» (*Partida*, II, IX, 1). Cfr. Torres Naharro, *Comedia Seraphina*, I, vv. 157-160: «Señor, servirte cobdicio;/ pero ya sabes mejor/ que, para hacerse honor,/ a un hombre basta un oficio...» Lázaro quizá recuerda el proverbio «Iglesia o mar o casa *real*, quien quiere *medrar*» (Correas). La edición expurgada en 1573 suprime las dos últimas frases («viendo...»).

[10] Aquí, como más abajo («servidor y amigo de Vuestra Merced»), Lázaro emplea fórmulas propias «de los fines de las cartas»: «'a servicio de V[uestra] M[erced]', 'servidor de V[uestra] M[erced]'» (Antonio de Torquemada, *Manual de escribientes*, ed. M. J. Canellada y A. Zamora Vicente, pág. 249); cfr. D. Ynduráin, en *Academia Literaria Renacentista*, V, pág. 78, n. 9.

[11] Entiéndase: 'y [pregonar] en almonedas y [pregonar] cosas perdidas'; *almoneda*: «la venta de las cosas, pública, que se hace con intervención de la justicia y ante escribano y ministro público, dicho pregonero, porque en alta voz propone la cosa que se vende y el precio que dan por ella» (Covarrubias).

[12] El de *pregonero* «es oficio muy vil y bajo» *(Dicc. de Autoridades):* «Y el primer hombre con que topó fue a este bellaco, que era un pregonero..., que es el oficio más infame que hay» (Bartolomé Villalba, *El pelegrino curioso* [1577], en F. de Haan, «Pícaros y ganapanes»; *Homenaje a Menéndez Pelayo*, II, Madrid, 1889, pág. 186). Pero, por otro lado, tampoco hay que olvidar que el cargo proporcionaba unos buenos ingresos; en las *Ordenanzas municipales de Toledo* (1562) se determina: «Ytem que por las almonedas que se hicieren y pregonaren en la plaza del Ayuntamiento de la dicha ciudad o cualquiera otra parte donde les fuere dada licencia que lleven treinta maravedís al millar, con que no suba de los dichos cuatro reales y medio por cada un día./ Ytem que de las bestias, esclavos, mozos y mozas y otras cosas perdidas que pregonaren lleven los derechos de los dichos pregones conforme a las ordenanzas de la dicha ciudad./ Ytem que los pregoneros de las ejecuciones y remate lleven dos maravedís de cada pregón y tres maravedís del remate».

Cfr. F. Márquez [1957] 295-296; M. Bataillon [1958] 50-51; L. J. Woodward [1965] 50; R. W. Truman [1969] 66; M. J. Woods [1979] 583-591; V. García de la Concha [1981] 114-115; E. Toledo, *Gobierno y administración de la ciudad de Toledo*, pág. 44; J. Sánchez Romeralo [1980]; A. Vilanova [1986].

[13] La edición de Alcalá (fol. XLIII vo.) justifica aquí la profecía de las sogas (cfr. I, n. 109): «En el cual oficio, un día que ahorcábamos un apañador ['ladrón'] en Toledo, y llevaba una buena soga de esparto, conoscí y caí en la cuenta de la sentencia que aquel mi ciego amo había dicho en Escalona, y me ar[r]epentí del mal pago que le di, por lo mucho que me enseñó; que, después de Dios, él me dio industria para llegar al estado que ahora estó».

Hame sucedido tan bien, yo le he usado tan fácilmente, que casi todas las cosas al oficio tocantes pasan por mi mano; tanto, que en toda la ciudad, el que ha de echar vino a vender, o algo[14], si Lázaro de Tormes no entiende en ello[15], hacen cuenta de no sacar provecho.

En este tiempo, viendo mi habilidad y buen vivir, teniendo noticia de mi persona el señor arcipreste de Sant Salvador[16], mi señor, y servidor y amigo de Vuestra Merced[17], porque le pregonaba sus vinos, procuró casarme con una criada suya[18]. Y visto por mí que de tal

---

[14] *echar... a vender:* cfr. arriba, VI, n. 5.

[15] *entender en:* vid. arriba, I, n. 64.

[16] «La parroquia de Sant Salvador..., aunque pequeña, es de noble gente poblada..., de insignes y notables enterramientos..., con muchas capellanías... Tiene dentro en sí huerto y cimenterio y casa para el cura» (Luis Hurtado de Toledo, *Descripción de Toledo*, págs. 514 y 532; A. Blecua [1974] 173 n. 332). «Se llama y entiende por *Arcipreste* el que tiene el primer lugar en las iglesias parroquiales o menores y preside a los curas y beneficiados de alguna villa» *(Dicc. de Autoridades)*. No consta «que la de Sant Salvador fuera iglesia arciprestal; más bien parece que el autor atribuye el título al párroco» (V. García de la Concha [1981] 45 n. 35).
La figura del «arcipreste lascivo» está presente ya en el *Roman de Renard* y conoció múltiples versiones literarias en la Europa medieval; vid. unos pocos ejemplos en F. de Toro-Garland, «El Arcipreste, protagonista literario del medievo español: el caso del 'mal Arcipreste' de *Fernán González*», en *Actas del I Congreso Internaciaonal sobre el Arcipreste de Hita*, Barcelona, 1973, págs. 327-336, y E. J. Weber, «La figura autónoma del Arcipreste», *ibíd.*, págs. 337-342.
Por otro lado, la forma «acipreste», usada más abajo, está largamente documentada; vid. J. E. Gillet, III, pág. 544.

[17] *servidor... de Vuestra Merced:* comp. arriba, n. 10.

[18] «Muchas veces acaesce que, habiendo tenido algunos clérigos algunas mujeres por mancebas públicas, después, por encubrir el delito, las casan con sus criados y con otras personas tales, que se contentan estar en casa de los mismos clérigos que antes las tenían de la manera que antes estaban» (Pragmática de 1503, en *Novísima Recopilación*, tít. XXVI, ley V, pág. 421). Tampoco se descuide de que la de Lázaro era conducta penada: «A los maridos que por precio consintieren que sus mujeres sean malas de cuerpo..., les sea puesta la mesma pena que por leyes de nuestros reinos está puesta a los rufianes, que es, por primera vez, vergüenza pública y diez años de galeras, y, por segunda vez, cien azotes y galeras perpetuas» (Pragmática de 1577); Lázaro, pues, al negar «el caso», no sólo defiende su buena fama, sino también su libertad.
En la *Farsa del matrimonio* de Diego Sánchez de Badajoz, un fraile, para aprovecharse de una moza, propone a su criado Martín que se case con ella: «¿sabes

persona no podía venir sino bien a favor, acordé de lo hacer[19].

Y, así, me casé con ella, y hasta agora no estoy arrepentido, porque, allende de ser buena hija y diligente servicial[20], tengo en mi señor acipreste todo favor y ayuda. Y siempre en el año le da, en veces[21], al pie de una carga de trigo[22]; por las Pascuas, su carne; y cuando el par de los bodigos, las calzas viejas que deja[23]. E hízonos alqui-

---

qué hemos de hacer?»/ tú, de comer y beber,/ yo, servirla de la cama» *(Recopilación en metro,* pág. 343). Cfr. M. J. Asensio [1959] 83; F. Lázaro [1969] 69-71; y especialmente M. J. Woods [1979] 591-592, 597-598, y V. García de la Concha [1981] 27-37.

[19] *acordé de lo hacer:* cfr. arriba, II, n. 58.

[20] *servicial:* con valor sustantivo, 'criada, sirvienta'. Cfr. Berceo, *Vida de Santo Domingo de Silos,* 553 *a:* «Parientes del enfermo e otros serviciales». Vid. C. Guillén [1966] 170 n. 398; J. Caso [1967] 142 n. 17 y [1982] 106 n. 8; J. Corominas-J. A. Pascual, V, pág. 243.

[21] *en veces:* no de una vez, sino en varias.

[22] Entiéndase: 'casi cuatro fanegas de trigo', es decir, 'aproximadamente la porción de trigo que cabe en 222 litros'; «en Castilla llaman una carga de trigo, porque, cabiendo en ella cerca de cuatro arrobas [unos 46 kilogramos] de trigo, puede llevar un macho cuatro fanegas» *(Dicc. de Autoridades).* Cfr. E. J. Hamilton, *El tesoro americano y la revolución de los precios en España, 1501-1650,* pág. 180.

[23] Entiéndase: 'y en el tiempo de la ofrenda del par de bodigos, le da las calzas viejas...'.

El pasaje, sin embargo, ha planteado varias dudas. La mayoría de editores opina que «cuando» vale 'algunas veces'; C. Guillén [1966] 170 n. 399 interpreta «cuando» como el segundo término de una oración distributiva iniciada con «en veces»: 'unas veces... otras veces' (cfr. *La lozana andaluza,* arriba, I, n. 16). Si fuera el clérigo quien daba bodigos, podría entenderse que se recoge el hilo del tractado II y se recuerdan refranes como «Pues el cura la mantiene y la da de los bodigos, señal es que son amigos», «Pues que el clérigo la mantiene, bodigos tiene» (Correas): vid. M. Chevalier [1985] 414.

Pero «cuando» seguramente tiene aquí valor subordinante, en correlación con el «por las Pascuas...» anterior (A. Blecua [1974] 174 n. 337). Lázaro podría referirse al día de San Marcos, 25 de abril, «el primer día de estío y el último mo de invierno (de acuerdo con la vieja división del año en fases)», ocasión apropiada para cambiar de calzas y fiesta de cuyos usos, en algunos lugares, formaba parte una ofrenda de pan al predicador (cfr. J. Caro Baroja, *Ritos y mitos equívocos,* Madrid, 1974, págs. 77-82).

En lo antiguo, fue tan frecuente recompensar a los criados con las «calzas» usadas de los amos, que la voz llegó a valer «donativo o agasajo que se da por algún servicio» (cfr. R. Menéndez Pidal, ed., *Cantar de Mio Cid,* pág. 523). Vid. también III, n. 142.

lar una casilla par de la suya; los domingos y fiestas, casi todas las comíamos en su casa[24].

Mas malas lenguas, que nunca faltaron ni faltarán, no nos dejan vivir, diciendo no sé qué y sí sé qué[25] de que veen a mi mujer irle a hacer la cama y guisalle de comer[26]. Y mejor les ayude Dios que ellos dicen la verdad[27]. Porque, allende de no ser ella mujer que se pague destas burlas[28], mi señor me ha prometido lo que pienso cumplirá. Que él me habló un día muy largo delante della y me dijo:

—Lázaro de Tormes, quien ha de mirar a dichos de malas lenguas nunca medrará; digo esto porque no me

---

[24] De giros como «pasar los domingos en su casa» o «cenar las fiestas en su casa» hay una fácil transición a una metonimia del tipo aquí usado: «comerlas [es decir, 'celebrar las fiestas'] en su casa»; o bien puede pensarse en una elisión del acusativo interno: «comíamos las [comidas] en su casa».

[25] En fecha no muy lejana del *Lazarillo*, la «beata» Francisca Hernández escribía: «puso Dios para mi alma en esta su sierva un no sé qué y sí sé qué...» (*apud* A. Selke, *El Santo Oficio de la Inquisición*, Madrid, 1968, pág. 81); «el *no sé qué* tiene gracia y muchas veces se dice a tiempo que significa mucho» (Juan de Valdés, *Diálogo de la lengua*, ed. C. Barbolani, pág. 232). Sobre la varia fortuna de esta muletilla conversacional, cfr. A. Porqueras Mayo, en *Bulletin Hispanique*, LXVII (1965), págs. 253-273, y *Romanische Forschungen*, LXXVIII (1966), páginas 314-337; y A. Armisén, *Estudios sobre la lengua poética de Boscán*, pág. 14, n. 12.

[26] Se ha querido ver en «hacer la cama» un sentido erótico semejante al del cantar popular «Hícele la cama / a mi enamorado, / hícele la cama / sobre mi costado» (G. A. Shipley [1982] 192 n. 5); pero el contexto permite más bien identificar una alusión al romance de «La bella malmaridada»: «Por las tierras donde fueres, / bien te sabría yo servir; / *yo te haría bien la cama* / en que hayamos de dormir. / *Yo te guisaré la cena* / como a caballero gentil, / de gallinas y capones / y otras cosas más de mil. / Que a este mi marido / ya no lo puedo sufrir...» (*apud* L. de Sepúlveda, *Romances...*, Amberes, 1551, fol. 258; sobre el romance, cfr. D. McGrady, ed., L. de Vega, *La bella malmaridada*, Charlottesville, 1986, págs. 19-23).

[27] La edición de Alcalá (fol. LXV) recoge ahora la profecía de los cuernos (comp. I, n. 109; y arriba, n. 13): «Aunque en este tiempo siempre he tenido alguna sospechu[e]lla y habido algunas malas cenas por esperalla algunas noches hasta las laudes, y aún más, y se me ha venido a la memoria lo que mi amo el ciego me dijo en Escalona, estando asido del cuerno. Aunque, de verdad, siempre pienso que el diablo me lo trae a la memoria por hacerme malcasado, y no le aprovecha».

[28] Entiéndase: 'ni le gusta este tipo de chanzas... ni es mujer para hacer esas niñerías'.

maravillaría alguno, viendo entrar en mi casa a tu mujer y salir della[29]. Ella entra muy a tu honra y suya. Y esto te lo prometo[30]. Por tanto, no mires a lo que pueden decir, sino a lo que te toca: digo a tu provecho.

—Señor —le dije—, yo determiné de arrimarme a los buenos[31]. Verdad es que algunos de mis amigos me han dicho algo deso, y aun por más de tres veces me han certificado que antes que comigo casase había parido tres veces[32], hablando con reverencia de Vuestra Merced, porque está ella delante[33].

[29] *alguno* recoge el «dichos de malas lenguas» anterior, por más que J. Cejador [1914] 238 eche en falta una subordinada, mientras G. Siebenmann [1953] 74 y J. Caso [1982] 107 n. 11 creen hallarse ante «una frase incompleta».

[30] «*Prometer*... vale también 'aseverar' o 'asegurar alguna cosa'» *(Dicc. de Autoridades)*. Cfr. A. Zamora. ed., *Por el sótano y el torno*, pág. 103, n.; y J. E. Gillet, III, pág. 54, n. 35. Nótese que el Arcipreste *promete*, con distingo de hombre escrupuloso, mientras la mujer *echa juramentos* y Lázaro *jura* «sobre la hostia consagrada».

[31] *arrimarse a los buenos:* cfr. I, n. 10.

[32] «¡O quantes infanten abans de lur temps, tements que no vengan a vergonya! Si lo arbre qui lurs malvestats cobra sabia parlar, ell diria qui·l ha despuyllat. ¿Quants te penses que sian los parts qui a mal lur grat són vengutz a bé, e ellas los giten a la fortuna? Los hospitals ho haben e los boscatges e los rius e los pous hon molts infants són gitats, e los peys, oçells e bèsties feras qui devorats los han» (Bernat Metge, *Obras,* ed. M. de Riquer, Barcelona, 1959, pág. 298). Cfr. también San Vicente Ferrer, *Sermons:* «¡O de la ribalda! Hom pensava que ere bona, e vejau quantes abhominacions fahya secretament, que per cobrir lo peccat [les dones] offeguen les criatures, o han parit ja una vegada o dues quan vénen al matrimoni» (ed. J. Sanchis Sivera, I, Barcelona, 1932, pág. 38); Rodrigo de Reinosa, *Coplas de las comadres:* «De un soltero abad.../ dos veces fui preñada,/ bebí el agua del esparto,/ con que dos veces moví [comp. *Arcipreste de Talavera,* pág. 127: '¡Quántas preñadas fazen mover...!'],/ y las criaturas metí/ so la tierra en un corral» (*Coplas,* ed. M. I. Chamorro, pág. 32); y F. Rico [1983] 414 n. 3.

[33] Cabe pensar que «ella» se refiere a «Vuestra Merced», no a la mujer de Lázaro, por más que a ésta remite el «delante della» de unas líneas más arriba. En los siglos XVI y XVII, en efecto, «un interlocutor a quien el hablante se ha dirigido valiéndose de sustantivos que lo representan con acatamiento o denuesto puede ser designado luego mediante el pronombre *él, ella*» (R. Lapesa, «Personas gramaticales y tratamientos en español», *Revista de la Universidad de Madrid,* XIX [1973], pág. 158). No conozco ejemplos de *Vuestra Merced* aplicado a un varón y representado por *ella;* sin embargo, en el italiano del siglo XVI (y en ciertos ámbitos, todavía de hoy), *Ella,* como luego *Lei,* sí es normal en función

Entonces mi mujer echó juramentos sobre sí[34], que yo
pensé la casa se hundiera con nosotros; y después tomóse
a llorar[35] y a echar maldiciones sobre quien comigo la había casado: en tal manera, que quisiera ser muerto antes
que se me hobiera soltado aquella palabra de la boca[36].
Mas yo de un cabo y mi señor de otro tanto le dijimos y
otorgamos, que cesó su llanto, con juramento que le hice
de nunca más en mi vida mentalle nada de aquello, y que
yo holgaba y había por bien de que ella entrase y saliese,
de noche y de día, pues estaba bien seguro de su bondad.
Y así quedamos todos tres bien conformes.

Hasta el día de hoy nunca nadie nos oyó sobre el caso;
antes, cuando alguno siento que quiere decir algo della, le
atajo y le digo:

—Mirá, si sois mi amigo, no me digáis cosa con que
me pese[37], que no tengo por mi amigo al que me hace pesar. Mayormente, si me quieren meter mal con mi mujer,
que es la cosa del mundo que yo más quiero y la amo más
que a mí, y me hace Dios con ella mil mercedes y más
bien que yo merezco. Que yo juraré sobre la hostia consagrada[38] que es tan buena mujer como vive dentro de

análoga. Vid. también N. Ly, *L'affrontement interlocutif dans le téâtre* de Lope de
Vega, Lille, 1981.
   Otra posibilidad de dar sentido al pasaje sería conjeturar una escansión jocosa: «había parido tres veces —hablando con reverencia— de Vuestra Merced,
porque está ella delante». En tal caso, la concatenación de ideas iría en otra dirección: «hablando con reverencia» (expresión usada al proferir un término
malsonante, como lo era *parir*) de la mujer de Lázaro, «porque está ella delante».
   [34] Entiéndase: conjuró males «sobre sí», si mentía, como «¡Nunca goce de mi
alma! ¡El diablo me lleve! ¡El diablo me afogue!» (*Arcipreste de Talavera*, página 103; cfr. M. Bataillon [1958] 200 n. 93).
   [35] Es decir, 'se echó a llorar'. Cfr. fray Antonio de Guevara, *Epístolas familiares*, II, 6: «Acordándose, pues, el triste rey..., tomámonos todos a llorar».
   [36] *palabra*: en sentido lato, 'conversación, cuestión', con la misma vaguedad
con que enseguida se dice «aquello».
   [37] *con que me pese:* cfr. arriba, I, n. 17; y III, n. 145.
   [38] La edición de 1573 suprime «sobre la hostia consagrada», así como el «insigne» que unas líneas más abajo califica a la «ciudad de Toledo».

las puertas de Toledo[39]. Quien otra cosa me dijere, yo me mataré con él[40].

Desta manera no me dicen nada, y yo tengo paz en mi casa.

Esto fue el mesmo año que nuestro victorioso Emperador en esta insigne ciudad de Toledo entró y tuvo en ella Cortes, y se hicieron grandes regocijos, como Vuestra Merced habrá oído[41]. Pues en este tiempo estaba en mi prosperidad y en la cumbre de toda buena fortuna[42].

---

[39] Entiéndase: la mía es tan buena mujer como [lo es cualquier mujer que] vive en Toledo... Recuérdese, por ejemplo, que Antona Pérez «confiaba» que Lázaro *no saldría peor* hombre» que su padre (pág. 22).

[40] El pasaje parece coincidir con la *Carta del Bachiller de la Arcadia al capitán Salazar:* «y si Vuestra Merced hace esto, yo me mataré... ¿No pasáis por el donaire? Aína me hiciera decir la cólera que yo me mataré con quien dijere mal de vuestro libro» (en Biblioteca de Autores Españoles, XXXVI, pág. 549 *b*, o bien CLXXVI, pág. 35 *a*). En un cuento de *Der Pfaffe Amis*, el paje simplón que se resiste a reconocer las maravillas del retablo, por más que le acusen de bastardo, afirma: «Aquí no hay nada pintado./ Nadie ve más que yo veo;/ quien otra cosa dijere,/ con él me querellaré» (así en la versión de M. Molho, *Cervantes: raíces folklóricas*, Madrid, 1976, pág. 60, quien apunta que «ese cómico desafío... bien podría ser un tópico de ingenuidad», y alude, al propósito, al *Lazarillo*).

[41] Sobre tales «Cortes», véase arriba, págs. 17*-20*.

[42] Desde la boda de Lázaro han pasado varios años («siempre en el año le da...»), de cuyo curso el pregonero se dice satisfecho: «hasta agora no estoy arrepentido» (pese a L. J. Woodward [1965] 50-51, A. Bell [1973] 86 y A. Deyermond [1975] 77-78). Pero «Esto fue...» y «en este tiempo estaba...» no pueden remitir al momento (más o menos lejano) de la boda, ni al de la conversación con el Arcipreste y la rabieta de la mujer (cfr. F. Carrasco [1982] 15-17), sino que, lógicamente, han de referirse al *último* episodio singular que emerge (distinguido por un pretérito indefinido, como en «casé con ella...», «hízonos alquilar...», «me habló un día...») en el marco de las acciones y situaciones que Lázaro narra en presente habitual («cuando alguno siento...», «no me dicen nada y yo tengo paz...»): el episodio singular de la redacción de la autobiografía, de la respuesta del pregonero a la carta en que «Vuestra Merced escribe se le escriba y relate el caso» («hasta *el día de hoy* nunca nadie nos oyó sobre el caso»).

Sobre el fondo de presentes habituales, «Esto fue...» y «en este tiempo estaba...» nos envían necesariamente a esa última estampa puntual deslindada en el relato; y, si en la frase en cuestión se combinan «oyó» y «el día de hoy», a su vez «fue» y «estaba» son pretéritos con valor de presente. Nos las habemos, en efecto, con un calco irónico del uso latino que los gramáticos llaman «pasado epistolar», en virtud del cual, preferentemente al final de una carta o en la conclusión de una obra literaria, el autor se coloca en la perspectiva de quien va a leerle y expresa en pretérito lo que todavía es presente cuando está escribiendo. Un paralelo ceñidísimo del cultismo, pero sin el tono jocoso que por fuerza tiene en la pluma de Lázaro, se encuentra en la estrofa con que acaba la *Cristopathia* de Juan de Quirós, publicada —precisamente— en Toledo y en 1552: «Cuando el autor en este estilo llano/ la gran pasión de Cristo celebraba,/ Máximo Carlo, emperador romano,/ sobre el Danubio en armas fulminaba,/ cuando a Germania su derecha mano/ y a la dureza del sajón domaba,/ testigo el Albis de su gran victoria,/ que por los siglos quedará en memoria» (pág. 153). Cfr. F. Rico [1970] 22-23 n. 19 y [1983] 424 n. 45.

Al añadir «De lo que de aquí adelante me suscediere, avisaré a Vuestra Merced», la edición de Alcalá (fol. XLVI) rompe la estructura cerrada, pero respeta el disfraz epistolar que desde el principio adopta el *Lazarillo* (véase arriba, páginas 65* y ss.). Pues esa coletilla recurre a una fórmula comunísima para terminar las cartas. Comp., por ejemplo, Lucio Marineo Sículo, *Epistolae ex antiquorum annalibus excerptae,* Burgos, 1497, fols. a5, a6 y vo., etc.: «Haec hucusque apud Capuam a me gesta sunt; caetera te in dies monebo», «Si quid interim de illo sensero, faciem te quamprimum certiorem»; Francisco Franco, *Tractado de la nieve,* Sevilla, 1569, fol. IV: «Si alguna cosa de nuevo se ofreciese acerca desta materia, en el mismo punto daré aviso dello a V. S.»; y A. Blecua [1974] 177 n. 347.

Variantes

La primera cifra remite a la página y la segunda a la línea en las que se halla o comienza la variante. *B, C* y *A* designan, respectivamente, las ediciones de Burgos, Amberes y Alcalá de Henares, 1554; para *X* e *Y*, cfr. arriba, págs. 14* y 129*. Las variantes marcadas con asterisco * son objeto de algún comentario en las notas a pie de página.

4/1   a las *BA*   a los *C*

17/8*   trebajando *B*   trebejando *CA*

16/2   algunas veces *BCA*   [Pero A. Blecua [1974] 178 observa: «Parece una errata del arquetipo *X* por 'algunas noches', que era el exigido en la correlación 'otras veces, de día'. No creo que se trate de una elisión irónica».

19/3   ni fraile *B*   ni de un fraile *CA*

23/6   duró *BA*   turó *C*   [Pero *B* y *A* podrían haber trivializado independientemente el *turó* de *X*. Cfr. abajo, 60/27 (y I, n. 74).

26/10   traía *B*   traían *CA*

26/11   muela *B*   muelas *CA*

26/14*   cosed *BC*   coged *A*

28/1   y su llave, y al meter de todas las cosas y sacallas era con tan gran vigilancia y tanto por contadero, que no bastara hombre en todo el mundo *B*   y llave, y al meter de las cosas y sacallas [sacarlas *C*] era con tanta vigilancia y tan por contadero, que no bastara todo el mundo *CA*

30/11   τ yo *B*   yo *CA*   [Cuando la conjunción copulativa antecede a una *i-*, *B* recurre siempre al signo de abreviatura (así en 87/5*, 108/4, 123/11 y 131/8), que parece preferible resolver con *e* (cfr. III, n. 72), según el uso moderno, que también aplico aquí.

31/16*   fingendo *BA*   fingiendo *C*

34/3   maltramiento *B*   maltratamiento *CA*   [La haplología o disimilación (*mal*trata*miento*) es una de las principales

139

fuentes de las erratas de *B;* cfr. abajo, 36/5, 79/11, 81/12, 81/13, 95/9, 116/5, 134/15 y quizá 96/8.

34/4   dende *B*   desde *CA*

36/5   muy dura *B*   muy madura *CA*

37/9   [*Intercalación de A.* Cfr. n. 109.

39/11   apertado *B*   apretado *CA*

40/6   a aquella *B*   aquella *CA*

40/8   y con *B*   con *CA*

41/12*   recontaba *B*   contaba *CA*

42/1*   meitad *B*   mitad *CA*

43/9   si un hombre *B*   si hombre *CA*

44/25   dígole *B*   díjele *CA*

45/4   encima de nós caía *B*   encima nos caía *CA*

46/1   dejéle *B*   déjole *CA*

46/2   tomé *B*   tomo *CA*

51/7   podía *B*   pudiera *CA*

51/16*   corneta *B*   concheta *C*   concha *A* [Creo que puede darse por seguro que *B* reproduce la lección del arquetipo. En efecto, si ahí se hubiera hallado *concha* o *concheta,* no se ve razón para no seguir cualquiera de esas dos formas. En cambio, si *X* (como también *Y*) traía *corneta,* se comprende que *C* y *A* buscaran remediar la que a ambas ediciones se les ofrecía como errata indudable, por más que J. Caso [1967] 85 piense que *corneta* (relacionable con el fr. *cornette*) pudo designar el «bonete eclesiástico» o «alguna otra prenda semejante» usada «al ofertorio para la presentación de la ofrenda» (en tanto J. Gómez-Menor [1978] 109-115 opina que el original escribiría *corveta,* es decir, corbeta, diminutivo de **corbe,* del latín *corbis* 'cesta'). Por mi parte, edito *concheta,* porque me parece ligeramente más probable que el tipógrafo entendiera como *corneta* el *cõcheta* —mejor que *concha*— del manuscrito que utilizaba, y porque *concheta* supone una *variatio* expresiva respecto al *concha* de la línea 12 y casa bien con otros diminutivos en *–eto* empleados en la novela (vid. I, n. 81). Sin embargo, *concha* es asimismo lectura perfectamente aceptable; cfr. A. Rumeau [1969 *b*] 494 y A. Blecua [1974] 179.

52/8   cofradías *B*   confradías *C*   cofadrías *A*

53/7*   la echase *B*   le echase *CA*

53/8   aqueste *B*   este *CA*

53/12   sería *B*   serían *CA*

55/7*   arte *BC*   arcaz *A*   [De ser inevitable corregir la lectura de *X* e *Y*, la conjetura de A. Blecua [1974] 180 se diría excelente: *arca*.

55/9   algunas *BC*   alguna *A*

56/10   allegar *B*   llegar *CA*

58/3*   recado *B*   recaudo *CA*

58/5   cerrar la puerta *B*   cerrar puerta *CA*

60/5   cabo otro *B*   cabo a otro *CA*

60/23   de las paredes *B*   de paredes *CA*

60/27   turan *BC*   duran *A*

61/6*   cierrase *B*   cerrase *CA*

63/1*   deyuso *BCA*   [¿Error de *X* o del autor?]

63/9   a los diablos *B*   al diablo *CA*   [Pero cfr. páginas 53/10, 65/9, 115/10.

64/4   era yo *B*   yo era *CA*

64/11*   ca *B*   y *CA*

66/5   para mí se envolvía *B*   para mí y se envolvía *CA*   [La copulativa queda embebida en el *mí* anterior; cfr. 105/7.

66/18   o culebro *B*   o el culebro *CA*

67/11   estorbasen *B*   estorbase *CA*

68/18   un tan gran golpe *B*   tan gran golpe *CA*

70/18   remediar *B*   demediar *CA*   [La lectura de *B* probablemente es una trivialización.

71/6   tórnase *B*   se torna *C*   se tornó *A*

71/15   un amo *BC*   un buen amo *A*

73/6   llevó tras sí *B*   llevóme tras sí *CA*

74/6   paresce *B*   parecía *CA*

76/2*   que aún que no eran *B*   que aún no eran *CA*

76/17*   pude: –Señor *B*   pude, le dije: –Señor *CA*

78/5   y mi amo comenzó *B*   comenzó *CA*

79/9   si sobre *B*   y sobre *CA*

79/10   del cual color *B*   del cual el color *CA*

80/6   que sé *B*   que bien sé *CA*

81/2   que mis trabajos *B*   que con mis trabajos *CA*

81/11   y sayo *B*   sayo *CA*

81/12   vístese muy a su placer *B*   vísteseme muy a su placer *CA*

81/13   puso su espada *B*   púsose su espada *CA*

82/19*   pariente al conde de Arcos *BC*   pariente del conde Alarcos *A*

83/5*   aun agora es de mañana *B*   aunque agora es de mañana *CA*

83/6   muy bien almorzado *B*   bien almorzado *CA*

84/2   se pasó ayer todo el día sin comer con aquel mendrugo *B*   se pasó ayer todo el día con aquel mendrugo *CA*

84/4   un día y una noche *B*   un día y noche *CA*

84/10   sufrirán *B*   sufrirían *CA*

84/12   estas cosas y otras muchas *B*   estas cosas *CA*

84/14   como lo vi trasponer, tornéme a entrar *B*   tornéme a entrar *CA*

86/1   cuanto estaba caliente *B*   cuanto caliente *CA*

86/10   era bien *B*   bien era *CA*

88/3   entro *B*   entré *CA*

88/11   a la cual *B*   a lo cual *CA*

88/23   como *B*   come *CA*

89/15   deseaba aquel pecador *B*   deseaba quel pecador

C deseaba que aquel *morador A*

89/23   verá *B*   vee *C*   vea *A*

90/11*   avia [¿había en'?] *B*   había *CA*

90/15   si hoy no hobiera *B*   si no hubiera hoy *C*   si no hubiere hoy *A*

91/10   mējoría *B*   mejoría *CA*

91/10   no solo me mantuviese *BC*   no solo no me mantuviese *A*

91/19   hecho *B*   hecha *CA*

91/21   o nadie *B*   y nadie *CA*

92/3   aquéste de haber *B*   aquéste es de haber *CA*

93/9   moradores *B*   moradores della *CA*

93/10   ni hablaba palabra *B*   ni hablar palabra *CA*

93/14   laceria que les traía *B*   laceria que les traían *C*   laceria que ellas tenían *A*

94/3   lo estuvimos *B*   los estuvimos *CA*

94/6   toca *B*   tocaba *CA*

94/8   escarbando los dientes que nada entre sí tenían *B*   escarbando los que nada entre sí tenían *CA*   [*B* no capta la ironía del original.

95/3   deseo que se acabe *B*   deseo se acabe *CA*

95/9   me lo diciendo *B*   me lo dio diciendo *CA*

96/8   venían luego *B*   venía luego *CA*

96/8   a par del lecho *B*   par del lecho *CA*

96/8   ser mujer del defunto *B*   ser su mujer del defunto *CA*   [Cfr. arriba, 34/3.

97/15   la aldaba *B*   el aldaba *CA*

99/1   no errábades en no quitárselo *B*   no errábades en quitárselo *CA*

99/11   te hago *B*   hágote *CA*

99/12   vees *B*   ves *CA*

99/20-100/1*   ponerle las manos *B*   poner en él las manos *CA*

100/7*   maña *B*   manera *CA*

100/12   bésoos *B*   besos *CA*

102/11*   docientas veces mil maravedís *B*   docientos mil maravedís *C*   docientas mil maravedís *A*

103/9   servir con estos *B*   servir a estos *CA*

103/12   y las más y las más ciertas *B*   y las más ciertas *C*   y lo más cierto *A*

104/1*   sois librados *B*   sois librado *CA*

104/3   un hombre *B*   hombre *CA*

105/1   tan bien otro *B*   tan bien como otro *CA*

105/7   donde lo oyese *B*   donde él lo oyese *CA*   [Cfr. 66/5.

105/9   riñese *B*   reñiese *CA*

105/9   con algún su criado *B*   con alguno su criado *CA*

106/9   alquiler *B*   alquilé *CA*

106/10*   de dos en dos meses *B*   de dos meses *CA*

107/7   díjele *B*   díjeles *CA*

107/8   desde que *B*   desque *CA*

108/4   muchas τ infinitas veces *B*   muchas veces *CA*

108/7   lo que preguntaban *B*   lo que me preguntaban *CA*

108/8   di todo lo que sabes *B*   di lo que sabes *CA*

109/3   le dije yo *B*   les dije *CA*

109/18   había *B*   habían *CA*

109/21   aunque *B*   y aunque *CA*

110/3   podría *BC*   podía *A*

112/5   pienso que nadie *B*   pienso nadie *CA*

113/5   verdiniales *B*   verdiñales *CA*

114/2*   si sabían *BC*   si sabía *A*

115/3   E otras *B*   y otras *CA*

116/5   desembarazar *B*   de desembarazar *CA*

116/10*   las bulas que predicaba que eran falsas *B*   las bulas que predicaba eran falsas *CA*

116/12   llevar el alguacil *B*   llevar al alguacil *CA*

116/15   a dormir, se fue, y así nos echamos *B*   a dormir,
así nos echamos *C*   a dormir, y así nos echamos *A*

117/1*   tras *B*   atrás *CA*

117/11   quisiéredes *B*   quisierdes *CA*

118/12   echar el alguacil *B*   echar al alguacil *CA*

118/20   hay más que decir *B*   más hay que decir *CA*

119/6   lo perdono *B*   le perdono *CA*

119/11*   y dando *BA*   dando *C*

121/5   alderredor *B*   alrededor *CA*

121/13   a que *B*   aquí *CA*

122/10   demándole perdón y confesó *B*   demandándole
perdón, confesó *CA*

122/13*   reciba *B*   recibía *CA*

123/4   de aquellos alderredores *B*   de aquellos alrededores
C   de aquellos alrededor *A*

123/7   cuando él hizo *B*   cuando se hizo *CA*

123/8   creí que ansí como otros muchos *B*   creí que ansí
era, como otros muchos *CA*

123/9   que a mi amo *B*   que mi amo *CA*

123/12   [*Intercalación de A*. Cfr. n. 42.

125/1   deben hacer *B*   deben de hacer *CA*

125/4   [*Intercalación de A*. Cfr. n. 43.

126/1   un asno *B*   un buen asno *CA*

129/6   [*Intercalación de A*. Cfr. n. 13.

130/1   yo *BA*   y yo *C*

131/3   me casé con ello *B*   me casé con ella *CA*

132/7   [*Intercalación de A*. Cfr. n. 27.

134/15   si sois amigo *B*   si sois mi amigo *CA*

135/1   Quien *B*   Y quien *CA*
135/7   regocijos *B*   regocijos y fiestas *CA*
135/9   [*Adición de A*. Cfr. n. 42.

APÉNDICE BIBLIOGRÁFICO

por
Bienvenido C. Morros

NOTA PREVIA

A lo largo del presente volumen, el nombre de un autor seguido por un año [entre paréntesis cuadrados] supone una llamada a la bibliografía aneja. Cuando de un autor hay varias publicaciones que llevan la misma fecha, de la segunda en adelante se las identifica en la Introducción y en las notas al texto añadiendo a la mención del año una letra *(b, c, d...)* que las dispone en el mismo orden adoptado en la relación bibliográfica. En los casos en que de un determinado ítem existen reimpresiones, reediciones o traducciones corregidas o aumentadas, normalmente se da el año de la primera publicación y se precisa a qué texto corresponde la paginación dada (por ejemplo, «M. Bataillon [1958: trad. 1968] 27», remite a la pág. 27 de la versión castellana de 1968, no del original francés de 1958) o bien en la bibliografía se marca con un asterisco * la reimpresión, reedición o traducción a la que habitualmente refieren las citas: así, a propósito de «E. Asensio [1967] 88», el asterisco que en la ficha de la bibliografía antecede a *La España imaginada de Américo Castro*, Barcelona, 1976, indica que la página 88 en cuestión pertenece a ese libro, y no a la revista en la que primero se publicó el artículo «La peculiaridad literaria de los conversos», *Anuario de estudios medievales*, VI (1967.).

Nuestra Bibliografía intenta recoger las principales aportaciones que en este siglo se han hecho al conocimiento del *Lazarillo de Tormes;* se incluyen asimismo los trabajos de conjunto sobre la picaresca que le han dedicado mayor atención y las obras que en las páginas anteriores se han citado con la sola mención de autor y año. No poseemos todavía una bibliografía exhaustiva de nuestra novela, pero quien desee referencias más amplias puede recurrir a los repertorios de J. L. Laurenti [1966, 1968, 1970, 1973, 1981 y en prensa] y J. Simón Díaz, *Bibliografía de la literatura hispánica*, XII, Madrid, 1982, págs. 689-691, y a los panoramas de D. S. Keller [1954], B. Damiani [1970], A. Deyermond [1975], J. V. Ricapito [1980] y Pedro M. Piñero, en *Historia y crítica de la literatura española*, ed. F. Rico, vol. II: *Siglos de Oro: Renacimiento*, ed. F. López Estrada, Barcelona, 1980, págs. 340-381 (con antología de la crítica). La información sobre las traducciones del *Lazarillo* se hallará en otro volumen de esta colección (cfr. pág. 135*).

Las indicaciones que siguen no pretenden ser un panorama completo y suficiente del estado actual de las investigaciones sobre el *Lazarillo*, sino una guía al estudio de las cuestiones —mayormente, de crítica literaria— que se tratan de manera más sucinta en la Introducción y en las notas de la presente edición. Hay, pues, una serie de puntos que aquí no se consideran, porque el lector puede formarse una idea adecuada al respecto gracias a lo dicho en otros lugares de este volumen, y es en ellos donde deben buscarse las orientaciones adecuadas sobre la bibliografía en torno a los problemas ecdóticos, las atribuciones o las fuentes de la novela, por ejemplo, así como la noticia de los trabajos consagrados a asuntos de detalle (explicación de palabras o pasajes aislados, etc.). He dedicado atención especial, lógicamente, a los estudios que han ejercido mayor influencia en la bibliografía posterior o han tendido a aclarar orgánicamente más aspectos del *Lazarillo;* y con frecuencia me ha parecido más satisfactoria para el lector y más justa para el autor una alusión rápida al contenido de un artículo que un sumario siempre demasiado breve.

B. C. M.

Las interpretaciones del *Lazarillo* son tan antiguas como la misma novela; pues como interpretaciones deben entenderse, por ejemplo, las novedades (título, epígrafes, división en capítulos...) que la edición príncipe introdujo en el manuscrito que llegó a manos del impresor (cfr. pág. 130*), o las interpolaciones del texto de Alcalá, que subrayan la convergencia de los varios ingredientes del relato en «el caso» final (F. Rico [1970] 33 n. 29); e interpretaciones son asimismo la seguridad con que la *Segunda parte* de 1555 combina las apariencias de carta y la imitación de Apuleyo (vid. págs. 66*, n. 32, y 57*), y la inclusión de la obra en el Índice inquisitorial de 1559... Pero la época moderna en los estudios sobre el *Lazarillo* se abre con una monografía de A. Morel-Fatio [1888], quien, con un positivismo no incompatible con la finura, examinó por primera vez los principales problemas del libro: ediciones, filiación literaria (cfr. pág. 38*), autoría. R. Foulché-Delbosc [1900] precisó varios detalles en las aportaciones de su compatriota y, aduciendo indicios como las miniaturas de las *Decretales* (vid. página 88*) y una alusión de Francisco Delicado (pág. 80*), propuso una conjetura de larga vida: la existencia de un Lázaro tradicional y de «un viejo relato del cual alguno o algunos [episodios] habrían pasado a la novela castellana».

Por las mismas fechas, poco de valor se escribía en España sobre el *Lazarillo*. Menéndez Pidal [1899], en una antología escolar, puso al capítulo del escudero una anotación sobria, de una pertinencia que muchas veces se busca en vano en la edición de J. Cejador [1914], no carente, sin embargo, de materiales útiles. Pero como Menéndez Pelayo apenas le dedicó una docena de líneas en los *Heterodoxos* (IV, x, 18), el *Lazarillo* se quedó sin lo que don Marcelino legó en tantos otros casos:

una digna explicación *vulgata* que situara la obra en el panorama literario de los españoles cultos. Azorín, otro nombre de extraordinaria influencia en la opinión literaria de la época, estuvo poco acertado al difundir una idealización del escudero como encarnación de «la grandeza española» [1905, 1912]; pero su rechazo del «pretendido realismo de la novela picaresca», a partir de ciertos lances «inverosímiles» del *Lazarillo* [1914], marcó significativamente la crítica española durante casi medio siglo.

Por mucho tiempo, en efecto, el *Lazarillo* apenas recibió atención en España sino en tanto una pieza más de la «novela picaresca», vista como un problema nacional antes que como una variedad artística. Esa perspectiva (no ajena ni siquiera a Américo Castro [1935]) era la de un liberal como Gregorio Marañón, en [1941], cuando reprochaba al autor anónimo el pesimismo, la tendencia a disculpar las fechorías del personaje y, en definitiva, una visión negativa de España. Y era, más comprensiblemente, la perspectiva del integrista A. González Palencia, en fecha tan significativa como [1944] y en una revista tan caracterizada como *Escorial*, cuando leía el *Lazarillo* como una deformación sistemática de la realidad y negaba cualquier «valor de documento histórico» a las hambres del protagonista, alegando el desarrollo de la ganadería en el siglo XVI y evocando el cocido «sano y alimenticio». (Por los mismos años, sin embargo, Camilo José Cela, entre otros narradores, reivindicaba implícitamente la fuerza realista del *Lazarillo*, al recrear no pocas sugerencias suyas en *La familia de Pascual Duarte* y al fraguar unas *Nuevas andanzas y desventuras de Lázaro de Tormes* en la España contemporánea.)

Fuera de nuestro país, la aportación temprana más significativa se debe a F. C. Tarr [1927]. Contra lo pensado por A. Bonilla [1915], y luego, entre otros, por A. A. Sicroff [1957], F. Ayala [1960] y E. Suárez Galván [1977-1978], Tarr no sólo cree que no hay el menor indicio de fragmentarismo en el libro, sino que la unidad de éste no puede llegar a apreciarse en otra configuración que en la que nos ha sido transmitida. La obra comprende «procesos» o «etapas», perfectamente entrelazadas, donde la última «es resultado natural de la anterior y juntas forman un todo orgánico»: mientras los primeros tres tratados están articulados sobre el motivo del hambre, cada vez mayor, los cuatro últimos llevan al protagonista al «buen puerto» anunciado en el prólogo. La disposición climática enhebra los distintos episodios del capítulo I, desde que el ciego introduce a Lázaro en el difícil camino de la vida, y enlaza los capítulos I, II y III: Lázaro ha pasado de un amo que todavía le daba alguna vez de comer a otro que suele escamotearle la comida casi siempre, pero sirve a un tercero que no podrá ofrecerle absolutamente nada y al que, por el contrario, deberá alimentar. Y, para colmo, el entierro con que topa Lázaro le impide disfrutar del único festín que le ofrece el hidalgo. Desde el final del III al V, Lázaro ha perdido protagonismo para convertirse en un simple observador: el capítulo IV, por añadidura, no es más que un párrafo de transición, similar al primer párrafo del capítulo I o a las primeras líneas del II. A partir del VI, Lázaro empieza a narrar la ascensión social que alcanzará en el VII. Pero, aun con ascensión social, el libro termina como empieza, con un caso de amancebamiento.

Treinta años después, C. Guillén [1957] también defiende la unidad del *Lazarillo*, según la idea bergsoniana de que «en la temporalidad está la clave de la composición novelesca». El *Lazarillo* es una «epístola hablada» donde el protagonista se confiesa al amigo de su protector; y Lázaro ha de seleccionar los hechos de su existencia pasada que mejor expliquen los rasgos fundamentales de su persona: entendiendo la obra como una 'relación', «ya no nos extraña que la forma de la narración no se amolde perfectamente al continuo transcurso del tiempo». La vida de Lázaro, pues, está dispuesta en un tiempo «de andadura y velocidad cambiantes»: en un principio, la vaguedad cronológica y el tiempo rápido ilustran de maravilla la niñez del héroe y su ignorancia del mundo; después, en los capítulos del ciego, del clérigo y del escudero, la aparición de numerosas referencias cronológicas subraya la dolorosa experiencia del protagonista; y, una vez el aprendizaje de Lázaro ha concluido, la acción se precipita hacia el final: ahora «el hombre maduro pone en práctica las lecciones de su adolescencia con la rapidez y decisión que caracterizan el ritmo de los últimos capítulos».

Para Raymond S. Willis [1959], también los primeros tres

capítulos, narrados en un tono confesional, abarcan la niñez del pícaro; los tres siguientes representan un interludio en la vida del protagonista, compuesto por dos breves 'satélites' (IV y VI) y un núcleo (V) donde Lázaro contempla como mero espectador los engaños del mundo; y el último corresponde a la madurez del protagonista, cuya experiencia no tiene sentido si no es a la luz de la de Lazarillo: el desengaño progresivo del niño quiere, estéticamente, el complemento de la aquiescencia cínica del adulto, sin demorarse demasiado en el paso de uno a otro estado.

M. Bataillon [1958] fijó los problemas más debatidos por la crítica posterior. La deuda del anónimo con el folclore (vid. arriba, págs. 78*-83*) es bastante clara, desde varios episodios del capítulo I, como el de las uvas, el del jarrazo o el del topetazo del ciego contra el poste, a todo el capítulo III, «una obra maestra de creación fundada en base folclórica» y, particularmente, en la pareja del escudero y su criado; la autobiografía no sólo da unidad a las aventuras de Lázaro, sino que, además, «es por sí misma un factor de realismo», en correlación con otros procedimientos menos decisivos (el empleo de nombres de lugar o la mención de fechas históricas). Pero la verdadera unidad del *Lazarillo* «se crea por la memoria de Lázaro, que recuerda y compara...»; y cada uno de los episodios que lo componen se presenta como más o menos unitario: si la acción del capítulo III se explica en función del chascarrillo de la «casa lóbrega y oscura», la del capítulo II se centra en la lucha que mantienen Lázaro y el clérigo en torno al arcaz, mientras la primera y la última escena del capítulo I «encuadran con gran arte los meses de aprendizaje». El *Lazarillo* es una obra de corte 'realista' sólo en tanto que la realidad que allí se refleja estaba previamente elaborada por la tradición.

Por el contrario, M. R. Lida de Malkiel [1964] reduce la deuda para con el folclore «a la utilización de cuatro o cinco motivos en el tratado I y de dos o tres en el III» (vid. arriba, pág. 82*, n. 9) y juzga que en el *Lazarillo* tan parvo material cumple una función estructural. Más que las bromas en sí que puedan gastarse Lázaro y el ciego llama la atención el 'realismo psicológico' con que están reelaboradas. Entre los tres primeros capítulos, hay una serie de paralelos que ilustran en cada caso los sufrimientos del protagonista y la relación de éste con sus respectivos amos: el fardel cosido y descosido del ciego tiene su análogo en el arcaz agujereado del clérigo y aun en la bolsilla vacía del escudero. Los capítulos II y III, en cualquier caso, abandonan por completo el folclore y adoptan una forma más novelística. «Lo distintivo del *Lazarillo* —acaba concluyendo M. R. Lida— es la serie de amos, de suerte que el libro nació de veras al superar la deuda folclórica del tratado I, quizá por inspiración del *Asno de oro.*»

En [1966], F. Rico identificó «el caso» que se menciona en el prólogo con «el caso» que se cuenta en el último capítulo (el *ménage à trois* entre Lázaro, su mujer y el Arcipreste) y, por ahí, explicó el *Lazarillo* como respuesta a la pregunta formulada por «Vuestra Merced» sobre tal asunto. El núcleo del libro está en su final; y de esa circunstancia depende su unidad y estructura: «a 'el caso'... han ido agregándose los restantes elementos hasta formar el todo de la novela». Las circunstancias más recordadas de los doce años que pasó al amparo de su madre (las persecuciones «por justicia», el arrimarse «a los buenos», las entradas y salidas del Zaide...) reaparecen al final como ingredientes de «el caso»; o el comportamiento del escudero condicionado por el qué dirán tiene fácil contrapartida en la decisión final de Lázaro de no mirar a «lo que pueden decir» y sacar, a cambio, provecho a su nueva situación.

En [1970], ahonda en el contenido ideológico de la obra, estrechamente unido a la técnica narrativa. La construcción del *Lazarillo* podría responder a un arquetipo bastante próximo al poema correlativo, en cuya conclusión se recogen todos los elementos diseminados previamente. Fiel a la ilusión autobiográfica y satisfaciendo la exigencia humanística de verosimilitud, la novela nos muestra un mundo sólo revelado a través de los sentidos de Lázaro y Lazarillo. A diferencia de la tercera, la primera persona supone una percepción singular y subjetiva de la realidad, ya de por sí variable e incierta; es el «yo» quien la configura y revela con igual incertidumbre y versatibilidad. Como el niño, el Lázaro adulto de «el caso» «no deja constancia sino de lo que ve y oye», y la «prosperidad» que disfruta al final de la obra constituye —para él— la mejor prueba que la suya «es tan buena mujer como vive dentro de las puertas de

Toledo». Semejante forma de narrar explica el desenlace y anu-
da todos los hilos de la novela. «Pues Lázaro ordena su *vida* del
mismo modo que presenta el encuentro con el hidalgo o el milagro del buldero: a lo largo del libro, propone unos datos con
interés propio; y en el último capítulo, introduce un elemento
—*el caso*— que da otra significación a los materiales allegados
hasta el momento». Pero ni «el estilo lingüístico» ni el sentido
último de la obra desdicen del planteamiento narrativo. Lázaro
revela que su propósito no ha sido otro que «mostrar cuánta
virtud sea saber los hombres subir, siendo bajos; y dejarse bajar, siendo altos, cuánto vicio», y que ha escrito el caso «porque
consideren los que heredaron nobles estados cuán poco se les
debe...». Pero ¿qué tesis pretende ilustrar Lázaro con el relato
de su vida? ¿Que realmente ha ascendido en la escala social?
¿Que, por el contrario, no ha dejado de ser el personaje ínfimo
que era cuando niño o que sólo a ese «buen puerto» puede llegar un rufián como él? Las tres soluciones (posibles en la mentalidad del siglo XVI) se afirman y se niegan en la novela con
parecida facilidad; y la aceptación de una de ellas sólo depende
de la persona a quien se aplica. «El *yo* es la única guía disponi-
ble en la selva confusa del mundo; pero —no lo olvidemos—
guía parcial y del momento, tan cambiante como el mismo
mundo, y, por definición, de ella no cabe extraer conclusiones
firmes..., con pretensiones de universalidad».

   F. Lázaro Carreter [1968] sitúa el *Lazarillo* en un contexto
donde los géneros narrativos experimentan una renovación
impulsada por el uso de la autobiografía y por el requerimiento
de verosimilitud; dentro de ese contexto, Luciano más que
Apuleyo tiene un peso específico en nuestra novela: tanto *El
asno* como *El sueño,* monólogos que se atribuyen al samosaten-
se, presentan interesantes concordias con el *Lázarillo.* En el segundo, Luciano, al igual que Lázaro, cuenta «su historia desde
un final satisfactorio». Pero, además, el pregonero de Toledo
sigue el mismo patrón epistolar que Francisco López de Villalobos: «Expetis me... status fortune mee narrationem explici-
tam».

   En [1969], rechazó las explicaciones 'psicologistas' de Tarr y
advirtió en la novela un esfuerzo por trascender la arquitectura
de la narración en sarta. La simetría constituye un artificio de

origen folclórico, pero, en manos del anónimo, recibe un sentido y tratamiento nuevos: aparte de asegurar la trabazón de toda la novela, los destinos contrapuestos del padre y del hijo o las soluciones paralelas que la madre y Lázaro dan a sus vidas confirman el 'determinismo hereditario' del cual nuestro protagonista no ha podido escaparse. Asimismo el autor del *Lazarillo* infunde un sentido original y una forma casi novelesca a los materiales y recursos de raigambre folclórica que utiliza en los primeros tres capítulos. Los movimientos iniciales de Lázaro se someten a los esquemas de la narrativa popular (nacimiento en el río, padre molinero y ladrón...), pero, a diferencia del folclore, tales incidentes influirán en el comportamiento futuro del protagonista; y si nuestro autor continúa su relato con la pareja ciego-mozo no es sólo porque la hallaba formada en la tradición, sino también y especialmente porque, «dados sus fines de mostrar el fracaso de una vida como consecuencia —en parte— de un extravío educativo», quería aprovechar las posibilidades de educador o guía que el folclore atribuía a la figura del ciego. Lázaro, pues, se ha formado con el ciego; y dicha formación transcurre entre dos hechos simétricos, dispuestos según el esquema folclórico del tipo «burlador burlado»: el testarazo que el ciego asesta a Lázaro golpeándolo contra el toro y el topetazo del ciego contra el poste que ha planeado el niño. Pero entre las dos tretas el autor ha introducido otras que alteran y dilatan el esquema; y presentando a Lázaro airoso en casi todas ellas, el anónimo buscaba que su protagonista se olvidara de la «gran calabazada» inicial, viviera entonces descuidado y por consiguiente pudiera ocurrirle un segundo descalabramiento (el jarrazo) que encrespara los ánimos entre los dos personajes y provocara la venganza final de uno de ellos. El proceso ahora descrito aleja el *Lazarillo* del cuento folclórico, por cuanto rompe el esquema casi geométrico con que éste compone los episodios y deja vislumbrar, a cambio, una forma incipientemente novelesca. En el topetazo del ciego contra el poste concurren los sentimientos (de la admiración al odio) que poco a poco van suscitándose en Lázaro al hilo de una serie de burlas tradicionales; y en él no hay más que un recuerdo formal de la calabazada del niño contra el verraco: el de la imagen taurina.

En relación al primero, el capítulo segundo representa una fase aún más intensa de la avaricia del amo y del hambre del mozo. Pero Lázaro padecerá, si cabe, mayor necesidad sirviendo al escudero y acabará por establecer una serie de correspondencias entre ésta y situaciones anteriores. Presiente, así, la absoluta carencia que debe soportar con el hidalgo cuando al servicio del clérigo expresa el temor de topar todavía con un amo «más bajo» y «peor»; la mala vida que lleva con aquél, sólo comparable a la muerte, sugiere ya la descripción que hace él mismo de la casa del escudero; y, por si fuera poco, Lázaro termina alimentando a su nuevo amo. Paradojas como esas vertebran todo el capítulo II y se explican también en relación con los capítulos anteriores: el mozo, que antes asaltaba el arcaz del clérigo, ahora trae «en el *arca* de su seno» un mendrugo de pan que el escudero puede llevarse a la boca; o el niño, que había abandonado al ciego y había sido expulsado por el clérigo, aquí resulta «ser dejado» por el escudero.

A partir del IV, los capítulos dejan de articularse internamente y se introducen de manera atropellada, por más que siguen dependiendo de «el caso» final: todos ellos están unidos por la capacidad de tomar decisiones que se le atribuye ahora al protagonista. Y Lázaro alcanza por fin un «oficio real»; pero, aun de funcionario público, no podía zafarse de su destino hereditario, ni de su linaje ni de la educación recibida; y al final parece relacionarse la deshonra del nuevo pregonero de Toledo con unas Cortes con motivo de las cuales difícilmente podrían hacerse «grandes regocijos».

M. Bataillon [1937 y también 1958] pensó que la autobiografía de Lázaro no pudo ser «concebida por una cabeza erasmista» y no vio en el anticlericalismo del anónimo nada que «difiera de la sátira de los *fabliaux*». M. J. Asensio [1959], por el contrario, creyó descubrir en la novela ciertas afinidades con las tendencias de los dejados y aun con la de los alumbrados: la irreverencia para con el Santísimo Sacramento, la falta de alusiones a Jesús y a la Virgen María, etc. Para F. Márquez Villanueva [1968], la influencia de Erasmo sobre el *Lazarillo* comprende tantos y tan variados aspectos, que no hay punto de la novela que se desentienda de la ideología de aquél e incluso de tendencias reformistas más amplias: aspectos tan relevantes como el 'realismo' de la obra, la transición de uno a otro Lázaro o la coincidencia en materia religiosa y aun en frases muy características del *Lazarillo*. Por ejemplo, oraciones 'milagreras' como las que reza el ciego son «el blanco favorito de los erasmistas» y constituyen «de por sí un sello ideológico»; la forma en que viven el clérigo de Maqueda, el mercedario, el echacuervos y el Arcipreste no revela sino que ninguno de ellos cree en nada; o la 'donosa denuncia' del escudero contra la inversión de valores en la Corte es también de sesgo erasmita. Además, Erasmo llegó a originar en España un «brote» de literatura picaresca, marbete éste que de 1517 a 1529 recoge obras de géneros muy diversos: se trata de una literatura que, como la pintura flamenca, «no se limita en absoluto a dar fe de lo que ve, sino que busca la manera de definir con toda la crudeza que estime necesaria una crítica del natural conforme a las ideas centrales de la *philosophia christi*»; y, con los *Adagia*, puso de moda el cuadro cuya clave iconográfica es algún dicho o refrán. Lázaro encarece el éxito que supone para él conseguir el puesto de pregonero, porque ha conculcado la teoría medieval que adscribe a cada individuo a un lugar en la jerarquía social y de acuerdo con la cual pretender alterarla implica una rebelión contra la providencia divina. Lázaro, pues, comete conscientemente un pecado con connotaciones teológicas, en connivencia con la moral derivada del nuevo sistema económico; y sólo podemos comprender la gravedad de ese pecado dentro de un contexto erasmista, «donde su condena es un lugar común». Pero el anónimo también simpatiza con el iluminismo: el contraste entre la oración «secreta» y la vocal, el desinterés por los sacramentos...

V. García de la Concha [1972], por su parte, negó que hubiera en el *Lazarillo* ninguna intención religiosa específica y, menos aún, que ésta, de existir, fuera de signo erasmista o iluminista. Los usos que hacen los personajes de las distintas oraciones que se mencionan en la obra no arguyen una particular denuncia de la religiosidad oficial del país en el siglo xvi, como tampoco hacen pensar en vivencias o creencias religiosas concretas. Parodias del lenguaje sagrado y la liturgia como las del capítulo II son frecuentes en la literatura española anterior (cfr. también E. Asensio [1967]); la frase «le vi oír misa», perteneciente al capítulo III, «se inscribe en el proceso descriptivo de observación y juicios que Lázaro va haciendo sobre el escudero»; y juramentos semejantes a los de la mujer de Lázaro parecen habituales incluso entre los mismos inquisidores. L. J. Woodward [1977], en cambio, supone el *Lazarillo* escrito cuando las ideas de los alumbrados todavía eran objeto de discusión; y piensa que en nuestra novela concurren nociones religiosas de tendencias contrarias: de acuerdo con la ideología de los alumbrados, Lázaro implora y recibe la ayuda de Dios en aspectos tan cotidianos de la vida como el alimento y el ahorro; pero, siguiendo enseñanzas tradicionales (Melchor Cano a la cabeza), estabiliza su situación social y económica gracias al sacramento del matrimonio. Recientemente, T. Hanrahan [1983] ha pretendido identificar algunos elementos del *Lazarillo* con la doctrina de Lutero, convencido de que los asuntos religiosos censurados por el anónimo deben verse según posiciones teológicas, y no desde actitudes meramente formales. Sin embargo, también hay quienes niegan cualquier vinculación de nuestra novela con movimientos reformistas. Así, J. Joset [1967] concluye que ninguno de los pasajes del *Lazarillo* por él analizados descubren un pensamiento erasmista, sino que, más bien, cada uno de ellos «se sitúa dentro de la sátira anticlerical tal y como ha sido practicada en la Edad Media». A. Deyermond [1975] se pronuncia en idénticos términos. F. Ayala [1971], finalmente, no acaba de decidirse al respecto: «aun la mera repetición de los temas viejos tendría que adquirir ['en una atmósfera tan caldeada como la de aquellos años'] un sentido actual y beligerante».

No siempre las coincidencias entre nuestra novela y la producción erasmiana se han reducido al ámbito exclusivamente religioso. A. Wiltrout [1969] advierte algunos paralelos entre la *Opulentia sordida* de Erasmo y la autobiografía del pregonero de Toledo, desde las actuaciones de Gilberto y Lázaro frente al problema del hambre al estilo desenfadado y conversacional que utilizan ambos autores. F. Lázaro [1969] y M. Bataillon [1971] han aducido también varias posibles concordancias de la *Moria* con la carta de Lázaro (véase arriba, pág. 123*).

R. W. Truman [1969] tiende a considerar la carrera de Lázaro como parodia del «homo novus» descrito en numerosos tratados humanísticos sobre la nobleza: en pie de igualdad con el nacido noble, el humilde podía conseguir idéntica o mayor nobleza sólo con ejercer la virtud y obrar rectamente; y en [1975] sugiere bastantes analogías de nuestra novela con dicha tradición y, especialmente, con el *De remediis utriusque fortunae* petrarquista, con las *Epístolas a Lucilio* (XLIV) de Séneca y con el *Elogio de la locura* de Erasmo. A. Vilanova [1981] considera toda la vida de Lázaro «como ejemplo de una educación corruptora» según los planteamientos de Erasmo; y en [1983] señala diferentes paralelos entre el capítulo del escudero y otras obras de Erasmo (el *Enquiridion* o *Manual del caballero cristiano*, los *Coloquios*, los *Adagios*, etc.), alguna de cuyas ideas *de nobilitate* proceden de la tradición estudiada por Truman.

No pocos trabajos han insistido también en la degradación moral que padece Lázaro en convivencia con todos sus amos. Así, Bruce W. Wardropper [1961] concede que «sólo al final, cuando llega a la cumbre de la prosperidad a él asequible, [Lázaro] aprende a ser hipócrita, a conformarse con la mentira del Arcipreste, llamando 'honrada' de dientes afuera, una situación que su corazón reconoce como deshonrosa» (cfr. también [1981]); de parecida opinión son D. T. Jaen [1968] y A. Deyermond [1975]. En coincidencia con S. Gilman [1966], H. Mancing [1975] contempla la vida de Lázaro en dos trayectorias con sentido contrario: la del espíritu, ascendente hasta el capítulo III y descendente del IV al final; la del cuerpo, descendente hasta el episodio del escudero y ascendente en el resto de la obra. G. Sàbat [1980] presenta a Lázaro sin poder zafarse de la sangre heredada, pero aspirando, a pesar de todo, a la honra literaria. Por el contrario. M. J. Woods [1979] rechaza las interpretaciones que convierten a Lázaro en un hipócrita disfrutando de la «prosperidad» lograda y cree que el desprecio que sienten algunos por el pregonero cornudo tiene que ver más con consideraciones de tipo social que moral: el pícaro en ningún momento oculta su propósito de hallar acomodo y descanso, y, cuando dice de su mujer que «Es la cosa del mundo que yo más quiero...», aun admitiendo que con escasa sinceridad, no hace más que defenderla de quienes la atacan. Con distintos argumentos, C. I. Nepaulsingh [1979-1980] tampoco está convencido de que el niño acabe convirtiéndose en un adulto hipócrita; y, a cambio, concibe la obra como la confesión de quien, de forma torpe, cómica y auto-condenatoria, pretende salvarse. R. Wright [1984] cree anacrónico preguntarse si Lázaro se ha degradado moralmente: «La vida de Lázaro es un triunfo efectivo que nada tiene que ver con ninguna consideración sobre la moralidad o la corrupción».

En relación con F. C. Tarr [1927] y la tradición norteamericana posterior (C. Guillén [1957] y R. S. Willis [1959]), en correlación con F. Lázaro Carreter [1969] o F. Rico [1970], y al arrimo de las direcciones estructuralistas, aparecieron otros estudios sobre la construcción del *Lazarillo*. Según A. Collard [1968], «el capítulo III polariza la vida de Lázaro, desde el principio y desde el final (I→III←VII)», pues, al servicio del escudero, el joven pícaro vive sus últimas y más extremas penalidades, a la par que va haciéndose al desencanto que marcará las pautas de su vida posterior. O. Bělič [1969], por otro lado, divide el *Lazarillo* en cinco unidades narrativas: ciego, clérigo, escudero, buldero y Arcipreste. Las primeras dos unidades están dedicadas especialmente a la lección que extrae Lázaro sobre el egoísmo humano, mientras la tercera y la cuarta se consagran a la enseñanza que recibe sobre la honra y la apariencia. Con el ejemplo del buldero, acomete el ascenso social, trabajando primero como aguador y luego como ayudante de alguacil, hasta conseguir una plaza en el Ayuntamiento de Toledo. Así, el *Lazarillo* se nos presenta como un todo orgánico, trabado con una lógica rigurosa. Fiel a la metodología del estructuralismo francés (Barthes y Greimas, en especial), C. Minguet [1970] elabora un inventario de los temas de la novela y un esquema «funcional» de las acciones de Lázaro. Dentro de ese laberinto de la taxonomía, considera el «hambre» y las «burlas» como los ejes conceptuales del *Lazarillo*. Por influencia de la antropología estructural (Levi-Strauss), también estudia las relaciones que mantiene Lázaro con las personas, creencias y objetos del mundo donde vive; y, al analizar en concreto la convivencia del protagonista con sus diversos amos, dedica especial atención a los episodios del escudero y del echacuervos. En el capítulo III, Lázaro deja de utilizar la «burla» como medio de subsistencia y, por el contrario, se convierte en el objetivo de las «burlas» que le gastan sus amos. En

el paso de una a otra actitud en el comportamiento del protagonista, el capítulo V desempeña un papel básico: al tragarse
como un espectador más el engaño urdido por el echacuervos
y el alguacil, Lázaro vuelve a sufrir una nueva «burla» y se per-
fila ya como el fracasado que será al final de la obra. En relación con las apelaciones a la providencia, el capítulo V también ilustra un cambio en la conducta del pícaro: Lázaro, que
antes consiguió bien poco con sus invocaciones a la divinidad,
ahora comprueba cómo el buldero utiliza con éxito el nombre
de Dios para engañar a sus fieles; por tal razón, nuestro protagonista, más «razonable» que cuando niño, dedica todos sus es-
fuerzos a vestirse bien y casarse mejor. D. Puccini [1970] no
encuentra en la narrativa contemporánea nada remotamente
parecido al libro anónimo y sólo puede reconocer en el *exemplum* medieval algunos puntos de contacto con la autobiografía
de Lázaro. Las fases que componen el *Lazarillo* están dispues-
tas «con una concatenación precisa y con una simetría casi
geométrica», por la aplicación a lo largo de toda la novela de la
«ley épica del tres». El relato del pregonero de Toledo puede
dividirse en tres grandes bloques (vid. también V. García de la
Concha [1981]), de acuerdo con las tres edades del protagonista: infancia (descubrimiento), adolescencia (conquista) y juventud (asentamiento). También deben establecerse algunos
vínculos entre el *Lazarillo* y las *crónicas de Indias* y las *cartas de
relación* del siglo XVI. Siguiendo a Tynjanov, A. Ruffinatto
[1975] ofrece una ojeada al «sistema literario» próximo al *Lazarillo;* y, después de largas consideraciones sobre el método,
desmonta el *Lazarillo* en microsecuencias o unidades narrativas mínimas *(msq)* y en macrosecuencias o situaciones narrativas *(MSQ)* (vid. asimismo E. Dehennin [1977]), según tendencias críticas «que van de Tomasevskij y Propp a Barthes,
Greimas y Segre», pasando por la glosemática de Hjelmslev: la
msq comprende siempre una unidad superior a la frase (de hecho, párrafos con cierta unidad de sentido) pero inferior al episodio (más o menos, la *MSQ*). En contra de F. Lázaro Carreter, piensa que los silencios y las alusiones hechas en el capítulo IV manifiestan una «energía semántica» equivalente a la «representación detallada de los hechos» narrados en los capítulos
iniciales. M. Frenk [1983] extrema la importancia de la «ley de

tres» en la conformación de la novela, en tanto en [1975] hace finas observaciones sobre la técnica narrativa del capítulo I y la alternancia del relato iterativo y el relato escénico, y en [1980] distingue en el Prólogo (y secundariamente en el resto de la obra) tres niveles sucesivos de la presencia de Lázaro: como autor, como narrador y como personaje. Desde la narratología y la teoría de la recepción, A. Rey [1979] y, más recientemente, D. Villanueva [1985] han llegado a conclusiones similares a las de F. Rico [1970] sobre el relativismo epistemológico del *Lazarillo*.

La crítica posterior a F. Rico [1968] ha aceptado la identificación de «el caso» con el episodio del Arcipreste y la mujer de Lázaro, a la par que ha generalizado la explicación de la novela en tanto respuesta a la pregunta formulada por «Vuestra Merced» sobre tal «caso»; pero uno y otro aspecto de la obra también ha suscitado varias cuestiones. Así, R. Hitchcock [1971] relaciona el interés de «Vuestra Merced» por «el caso» con el peligro que podía correr el nuevo oficio de Lázaro; A. Bell [1973] presenta al pregonero de Toledo defendiéndose sutilmente de las acusaciones sobre «el caso» que las «malas lenguas» de la ciudad han acabado por airear y del cual «Vuestra Merced» le había pedido información: al referirnos su vida, la evidencia misma de la veracidad de «el caso», Lázaro pretende conseguir la conmiseración de «Vuestra Merced» y de los lectores, hacerles comprender que, después de todo, el «buen puerto» alcanzado al final es para él satisfactorio. H. Sieber [1978] ve a «Vuestra Merced» también implicado en «el caso», por cuanto este desconocido personaje escribe a Lázaro reclamándole un informe sobre el asunto, lo lee y, como amigo, calla y lo sobresee. E. H. Friedman [1981], por otro lado, cree que, si «el caso» mencionado en el prólogo alude a cuanto ocurre en el capítulo VII, la respuesta del pregonero no podía satisfacer cabalmente la curiosidad de «Vuestra Merced»; y no entiende por qué el amigo del Arcipreste vuelve sobre un tema que parecía ya olvidado, mientras R. Archer [1985] opina que «el Arcipreste, no 'V. M.', es el auténtico destinatario de la carta» de Lázaro. En [1975], Sobejano parafraseaba «el caso» del prólogo como 'el proceso que lleva a Lázaro de mozo de ciego a posesor de un oficio real' y el del capítulo final como una referencia a la disputa de Lázaro con su mujer. En semejante línea, A. Deyermond [1975] no sabía si «Vuestra Merced» demandaba información a Lázaro sobre un «suceso» en concreto o sobre su *casus fortunae;* y, con J. L. Woodward [1965], pensaba que, cuando el pícaro escribía, «las cosas empezaban a ir mal en el *ménage à trois*». S. B. Vranich [1979], por su parte, da a «el caso» del prólogo el sentido de 'desgracia, ruina, calamidad', semejante al que tiene «tot... casus» en la *Eneida;* pero no aclara qué relación existe entre éste y «el caso» citado al final. Para V. García de la Concha [1981], en cambio, «el *caso* del tratado VII no parece ser el *caso* fundamental propuesto en el Prólogo como objeto de interrogación y noticia»: en el último capítulo, «el caso» describe, efectivamente, el *ménage à trois;* mas, en el Prólogo, abarca todo el «palmarés» de Lázaro, incluida la publicidad dada a su boda: «el Arcipreste ha hablado a 'V. M.' recomendando a Lázaro por sus grandes merecimientos, y el desconocido señor le pide más abundante noticia sobre el fabuloso *curriculum*» del pregonero, «cómo de tan abajo ha podido alcanzar la prosperidad», y «escribe, pues, a Lázaro recabando información». Sin embargo, F. Rico [1983] ha subrayado que «si 'el caso' del Prólogo se refiriera a la trayectoria completa del protagonista, sería absurdo que Lázaro realzara su decisión de comenzar 'no... por el medio, sino del principio'; pues, en tal hipótesis, lo que le habrían encargado sería justamente que empezara 'del principio'»; y ha dejado claro que «el caso» no puede ser la 'ascensión' de Lázaro, pues el Prólogo distingue el objeto exclusivo de la petición de «V. M.» (que se le «relate el caso muy por extenso») y el complemento que, secundariamente y por su cuenta y riesgo, le aporta el protagonista: «*y también* porque consideren... cuánto más hicieron los que... salieron a buen puerto» (y cfr. arriba, págs. 135, n. 42).

Al revés de A. González Palencia [1944], toda una línea de estudios sobre el *Lazarillo* tiende a subrayar su concordancia con la realidad social. M. Morreale [1954] fue la primera en encontrar reflejados en el *Lazarillo* varios aspectos de la vida española recogidos en las Cortes de Castilla y León. Luego, bajo la influencia de los seductores planteamientos de A. Castro [1948 y 1957] —que en [1935] subrayaba en la novela el entronque con la literatura antiseñorial de la época—, se dedicó especial atención al posible carácter converso del autor: mientras S. Gilman [1966] y D. McGrady [1970], por ejemplo, se mostraron favorables a la «estirpe judaica» del anónimo, E. Asensio [1967] la rechazó de raíz. El asunto parece un tanto olvidado, aunque, en cierto sentido, A. Gómez Moriana [1982] lo resucita al relacionar el *Lazarillo* con las «confesiones hechas ante los tribunales de la Inquisición en respuesta a sus 'moniciones'» (cfr. también M. Ferrer-Chivite [1983 y 1984]). Para D. W. Lomax [1973], en particular, el anónimo concentra su crítica social «en un estamento, el clerical, y en un aspecto, el hambre». En el siglo xvi, sólo podían censurarse leyes específicas, acciones individuales o grupos sociales, pero no a la sociedad en conjunto. La España contemporánea del *Lazarillo* no estaba en decadencia, sino que, al contrario, vivía una fuerte expansión económica. Entonces, la presencia casi obsesiva del tema del hambre debe entenderse en nuestra novela como resultado del incumplimiento de las expectativas suscitadas por el *boom* económico. Desde una postura marxista, J. Rodríguez-Puértolas [1976] concibe la de Lázaro como la historia de una personalidad aniquilada progresivamente por las fuerzas «monolíticas» del Estado imperial: a la superestructura de una sociedad cuyos ideales se le revelan falsos (la nobleza, el honor, el matrimonio...), Lázaro opone al final una concepción materialista de la vida (la aspiración, en definitiva, al medro social). Asimismo L. J. Woodward [1977] considera el propósito de «salir a buen puerto» confesado por Lázaro como característico de una mentalidad capitalista: el pícaro, como el buldero, el capellán o el Arcipreste, llega a ganar dinero simplemente porque no atiende a los valores de la moral económica más al uso en el siglo xvi (Francisco de Vitoria, por ejemplo). En esta línea, J. A. Parr [1979] juzga el «honor falso, la hipocresía..., la tensión entre apariencia y realidad, la estructura episódica» como elementos constructivos convergentes en «parangonar el estado de uno de los miembros ínfimos de una sociedad corrompida con el representante más exaltado». Por otro lado, J. Herrero [1979] vincula el nacimiento de la novela picaresca y, en particular, la aparición del mendigo en literatura con las «controversias sociales» que se suscitaron en el Renacimiento sobre la reforma de la beneficencia. A. Redondo

[1979 *b*] analiza la situación concreta que sirve de fondo al debate de Soto y Medina sobre «pauperismo y mendicidad» (mala cosecha de trigo en 1545, niños abandonados, padrón de los «mendicantes» toledanos...) y exhuma una disposición de abril de 1546 análoga al «pregón» aducido por Lázaro en el capítulo III (cfr. págs. 21*-22*); y en [1979] muestra las coincidencias entre el escudero que aparece en el *Lazarillo* y el de la realidad, «venido a menos y de vida difícil en la España de la primera mitad del siglo XVI» (cfr. págs. 101* y ss). M. J. Woods [1979] aduce las pragmáticas que condenaban los amancebamientos de las mujeres casadas con clérigos y ofrece también jugosos datos sobre la categoría social que llegaron a tener en la España del Quinientos los oficios que ejerció Lázaro: aguador y pregonero, en especial (cfr. V. García de la Concha [1981] y A. Vilanova [1986]). En igual sentido, G. A. Shipley [1986] estudia las actividades mercantiles del capellán de Toledo y la relación que con él tiene Lázaro trabajando de aguador. E. Tierno Galván, que había conjeturado un autor comunero (cfr. arriba, pág. 44*), en [1958 y 1974], pasa muy rápidamente sobre el *Lazarillo,* mientras J. A. Maravall [1976 y 1981] piensa más en la picaresca del siglo XVII y sólo lo trata de forma ocasional en su fundamental panorama de [1986].

En los últimos años, con frecuencia, se han buscado claves simbólicas para leer la novela más allá de las anécdotas concretas y el acaecer literal del protagonista. El camino fue abierto por F. Maldonado de Guevara [1957], quien entendía el *Lazarillo* como una burla del mito del *puer aeternus,* «que lleva en sí el mito de la hembra eterna». A. Piper [1961] atribuye al episodio del «arcaz» del clérigo de Maqueda un valor simbólico-litúrgico y aun adivina en él un trasfondo de contienda religiosa. Por otro lado, S. Gilman [1966] suponía la autobiografía de Lázaro plagada de símbolos y alusiones bíblicas, empezando por el nombre del protagonista, cuya vida de miseria y muerte recuerda la de los homónimos referida en los Evangelios; y acababa entendiendo la del pregonero como la historia de una muerte espiritual: si Lázaro, 'sepultado' en casa del escudero, llega a comportarse con la dignidad de un ser humano, después de distintas fases de muertes y resurrecciones simbólicas al servicio del ciego y del clérigo, al final retorna a la vida para sucumbir en la ignominia. En idéntico sentido, T. A. Perry [1970] identifica situaciones de nuestra novela con otras de la Biblia, y se detiene especialmente en buscar paralelos entre los primeros tres capítulos y el Génesis, convencido de que en el IV Lázaro, con sus nuevos zapatos, como cuando Adán y Eva se visten, deja el mundo de la inocencia y abre los ojos al de la hipocresía: Lázaro ~ Adán, Ciego ~ Serpiente; «arcaz» ~ paraíso y Santo Sacramento; «casa del escudero» ~ expulsión definitiva del Edén. Poco después, en [1972-1973], W. Holzinguer volvía sobre algunas de las claves bíblicas en que, desde Piper, ha venido leyéndose el segundo capítulo. En esta línea, Bruce W. Wardropper [1977] considera el *Lazarillo* como una amplificación de la parábola del mendigo evangélico (Lucas, XVI). Nuestra novela también ha merecido la atención de la crítica que aplica métodos psicoanalíticos, a veces en correlación con los de la exégesis bíblica. J. Herrero [1978] y [1978 *b*] llega a ver en el vino el símbolo del paraíso perdido del amor materno y, enlazado con el capítulo final, una parodia de la «promesa sacramental de Cristo»; y presenta el toro, emblema del padre y, más habitualmente, de la fuerza masculina, como transformado en una «mítica vaca». Por parecido camino, H. Sieber [1978] estudia las relaciones entre Antona Pérez, el Zaide, Lázaro y el hermanastro en términos del psicoanálisis lacaniano; y entiende el capítulo IV como el gozne de una cadena de símbolos con contenido erótico: «herraduras-zapatos-calzas» (I-IV-VII). Para M. Ferrer-Chivite [1983], no hay ningún objeto en la novela que no tenga una cargazón sexual (pan, carne, leño; trigo, bodigos y calzas; cfr. también A. Michalski [1979]) y Lázaro sufre las sodomizaciones del fraile de la Merced y del Arcipreste de Sant Salvador. Por otra parte, G. A. Shipley [1983] y M. Molho [1985] también advierten connotaciones eróticas en el quehacer de «pintar panderos» y aun en el de «molelle los colores». Por último, B. Brancaforte [1982] diagnostica a Lázaro un complejo de Edipo.

Bibliografía

ABRAMS, F., «¿Fue Lope de Rueda el autor del *Lazarillo de Tormes?*», *Hispania*, XLVII (1964), págs. 258-267.

—, «To Whom was the Anonymous *Lazarillo de Tormes* dedicated?», *Romance Notes*, VIII (1966-1967), págs. 273-277.

—, «A Note on the Mercedarian Friar in the *Lazarillo de Tormes*», *Romance Notes*, XI (1969-1970), págs. 444-446.

—, «Hurtado de Mendoza's Concealed Signatures in the *Lazarillo de Tormes*», *Romance Notes*, XV (1973-1974), págs. 341-345.

Actas = *Actas del Primer Congreso Internacional sobre la Picaresca. Orígenes, textos, estructuras*, ed. M. Criado de Val, Madrid, 1979.

AGUADO ANDREUT, S., *Algunas observaciones sobre el «Lazarillo de Tormes»*, Guatemala, 1965.

ALONSO, D., «El realismo psicológico en el *Lazarillo*», en *De los siglos oscuros al de oro*, Madrid, 1958, págs. 226-234.

—, «La novela española y su contribución a la novela realista moderna», *Cuadernos del Idioma*, núm. 1 (1965), págs. 17-43.

—, «Tradición folklórica y creación artística en el *Lazarillo de Tormes*», en *Obras completas*, VIII, Madrid, 1985, págs. 567-586.

ALEGRE, J. M., «Las mujeres en el *Lazarillo de Tormes*», *Revue Romane*, XVI (1981), págs. 3-21; reimp. en *Arbor*, núm. 460 (1984), páginas 23-35.

ALFARO, G., «El cuento intercalado en la novela picaresca», *Hispanófila*, núm. 40 (1970), págs. 1-8.

—, «Los *Lazarillos* y la Inquisición», *Hispanófila*, núm. 78 (1983), páginas 11-19.

ÁLVAREZ, G., «En el texto del *Lazarillo de Tormes*», en *Actas del Segundo Congreso Internacional de Hispanistas*, Nimega, 1967, págs. 173-180.

—, «Tres pícaros, el amor y la mujer», *Ibero-Romania*, 1 (1969), páginas 193-227.

—, «Literary Onomastics in *Lazarillo de Tormes*», *Literary Onomastics Studies*, V (1978), págs. 437-448.

—, «Interpretación existencial del *Lazarillo de Tormes*», en *Actas,* páginas 37-448.

—, «El *Lazarillo de Tormes* a la vista de una escritura», en *Homenaje a José Antonio Maravall,* ed. M. C. Iglesias *et al.,* vol. I, Madrid, 1985, págs. 123-134.

ÁLVAREZ, G., y LECKER, J., «Una transmisión del *Lazarillo* a la comedia holandesa», *Revista de Filología Española,* XLV (1962), páginas 293-298.

ÁLVAREZ MORALES, M., *La ejemplar humildad del «Lazarillo»,* Santiago de Cuba, 1954.

ANTON, K.-H., «Sobre ambigüedad y literatura. Acerca del *Lazarillo de Tormes»,* en *Actas,* Madrid, 1979, págs. 478-484.

ANTUNES, L. Z., «Atualidade do *Lazarillo»,* *Revista de Letras,* XXI (1981), págs. 75-79.

ARCHER, R., «The fictional context of *Lazarillo de Tormes»,* *The Modern Language Review,* LXXX (1985), págs. 340-350.

ASENSIO, E., «La peculiaridad literaria de los conversos», *Anuario de Estudios Medievales,* VI (1967), págs. 327-351; recogido en **La España imaginada de Américo Castro,* Barcelona, 1976, págs. 87-117.

—, «Dos obras dialogadas con influencias del *Lazarillo de Tormes: Coloquios,* de Collazos, y anónimo *Diálogo del Capón»,* *Cuadernos Hispanoamericanos,* núms. 280-283 (1973), págs. 385-398.

ASENSIO, M. J., La intención religiosa del *Lazarillo de Tormes* y Juan de Valdés», *Hispanic Review,* XXVIII (1959), págs. 78-102.

—, «Más sobre el *Lazarillo de Tormes»,* *Hispanic Review,* XXVIII (1960), págs. 245-250.

AUBRUN, C. V., «El autor del *Lazarillo:* un retrato robot», *Cuadernos Hispanoamericanos,* núms. 238-240 (1969), págs. 543-555.

AVALLE-ARCE, J. B., «Tres comienzos de novela», en *Papeles de Son Armadans,* núm. CX (mayo de 1965), págs. 181-214, y en su libro *Nuevos deslindes cervantinos,* Barcelona, 1975, págs. 213-243.

AYALA, F., «Formación del género 'novela picaresca'. El *Lazarillo»,* *Cuadernos del Congreso por la Libertad de la Cultura,* núm. 44 (1960), págs. 79-87; recogido en *Experiencia e invención,* Madrid, 1960, págs. 127-148, y en *Los ensayos. Teoría y crítica literaria,* Madrid, 1972, págs. 731-752.

—, «Fuente árabe de un cuento popular en el *Lazarillo»,* *Boletín de la Real Academia Española,* XLV (1965), págs. 493-495.

—, «El *Lazarillo:* Nuevo examen de algunos aspectos», *Cuadernos Americanos,* núm. 150 (1967), págs. 209-235; recogido en **El «Lazarillo» reexaminado. Nuevo examen de algunos aspectos,* Madrid, 1971, y en *Los ensayos,* págs. 752-820.

Azorín, «Un hidalgo. Las raíces de España», en *Los pueblos (Ensayos sobre la vida provinciana)*, Madrid, 1905.

—, «Lo fatal», en *Castilla*, Madrid, 1912.

—, «El teatro y la novela», en *Los valores literarios*, Madrid, 1914.

—, «Maqueda y Toledo», *ABC*, 10 de agosto de 1961, pág. 35.

—, «Recuadro del *Lazarillo*», *ABC*, 2 de julio de 1961, pág. 93.

Baader, H., «Noch einmal zur Ich-Form im *Lazarillo de Tormes*», *Romanische Forschungen*, LXXVII (1964), págs. 437-446.

—, «Der spanische Schelmenroman oder die Kunst der Uneindeutigkeit», en *Literatur und Spiritualität: Hans Schomnodau zum siebzigsten Geburtstag*, eds. H. Rheinfeld *et al.*, Munich, 1978, págs. 9-23.

Bataillon, M., *Le roman picaresque*, París, 1931.

—, *Érasme et l'Espagne*, París, 1937; trad. esp., 1950 y *1966².

—, *El sentido del «Lazarillo de Tormes»*, París, 1954.

—, ed., *La vie de Lazarillo de Tormes*, con trad. francesa de A. Morel-Fatio, París, 1958; trad. esp., *Novedad y fecundidad del «Lazarillo de Tormes»*, Salamanca, 1968.

—, «Un problème d'influence d'Erasme en Espagne: *L'Eloge de la Folie*», en *Actes du Congrés Erasme*, Londres y Amsterdam, 1971, págs. 136-147; trad. esp. en *Erasmo y el erasmismo*, Barcelona, 1977, págs. 327-346.

Baumanns, P., «*Der Lazarillo de Tormes* eine Travestie der Augustinischen *Confessiones?*», *Romanistisches Jahrbuch*, X (1959), páginas 285-291.

Bělič, O., «Los principios de composición de la novela picaresca», en *Análisis estructural de textos hispánicos*, Madrid, 1969, págs. 19-60.

Bell, A., «The Rhetoric of Self-defence of *Lazarillo de Tormes*», *The Modern Language Review*, LXVIII (1973), págs. 84-93.

Bergamín, J., *Lázaro, Don Juan y Segismundo*, Madrid, 1959.

Bertini, G. M., «Saggio su *Lazarillo de Tormes*», en *Il teatro spagnolo del primo Rinascimento*, Venecia, 1946, págs. 199-315.

Beverley, J., «*Lazarillo* and Primitive Accumulation: Spain, Capitalism and the Modern Novel», *The Bulletin of the Midwest Modern Language Association of America*, XV (1982), págs. 29-42.

Bjornson, R., *The Picaresque Hero in European Fiction*, Madison, 1977.

—, «Lazarillo 'arrimándose a los buenos'», *Romance Notes*, XIX (1978-1979), págs. 67-71.

Blanco Amor, J., «El *Lazarillo de Tormes* espejo de disconformidad social», *Cuadernos del idioma*, núm. 9 (1968), págs. 87-96.

Blanquat, J., «Fraude et frustration dans *Lazarillo de Tormes*», en *Culture et marginalités au XVIᵉ siècle*, I, París, 1973, págs. 41-73.

Blecua, A., «Libros de caballerías, latín macarrónico y novela picaresca: la adaptación castellana del *Baldus* (Sevilla, 1542)», *Boletín de* la Real Academia de Buenas Letras de Barcelona, XXXIV (1971-1972), págs. 147-239.

—, ed., La vida de Lazarillo de Tormes, Madrid, 1974.

BONILLA Y SAN MARTÍN, A., «Sobre la época del Lazarillo de Tormes», en Anales de la Literatura Española, Madrid, 1904, págs. 156-157.

—, «Una imitación del Lazarillo de Tormes en el siglo XVII», Revue Hispanique, XV (1906), págs. 816-818.

—, ed., Lazarillo de Tormes, Madrid, 1915.

BOREL, J. P., «La literatura y nosotros. Otra manera de leer el Lazarillo de Tormes», Revista de Occidente, núm. 46 (1967), págs. 83-96.

BRANCAFORTE, B., «La abyección en el Lazarillo de Tormes», Cuadernos Hispanoamericanos, núm. 387 (1982), págs. 551-556.

CAÑEDO, J., «El curriculum vitae del pícaro», Revista de Filología Española, XLIX (1966), págs. 127-129.

CARBALLO, A., «El señor D'Ouville y el Lazarillo de Tormes», Revista Bibliográfica y Documental, V (1951), págs. 223-228.

CAREY, D. M., «Asides and Interiority in Lazarillo de Tormes», Studies in Philology, LXVI (1969), págs. 119-134.

—, «Lazarillo de Tormes and the Quest for Authority», Publications of the Modern Language Association of America, XCIV (1979), págs. 36-46.

CARILLA, E., «Dos notas sobre el Lazarillo», Universidad Pontificia Boliviana, XX (1955), págs. 317-326.

—, «Nota sobre la lengua del Lazarillo», Revista de Educación, núm. 5 (1957), págs. 363-369.

—, «Cuatro notas sobre el Lazarillo», Revista de Filología Española, XLIII (1960), págs. 97-116.

CARRASCO, F., ed., Lazarillo de Tormes, Madrid, 1982.

CASANOVA, W., «Burlas representables en el Lazarillo de Tormes», Revista de Occidente, núm. 91 (1970), págs. 82-93.

—, «La casa y los valores de la intimidad en el Lazarillo», Cuadernos Hispanoamericanos, núm. 363 (1980), págs. 515-539.

CASO GONZÁLEZ, J., «La génesis del Lazarillo de Tormes», Archivum, XVI (1966), págs. 129-155; recogido en el colectivo Historia y estructura de la obra literaria, Madrid, 1971, págs. 175-196.

—, ed., La vida de Lazarillo de Tormes, y de sus fortunas y adversidades, Boletín de la Real Academia Española, Anejo XVII, Madrid, 1967.

—, «La primera edición del Lazarillo y su relación con los textos de 1554», en Studia Hispanica in Honorem Rafael Lapesa, I, Madrid, 1972, págs. 189-206.

—, ed., La vida de Lazarillo de Tormes, Barcelona, 1982.

CASTILLO, H., «El comportamiento de Lazarillo de Tormes», Hispania, XXXIII (1950), págs. 304-310.

CASTRO, A., «Perspectiva de la novela picaresca», Revista de la Bibliote-

ca, Archivo y Museo del Ayuntamiento de Madrid, XII (1935), páginas 123-138; reimpr. en *Hacia Cervantes*, Madrid, 1957, páginas 112-134.

—, prólogo a E. W. Hesse y H. F. Williams, eds., *La vida de Lazarillo de Tormes*, Madison, 1948; reimpr. en *[1957], págs. 135-141.

—, *España en su historia: cristianos, moros y judíos*, Buenos Aires, 1948 (reimpr. en Barcelona, 1983); 2.ª versión, *La realidad histórica de España*, México, 1954; nueva ed. (incompleta), 1962².

CASTRO, C., ed., *La vida de Lazarillo de Tormes*, Madrid, 1936, *1965.

CAVALIERE, A., ed., *La vida de Lazarillo de Tormes*, Nápoles, 1955.

CEJADOR, J., ed., *La vida de Lazarillo de Tormes*, Madrid, 1914, *1976⁸.

CERVIGNI, D. S., «*Lazarillo de Tormes* and the *Vita* of Benvenuto Cellini: An Inquiry into Prose Narrative and Genre», *Kentucky Romance Quaterly*, XXVII (1980), págs. 373-389.

CHAPMAN, K. P., «*Lazarillo de Tormes*, a Jest-book and Benedik», *The Modern Language Review*, LV (1960), págs. 565-567.

CHEVALIER, M., «La fuite de l'escudero (*Lazarillo de Tormes*, tratado III)», *Bulletin Hispanique*, LXXVII (1975), págs. 319-320.

—, «El problema del éxito de *Lazarillo*», en *Lectura y lectores en la España de los siglos XVI y XVII*, Madrid, 1976, págs. 167-197.

—, «Des contes au roman: l'education de Lazarille», *Bulletin Hispanique*, LXXXI (1979), págs. 189-200.

—, «La manceba del abad (*Lazarillo de Tormes*, VII)», en *Homenaje a José Antonio Maravall*, eds. M. C. Iglesias *et al.*, I, Madrid, 1985, páginas 413-418.

CISNEROS, L. J., ed., *El Lazarillo de Tormes*, Buenos Aires, s. d. [pero 1946].

COHEN, G., «La scene de l'aveugle et de son valet dans le théatre français du moyen âge», *Romania*, XLI (1912), págs. 346-372.

COLLARD, A., «The Unity of *Lazarillo de Tormes*», *Modern Language Notes*, LXXXIII (1968), págs. 262-267.

COMBET, L., «Contribution à l'analyse structurale du *Lazarillo de Tormes*», *Les Langues Néo-Latines*, núm. 217 (1976), págs. 37-49.

CORNEJO, R. E., «Notas sobre el autor del *Lazarillo de Tormes*», *Explicación de textos literarios*, VIII (1979-1980), págs. 167-174.

CORTINA GÓMEZ, R., «On Dating the *Lazarillo*», *Hispanic Review*, XLV (1977), págs. 61-66.

COTARELO Y MORI, E., «Refranes glosados por Sebastián de Horozco», *Boletín de la Real Academia Española*, II (1915), págs. 645-693.

CROCE, B., «*Lazarillo de Tormes*: La storia dell'*escudero*», en *Poesia antica e moderna*, Bari, 1941, págs. 223-231.

CROS, E., «Semántica y estructuras sociales en el *Lazarillo de Tormes*», *Revista Hispánica Moderna*, XXXIX (1976-1977), págs. 79-84.

—, «Le folklore dans le *Lazarillo de Tormes:* Nouvel examen, problèmes méthodologiques», en *Actes de la Table Ronde Internationale du C. N. R. S. Picaresque,* Européenne, Montpellier, 1978, páginas 9-24; recogido también en *Lecture idéologique du «Lazarillo de Tormes»,* Montpellier, 1984, págs. 105-115.

—, «Prédication carcérale et structure de textes: Pour une sémiologie de l'idéologique», *Littérature,* XXXVI (1979), págs. 61-74.

—, «Lecture idéologique du lien épistolaire dans le *Lazarillo de Tormes*», en *Lecture,* págs. 105-115.

CROUCH, J. O., «El autor del *Lazarillo:* sobre una reciente tesis», *Hispanófila,* núm. 19 (1963), págs. 11-23.

DAGENAIS, J. C., «The Medieval Background of *Lazarillo de Tormes*», *Dissertations in Abstracts International,* XLII (1982), pág. 4804a.

—, «A *Lazarillo* in Toledo (1510)», *Romence Notes,* XXIII (1983), páginas 264-269.

DAIREAUX, M., «Diego Hurtado de Mendoza et le *Lazarillo de Tormes*», *Hispania,* III (1929), págs. 17-25.

DAMIANI, B., «*Lazarillo de Tormes* —Present State of Scholarship», *Annali dell'Istituto Universitario Orientale. Sezione Romanza,* XII (1970), págs. 5-19.

DAVEY, E. R., «The Concept of Man in *Lazarillo de Tormes*», *The Modern Language Review,* LXXII (1977), págs. 597-604.

DEFANT, A., «El *Lazarillo de Tormes* (tema y estructura técnica del hambre)», *Humanitas,* XII (1964), págs. 107-123.

DEHENNIN, E., «Le roman picaresque à la lumière de la *Poétique*», *Revue Belge de Philologie et d'Histoire,* XLVIII (1970), págs. 730-771.

—, «*Lazarillo de Tormes* comme parole de discours et parole de récit», *Les Langues Neó-latines,* núm. 220 (1977), págs. 12-56.

—, «*Lazarillo de Tormes* en la encrucijada de enunciación y anunciado», en *Actas del Sexto Congreso Internacional de Hispanistas,* Toronto, 1980, págs. 203-206.

DEL MONTE, A., *Itinerario del romanzo picaresco spagnolo,* Florencia, 1957; *versión castellana (aumentada) de E. Sordo, Barcelona, 1971.

DEYERMOND, A. D., «LAZARUS-LAZARILLO», *Studies in Short Fiction,* II (1964-1965), págs. 351-357.

—, «The Corrupted Vision: Further Thoughts on *Lazarillo de Tormes*», *Forum for Modern Language Studies,* I (1965), págs. 246-249.

—, «*Lazarillo de Tormes*»: *A Critical Guide,* Londres, 1975.

DUNN, P. N., *The Spanish Picaresque Novel,* Boston, Mass., 1979.

DURAND, F., «The Author and Lazaro: Levels of Comic Meaning», *Bulletin of Hispanic Studies,* XLV (1968), págs. 89-101.

ENTRAMBASAGUAS, J. de, «Observaciones sobre la picaresca. El *Lazarillo de Tormes*», *Letras de Deusto,* III (1973), págs. 91-102.

ESQUER, R., «El *Lazarillo de Tormes* y un cuento de Giovanni Verga», *Quaderni Ibero-Americani,* núms. 19-20 (1957), págs. 210-211.

FELDMAN, J. I., «First-person Narrative Technique in the Picaresque Novel», en *Studies in the Hispanic History and Literature,* ed. B. Jozef, Jerusalén, 1974, págs. 160-173.

FERNÁNDEZ-RUBIO, R., «Otra interpretación del cura de Maqueda», *Furman Studies,* XXI (1974), págs. 29-33.

FERRARESI, A. C. de, «La realidad ética del *Lazarillo de Tormes* desde una perspectiva erasmista», *Almotamid,* IX (1971), págs. 193-211.

FERRER-CHIVITE, M., «Lázaro de Tormes: personaje anónimo. Una aproximación psico-sociológica», en *Actas del Sexto Congreso Internacional de Hispanistas,* Toronto, 1980, págs. 235-238.

—, «Proceso psíquico de interiorización dialéctica de Lázaro», en *Teorías semiológicas aplicadas a textos españoles. Actas del Primer Symposium Internacional del Departamento de Español de la Universidad de Groningen,* Groningen, 1980, págs. 135-159.

—, «Lazarillo de Tormes y sus zapatos: Una interpretación del tratado IV a través de la literatura y el folklore», en *Literatura y Folklore: problemas de Intertextualidad. Actas del Segundo Symposium Internacional del Departamento de Español de la Universidad de Groningen,* Salamanca, 1983, págs. 243-269.

—, «Sustratos conversos en la creación de Lázaro de Tormes», *Nueva Revista de Filología Hispánica,* XXXIII (1984), págs. 352-379.

FIORE, R. L., «Desire and Disillusionment in *Lazarillo de Tormes*», *Studies in Language and Literature,* ed. C. Nelson, Richmond, 1976, págs. 159-164.

—, «*Lazarillo de Tormes:* estructura narrativa de una novela picaresca», en *Actas,* págs. 359-366.

—, «*Lazarillo de Tormes* and *Midnight Cowboy:* The Picaresque Model and Mode», *Studies in honor of Everett W. Hesse,* eds. W. C. McCrary, J. A. Madrigal *et al.,* Lincoln, 1981, págs. 81-97.

—, *Lazarillo de Tormes,* Boston, 1984.

FONTES, M. da Costa, «*A Reliquia* e o *Lazarillo de Tormes:* uma Análise Estructural», *Colóquio,* XXXI (1976), págs. 30-40.

FOULCHÉ-DELBOSC, R., «Remarques sur *Lazarillo de Tormes*», *Revue Hispanique,* VII (1900), págs. 81-97.

FOX, L. C., «Las lágrimas y la tristeza en el *Lazarillo de Tormes*», *Revista de Estudios Hispánicos,* XIII (1979), págs. 289-297.

FRANCIS, A., *Picaresca, decadencia, historia. Aproximación a una realidad histórico-literaria,* Madrid, 1978.

FRENK, M., «Tiempo y narrador en el *Lazarillo* (Episodio del ciego)», *Nueva Revista de Filología Hispánica,* XXIV (1975), págs. 197-218.

—, «Lazarillo de Tormes: Autor-Narrador-Personaje», *Romania Euro-*

pea et Americana. Feschrift für Harri Meier, Bonn, 1980, páginas 185-192.

—, «La ley de tres en el *Lazarillo de Tormes*», en *Homenaje a José Manuel Blecua*, Madrid, 1983, págs. 193-202.

FRIEDMAN, E. H., «Chaos restored: Authorial Control and Ambiguity in *Lazarillo de Tormes*», *Crítica Hispánica*, II (1981), págs. 59-73.

FRIEIRO, E., «Do Lazarillho de Tormes ao filho do Leonardo Patoca», *Kriterion*, VII (1954), págs. 65-82.

GELLA ITURRIAGA, J., «El refranero en la novela picaresca y los refranes del *Lazarillo* y de *La Pícara Justina*», en *Actas*, págs. 231-255.

GARCÍA ANGULO, E., *Vocabulario del «Lazarillo de Tormes»*, Barcelona, 1970.

GARCÍA DE LA CONCHA, V., «La intención religiosa del *Lazarillo*», *Revista de Filología Española*, LV (1972), págs. 243-277.

—, *Nueva lectura del «Lazarillo». El deleite de la perspectiva*, Madrid, 1981.

GARCÍA LORCA, F., «*Lazarillo de Tormes* y el arte de la novela», en *Homenaje a la memoria de D. Antonio Rodríguez-Moñino (1910-1970)*, Madrid, 1975, págs. 255-261.

GARRONE, M. A., «Le fonti italiane del Buldero del *Lazarillo de Tormes*», *Fanfulla della Domenica*, XXXII (1910), págs. 8-9.

GATTI, J. F., *Introducción al «Lazarillo de Tormes»*, Buenos Aires, 1968.

GAUCHAT, L., «*Lazarillo de Tormes* und die Anfange des Schelmenromans», *Archiv für das Studium der Neueren Sprachen und Literaturen*, CXXXIX (1912), págs. 430-444.

GILLET, J. E., «A note on the *Lazarillo de Tormes*», *Modern Language Notes*, LV (1940), págs. 130-134.

—, «Spanish *echacuervo(s)*», *Romance Philologie*, X (1957), págs. 148-155.

—, «The Squire's Dovecote», en *Hispanic Studies in Honour of I. González Llubera*, Oxford, 1959, págs. 135-138.

GILMAN, S., «The Death of *Lazarillo de Tormes*», *Publications of the Modern Language Association of America*, LXXXI (1966), páginas 149-166.

—, «Matthew V, 10 in castilian Jest and Earnest», en *Studia Hispanica in Honorem Rafael Lapesa*, I, Madrid, 1972, págs. 257-266; trad. esp. en **«La Celestina»: arte y estructura*, Madrid, 1974, páginas 351-362.

GIUSSO, L., «Un romanzo picaresco», *Dialoghi*, II (1954), págs. 55-62.

GODOY GALLARDO, E., «Funciones de las formas lingüísticas de primera persona plural en el plano temático de *Lazarillo de Tormes*», *Boletín de Filología de Santiago de Chile*, XXVII (1976), páginas 135-149.

GÓMEZ-MENOR, J., «Nuevos datos documentales sobre el licenciado

Sebastián de Horozco», *Anales Toledanos*, VI (1973), páginas 247-286.

—, «En torno al anónimo autor del *Lazarillo de Tormes* y su probable naturaleza toledana», *Anales Toledanos*, XII (1977), págs. 185-208.

—, «Seis notas al *Lazarillo de Tormes* (desde el campo de la paleografía)», *Boletín de la Real Academia Española*, LVIII (1978), páginas 103-133.

GÓMEZ-MORIANA, A., «La subversión del discurso ritual: Una lectura intertextual del *Lazarillo de Tormes*», *Imprévue*, núm. 1 (1980), páginas 63-89, y núm. 2 (1980), págs. 37-67; recogido en *Revista Canadiense de Estudios Hispánicos*, IV (1980), págs. 133-154; y también en *Lecture idéologique du «Lazarillo de Tormes»*, Montpellier, 1984, págs. 81-103

—, «Autobiografía y discurso ritual: Problemática de la confesión autobiográfica destinada al tribunal inquisitorial», en *L'Autobiographie en Espagne*, Aix-en-Provence, 1982, págs. 69-94; recogido en *Imprévue*, núm. 7 (1983), págs. 107-129; y también en *Lecture...*, páginas 81-103.

GONZÁLEZ ECHEVARRÍA, R., «The Life and Adventures of Cipión: Cervantes and the Picaresque», *Diacritics*, X (1978), págs. 15-26.

GONZÁLEZ OLLÉ, F., «Interpretación y posible origen agustiniano de una frase del *Lazarillo* (III): *Dejáronle para el que era*», *Revista de Filología Española*, LIX (1977), págs. 289-295.

—, «Interpretación de una frase del *Lazarillo* (I), 'para ayuda de otro tanto'», *Archivum*, XXIX-XXX (1979-1980), págs. 547-549.

GONZÁLEZ PALENCIA, A., «Leyendo el *Lazarillo de Tormes*», *Escorial*, núm. 44 (1944), págs. 9-46; recogido en *Del Lazarillo a Quevedo*, Madrid, 1946, págs. 3-39.

—, ed., *Lazarillo de Tormes*, Zaragoza, 1947.

GRANJA, F. de la, «Nuevas notas a un episodio del *Lazarillo de Tormes*», *Al-Andalus*, XXXVI (1971), págs. 223-237.

GREGORY, P. E., «El *Lazarillo* como cuadro impresionista», *Hispanófila*, núm. 36 (1969), págs. 1-6.

GROTTA, N. M., ed., *La vida de Lazarillo de Tormes*, Buenos Aires, 1980.

GRUBBE, V., «*Lazarillo de Tormes*: En ideologianalyse», en *Hispanismen omkring Sven Skydsgaard: Studier i spansk og portugisisk sprog. litteratur og kultur til minde om Sven Skydsgaard*, eds. J. K. Madsen *et al.*, Copenhague, 1981, págs. 75-102.

GUERRERO, F., *Lazarillo de Tormes*, Santiago de Chile, 1955.

GUGLIEMI, N., «Reflexiones sobre el *Lazarillo de Tormes*», *Humanidades*, XXXVIII (1961), págs. 37-82.

GUILLÉN, C., «La disposición temporal del *Lazarillo de Tormes*», *Hispanic Review*, XXV (1957), págs. 264-279.

—, «Toward a definition of the picaresque», en *Third Congress of the International Comparative Literature Association*, El Haya, 1962, páginas 252-279; recogido en [1971], págs. 71-106.

—, ed., *Lazarillo de Tormes and El Abencerraje*, Nueva York, 1966.

—, «Luis Sánchez, Ginés de Pasamonte y los inventores del género picaresco», en *Homenaje a Rodríguez-Moñino*, I, Madrid, 1966, páginas 221-231; traducción inglesa, revisada, en [1971], páginas 142-155.

—, *Literature as System*, Princeton, 1971.

GUISE, R., «La fortune de *Lazarille de Tormes* en France au xixᵉ siècle», *Revue de Littérature Comparée*, XXXIX (1965), págs. 337-357.

GULLÓN, R., «Espacios en la novela española», *Sin Nombre*, V (1975), págs. 5-20.

GUZMÁN, A., «El *Lazarillo de Tormes* a la vista de una escritura», en *Homenaje a José Antonio Maravall*, eds. M. C. Iglesias *et al.*, I, Madrid, 1985, págs. 123-134.

HAAN, F. de, *An Outline of the History of the «Novela Picaresca» in Spain*, Nueva York, 1903.

HANRAHAN, T., «*Lazarillo de Tormes*: Erasmian Satire or Protestant Reform?», *Hispania*, LXVI (1983), págs. 333-339.

HERNÁNDEZ-STEVENS, G. E., «*Lazarillo de Tormes* and Apuleus' *Metamorphoses*: A Comparative Inquiry», *Dissertations in Abstracts International*, XLIV (1983), págs. 161*a*.

HERRERO, J., «The Ending of *Lazarillo*: The Wine against the Water», *Modern Language Notes*, XLIII (1978), págs. 313-319.

—, «The Great Icons of the *Lazarillo*: The Bull, the Wine, the Sausage and the Turnip», *Ideologies & Literature*, núm. 5 (1978), páginas 3-18.

—, «Renaissance Poverty and Lazarillo's Family: The Birth of the Picaresque Genre», *Publications of the Modern Language Association of America*, XCIV (1979), págs. 876-886.

HERRERO GARCÍA, M., «Sobre el *Lazarillo de Tormes*», *Correo Erudito*, III (1943), pág. 26.

HESSE, E. W., «The *Lazarillo de Tormes* and the Playing of a Role», *Kentucky Romance Quaterly*, XXII (1975), págs. 61-76.

—, «The *Lazarillo de Tormes* and the Way of the World», *Revista de Estudios Hispánicos*, XI (1977), págs. 163-180.

HILDEBRANDT, H.-H., «Subjektkonstruktionen im *Lazarillo de Tormes* und bei Montaigne», en *Typus und Individualität im Mittelalter*, eds. H. Wenzel *et al.*, Munich, 1983, págs. 165-188.

HITCHOTCK, R., «Lazarillo and Nuestra Merced», *Modern Language Notes*, XXXVI (1971), págs. 264-266.

HOLZINGER, W., «The Breadly Paradise Revisited. *Lazarillo de Tormes*, II», *Revista Hispánica Moderna*, XXXVII (1972-1973), páginas 229-236.

HOLLMANN, W., «Thomas Mann's *Felix Krull* and Lazarillo», *Modern Language Notes*, LXVI (1951), págs. 445-451.

HUGHES, G., «*Lazarillo de Tormes*: The fifth 'Tratado'», *Hispanófila*, núm. 61 (1977), págs. 1-9.

HUGHES, J. B., «*Lazarillo de Tormes y Huckleberry Finn*», en *Actas*, páginas 1167-1172.

HUTMAN, N. L., «Universality and Unity in the *Lazarillo de Tormes*», *Publications of the Modern Language Association of America*, LXXII (1961), págs. 469-473.

IFE, B. W., *Reading and Fiction in Golden-Age Spain. A Platonist Critique and Some Picaresque Replays*, Cambridge, 1985, págs. 91-117.

IGLESIAS FEIJOO, L., «*Lazarillo*, de nuevo», *Ínsula*, núm. 382 (1978), págs. 15-16.

JAEN, D. T., «La ambigüedad moral del *Lazarillo de Tormes*», *Publications of the Modern Language Association of America*, LXXXIII (1968), págs. 130-134.

JAUSS, H. R., «Ursprung und Bedeutung der Ich-Form im *Lazarillo de Tormes*», *Romanistisches Jahrbuch*, VIII (1957), págs. 290-311.

JONES, C. A., «*Lazarillo de Tormes*: Survival or precursor?», en *Litterae Hispanae et Lusitanae*, Munich, 1966, págs. 181-188.

JONES, H. G., «La vida de Lazarillo de Tormes», en *Actas*, páginas 449-458.

JONES, R. O., ed., *La vida de Lazarillo de Tormes*, Manchester, 1963, 1971².

JOSET, J., «*Lazarillo de Tormes* témoin de son temps?», *Revue des Langues Vivantes*, XXXIII (1967), págs. 267-288.

—, «De Pármeno a Lazarillo», *Celestinesca*, VIII (1984), págs. 17-24.

KELLER, D. S., «*Lazarillo de Tormes*: 1554-1954. An Analytic Bibliography of Twelve Recent Studies», *Hispania*, XXXVII (1954), págs. 453-456.

—, «A Curious Latin Version of *Lazarillo de Tormes*», *Philological Quaterly*, XXXVII (1958), págs. 105-110.

KENISTON, H., «The Subjunctive in *Lazarillo de Tormes*», *Language*, VI (1930), págs. 41-63.

KENNEDY, H. W., «Lázaro y el 'coco'», *Revista de Estudios Hispánicos*, X (1976), págs. 56-67.

KLUPPELLOLC, H., «Le Roman picaresque espagnol: Evolution et caracteristiques du genre», *Les Lettres Romanes,* XXXIII (1979), págs. 127-161.

KÖNIG, B., «Margotte-Cingar-Läzaro-Guzmán. Zur Genealogia des *pícaro* und des *novela picaresca*», *Romanistisches Forschungen,* XXXII (1981), págs. 286-305.

KRUSE, M., «Die parodistischen Elemente im *Lazarillo de Tormes*», *Romanistische Jahrbuch,* X (1959), págs. 292-300.

LABERTIT, A., [Comentario del Prólogo del *Lazarillo*], en *Introduction à l'étude critique. Textes espagnoles,* eds. Saillard *et al.,* París, 1972, páginas 147-181.

LA DU, R. R., «Lazarillo's Stepfather is Hanged... Again», *Hispania,* XLII (1960), págs. 243-244.

LAURENTI, J. L., «Ensayo de una bibliografía del *Lazarillo de Tormes* (1554) y de la *Segunda parte de la vida de Lazarillo de Tormes...* de Juan de Luna (1620)», *Annali dell'Istituto Universitario Orientale. Sezione Romanza,* III (1966), págs. 265-317.

—, *Novela picaresca española. Ensayo de una bibliografía de la novela picaresca española (años 1554-1964),* Madrid, 1968, págs. 20-55.

—, *Estudios sobre la novela picaresca,* Madrid, 1970.

—, «Ensayo de una bibliografía del *Lazarillo de Tormes* (1554) y de la *Segunda Parte de la Vida de Lazarillo de Tormes* de Juan de Luna (1620): Suplemento», *Annali dell'Istituto Universitario Orientale. Sezione Romanza,* XIII (1971), págs. 293-330.

—, *Los prólogos en las novelas picarescas españolas,* Madrid, 1971.

—, *Bibliografía de la literatura picaresca. Desde sus orígenes hasta el presente,* Metuchen (Nueva Jersey), 1973, y Nueva York, 1981[2].

—, *Catálogo bibliográfico de la literatura picaresca,* Kassel, en prensa.

LAUSER, W., *Der erste Schelmenroman «Lazarillo von Tormes»,* Stuttgart, 1889.

LÁZARO CARRETER, F., «La ficción autobiográfica en el *Lazarillo de Tormes*», en *Litterae Hispanae et Lusitanae,* Munich, 1968, páginas 195-213; recogido en *[1972], págs. 13-57.

—, «Construcción y sentido del *Lazarillo de Tormes*», *Abaco,* I (1969), págs. 45-134; recogido en *[1972], págs. 59-192.

—, «Para una revisión del concepto 'novela picaresca'», en *Actas del Tercer Congreso Internacional de Hispanistas,* México, 1970, páginas 27-45; recogido en *[1972], págs. 193-229.

—, *«Lazarillo de Tormes» en la picaresca,* Barcelona, 1972 (contiene [1968], [1969] y [1970]), 1983[2] (con [1973] en apéndice).

—, «¿Nueva luz sobre la génesis del *Lazarillo*? Un hallazgo de Alberto Blecua», *Ínsula,* núm. 312 (1972), págs. 3, 12 y 13.

—, «Glosas críticas a *Los pícaros en la literatura* de Alexander A. Parker», *Hispanic Review,* XLI (1973), págs. 459-497; recogido en *Es-

tilo barroco y personalidad creadora, Madrid, 1974, págs. 99-128, y en [1972: reimpr. 1983], págs. 231-271.

LIDA DE MALKIEL, M. R., *La originalidad artística de «La Celestina»*, Buenos Aires, 1962.

—, «Función del cuento popular en el *Lazarillo de Tormes*», en *Actas del Primer Congreso Internacional de Hispanistas*, Oxford, 1964, páginas 349-359; recogido en **El cuento popular y otros ensayos*, Buenos Aires, 1976, págs. 107-122.

LIEB, R., «Religiöser Humor im *Lazarillo de Tormes*», *Miscelánea de Estudios Árabes y Hebraicos*, IX (1960), págs. 53-58.

LOMAX, D. W., «On Re-reading the *Lazarillo de Tormes*», en *Studia Iberica. Festschrift für H. Flasche*, eds., H. Körner y K. Rühl, Berna y Munich, 1973, págs. 271-381.

LONG-TONELLI, B. J. de, «La ambigüedad narrativa en el *Lazarillo de Tormes*», *Revista de Estudios Hispánicos*, XX (1976), págs. 377-389.

MACAYA, E., *Bibliografía del «Lazarillo de Tormes»*, San José de Costa Rica, 1935.

—, «Elementos tradicionales y populares en el *Lazarillo de Tormes*», en *Estudios Hispánicos*, San José de Costa Rica, 1938, págs. 59-86.

—, «Evocación histórica y social en el *Lazarillo de Tormes*», en *Estudios Hispánicos*, págs. 87-108.

MADRIGAL, J. A., «El simbolismo como vehículo temático en el *Lazarillo de Tormes*», en *Actas*, págs. 405-412.

MAINER, J. C., «Notas a una nueva edición de la picaresca», *Ínsula*, núm. 216 (1969), pág. 3.

MALANCA DE RODRÍGUEZ, A., «El mundo del equívoco en el *Lazarillo de Tormes*», *Humanidades*, V (1962), págs. 134-162.

MALDONADO DE GUEVARA, F., *Interpretación del «Lazarillo de Tormes»*, Madrid, 1957.

—, «Desmitologización en el *Lazarillo de Tormes* y en el *Quijote*», *Anales Cervantinos*, VIII (1959-1960), págs. 241-306; refundido como «Desmitificación en el *Lazarillo de Tormes*», en *Tiempo de niño y tiempo de viejo con otros ensayos*, Madrid, 1962, págs. 31-59.

MANCING, H., «The Deceptiveness of *Lazarillo de Tormes*», *Publications of the Modern Language Association of America*, XCI (1975), páginas 426-432.

—, «A Note on the formation of Character Image in the Classic Spanish Novel», *Philological Quaterly*, LIV (1975), págs. 528-531.

—, «Fernando de Rojas, *La Celestina* and *Lazarillo de Tormes*», *Kentucky Romance Quaterly*, XXIII (1976, págs. 47-61.

—, «El pesimismo radical del *Lazarillo de Tormes*», en *Actas*, páginas 459-467.

MARAÑÓN, G., ed., *Lazarillo de Tormes*, Madrid, 1941.

MARASSO, A., «El *Lazarillo de Tormes*», *Humanidades*, XXVII (1939), págs. 33-34.

—, «La elaboración del *Lazarillo de Tormes*», *Boletín de la Academia Argentina de Letras*, núm. 36 (1941), págs. 597-616; recogido en *[1955], págs. 157-174.

—, «Aspectos del *Lazarillo de Tormes*», *La Nación*, Buenos Aires, 7 de septiembre de 1952; recogido en *[1955], págs. 177-186.

—, *Estudios de literatura castellana*, Buenos Aires, 1955, págs. 157-186 (contiene [1941] y [1952]).

MARAVALL, J. A., «La aspiración social de 'medro' en la novela picaresca», *Cuadernos Hispanoamericanos*, núm. 312 (1976), páginas 590-625.

—, «Relaciones de dependencia e integración social: criados, graciosos y pícaros», *Ideologies & Literature*, núm. 4 (1977), págs. 3-32.

—, «Pobres y pobreza del medioevo a la primera modernidad: Para un estudio histórico-social de la picaresca», *Cuadernos Hispanoamericanos*, núm. 367-368 (1981), págs. 189-242.

—, *La literatura picaresca desde la historia social*, Madrid, 1986.

MARÍN MORALES, J. A., «El *Lazarillo de Tormes* en la picaresca», *Arbor*, núm. 342 (1974), págs. 139-144.

MARTÍNEZ MATA, E., «Notas sobre realismo y verosimilitud literaria en el *Lazarillo de Tormes*», *Archivum*, XXXIV-XXXV (1984-1985), págs. 105-117.

MARTINS, M., «O *Lazarilho de Tormes* a *Arte de furtar* e *El Buscón* de Quevedo», *Colóquio*, VI (1972), págs. 35-43.

MÁRQUEZ VILLANUEVA, F., «Sebastián de Horozco y el *Lazarillo de Tormes*», *Revista de Filología Española*, XLI (1957), págs. 253-339.

—, (reseña de M. Bataillon [1958]), *Revista de Filología Española*, XLII (1958-1959), págs. 285-290.

—, «La actitud espiritual del *Lazarillo de Tormes*», en *Espiritualidad y literatura en el siglo XVI*, Madrid, 1968, págs. 67-137.

MAZZOCCO, A., «Strains of Castiglione's *Il cortegiano* in the Squire of *Lazarillo de Tormes*», en *The Two Hesperias: Literary Studies in Honor of Joseph G. Fucilla*, ed. A. Bugliani, Madrid, 1977, págs. 225-238.

McGRADY, D., «Tesis, réplica y contrarréplica en el *Lazarillo*, el *Guzmán* y el *Buscón*», *Filología*, XIII (1968-1969), págs. 237-249.

—, «Social Irony in *Lazarillo de Tormes* and its Implications for Authorship», *Romance Philology*, XXIII (1970), págs. 557-567.

MENÉNDEZ PIDAL, R., *El Lazarillo de Tormes. Tratado III,* en *Antología de prosistas españoles*, Madrid, 1899; *reed. Madrid, 1978[10].

MESA, C. E., «De cómo Lazarillo de Tormes se asentó con un míster (1554)», *Boletín Cultural y Bibliográfico*, XVI (1979), págs. 74-77.

MICHALSKI, A., «El pan, el vino y la carne en el *Lazarillo de Tormes*», en *Actas*, págs. 421-435.

MINGUET, C., *Recherches sur les structures narratives dans le Lazarillo de Tormes*», París, 1970.

MOLHO, M., prólogo a *Romans Picaresques Espagnols*, París, 1968; trad. española: *Introducción al pensamiento picaresco*, Salamanca, 1972.

—, «Nota al Tratado VI de *La vida de Lazarillo de Tormes*», en *Homenaje a José Antonio Maravall*, eds. M. C. Iglesias *et al.*, III, Madrid, 1985, págs. 77-80.

MOLINO, J., «*Lazarillo de Tormes* et les *Métamorphoses* d'Apulée», *Bulletin Hispanique*, LXVII (1965), págs. 322-333.

MOON, H. K., «Humor in the *Lazarillo de Tormes*», *Brigham Young University Studies*, V (1964), págs. 183-191.

MOORE, R., «*Lazarillo de Tormes* and the Motif-Index: Some Comments on J. Wesley Childers' *Tales from the Spanish Picaresque Novel: A Motif-Index*», *International Fiction Review*, V (1978), págs. 153-156.

MOREL-FATIO, A., «Recherches sur *Lazarillo de Tormes*», en *Études sur l'Espagne*, Primera serie, II, París, 1888, págs. 112-170; *reed. 1895[2], págs. 111-166.

MORREALE, M., «Reflejos de la vida española en el *Lazarillo*», *Clavileño*, núm. 30 (1954), págs. 28-31.

MORRIS, C. B., «Lázaro and the Squire: *Hombres de bien*», *Bulletin of Hispanic Studies*, XLI (1964), págs. 238-241.

MORROS, B., «'Me vino la terciana derecha' (*Lazarillo*, II)», *Anuario de Filología Española. El Crotalón*, II (1985), págs. 543-549.

NAYLOR, E. W., «Lázaro de Tormes: buen hombre», en *Josep Maria Solà-Solé: Homage, Homenaje, Homenatge (Miscelánea de estudios de amigos y discípulos)*, II, ed. A. Torres Alcalá, Barcelona, 1984, páginas 211-215.

NEPAULSINGH, C. I., «Lazaro's fortune», *Romance Notes*, XX (1979-1980), págs. 417-423.

NERLICH, M., «Plädoyer für Lazaro: Bemerkungen zu einer Gattung», *Romanische Forschungen*, LXXX (1968), págs. 354-394.

OBERSTAR, D., «El arca: dos episodios similares en el *Guzmán de Alfarache* y *Lazarillo de Tormes*», *Romance Notes*, XX (1979-1980), páginas 424-429.

OTERO, C. P., «Comento de centenario al *Lazarillo de Tormes*», *Ateneo*, núm. 72 (1964), pág. 17.

PARR, J. A., «La estructura satírica del *Lazarillo*», en *Actas*, páginas 375-381.

PEÑUELAS, M. C., «Algo más sobre la picaresca: Lázaro y Jack Wilton», *Hispania*, XXXVII (1953), págs. 443-445.

PÉREZ, L. C., «On Laughter in the *Lazarillo de Tormes*», *Hispania*, XLIII (1960), págs. 229-233.

PERRY, A. T., «Biblical Symbolism in the *Lazarillo de Tormes*», *Studies in Philology*, LXVII (1970), págs. 139-146.

PIPER, A. C., «The 'Breadly Paradise' of *Lazarillo de Tormes*», *Hispania*, XLIV (1961), págs. 269-271.

—, «Lazarillo's *arcaz* and Rosalía de Bringas' *cajoncillo*», *Revista Hispánica Moderna*, XXXIX (1976-1977), págs. 119-122.

PRIETO, A., «De un símbolo, un signo y un síntoma», *Prohemio*, I (1970), págs. 357-397; reimp. en *Ensayo semiológico de sistemas literarios*, Barcelona, 1972, págs. 17-69.

—, «La nueva forma narrativa *Lazarillo*», en *Morfología de la novela*, Barcelona, 1975, págs. 377-427.

PUCCINI, D., «La struttura del *Lazarillo de Tormes*», *Analli della Facoltà di Lettere e Magisterio dell'Università di Cagliari*, XXIII (1970), páginas 65-103.

RAINA, B. N., «*Lazarillo de Tormes* and the Picaresque Sensibility», *Panjab University Research Bulletin*, XIII (1982), págs. 25-34.

RAND, M. C., «*Lazarillo de Tormes*: Classic and Contemporary», *Hispania*, XLIV (1961), págs. 222-229.

RANDOLPH, D. A., «La destrucción material en los primeros *Lazarillos*», *Duquesne Hispanic Review*, II-III (1972), págs. 23-27.

REDONDO, A., «Historia y literatura: el personaje del escudero del *Lazarillo*», en *Actas*, págs. 421-435.

—, «Pauperismo y mendicidad en Toledo en época del *Lazarillo*», en *Hommage des hispanistes français a Noël Salomon*, ed. H. Bonneville, Barcelona, 1979, págs. 703-724.

—, «De molinos, molineros y molineras. Tradiciones folklóricas y literatura en la España del Siglo de Oro», en *Literatura y folklore: problemas de intertextualidad*, Salamanca y Groningen, 1983, páginas 101-115.

—, «Folklore y literatura en el *Lazarillo de Tormes*: un planteamiento nuevo (El 'caso' de los tres primeros tratados)», en *Mitos, folklore y literatura*, ed. A. Egido, Zaragoza, 1986.

REED, H. H., *The Reader in the Picaresque Novel*, Londres, 1984, páginas 36-52.

REY, A., «La novela picaresca y el narrador fidedigno», *Hispanic Review*, XLVII (1979), págs. 55-75.

REY HAZAS, A., ed., *Lazarillo de Tormes*, Madrid, 1984.

RICAPITO, J. V., «*Lazarillo de Tormes* (Chap. V) and Masuccio's Fourth *novella*», *Romance Philology*, XXIII (1970), págs. 305-311.

—, «Two Facets of Renaissance Perspective: *Lazarillo de Tormes* and

Machiavelli», *Romanische Forschungen*, LXXXII (1971), páginas 151-172.

—, «Algunas observaciones más sobre 'contóme su hacienda'», *Annali dell'Istituto Universitario Orientale. Sezione Romanza*, XV (1973), págs. 227-233.

—, «'Cara de Dios': ensayo de rectificación», *Bulletin of Hispanic Studies*, L (1973), págs. 142-146.

—, «Societé et ambiance historique du roman picaresque espagnol», en *Actes de la Table Ronde Internationale du C. N. R. S. Picaresque Espagnole*, Montpellier, 1974, págs. 9-36.

—, ed., *Lazarillo de Tormes*, Madrid, 1976.

—, «*The Golden Ass* of Apuleius and the Spanish Picaresque Novel», *Revista Hispánica Moderna*, XL (1978-1979), págs. 77-85.

—, *Bibliografía razonada y comentada de las obras maestras de la novela picaresca*, Madrid, 1980.

—, «*Lazarillo de Tormes*: The Emergence of a New Art Form in the Renaissance», en *Actes du VIIIᵉ Congrès de l'Association Internationale de Littérature Comparée*, eds., G. Köpeczi y G. Vajda, Stuttgart, 1980, págs. 127-131.

RICO, F., «Problemas del *Lazarillo*», *Boletín de la Real Academia Española*, XLVI (1966), págs. 277-296.

—, ed., *Lazarillo de Tormes*, en *La novela picaresca española*, I, Barcelona, 1967 [en realidad, 1966], 1970²; reimpr. como volumen independiente, Barcelona, 1976 (con apéndice) y 1980 (aumentada).

—, *La novela picaresca y el punto de vista*, Barcelona, 1970, 1973² (con correcciones), *1982³ (con nuevas correcciones). Cfr. [1984].

—, «En torno al texto crítico del *Lazarillo de Tormes*», *Hispanic Review*, XXXVIII (1970), págs. 405-419.

—, «Para el prólogo del *Lazarillo*: el deseo de alabanza», en *Actes de la Table Ronde Internationale du C. N. R. S. Picaresque espagnole*, Montpellier, 1976, págs. 101-116.

—, «*(Sylva XVIII)*: De mano (besada) y de lengua (suelta)» en *Estudios sobre arte y literatura dedicados al profesor E. Orozco Díaz*, III, Granada, 1979, págs. 90-91; recogido en *Primera Cuarentena y Tratado general de literatura*, Barcelona, 1982, págs. 73-75.

—, «*(Sylva XIII)* Otros seis autores para el *Lazarillo*», *Romance Philology*, XXXIII (1979-1980), págs. 145-146; recogido en *Primera Cuarentena*, págs. 57-58.

—, «Nuevos apuntes sobre la carta de Lázaro de Tormes», en *Serta Philologica F. Lázaro Carreter*, II, Madrid, 1983, págs. 413-425.

—, *The Spanish Picaresque Novel and the Point of View*, trad. ampliada de [1970], por C. Davis (y H. Sieber), Cambridge, 1984.

—, «Punto de vista. Posdata a unos ensayos sobre la novela picaresca», *Edad de Oro*, III (1984), págs. 227-240.

—, «Resolutorio de cambios de Lázaro de Tormes», en *Homenaje a Eugenio Asensio*, Madrid, 1987.

—, «*La vida de Lazarillo de Tormes, y de sus fortunas y adversidades*: título, epígrafes y capitulación de un libro apócrifo», en *Homenaje a F. López Estrada*, Madrid, 1987.

—, *Problemas del «Lazarillo»*, Madrid, 1987 (contiene [1966], [1970 *b*], [1976], [1979], [1979-1980], [1983], [1987], [1987 *b*], con adiciones y un ensayo final).

RIGGAN, W., «The Reformed Picaro and His Narrative: A Study of the Autobiographical Accounts of Lucius Apuleius, Simplicius Simplicissimus, Lazarillo de Tormes, Guzmán de Alfarache and Moll Flanders», *Orbis Litterarum*, XXX (1975), págs. 165-186.

RIQUER, M. de ed., La Celestina y Lazarillo, Barcelona, 1959.

RODRÍGUEZ ADRADOS, F., «La *Vida de Esopo* y la *Vida de Lazarillo de Tormes*», *Revista de Filología Española*, LVIII (1976), págs. 4-35; recogido en *Actas*, págs. 349-357.

RODRÍGUEZ PÉREZ, O., «El *Lazarillo de Tormes*: Transgresión del sistema textual de su época», *Estudios Filológicos*, XVII (1982), páginas 77-85.

—, *La novela picaresca como transformación textual*, Valdivia, 1983.

RODRÍGUEZ-PUÉRTOLAS, J., «*Lazarillo de Tormes* o la desmitificación del imperio», en *Literatura, historia, alienación*, Barcelona, 1976, páginas 173-199.

ROSSI, N., «Sulla datazione del *Lazarillo de Tormes*», en *Studi di Letteratura Spagnola*, Roma, 1966, págs. 169-180.

RUFFINATO, A., *Struttura e significazione del «Lazarillo de Tormes»*, I, *La construzione del modello operativo. Dall'intreccio alla fabula*; II, *La «fabula», il modello transformazionale*, Turín, 1975 y 1977.

RUMEAU, A., «Notes au *Lazarillo*: Despedir la bula», *Les Langues Néo-Latines*, núm. 163 (1962), págs. 2-7.

—, «Notes au Lazarillo: *Contóme su hacienda, de toda su fuerza*», *Les Langues Néo-Latines*, núm. 166 (1963), págs. 19-31.

—, *Le «Lazarillo de Tormes». Essai d'interpretation, essai d'attribution*, París, 1964.

—, «Notes au *Lazarillo*: Des editions d'Anvers, 1554-1555, à celles de Milan, 1587-1615», *Bulletin Hispanique*, LXVI (1964), páginas 272-293.

—, «Notes au *Lazarillo*: Les éditions d'Anvers, 1554-1555 de *La vida de Lazarillo* et de *La Segunda Parte*», *Bulletin Hispanique*, LXVI (1964), págs. 257-271.

—, «Notes sur le *Lazarillo:* L' 'edition d'Anvers 1553, in-16'», *Bulletin Hispanique,* LXVI (1964), págs. 57-64.

—, «Notes au *Lazarillo: La casa lóbrega y oscura*», *Les Langues Néo-Latines,* núm. 172 (1965), págs. 3-12.

—, «Notes au *Lazarillo:* Les editions romantiques et Hurtado de Mendoza (1810-1842)», en *Mélanges à la mémoire de Jean Sarrailh,* II, París, 1966, págs. 301-312.

—, «Notes au *Lazarillo.* Deux bons mots, une esquisse, un autre mot», *Bulletin Hispanique,* LXXI (1969), págs. 502-517.

—, «Sur le *Lazarillo* de 1554. Problème de filiation», *Bulletin Hispanique,* LXXI (1969), págs. 476-499.

—, «Notes au *Lazarillo:* La question des variantes, un autre exemple», en *Les Cultures Ibériques en Devenir. Essais publiés en hommage à la mémoire de Marcel Bataillon,* París, 1979, págs. 407-417.

—, «La Première Traduction du *Lazarillo:* Les Editions de 1560 et 1561», *Bulletin Hispanique,* LXXXII (1980), págs. 362-374.

SÀBAT DE RIVERS, G., «La moral que Lázaro nos propone», *Modern Language Notes,* XCV (1980), págs. 233-251.

SALVADOR, G., «Sobre los adjetivos conmiserativos en el *Lazarillo*», en *Serta Philologica F. Lázaro Carreter,* I, Madrid, 1983, págs. 565-570.

SAMONÀ, C., «Sui rapporti fra storia e testo: La letteratura come 'trasgressione' e altri appunti», *Belfagor,* XXX (1975), págs. 651-668.

SÁNCHEZ BLANCO, F., «El *Lazarillo* y el punto de vista de la alta nobleza», *Cuadernos Hispanoamericanos,* núm. 369 (1981), páginas 511-520.

SÁNCHEZ ROMERALO, J., «Lázaro en Toledo (1553)», en *Libro-Homenaje a Antonio Pérez Gómez,* Cieza, 1978, págs. 189-202.

—, «De Lope de Rueda y su homónimo el pregonero de Toledo», en *Actas del Sexto Congreso Internacional de Hispanistas,* Toronto, 1980, págs. 671-675.

SCHANZER, G. O., «*Lazarillo de Tormes* in Eighteenth-Century Russia», *Symposium,* XVI (1962), págs. 54-62.

SCHWARTZ, K., «A Statistical Note on the Authorship of *Lazarillo de Tormes*», *Romance Notes,* IX (1967), págs. 118-119.

SELIG, K.-L., «Concerning Gogol's *Dead Souls* and *Lazarillo de Tormes*», *Symposium,* VIII (1954), págs. 138-140.

SEVILLA, F., ed., *La vida de Lazarillo de Tormes,* Barcelona, 1984.

SHIPLEY, G. A., «A Case of Functional Obscurity: The Master Tambourine-Painter of *Lazarillo, Tratado VI*», *Modern Language Notes,* XCVII (1982), págs. 225-233.

—, «The Critic as Witness for the Prosecution: Making the Case against Lázaro de Tormes», *Publications of the Modern Language As-*

sociation of America, XCVII (1982), págs. 179-194; recogido en *Creation and Re-creation: Experiments in Literary Form in Early Modern Spain. Studies in Honor of Stephen Gilman*, eds. R. Surtz y N. Weinerth, Newark, 1983, págs. 105-124.

—, «Lazarillo and the Cathedral Chaplain: A Conspirational Reading of *Lazarillo de Tormes*, tratado VI», *Symposium*, XXXVII (1983), págs. 216-241.

—, «Lazarillo de Tormes Was Not a Hard-working, Clean-Living Carrier», en *Hispanic Studies in Honor of Alan D. Deyermond. A North American Tribute*, ed. Miletichm, Madison, 1986, págs. 247-255.

SICROFF, A. A., «Sobre el estilo del *Lazarillo de Tormes*», *Nueva Revista de Filología Hispánica*, XI (1957), págs. 157-170.

SIEBENMANN, G., *Über Sprache und Stil im «Lazarillo de Tormes»*, Berna, 1953.

SIEBER, H., *Language and society in «La vida de Lazarillo de Tormes»*, Baltimore y Londres, 1978.

SIMARD, J. C., «Los títulos de los Tratados en el *Lazarillo de Tormes*», *Revista Canadiense de Estudios Hispánicos*, III (1978), págs. 40-46.

SMITH, P. J., «The Rhetoric of Representation in Writters and Critics of Picaresque Narrative: *Lazarillo de Tormes, Guzmán de Alfarache, El Buscón*», *Modern Language Review*, LXXXII (1987), págs. 88-108.

SOBEJANO, G., «*El coloquio de los perros* en la picaresca y otros apuntes», *Hispanic Review*, XLIII (1975), págs. 24-40.

SOTO ESCOBILLANA, L., «Lázaro de Tormes: Configuración en el Tratado I», *Nueva Revista del Pacífico*, XIII-XIV (1979), págs. 73-87.

SPIVAKOVSKY, E., «The *Lazarillo de Tormes* and Mendoza», *Symposium*, XV (1961), págs. 271-285.

—, «¿Valdés o Mendoza?», *Hispanófila*, núm. 12 (1961), págs. 15-23.

—, «New Arguments in Favour of Mendoza's Authorship of the *Lazarillo de Tormes*», *Symposium*, XXIV (1970), págs. 67-80.

—, *Son of the Alhambra: Don Diego Hurtado de Mendoza*, Austin, 1971.

SUÁREZ-GALBÁN, E., «El *Lazarillo* frente al manierismo», *Ínsula*, número 360 (1976), pág. 10.

—, «La caracterización en *Till Eulenspiegel* y en el *Lazarillo*», *Cuadernos Americanos*, núm. 319 (1977), págs. 153-162.

—, «El *Lazarillo*, texto incompleto: más especulaciones», *Archivum*, XXVII-XXVIII (1977-1978), págs. 21-29.

—, «El proceso de caracterización del *Lazarillo*: una revalorización», *Sin Nombre*, IX (1978), págs. 49-66.

—, «Caracterización literaria e ideología social en el *Lazarillo de Tormes*», en *Actas*, págs. 469-477.

TALVET, J., «El problema del punto de vista en la novela picaresca española», *Universidad de La Habana*, núm. 212 (1980), págs. 81-98.

TARR, F. C., «Literary and Artistic Unity in the *Lazarillo de Tormes*», *Publications of the Modern Language Association of America*, XLII (1927), págs. 404-421.

TERLINGEN, J., *«Cara de Dios»*, en *Studia Philologica... D. Alonso*, III, Madrid, 1963, págs. 463-478.

THOMSEN, C. W., «Aspekte des Grotesken im *Lazarillo de Tormes*», *Die Neueren Sprachen*, XXI (1972), 584-595.

TIERNO GALVÁN, E., «¿Es el *Lazarillo* un libro comunero?», *Boletín Informativo del Seminario de Derecho Político de la Universidad de Salamanca*, XX-XXIII (1958), págs. 217-220.

—, *Sobre la novela picaresca y otros escritos*, Madrid, 1974, págs. 11-135.

TODESCO, V., «Rileggendo il *Lazarillo de Tormes*», *Quaderni Ibero-Americani*, núm. 38 (1971), págs. 73-79.

TORO, A. de, «Arte como procedimiento: el *Lazarillo de Tormes*», en *Actas*, págs. 383-404.

TRIVES, E. R., «Nexualidad intersecuencial en la narrativa del *Lazarillo*», *Anales de la Universidad de Murcia*, XXXVII (1980), páginas 3-18.

TRUMAN, R. W., «Parody and Irony in the Self-portrayal of Lázaro de Tormes», *The Modern Language Review*, LXIII (1968), páginas 600-605.

—, «Lázaro de Tormes and the *Homo novus* tradition», *The Modern Language Review*, LXIV (1969), págs. 62-67.

—, *«Lazarillo de Tormes*, Petrarch's *De remediis adversae fortunae*, and Erasmus' *Praise of folly*», *Bulletin of Hispanic Studies*, LII (1975), páginas 33-53.

UTTRANADHIE, D., «Contribución al estudio de la sintaxis del verbo en el *Lazarillo de Tormes*», *Revista de la Universidad de Madrid*, XVI (1967), págs. 49-51.

VALLCORBA, J., «El *Lazarillo de Tormes* i la Inquisició», *El Pont*, número 74 (1977), págs. 85-92, y núm. 75 (1977), págs. 173-179.

VARELA MUÑOZ, J., «El *Lazarillo de Tormes* como una paradoja racional», *Revista Canadiense de Estudios Hispánicos*, I (1977), páginas 153-184.

VILANOVA, A., «Un episodio del *Lazarillo* y *El asno de oro* de Apuleyo», *1616. Anuario de la Sociedad Española de Literatura General y Comparada*, I (1978), págs. 189-197.

—, *«L'âne d'or* d'Apulee, source et modèle du *Lazarillo de Tormes*», en *L'humanisme dans les lettres espagnoles*, ed. A. Redondo, París, 1979, págs. 267-285.

—, «Lázaro de Tormes como ejemplo de una educación corruptora», en *Actas del Primer Simposio de Literatura Española,* Salamanca, 1981, págs. 65-118.

—, «El tema del hambre en el *Lazarillo* y el falso convite de Apuleyo», *Patio de Letras* (Universidad de Barcelona), núm. 3 (1983), páginas 5-27.

—, «Fuentes erasmianas del escudero del Lazarillo», en *Serta Philologica F. Lázaro Carreter,* II, Madrid, 1983, págs. 557-587.

—, «Lázaro de Tormes, pregonero y biógrafo de sí mismo», en *Symposium in honorem M. de Riquer,* Barcelona, 1986, págs. 417-461.

VILLANUEVA, D., «Narratario y lectores implícitos en la evolución formal de la novela picaresca», en *Estudios en honor a Ricardo Gullón,* eds. Luis T. González del Valle y D. Villanueva, 1985.

VRANICH, S. B., «El caso del *Lazarillo:* un estudio semántico en apoyo de la unidad estructural de la novela», en *Actas,* págs. 367-373.

WAGNER, C. P., prólogo a *The Life of Lazarillo de Tormes,* trad. inglesa de L. How, Nueva York, 1917.

WARDROPPER, B. W., «El trastorno de la moral en el *Lazarillo*», *Nueva Revista de Filología Hispánica,* XV (1961), págs. 441-447.

—, «The Strange Case of Lázaro Gonzales Pérez», *Modern Language Notes,* XCII (1977), págs. 202-212.

—, «The Implications of Hipocrisy in the *Lazarillo de Tormes*», en *Studies in Honor of Everett W. Hesse,* ed. W. C. McCrary *et al.,* Lincoln, 1981, págs. 179-186.

WEINER, J., «La lucha de Lazarillo de Tormes por el arca», en *Actas del Tercer Congreso Internacional de Hispanistas,* México, 1970, páginas 931-934.

—, «Una incongruencia en el tercer tratado de el *Lazarillo de Tormes:* Lázaro y el escudero en el río», *Signos,* IV (1970), págs. 45-48; recogido en *Romance Notes,* XII (1970-1971), págs. 1-3.

—, *El ciego y las dos hambres de Lázaro de Tormes,* Valparaíso, 1971.

—, «Las interpolaciones en el *Lazarillo de Tormes* (Alcalá de Henares, 1554), con énfasis especial sobre las del ciego», en *Actas del IV Congreso Internacional de Hispanistas,* II, Salamanca, 1982, páginas 827-833.

WEISGERBER, J., «À la recherche de l'espace romanesque: *Lazarillo de Tormes, Les Aventures de Simplicius Simplicissimus* et *Moll Flanders*», *Neohelicon,* III (1975), págs. 209-227.

WHINNOM, K., «*Autor* and *Tratado* in the Fifteenth century: Semantic Latinism or Etimological Trap?», *Bulletin of Hispanic Studies,* LIX (1982), págs. 211-218; resumen anticipado en *La Corónica,* X, (1981), págs. 78-79.

WHITBOURN, C. J., «Moral ambiguity in the Spanish Picaresque Tradition», en *Knaves and Swindlers*, Londres, 1974, págs. 1-24.

WICKS, V., «The Romance of the Picaresque», *Genre*, XI (1978), páginas 29-44.

WILLIS, R. S., «Lazarillo and the Pardoner: The Artistic Necessity of the Fifth *Tractado*», *Hispanic Review*, XXVII (1959), págs. 267-279.

WILTROUT, A., «The *Lazarillo de Tormes* and Erasmus' Opulentia Sordida», *Romanische Forschungen*, LXXI (1969), págs. 550-564.

WINDLER, V. C., «Alienación en el *Lazarillo de Tormes*», *Estudios Filológicos*, VIII (1972), págs. 225-253.

WOODS, M. J., «Pitfalls for the Moralizer in *Lazarillo de Tormes*», *The Modern Language Review*, LXXIV (1979), págs. 580-598.

WOODWARD, L. J., «Autor-Reader Relationship in the *Lazarillo de Tormes*», *Forum for Modern Language Studies*, I (1965), págs. 43-53.

—, «Le *Lazarillo* —oeuvre d'imagination ou document social?», en *Théorie et pratique politiques à la Renaissance*, París, 1977, páginas 333-346.

WRIGHT, R., «Lazaro's Success», *Neophilologus*, LXVIII (1984), páginas 529-533.

YLLERA, A., «'Tanto la mentira es mejor cuanto más parece verdadera' (La autobiografía como género renovador de la novela: *Lazarillo, Guzmán, Robinson, Moll Flanders, Marianne* y *Manon*», *1616. Anuario de la Sociedad Española de literatura General y Comparada*, IV (1981), págs. 164-191.

YNDURÁIN, D., «Algunas notas sobre el 'Tractado Tercero' del *Lazarillo de Tormes*», en *Studia Hispanica in Honorem Rafael Lapesa*, III, Madrid, 1975, págs. 507-517.

ZAMORA VICENTE, A., «*Lázaro de Tormes*, libro español», *La Nación*, Buenos Aires, 30 de abril de 1950; recogido en *Presencia de los clásicos*, Buenos Aires, 1951, págs. 11-29.

—, «Gastando el tiempo (Tres páginas del *Lazarillo*)», en *Voz de la letra*, Madrid, 1958, págs. 91-94.

ZIOMEK, H., «El *Lazarillo de Tormes* y *La vida inútil de Pito Pérez*: Dos novelas picarescas», en *Actas del Tercer Congreso Internacional de Hispanistas*, México, 1970, págs. 945-954.

Colección Letras Hispánicas